有一种境界叫

苏东坡

叁

冷成金 著

北京联合出版公司
Beijing United Publishing Co.,Ltd.

图书在版编目（CIP）数据

有一种境界叫苏东坡 .3/ 冷成金著 .—北京：北京联合出版公司，
2014.3（2024.3 重印）

ISBN 978-7-5502-2595-4

Ⅰ . ①有… Ⅱ . ①冷… Ⅲ . ①传记小说—中国—当代 Ⅳ .
① I247.5

中国版本图书馆 CIP 数据核字 (2014) 第 007178 号

有一种境界叫苏东坡 . 3

作　　者：冷成金
出 品 人：赵红仕
责任编辑：王　巍
封面设计：吴黛君

北京联合出版公司出版
（北京市西城区德外大街83号楼9层 100088）
北京新华先锋出版科技有限公司发行
小森印刷霸州有限公司印刷　新华书店经销
字数270千字　787毫米×1092毫米　1/16　19印张
2014年5月第1版　2024年3月第5次印刷
ISBN 978-7-5502-2595-4

定价：49.00元

【目 录】

【目录】

五十一　庐山参禅

司马光在洛阳，前后花了十九年时间修撰《资治通鉴》，如今终于完稿了。这部记载一千三百余年间历史的编年史巨著，凝聚了司马光一生的心血，但他仍有一件心事未了。那就是眼看新法施行日久，危及民生社稷，他却无法向朝廷进言，为皇上分忧。如今他已满头白发老态龙钟、体衰力弱，特别是几年前一次中风，遗留下的腿疾，更令他行动不便。但他仍坚持要将书稿面呈神宗，希望借此重提他对于新法的建议，这样在有生之年，也算为国家君王尽忠了。

司马光叫儿子司马康、助手范祖禹整理好书稿，拿大箱子装好，自己坐着马车，不顾一路颠簸，风尘仆仆地赶到汴京。神宗正卧病在榻，听说司马光进献《资治通鉴》进京，连病都好了一半，立刻到睿思殿接见。

睿思殿里已摆满了大红木箱子，部分书稿已进呈书案之上。司马光一瘸一拐地进殿施礼参拜。神宗见司马光垂老之态，慌忙叫免礼赐座，动情地说："司马公老了呀！朕的股肱之臣老了呀！"司马光感激不已，垂首叩谢。范祖禹和司马康在一旁也拭泪不止。神宗说："司马公呕心沥血，才完成如此皇皇巨著，功德无量，这可是我大宋名垂青史的大事！"司马光拜谢道："老臣资质驽钝，才庸学浅，不敢有负陛下钦赐书名之重托。如今书稿告竣，进呈朝廷，老臣死而无憾了！"神宗命内侍予以褒奖赏赐。

司马光正思忖着如何跟神宗提及变法之事，见神宗面带病容、精神不济，便问道："陛下正值盛年，为何呈此病容？"神宗凄然长叹："一言难尽哪！举国上下之事，常令朕心力交瘁，故此大病了一场。"司马光忙进言说："陛下勤政爱民，心系天下，可也要保重龙体呀！"神宗说："新法是朕一生心血，如今施行多年，天下在肩，如泰山压顶，容不得朕有片刻懈怠啊。"司马光见神宗意志仍然坚定，一时难以说动，就把反对变法的心思暂且放下了。

王珪、蔡确听说司马光进京献书，一大早就进宫面见神宗，害怕圣心大悦，授之重任，就商议进宫试探虚实。二人进睿思殿来拜见过神宗，又向司马光施礼。王珪道："君实一向可好？曾闻君实大病一场，奈何老夫公务在身，未能前去洛阳探视，请恕罪。"司马光素来不喜欢王珪的为人，见他故作亲热，冷冷地说："多谢宰相垂爱，司马光尚能苟活而已。宰相日理万机，肩负天下，岂能因一废人而误苍生大事呢？相公能有此言，司马光已是受用匪浅啦！"

王珪见司马光语带讥讽，只得尴尬地赔笑。蔡确在一旁，见风声不对，过来圆场："司马公成此巨著，功不可没呀！"司马光笑说："若无圣上鼎力支持，焉有此书？若无同人呕心沥血，焉有此书？司马光不敢贪天功为己有啊！"蔡确无话可说，跟着王珪佯装翻阅书稿。

神宗翻看书稿，连连点头称赞。蔡确瞅着机会，不无谄媚地说："司马公道德文章为本朝第一，苏轼虽然是当今文坛领袖，也未必能著如此鸿篇巨制。"王珪早提醒过蔡确，让他不要在神宗面前提及苏轼，以免圣心悯恻，又要把苏轼召回。这下蔡确拍马屁拍漏了嘴，当着司马光和神宗的面说到苏轼，王珪不禁连连叫苦，忙说："他哪能跟君实相比呢！"

司马光冷笑道："二位差矣！若苏子瞻担此重任，恐怕这样两部书都已完成了。"王珪说："君实何以如此贬低自己啊？"司马光怒道："自己贬了，就省得别人蛊惑圣上贬。你们一再贬低苏轼，但天下读书人却越来越把他视为文章泰斗。苏轼在黄州，文章道德日进千里，岂是你们贬损得了的？"说完从袖中掏出一卷文章来说："陛下，这是苏轼在黄州所作《赤壁赋》，如今天下传抄，人人争诵，定成为我大宋空前绝后的千古不朽之作。请陛下御览。"

神宗见大臣争执，心中早烦了，忙止住争吵，拿《赤壁赋》读罢，不禁拍着书案赞叹道："好个苏轼，真是大手笔，不愧为文章泰斗！前不久误传苏轼已死，后来读到他的《念奴娇》词，让朕的病几乎好了一半。如今这《赤壁赋》更胜一筹，朕的病要完全好了。"说完，神采飞动。王珪见司马光故意提及苏轼，知道他是有备而来，忙对神宗说："苏轼素来矜才使气，谤毁新法，圣上贬他到黄州，就是让他戒除骄浮之气，慎言慎行，这也是圣上爱才之心哪！"

司马光见他巧舌诡辩，大怒道："王珪！人称你三旨宰相，果真名副其实！苏轼秉忠报国，尽心民事，岂是你等乡愿宵小之徒可以理解的？你只会庸碌为官，把苏轼排斥朝外，是怕他回朝坏了你宰相的位子吧！"

王珪气得连连咳嗽，答不出话来。神宗问道："王珪，这《赤壁赋》天下争诵，人人皆知，唯独朕不知道。你身为宰相，有如此好的文章，如何不进呈给朕？"王珪支支吾吾，愈加猛烈地咳嗽，不知是老来病重，还是借咳嗽掩饰内心的慌乱？蔡确在一旁吓得不敢说话。司马光说："宰相大人要保重啊，苏轼还有好文章等你呈递呢！"

神宗语重心长地说："王珪啊，自从苏轼被贬以来，朕曾三次欲用苏轼，第一次朕欲擢他为国史编修，你推荐了曾巩，现在曾巩已病故两年了；第二次，朕欲擢他为江宁太守，你们却说边境有事，好，朕也就只顾边境之事了；这第三次，朕欲擢他为江州太平观，你为何还没有为朕拟旨啊？今日你说说，是你不同意呢，还是翰林学士院的李定从中作梗啊？"

王珪吓得浑身打战道："陛下，天下乃陛下之天下，圣上要任用谁岂是臣子所能干预的？臣等曾研究过苏轼的生辰八字，与任用太平观命格不合。"

神宗发怒道："哼！岂可以生辰不合而废用人才！"王珪惶惶低头，连连应承："臣这就去翰林院拟旨。"神宗说："不必了。朕要亲自拟旨。调任苏轼为汝州团练副使。"汝州靠近京畿，这明显是将要擢升重用之意。王珪此时也不敢再找借口搪塞，忙说："陛下英明，臣等遵旨。"

神宗冷笑道："王珪，你遵旨倒快！曾有人对朕说，汴京人给你编了一首歌谣，你可知道？"王珪遍体流汗，结结巴巴地说："老臣……不知。"神宗说："汴京人说你是三旨不离口，背后下狠手，表面善拍马，实是大奸猾。"神宗旁边的张茂则都不住地冷笑。

王珪吓得面如土色，跪倒在地连连磕头，声泪俱下地哭诉："陛下，老臣陪陛下读书多年，虽非有才，但忠心尚在；承蒙圣恩，重用为相，从来不敢越雷池一步。陛下明察，司马光刚一回朝，就要结党反对新法，故而劝陛下重用苏轼。陛下，老臣是为新法大业，大宋社稷着想啊！"

神宗长叹一声："王珪，让朕说你什么好啊！是你一直排挤司马光、苏轼、吕公著等人，朕是明白的，朕不是昏君！你在朕面前说恭维话，说好听话，朕不怪你。但你为什么就是不说实话，有用的话？若是司马光、苏轼在朝，朕会招致永乐之耻吗？是你们使朕受辱，屡屡出错！朕不是昏君，如今却要担昏君之名！"神宗情绪激动，不禁触动病体，猛烈地咳嗽起来。张茂则急忙过来捶背。

司马光不发一言，看来圣上擢用苏轼的心意已决，自己不必多费唇舌了。神宗稍稍平静下来，对王珪说："王珪，你也是朕的老师，朕不追究你的责任，因为朕还要给天下读书人做个尊师重教的好样子。可你不能有恃无恐，好自为之吧。"说完摆摆手示意王珪退下。王珪失魂落魄，缓缓退出殿外。蔡确狼狈地在一旁扶着。王珪步履蹒跚、目光灰暗，突然猛地吐出一口鲜血来，口中嗫嚅着："完了！完了！"蔡确连忙把他扶回去休息。

苏轼在黄州已进入第五个年头。开春后，东坡上的麦子长势喜人，苏轼依然每天下地劳作，回到家或是去救儿会帮助朝云照顾婴孩，或是在书房读书，督促两个儿子作诗习文。苏迨、苏过已经长大了，跟随父亲和哥哥在黄州，粗食淡饭，亲事耕稼，早已明白安贫乐道的真谛，现在成长为敦厚好学的读书人了。王闰之跟着苏轼饱经忧患，人虽显得老了，但心中宁静安闲，再无一句怨言。苏轼觉得家和人闲，内心万分满足。农事闲时，就到江中垂钓，偶尔钓到几尾鲜鱼，便拿回家亲自烹煮，与巢谷对酌几杯。

江中春水大涨的时候，徐君猷带着朝廷量移汝州的诏令来拜访苏轼，告诉他圣上同时还授予苏迈饶州德兴县尉的官职。苏轼摆下浊醪款待徐君猷。徐君猷举杯说："徐某宦游半生，能与子瞻同治黄州，实在是三生有幸。如今子瞻奉旨北归，必定受到重用，可以脱离苦厄，重振羽翼了。"苏轼摇摇头笑着说："徐公客气了。苏某当初获罪至黄，不以为忧，今日蒙恩别黄，不以为喜，万事已不必萦绕胸中。五年来多蒙太守照应，苏某感激不尽，除了这一杯水酒也无可报答啊。"说完，一饮而尽。徐君猷说："子瞻胸怀之旷达，实在令老夫敬仰。如今且收拾行装，等离别之日，老夫必定亲来饯别。"苏轼感激不已，又连连敬酒，还把救儿会及雪堂、东坡等田产交由太守代为掌管，请他料理一切。徐君猷欣然应允。

第二天，苏轼邀请众位好友来雪堂相聚，陈慥和柳氏、潘丙、佛印、参寥和善济等人都来道贺。苏轼举起酒杯哽咽道："诸位，圣上下旨，调任我为汝州团练副使，不日就要启程离开黄州了。转眼来黄州已五年了。黄州是我的祸，也是我的福。祸，在于黄州是我的患难之地，日子过得艰难；福，在于我虽然艰难，却能喜获诸位的高情厚意。来，诸位，苏某谢谢你们，先干为敬！"

陈慥举酒说："恭喜子瞻兄，汝州与京城近在咫尺，陛下此意是要重用子瞻啊！"

苏轼又饮了一杯，接着说："不瞒诸位，五年前来黄州，我日日都想离开。如今我却不想离开，真的不想离开。这雪堂、这临皋亭、这东坡，是我亲手所建，亲手所种，我怎么愿意舍弃荒废它们呢？可惜啊，放旷如苏某，也不能免俗，不能违抗圣命，只能身不由己，随波逐流而去。不说这些了，来，我再敬诸位，多谢诸位在苏某危难之际真情相助！我当永志不忘！"

众人都满怀惆怅，举杯回敬。参寥独自念经默诵，为苏轼祈祷。佛印却大笑说："子瞻兄来黄州五年，所作奇诗妙文无数，功德无量，正得益于此地山水秀丽、民风淳朴，子瞻何不谢谢它们？"苏轼举杯大笑："佛印大师说得对！苏某受此磨难，如今文人也做得、农夫也做得，正是黄州赐我之福啊！"说罢起身沥酒于地，望着这熟悉的江山，自己亲手耕种的土地，亲手栽种的树木，恋恋不舍。

善济合十顶礼道："阿弥陀佛。苏施主在黄州亲事农桑，救助婴孩，五年间功德圆满。如今离去，实在可喜可贺，愿苏施主此去珍重！"苏轼也屈身答礼，举着酒杯，深情地望着雪堂，又环视众人，缓缓地唱出一首词来：

"归去来兮，吾归何处？万里家在岷峨。百年强半，来日苦无多。坐见黄州再闰，儿童尽，楚语吴歌。山中友，鸡豚社酒，相劝老东坡。

云何？当此去，人生底事，来往如梭。待闲看，秋风洛水清波。好在堂前细柳，应念我，莫剪柔柯。仍传语，江南父老，时与晒渔蓑。"

众人倚声相和，余响不绝。

终于要到离别的时候。因为诏命并没有严责到汝州的期限，苏轼决定走水路，沿江东下，再北上运河到京师，正好苏迈也从水路上任。苏轼一家已收拾妥当，将行李搬到船上，又一一与众人作别。徐君猷也如约前来，饮酒饯别。陈慥、潘丙坚持要送苏轼到九江，参寥也说："此去经过庐山东林寺，正好可以拜访常总禅师，不如我和佛印一同送子瞻到庐山吧！"苏轼也正想借此机会游赏庐山，就很高兴地答应了。

向众人拜别后，大船缓缓顺江而下。苏轼站在船头，望着岸边的徐君猷，还有黄州的山山水水，心中感慨不已。

船行不一会儿，江岸上突然涌出许多乡民来，跪在岸边朝江中拜谢，他们的婴孩因为苏轼的救儿会而得以存活。他们听说苏轼即将离开黄州，不约而同地来到江边相送。那些婴孩如今长大了，被大人抱在手里，也学着挥手告别。

苏轼立在船头，泪流满面，挥手与他们作别，一直到船行渐远，再也看不到江岸为止。

春水接天，好风轻快，大船顺流而下，很快就要出黄州地界了。沿途青山绵延相送，正似黄州人一样多情。黄昏时分，苏轼伫立船尾，向西眺望，黄州已隐没在一片苍茫暮色之中。隐隐有鼓角之声，与江水起伏相和，似乎在为他吹奏离别之曲。

苏轼不禁潸然泪下。参寥过来安慰道："万物因缘和合，子瞻兄不必伤感。好在庐山近在咫尺，东、西林寺又是千年古刹，不可不访。明日若风帆饱满，半日即可到达。还是早点休息吧。"陈慥说："子瞻兄学识渊博，就给我们讲讲这古刹的渊源历史吧！"苏轼来到舱中，与众人同坐，缓缓说道："这西林寺建于庐山香炉峰下，是东晋道安的弟子慧远所建，依山建寺，以寺为园，极尽园林之美，首开园林寺院的先河，在当时名声极大；五年后，江州刺史在其东再建一寺，名曰东林寺，请慧远大师在寺中讲法，东林寺就成了净土宗的发源地，西林寺的名声反而渐渐地堙没了。"佛印说："贫僧还听说，现在住持东林寺的常总禅师是七百年前慧远和尚的肉身，佛法甚是了得，这次定要一见。"巢谷说："好啊，游山玩水，参禅悟道，子瞻兄就会把什么离别伤感全忘了。"

苏轼笑说："子由赴任筠州，先游过庐山，写信告诉我庐山的风景奇绝，真令我向往良久。现在有机会亲自来游，一定要饱览一番。我还想顺道去筠州看望子由，我们已有几年没见面了。所以我想将船和行李留在九江驿，劳烦季常兄为我照管，待我从筠州返回再起程。"陈慥说："子瞻兄尽管放心，这样我还可以与你多相处一段时间，以后要见面可就难了。"

第二天，船很快到了九江，远远望见庐山，只见神奇俊伟，令人神往。一行人入山来，四处指点，美景胜迹令人目不暇接。清流回旋左右，一路相伴，直到山深处。不久，望见一条飞瀑凌空而下，溅沫四射，气势极为壮观，正如李白描绘的一样，"飞流直下三千尺，疑是银河落九天"。苏轼笑着对众人说："唐徐凝有诗云'一条界破青山色'，尘陋浅俗至极，不知白乐天为何这么欣赏这句诗。如今我亲眼见了庐山的瀑布，倒要为此正名才行。"陈慥说："想必诗已经有了？"苏轼笑着吟道："帝遣银河一派垂，古来唯有谪仙词。飞流溅沫知多少，不与徐凝洗恶诗。"佛印说："到了这庐山当中，子瞻兄的诗思怕是要停不住了。"

经过一条山谷，渐渐听到山间寺院的钟声，跨过一道小溪，便是传说中送客不过的虎溪。不久，东林寺就出现在眼前。一行人到寺中来，常总禅师已在山门相迎，吩咐执事僧奉茶上来。众人拜见过后，品起寺中清茶，真是别有滋味。苏轼问道："长老如何知道苏某要来？"常总禅师笑着说："老衲得知居士离开黄州，必定从山下经过。以居士的性情，岂有不上山来的道理？况且诸位光临，实在是东林寺的一件盛事，也是我东林寺的福缘啊。"苏轼忙答礼道："不敢不敢，长老太夸奖我们了。"

　　常总禅师忽然向苏轼一拜，说："居士天资超逸，如今有缘来到敝寺，老衲有一事相求，不知能不能劳烦居士？"苏轼忙回拜说："苏轼不敢受长老大礼。长老只管说来，苏某敢不效命。"

　　常总禅师忙请苏轼坐下，慢慢地说："七百年前，慧远大师首开东林寺，曾预言说，'七百年后有肉身大士革吾道场'。四年前，当今圣上敕令将东林寺改为东林太平兴国禅院，还让贫僧来住持。此时离慧远大师圆寂恰好七百年。后来有人在书上看到了慧远大师的那段话，就说贫僧是慧远大师的肉身，闹得沸沸扬扬，其实不过是巧合。"

　　参寥合十顶礼道："是不是肉身皆是妄，而长老佛法精深却是真。"常总禅师谦虚地说："阿弥陀佛。参寥师傅前半句是实，后半句是妄。"佛印嚷嚷道："不要说什么妄不妄了，不知长老要让东坡先生做什么？"

　　见常总禅师面露难色，苏轼忙拱手道："长老有何吩咐尽管直说，只要苏轼力所能及，定当遵命。"常总禅师起身将苏轼引到内殿一面墙前，指着墙上挂着的画像说："苏居士请看，这墙上挂着慧远大师的像，却无题赞。不过，七百年来，也无人配得写题赞。今日东坡居士光临，是慧远大师的题赞之日到了。老衲不能枉受慧远大师的肉身之名，故冒昧劳烦居士为慧远大师求一题赞。"

　　苏轼拱手辞让说："长老抬举苏轼了。我怎敢唐突东林祖师！"常总禅师弯腰施礼道："居士若是不肯写这题赞，天下就无人能写了。老衲再给居士施礼了！"佛印和参寥在一旁都急了，都来催苏轼。苏轼为难之下，推辞不得，笑道："既是长老有命，苏某就献拙了。唐突祖师之处，还望见谅。不过，长老可要陪我彻夜讲论佛法啊。"

常总禅师笑着答应，忙令执事僧端上笔墨来。苏轼挥笔写道：

东林第一代慧远禅师真赞

忠臣不畏死，故能立天下之大事。勇士不顾生，故能立天下之大名。是人于道亦未也，特以义重而身轻。然犹所立如此，而况于出三界，了万法，不生不老，不病不死，应物而无情者乎？

堂堂总公，僧中之龙。呼吸为云，噫欠为风。且置是事，聊观其一戏。盖将拊掌。

谈笑不起于坐，而使庐山之下，化为梵释龙天之宫。

常总禅师看罢赞叹不已，但又推说："只是不该提到老衲啊。"苏轼笑道："长老既是慧远大师七百年后的肉身，岂能不赞？赞的不是长老，是慧远大师啊！"常总禅师大笑，请苏轼一行人到禅房安歇，又奉上斋饭。到晚上，常总禅师又与苏轼等人秉烛畅谈，彻夜不眠。

入夜后的东林寺，钟磬消歇，只有山泉汩汩，流淌不绝。苏轼与常总禅师谈禅，叹服道："与长老一宵之谈，几有脱胎换骨之感。"参寥也说："长老佛法，世所罕见。"佛印也跟着说："佛印本打算取笑长老的，却险些被长老取笑了。"

常总禅师大笑道："诸位都是有缘人，今日畅谈尽意，也算老衲尽地主之谊了。苏居士，一定会有妙偈令人解颐吧？"苏轼朗声吟道："溪声便是广长舌，山色岂非清静身。夜来八万四千偈，他日如何举似人。"此偈以耳边眼前的溪声、山色譬喻佛法，绝妙贴切；禅机只可意会心悟，而无法用言语表达其妙处，所以说"他日如何举似人"。常总禅师不禁赞叹说："好偈子。老衲惭愧得紧。一宵之论，胜过诸位处其实不多。"苏轼笑说："长老过谦了。佛门中人，实不必在口舌上争长短。"

常总禅师点头道："东坡居士所言极是。不过，佛理禅机，不辩不明。老衲虚名在外，其实无学。西林寺的玉泉皓禅师，才是真正的得道高僧。"众人以为常总禅师已是庐山有道高僧，没想到庐山之中更有奇人，急忙追问。常总禅师悠悠地说："不过玉泉皓禅师常年闭关，非有缘人不见。诸位得缘至此，老衲自当为诸位引见。"苏轼等拜谢不已，用过斋饭，便向西林寺走去。

两寺相隔不远，但在深山之中，山径蜿蜒回旋，苏轼等感觉仿佛走了很远的路一样。常总将苏轼等人带到玉泉皓禅师的禅房外，隔门轻声说道："玉泉皓禅师，门外有人求见。"玉泉皓禅师问是何人。苏轼拱手答道："一介小官。"

玉泉皓禅师反问："尊官高姓？"

苏轼答道："姓秤，乃称天下长老的秤！"

玉泉皓禅师大喝一声："咄！且道这一喝重多少？"

参寥与佛印面面相觑。苏轼也答不上来，只好黯然退出来。常总禅师愕然不已，也只好将众人带出禅房。

苏轼四人走出西林寺，对着寺门一面石壁发呆。这时禅房门忽然打开，身形奇异的玉泉皓禅师走了出来。苏轼见了，不由得一惊，赶忙屈身施礼。

玉泉皓禅师合十说道："施主称得天下，何必要称一喝！"那声音如洪钟震响，回荡山谷。

苏轼愈觉惊讶，深作一揖。玉泉皓禅师再也不说什么，退回禅房，把门关上了。

苏轼眺望着秀丽奇峭的庐山，默念着禅师的那几句话，忽然开悟似的对常总禅师说："长老，借笔墨一用。"身边的小和尚捧着笔墨上来。苏轼挽袖蘸墨，就在石壁上欣然写道：

横看成岭侧成峰，远近高低各不同。不识庐山真面目，只缘身在此山中。

近乎奇遇似的庐山一游，禅悟的刹那间激动，已令苏轼感到不虚此行，也就不必再去游赏西林的风光了。苏轼朝寺门拜了两拜，就下山去了。回望庐山，云烟依旧，苏轼却觉得心胸豁然明朗了许多！

回到九江驿，苏轼劳烦陈憷、参寥和佛印留在驿站照看行李物件，自己带着家人和巢谷上船往筠州去了。筠州在洪州的西南边，他们乘船越过鄱阳湖，再溯赣江而上，很快就到达洪州城，再从洪州转走陆路到筠州。一路上苏轼心情激动，自从子由送家眷到黄州一别之后，由于身为羁押罪官，不能私出州境，他们再也没有见过面。虽然相隔不远，常有书信相通，但思念之情还是抑制不住。如今自己蒙恩量移汝州，离子由就更远了，不知他何时也能遇赦北归呢？子由任筠州酒监，公务琐屑繁忙，不知生活过得怎么样。想得越多，心情越复杂，王闰之和朝云都过来安慰苏轼："好在筠州不远，马上就能见到亲人面了！"

五十二　知　己

苏辙贬到筠州监酒税，其实就是掌管官方酒务和盐务。因为一些地方政府禁止民间私自酿酒贩盐，所以开设公营酒监榷场。这差事可不像听起来那么轻松，盐酒由官方转输过来，得依靠车马运回公仓。筠州地处偏僻，酒监没多少人手，苏辙只好跟女婿王适像民夫似的把一袋袋盐、一坛坛酒卸下来。盐酒收入得造册登记，以备上级长官随时查阅勘验，所以事无巨细，苏辙都得亲自做，每天忙得如同街铺里的掌柜。

这一日清晨，天刚蒙蒙亮，苏辙与王适已在搬运盐酒了。苏辙年纪大了，力气不济，搬一会儿就气喘吁吁。王适忙拦着苏辙说："岳父歇会儿吧，我来搬。"说着就驮起一大袋盐搬进屋去。苏辙坐在一边，喘着气说："这些年来，多亏贤婿在我身边相助。老夫算了一笔账，日运盐酒两千斤，五年下来，你我共运三百六十五万斤。账怕细算，若堆于面前，尤似一座山哪！五年背了一座山，再用这双手把三百六十五万斤一点点地卖给筠州的百姓，真了不起。"王适搬完最后一袋盐，拍拍身上的尘土，憨厚地笑着说："读书人干活十不顶一，可习惯了，同样顶个壮劳力。就是一座山，也能搬走。"说完搓着长满老茧的手又去搬酒坛子。

苏辙也过来帮忙，笑着说："所言甚合吾意。或许，命中就该背这样一座山吧，所谓磨难，大抵如是。"王适擦着汗说："好在这种日子快过去了，伯父内徙汝州，就是个信号。"

苏辙点点头，若有所思。他早已得信获知哥哥要来，心中激动不已，但又不知哥哥他们到哪里了。王适安慰他说："伯父身遭大磨难，身处大逆境，但却造就了大境界。伯父的'大江东去'一词和《赤壁赋》，真是妙绝千古啊，读着干活也有劲儿了。"苏辙自嘲道："大手笔从大悲大欢、大磨大难中来。然而我却锈住了，这座盐山酒山压得我喘不过气来，还要和人计较秤高秤低，成了货真价实的贩夫走卒。"王适笑道："愚公移山，最后靠感动神仙遂其夙愿；岳父搬山，皆靠自己一双手，山已去，道自出。岳父还是休息吧，伯父不知何时就要到了。这里有我看着就行了。"苏辙点点头，跟酒监里告了假，回家吩咐史云准备饭菜，又到官道上去悬望等候。

终于盼到了！两兄弟一见面就泪流满面，有说不完的话。还是巢谷提醒着，苏辙这才把苏轼一家人请到他在筠州的住宅东轩之中。苏辙刚到筠州时，洪水冲坏了酒监的官舍，苏辙就向长官租了现在的住宅，修补了损坏的墙垣，周围种上了树木，在此安家，如同苏轼在黄州亲手修筑雪堂一样。史云见了王闰之，好不亲热，拉着手说话，许久才想起倒把饭菜都忘了，忙叫女儿把酒菜摆上，一家人围着说话。

苏轼举着酒杯动情地说："子由，为兄就要北移汝州了，汝州离京城一步之遥；而你却还要留在这江南偏远之地！"苏辙淡然一笑："哥哥不必为我担忧，只要圣上宽宥了你，小弟更无他望。"苏轼接着说："奉旨北徙汝州，依然是团练副使，依然是不得签署公文，只是给了点活动自由。令人费解的是，此次诏书乃圣上亲笔下诏。"

苏辙很快就猜到了其中的情由，担心地说："哥哥，这正说明，圣上多次想重用你，但王珪、蔡确、张璪、李定一伙人从中作梗，圣上不得已而亲手下诏。之所以尚未得重用，实是圣上怕王珪等人再次掀起波澜。对了，朝廷还特意授迈儿德兴县尉之职，恐怕也有深意。"

苏轼饮酒不语，他自然顾虑到朝中奸邪从中作梗，但王命难违，要不然倒真愿意归老田园，不再去过问世事纷争了。苏辙劝酒道："小弟以为，朝中小人固然可气可恨，然与兄长过去恃才傲物、口无遮拦、罪及他人也有关系。还望兄长自此慎言慎行，免得祸从口出。"

苏轼听了这话，十分不悦，说："逢小人不行君子之礼，遇大恶不弃人子之责。让我充耳不闻，听之任之，实在做不到。如果这样，我做了宰相又有何用。"苏辙见哥哥的率直性格还是没变，又劝道："哥哥，你若做宰相，是为国为民，怎会没用呢？君子秉承阳刚之道，也应该知道韬晦之计。江河委婉而进，山有谷而存，像哥哥这般刚直不弯，一定还会吃大亏。"

　　史云和王闰之见两兄弟争论起来，也不便过来劝解，悄悄地拉着子侄们到里屋去了。苏轼听了苏辙的话，心中梗塞未开，负气地说："大丈夫生于天地间，怎么能如此俗气！"

　　苏辙也有些激动，大声说："哥哥在黄州五年，原来还是这么天真！"

　　苏轼说："子由，不是我天真，是你太过世故了！"

　　苏辙说："君子闻过则喜，哥哥不纳忠言，一味固执，实可悲矣。"

　　苏轼发怒道："子由，你既这么说，从此，我誓为哑巴！"

　　苏辙苦口婆心地劝道："哥，你听我一句好不好？这个世上，也就是为弟愿为你尽句忠言。"

　　苏轼手指着紧闭的嘴巴，哑然不语。苏辙也气急了，无奈地饮了一口酒。巢谷进来见两兄弟各自赌气，正奇怪呢，刚才还和和气气地喝酒，怎么一转眼就吵架了？史云忙过来拉着巢谷到里屋。苏辙又喝了一杯酒，轻声说："小弟在酒监里还有公务，哥哥你早些歇着吧。"说完头也不回地出去了。

　　苏轼觉得很气恼，本来很好的心绪被弄得极坏。他素来脾气急，遇事不折，而子由性子温和，处事要沉稳一些。他知道子由是为自己着想的，但他觉得自己应该坚持的原则说什么也不能改变，若事事忍让韬晦，在黄州的历练岂不是白费了？苏轼想到这里，愈觉闷闷不乐，一口气把大半壶酒都喝下去了。

　　由于苏迈的任期在即，苏轼一家只能在筠州逗留几日，就要离去。临走之时。苏辙因为酒监里公务繁忙，不能来相送。苏轼叹了口气，忧伤地对巢谷说："那一场争吵，是我们兄弟二人平生以来的第一次。都怪我，我不该说子由世故，子由被贬官，都是受我的牵连。"巢谷说："子瞻兄，子由是为你好，才说那些话。"苏轼痛心地说："我怎会不知道他是为我好呢？正因如此，我才尤为愧疚。"巢谷安慰道："子瞻兄不必愧疚，我想子由不会怪你的。"苏轼这才稍稍宽慰些。

到了洪州，苏迈要东去德兴上任，一家人在江边为他送行。王闰之舍不得他离开，哭得跟泪人似的，两个弟弟也含泪相送。苏轼一边劝慰他们，一边准备登船回九江。

船刚开到江中，忽然苏辙、史云和王适风尘仆仆地赶到码头。苏辙朝着江中大喊："哥哥，弟弟来送你了，要保重啊！"苏轼激动不已，挥泪喊道："子由，保重！你放心！我会记住你的话！"

这样，两兄弟又再次分别，隔着江水遥遥挥手，直到再也看不见对方。

苏轼回到九江，跟陈慥等人洒泪分别，一路扬帆顺流，直往江宁而去。

船就快到江宁了。苏轼站在船头，远远眺望，任江风把衣襟吹得飘动。巢谷过来说："子瞻兄，听说王安石罢相后就住在江宁……"苏轼知道巢谷要说什么，笑着说："是啊，我与介甫公也很久没有见面了，这回路过江宁，一定要去拜访他。"

巢谷说："王相国现在被封为荆国公，天下人都知道子瞻兄与他不合，为什么还要去拜访他呢？"苏轼摆摆手说："世人囿于成见，以为我们政见不合就势同水火，其实这是外人的看法。荆公可以说是我的良师益友。当初我们惺惺相惜，引以为知己，如今发生这么多事，我们仍然是好朋友。"巢谷点点头。

王安石自罢相之后，隐居于江宁半山园，每日骑着驴子走在乡野小径上，遇着农人便和气地与他们打招呼，没有人知道他就是主持国家变法的宰相。如今往事已如云烟过眼，不必重提。他也觉得自己一天天衰老下去，便常到佛寺中去听经说禅，渐渐心中的波澜也平息了。吕惠卿主持新法，每每歪曲王安石的本意。王安石想起他对自己的背叛，有时不免怒形于色，但很快就平静下来，如今已无法再说什么了。金陵自古是帝王都，历史遗迹无数，随手折一枝杨柳，也能翻检出六朝的盛衰兴亡。王安石就这样每日默默游走在历史与现实之间，把平淡的心情和悠远的沉思都写进小诗里。

这日他骑着小驴，悠悠来到码头，看着江船来往争利，青山亘古常青，吟道：

"自古帝王州，郁郁葱葱佳气浮。四百年来成一梦，堪愁。晋代衣冠成古丘。

绕水恣行游，上尽层楼更上楼。往事悠悠君莫问，回头。槛外长江空自流。"

正在这时，苏轼一袭便衣，从舱中跳到岸上，拱手施礼道："黄州农夫苏轼今日特来拜会大丞相！"王安石喜出望外，赶忙回礼说："哎呀，终于把子瞻给盼来了。"一面抓着苏轼的臂膀上下打量："老了，当年的青年才俊如今也老了呀！"苏轼笑道："荆公也不似当年了！听说不久前荆公染疾，不知道好些了吗？"王安石笑说："偶有眼疾，时下已痊愈了。岁月相摧，焉得不老，只是子瞻，让你受苦了。不久前误听子瞻仙逝，可让老夫心痛了。"苏轼说："苏某一介农夫，不过耕田种地有筋骨之劳罢了。荆公忧劳国事，才是真苦。然而除了功名利禄，甜酸苦辣咸都是与生俱来的，且挥之不去，奈何奈何！"

王安石指着苏轼大笑："子瞻就是子瞻哪！老脾气还是一点没变。与聪明人谈话，总会有妙策应对。"苏轼自嘲地说："聪明反被聪明误，苦辣酸甜自古多。莫道乌台风雨过，写诗怕想苏东坡。"王安石开玩笑说："汴京有个举人，因酷爱子瞻之诗，昼夜研读，冷落了妻子，结果被妻子休了。"苏轼哭笑不得："竟有这等事？那他应该娶一个像闰之一样的人来做妻子。"王安石大笑，苏轼忙将家眷引出来与王安石相见。王安石拉着驴子，盛情邀请苏轼一家到半山园歇脚洗尘，苏轼也不推辞，跟着往半山而来。

吴夫人拉着王闰之坐在里屋说话，见苏迨、苏过两个长得俊秀伶俐，不禁想起自己早亡的儿子王雱来，心中伤感。王闰之看出吴夫人的心中之痛，安慰道："夫人不必为此伤怀。人有悲欢，月有圆缺，此事自古难全呀。"吴夫人于是说起自己常唱苏子瞻的《水调歌头》来排遣忧郁，王闰之淡然一笑。吴夫人拉着王闰之到庭院中赏花谈心，苏轼和王安石则边走边聊，往半山的小径上走去。

历史就是这么奇怪和充满偶然性。北宋后期政坛和文坛的两个最重要的人物，在经历政治风波和个人磨难后，竟又重逢了。一个是罢相，一个是罪臣，重逢时却语及平生，亲如知己。他们谈旧事、论时政，涉及新法和个人恩怨也直言不讳，有时开起玩笑互相讥讽，或是放纵聪明互相比试，最后都大笑释之。他们心中装着社稷苍生，言语碰撞的却是生命智慧。

半山上杂花满树，一片绚丽。已风霜满面、历尽沧桑的两人在花下漫步，似乎重新焕发了少年精神。王安石说起了"乌台诗案"——这件本朝以来最大的文字冤狱。当年，苏轼还在杭州通判任上时，到两浙巡察灾情的沈括向苏轼索要诗集，苏轼想都没想就给了他。沈括回京后，摘抄诗中言语，除夕夜就写好弹劾苏轼的奏章。时任宰相的王安石当即把奏章扣下了。后来天下大旱，华山崩裂，王安石自请离开相位，挂职江宁，沈括又上了第二本奏章，直接送到皇上手里。神宗当时一心悬于天灾人祸，对他的奏章并未在意，要不然，"乌台诗案"恐怕要早几年发生了。

苏轼心中深感意外，对王安石秉公无私之举十分感激，这才是君子的境界，与那些小人行径有天壤之别。

王安石又讲到变法，这桩他付诸毕生心血的宏图伟业，已使天下发生了很多变化，他很想知道曾经作为反对派的苏轼的看法。苏轼拱手直言道："荆公勇于任事，体恤显隐，锐意兴革，足可道哉。然而，小人追随王公，却以变法谋私，荆公搭台，小人唱戏，公做了冤大头，我做了阶下囚，天下百姓就可想而知了。"

王安石点头称许。他是不拘小节之人，自然不会介意苏轼直言。倘若苏轼心有顾虑，言有虚饰，那他也不是苏轼了。王安石深知变法艰难，朝廷颁令与地方施行，总会有实践过程中的偏差。加上人事任用，小人作祟，常常难以达到预期的效果，要不然他也不会两次罢相，对变法遥遥观望而无能为力了。他又问："这次变法，功过如何？"苏轼答道："问心无愧即可，莫论功过。"

王安石想起当日在朝堂上与苏轼争辩变法，言犹在耳。苏轼强调变法须徐行徐立，急则易蹶，现在看来，是被他言中了。王安石感叹道："老夫岂不知要取徐立徐行之策啊，此事，老夫也有难言之隐哪。圣上急欲建功立业，不是老夫能左右的，包括用人，皆由圣上说了算。有功皆归人主，有过皆因安石，老夫不下地狱，谁下地狱？不过，也有例外，比如子瞻你，对圣上有微词，便直言奏明。谁是谁非，概不掩饰。所以，吕惠卿他们见我对你屡屡迁就，大惑不解，可天下谁又能理解君子之交呢？"

苏轼忧虑地说："荆公啊，此次变法，成则为大宋之幸；反之，大宋命运就不敢说了。"王安石惊讶地问："子瞻此言有弦外之音啊！"苏轼直言道："成则大宋兴，不成则动摇国本。何以如此呢？贬人太多，奸臣弄权者太多，谁也不能保证熙丰之法将成为几十年的不变之法。一旦有个反复，则党争日炽，一旦如此，我大宋危矣！"

王安石听罢，垂首不语。他何尝不愿新法长久施行下去呢？只是人事难为，天命难测，世事大概便是如此了吧。苏轼又说："荆公是君子，行大道，为国事，对这小人之争，未曾在意，可往往千里之堤就溃于蚁穴。好比这《青苗法》，运行得当，也是百姓的幸事，到最后却成了小人邀功晋升的台阶，所以百姓怨声载道啊。"

王安石想起自己用人之失，痛心疾首，见苏轼公正直言，不由得心中佩服，感叹道："都怪我刚愎自用，不听子瞻之忠告。"苏轼安慰道："荆公不必自责，不历后事，哪知前事之失啊，如此也好为后来变法者留前车之鉴。"

王安石自嘲说："只怕老夫从此要成为天下话柄了。有些人会拿祸国殃民的帽子扣在老夫头上。"苏轼说："功过自有后人评说，然荆公真君子，足以千古流芳啊。"王安石大笑："刚直敢言如子瞻也会恭维人了。"苏轼淡然一笑："苏某说真心话，荆公心中了然。"

两人继续往上走，一路绿荫遍地，鸟声悠然。王安石问："你说这下坡路好走呢还是上坡路好走呢？"苏轼答道："上山容易下山难是俗人的看法。依我看来，上山费力，下山费神，只要能上能下，能走能动，就不难。真正难的是既不能下也不能上。"

听聪明人的谈话总是令人惬意，像这样随意简单的谈话，两位智者却能讲出别样的道理来。王安石明白苏轼所指的是新法的实施，如今既难裨补国政，又无法完全适用民生，正处在上下两难的境地。只是自己告老隐居，置身事外，新法已交给后来的新党人物主持，他再也无力插手，笑说："正所谓人老步步难哪！"说着，拄杖迈动着老腿。

苏轼过来扶了一把，慢慢陪他走上一级级石阶，说："人一生下来，面临的第一件事是学会走路，到老来，走不动了，面临的第一件大事还是走路。人生始终在走路啊。"王安石针锋相对地反问："然则，人生有一半睡于床上，不知有道路乎？"苏轼笑着说："守财者梦游于被追杀，求仕者梦游于赶考之路，风流者梦游于追欢逐笑，农人梦游于田间地头，商人梦失于道路，岂非无路可走乎？"王安石进一步说："未梦者则不游。"苏轼诙谐地说："未梦者称为睡死，又称小死，死者焉能游乎？"王安石大笑。

苏轼是出了名的机智诙谐，遇着王安石更是当仁不让。他笑说："荆公啊，我听说你正著《字说》一书？"王安石兴致勃勃地说："是啊，老夫研究汉字，颇觉有趣，比如这'波'字，乃水之皮也。"

苏轼马上反唇相讥："如此说来，'滑'者，岂非水之骨也？"

玩笑总是机智敏捷，但绝不带半点恶意。王安石是心中通脱之人，自然也不会计较。他有点尴尬地说："你休讥笑，也并非没有道理。只是这斑鸠的鸠字，何以旁数为九呢？"苏轼马上回答说："荆公不记得《诗经》上说，'鸤鸠在桑，其子七兮'？"王安石皱眉不解："即使这样也只有七只，何来九呢？"苏轼笑着说："加上它爹它娘，正好是九了。"王安石哈哈大笑："好个子瞻，原来你在讥讽老夫！"苏轼忙说："岂敢岂敢。以竹鞭马是为笃，以竹鞭犬，不知何可笑？"两人会心大笑。

两人继续拾级而上，来到半山上一处荒废的宅院前。王安石见旧屋向东倾斜，戏言道："子瞻，老夫出个上联。墙歪上东坡。"

苏轼看着屋下突兀的岩石，对道："屋斜下安石。"

王安石兴致来了，大悦道："对得妙！墙歪上东坡，坡上鸟自多。"

苏轼脱口而出："屋斜下安石，石下虫不直。"

王安石大笑不已，又出一联："半山非半山，一山飞峙大江边。"

苏轼立即说："满月不满月，缺月高悬银河畔。没有绝联，你难不住我。"

苏轼自信满满，斗文斗智最能令他心神愉悦，更何况遇着王安石呢？王安石笑着说："子瞻果然才思敏捷。你且出个对子难住老夫吧！"苏轼说："我有一副绝对，得之于西湖之上，至今未能对上。携锡壶，游西湖，锡壶掉进西湖里，惜乎锡壶。"

王安石沉吟半晌，顿时犯了难："此联乃绝联，老夫对不上，恐怕后人也对不上。"苏轼见王安石雄心未减，大笑赞叹。

两人来到半山佛堂，堂上匾额题曰"保宁禅院"。原来王安石退居江宁后，曾大病一场，病愈后舍宅为寺，潜心学佛，神宗得知，亲书题匾赐予王安石，算作优礼相待。可是对于一个信佛的人来说，这些厚赐又有什么用呢！王安石问苏轼："子瞻信佛吗？"苏轼笑道："信，又不信。我给荆公讲则故事。有一座庙，香火不旺了。这天来了个汉子，推倒神像，将神座料石扛走，回家砌了猪圈。第二个汉子烧香来了，见此甚为惊慌，搬来自己家中的料石，扶神归位。小神对大神说，第一个汉子应该严惩，第二个汉子应该给他好处。大神说，你错了，第一个汉子不信神，我又怎能奈何于他呢？"

宋代读书人大多学佛参禅，这是时代风气。但学佛又不离弃世俗，这是讲究精致生活的宋人对学佛的巧妙转化。苏轼是积极学佛的。在黄州时，他就常常到佛寺去听经念佛，排解现实的苦闷，最终以自己的智慧为主，以佛禅为辅，挣脱出来。他曾跟友人说，自己学佛好比吃猪肉，不但味美，还能饱肚，不像有些人，空学禅义，如吃龙肉，纯粹是诈唬人。苏轼对王安石说："对于少数人来说，佛是一种哲境；对于多数人而言，佛是一种安慰。有大安慰，小安慰。大安慰是悟自然之道，小安慰就只能满足一时之需。"

王安石不同意他的说法，反驳道："你所说的自然之道乃道家之言，非佛家之语。"苏轼说："佛家的四大皆空，并非真空。开大法眼，三教殊途同归，皆为道也。"王安石大喜，欣喜地说："子瞻，你何不来江宁买一宅院，与我同住，我二人天天谈玄论道，岂不妙哉？"苏轼拱手笑道："能与荆公同住，是求不来的福气，只怕身不由己，事与愿违啊。"

其实苏轼何尝不想归老田园，与王安石比邻而居呢？自从接到圣上量移汝州的诏书，苏轼犹豫了好久，不知道该不该上书请求留居黄州。但最终圣意难违，他上了谢表，表示愿意到汝州继续思过待罪。他一路东下，行程迟缓，沿途又不断上书，希望朝廷能恩准他买田归老，可是批文迟迟没有下来，苏轼只好一步步走下去。如今王安石的盛情邀请，又触动了他归隐的念头，可是登上半山，遥望茫茫江水，身不由己的无奈又袭扰心头。他当即写了首诗赠给王安石：

骑驴渺渺入荒陂，想见先生未病时。劝我试求三亩宅，从公已觉十年迟。

王安石感叹道："老夫无缘与子瞻比邻而居，实乃憾事啊！子瞻此去，当大有作为。将来国事要交付给子瞻了！"王安石此意，是料想神宗必定重用苏轼，将来新法的纠正补救，还仰赖他从中施行了。

可王安石哪里料得到以后政局的急剧变化呢？他已无法亲眼看到日后新旧党轮番上台，政治斗争激烈残酷的情景了，而苏轼将深陷在这旋涡里。

苏轼一家在半山园逗留了几日后，又去拜扫了采莲表姑的坟墓，即准备告辞。在短短数天里，苏轼与王安石携手出游，纵横谈论，实在是大快平生，留下一段文人交往的佳话。王安石与吴夫人送苏轼一家到码头，目送他们离去。王安石感叹地说："世上不知更几百年，才出如此人物啊！"

苏轼拜别王安石，对身边的巢谷说："荆公是真君子，可举世不能识之。苏某能从游数日，已是莫大的缘分了。不知什么时候才能再见啊！"这是二人最后一次见面，大约两年后，王安石便去世了。

五十三 在路上

　　自四月离开黄州，苏轼一家缓缓顺江东下，八月时才走到真州。这样走走停停，一方面是因为要四处游赏山水，拜会旧友；另一方面是苏轼屡次上表恳请辞官归老，逗留途中等待批文下达，可是批文一直没有下来。苏轼想要早作归老之计，他与王闰之商量，暂时把家人安置在真州驿馆，自己和巢谷到常州去购置田宅。

　　常州有两位故人蒋之奇和单锡，他们都是常州府阳羡人。苏轼任杭州通判时，二人曾盛情邀请苏轼到阳羡游览。当年，苏轼在单锡家中，偶然见到了伯父苏涣的遗墨，大为惊喜，后来还跟单锡结亲，把大姐的女儿嫁给了他。苏轼见阳羡山水秀丽，适宜居住，曾委托二人代购田宅，预作养老归田之用。只是后来苏轼游宦各州，漂泊无定，这桩事就搁置下来。五年的黄州生涯，令他十分渴望田园生活，以安度余年，现在正好可以找故人帮忙，了此心愿。苏轼耗费了大半积蓄，在常州府宜兴县购得一所宅院和少量田地，暂交单锡看管，又给朝廷写了一份乞求居住常州的奏表，这才和巢谷赶回真州。接着乘船由扬州经运河北上，到达泗州的时候，已经是岁末了。

　　泗州是宋代漕运重要的中转站，它往南连接楚州、扬州，直达苏杭；往北沿汴河可直通京城。白居易有词云："汴水流，泗水流，流到瓜洲古渡头，吴山点点愁。"可以想见漕运的便捷。苏轼看看将近除夕，想暂时在泗州安歇，等候朝廷批文，等过了年再缓缓向京城进发。一家人大半年乘船赶路，日费甚多，加上购置田产之后，积蓄已所剩无几了。王闰之担忧地说："眼看年关将近，朝廷的圣旨还未下达，这年可怎么过啊？"苏轼安慰道："黄州那样艰苦的日子都能挨过来，现在还怕什么？等朝廷准许我辞官，我们便回到江南，尽享天伦之乐如何？"王闰之淡淡一笑："当然好了，我也少为你担些心。"苏轼陪王闰之回到船舱中，吩咐巢谷进城中买些酒菜回来，草草过个年。

巢谷进城中集市里，先要去买鱼，可天寒鱼价也跟着涨，又想去买肉，可是手中钱少，猪肉也买不起。正犯愁呢，忽然计上心来。

苏轼见巢谷久久未归，心中着急，顶着寒风到岸上等候。雪花片片飞落，城中隐约传来爆竹之声。苏轼瑟缩在风中，拄杖披氅，愁眉不展。朝云上岸来劝道："先生，先回舱里吧，外边太冷。"苏轼叹气说："朝云，今夜除夕，你们连饭都吃不上，我心里难受啊。巢谷去借年，至今未归，这年不好借呀！"

朝云忙安慰道："先生，咬咬牙，春天就到了。"苏轼淡淡一笑："春天来了，可这过年，对于穷人就是过关哪！"朝云低头略微沉思了一下，问道："先生，有件事朝云不明白。这年究竟是为穷人而设，还是为富人而设？"

苏轼见舱中王闰之陪着迨儿和过儿，说道："是为童子而设，因为他们总想长大，却不知长大后，过年是件苦差事。"朝云嫣然一笑："年应为穷人而设。"苏轼忙让她说来听听。朝云笑着说："富贵之家，过年有许多规矩，比如，要说过年话，要送过年礼，他们很累。这是因为，他们怕失去富贵。穷人则不然，他们无甚怕丢掉，只盼来年幸福临门，希望总是寄于来年，过年对他们是希望。有这盼头，过年也就格外兴奋。所以，年是为穷人设的。"

苏轼苦笑道："有道理。除夕饿肚子，算是穷到底了，肚子里所有的污秽都没了。物极必反，来年必定过上好日子。"朝云笑道："先生这么想就对了，不必忧愁。"

这时巢谷扛着一袋米，手提一条鱼和其他年货，胳膊夹着一坛酒，冒着风雪大踏步走回来。苏轼和朝云忙迎上去，接过米和鱼。苏轼问："巢谷，哪弄来这么多年货？"巢谷神秘地说："换的。"苏轼正要问他拿什么换的，却看见他只穿着一件单薄的短褐，原来披在外面的夹袄已经不见了。他立刻明白怎么回事了，忙脱下大氅披在巢谷身上，心疼地责怪道："换来的，寒冬腊月，你这老命不要了！"巢谷笑笑说："反正开春了也穿不着了，来来，回舱里准备年夜饭啦！"苏轼眼眶都湿润了，朝云忙扶着他回到船上。

王珪自上次被神宗责骂过后，口吐鲜血，一直卧病在家，眼看一日不如一日了。蔡确和李定在朝中没有什么主张，凡事都要到王珪府上来请示。李定拿到苏轼移官汝州的谢表，看到其中有"至今惊魂未定，梦游缧绁之中"的词句，又重施故技，向神宗进言说苏轼对诗案心存不满，毫无悔意，应当严加治罪。但自上次贬放了舒亶之后，神宗已很讨厌深文周纳这一套把戏，狠狠地把李定训斥了一通。神宗心里清楚，天下人都喜爱读苏轼的文章，不是一个"乌台诗案"就可以贬损得了的。前番受了李定等人的蛊惑，说苏轼毁谤新法，在盛怒之下才把他贬到黄州，但是能把天下所有写诗读诗的人都关进御史台监狱吗？李定隐瞒了不守丁忧之事，一路攀升到翰林学士的位子，其实苏轼早在二十年前就应该做到这个官职了。神宗只是顾虑到变法大局，才没有去追究李定等人的罪过。如今他们的话再也动摇不了他要重用苏轼的念头了。

李定被训斥后，狼狈退下，跑到王珪府上，哭哭啼啼地把事情说了一遍。王珪躺在床上，气得气喘连连地说："早跟你说过你们不懂圣上的心思，还敢拿苏轼去拂逆圣意？苏轼已在赴汝州的途中，我们应该再等待时机，等苏轼他自己犯错。老夫苦心经营的朝中局面，就要被你毁了！"说完，猛烈地咳嗽起来，蔡确忙过来抹他的胸口。

李定惊惶地问："那现在该怎么办？"王珪缓了口气，才慢慢地说："圣上忙于朝政，精力大不如前，不必总拿苏轼的事引起圣上关注。我听说苏轼已呈递辞官归老的奏章，大可令中书省准其归老，也省了我们不少力气。但是千万不要让圣上知道。"李定和蔡确恍然大悟似的点点头。

自从下诏量移苏轼到汝州之后，神宗盼着苏轼早日回来，可是一直没有消息。苏轼的谢表和奏章都被蔡确等人扣押，不让神宗知道。

入秋之后，神宗旧病复发，身体一天天虚弱下去，但仍然坚持处理政事，带病上朝。可是朝堂之上，再也没有忠臣直臣肯为他进献忠言了。当年他雄心勃勃地主持变法，重用王安石等人，司马光、欧阳修、范镇、苏轼兄弟相继出朝，再后来王安石也罢相归江宁，他身边只有吕惠卿、王珪、蔡确这些人了。政策法令渐渐混乱，虽全力补救，奈何身边没有得力的贤臣，神宗一个人又怎么能力挽颓局呢？民间天灾连年，新法施行受阻，特别是永乐兵败的耻辱时时刺激着他敏感的神经，以致落下了病根。他觉得心力交瘁，有负先帝祖宗的重托，社稷中兴的梦想，似乎已经破灭。百感交集，无由解脱，病也就一天天加重。

挨过了新年，病势愈加沉重。神宗自知不行了，把高太后和年仅十岁的儿子赵煦叫到榻前，垂泪不止。高太后哭道："皇儿，娘在，有什么话就说吧！"神宗气息微弱，艰难地说："朕死以后，请母亲垂帘听政，辅佐煦儿。"高太后含泪点头，把赵煦拉到身边，问道："大臣之中，谁可重用？"神宗慢慢地说："司马光、吕公著、苏轼、范纯仁，他们皆是忠臣，国之栋梁。孩儿一心锐意新法，将这些人都黜落了，实在是朕的过错。尤其是苏轼，他是先帝钦点的宰相之才，可朕却令他蒙冤远贬，大才遭忌。朕是大大的错了啊！"高太后听罢为之一惊，想起仁宗皇帝的遗言，不禁潸然泪下。神宗歇了一会儿，接着说："朝中有人忌恨苏轼，一直阻挠他回朝。如今朕已召他回来，只可惜见不上一面了。母后当重用苏轼，则我皇儿可坐致太平。"

神宗瞑目而逝，享年三十八岁。赵煦即位，是为哲宗，改元"元祐"。由于年幼，暂由高太后代理国政。高太后一面吩咐大臣办理国丧，一面诏告天下。

王安石在江宁得知神宗驾崩，痛哭不已，几天里茶饭不进。神宗曾给予王安石莫大的信任和恩遇，全力支持改革变法。现在神宗去世，再不会有人能支持新法继续施行了。王安石已经敏感地意识到政局将会发生天翻地覆的变化，而自己的变法大业可能从此就要中断废止了。他如此哀伤悲痛，既是伤知遇之恩未报，也是伤自己壮志难酬。王安石大病一场，自此身体迅速衰弱下去，再也挣扎不起到佛寺山间闲走了。

苏轼在泗州过了新年，又带着家眷朝前进发，很快到了南都。南都就是现在的商丘，离汴京不远了。这时，朝廷准许他辞官归田的批文下来了，苏轼高兴万分，立刻整装南下，半途中方才听到神宗病逝的消息，不禁大哭一场，提笔为神宗写了挽词。苏轼虽然始终没能得到神宗的重用，还被贬谪黄州五年，但他从来没有半点怨恨之心。现在神宗仙去，他也获准居留常州，真是了无牵挂，身心自由！苏轼在船上向着京城的方向拜了三拜，便起程往常州而去。

司马光听说神宗驾崩，急忙从洛阳赶到汴京吊唁。礼毕，他便与程颐匆匆离去。司马光是元老重臣，道德人品在诸公卿大臣中堪称第一，民间威望也很高。京城百姓听说司马光要离去，都夹道欢呼，希望他能留在汴京辅佐新皇帝，一时大街小巷都在吆喝"留相天子"。

管家急忙将情形报知王珪，王珪已病入膏肓，气息奄奄。听说司马光进京又离去，朝廷并没有挽留，他长长地舒了口气，又问管家："苏轼回来没有？"管家说："前几日盛传苏轼将要到京，可是又听说他走到南都又折返回去，好像是告老还乡了。老爷，现在苏轼已经是死棋，走不活了。"

王珪瞪了他一眼，管家自知失言，吓得不敢多说话。王珪挣扎着坐起，艰难地说："等老夫的病再好些，就去见太皇太后。司马光若回来，朝廷必乱；苏轼若回来，则乱上加乱。老夫苦心经营的这个上下和合的朝廷将毁于一旦，老夫不能坐以待毙。拿药来。"管家急忙把药端过来，说："老爷福寿天齐，病会马上好起来的。"王珪哆哆嗦嗦地把药灌进嘴里，胡子前襟沾湿了一大块，还在喃喃自语："你该知道，以老夫的秉性，从不向天祈寿。但如今却不得不低头，只求天公再给老夫一些时日，再给老夫一些时日吧。"管家只管点头，扶着王珪躺下。

司马光和程颐好不容易从汴京城出来，长舒了口气。程颐不解地问："'留相天子'，乃民心所向，大宋之幸，天下之幸。司马公，何以不辞而别，匆匆离京？"司马光笑笑："程公真是把功夫都用在理学上了。"程颐愈加不解："学问之理，不才算是略知一二；这世理之理嘛，就一二不知了。还请司马公赐教！"司马光说："民心与朝廷之心，是一心吗？"程颐恍然大悟。原来司马光一直反对新法，现在神宗去世，新帝即位，还不知道今后朝廷政令该如何施行。况且朝中王珪、蔡确等人还把持着朝政，就看执政的太皇太后如何处置了。司马光长叹一声，头也不回地朝洛阳走去，汴京的上空慢慢积聚起一片阴云。

太皇太后与年幼的哲宗端坐于迎英殿，召蔡确进来问话。太皇太后问："司马光到哪里去了？"蔡确支支吾吾地说："回禀太皇太后，恐怕司马光已在回洛阳的路上了。"太皇太后不悦，问道："你身为当朝右相，执政在朝，且亲自安置他住在国宾馆，为何丧礼未毕，准其回西京啊？"蔡确早听过王珪的吩咐，希望司马光越早离开汴京越好，现在太皇太后问起，一时不知怎么回答，嗫嚅道："微臣确实不知司马光回西京。"

太皇太后冷笑道："我听说满京城的百姓都喊司马光'留相天子'，你不知道吗？我大宋的当朝宰相是何等的精明！国丧之日，非常时期，重臣来京吊唁，寻其去向你却一问三不知，这不是尸位素餐是什么！王珪呢？"

蔡确满脸沮丧，答道："宰相病重多时，许久都没来上朝了。"

太皇太后早就得知，王珪、蔡确把持朝政，但求无过，不求有功。朝政要事，他们一向推脱敷衍。要说治国才干，都是庸才，排挤他人，明哲保身，倒是拿手绝技。现在刚一问话，就不知应对，哪里像执政的样子！太皇太后心中大怒，急令内侍梁惟简传旨司马光进京面圣。梁惟简得令而去。

太皇太后又问蔡确："苏轼现在何处？"蔡确答道："苏轼已上表乞归常州居住，现在恐怕已在回常州的路上了。"太皇太后大惊，又斥责道："苏轼贤才难得，你身为右相怎能准其归老？先帝临终前量移苏轼到汝州，就是准备起用之意。速速传旨，苏轼复为太守，知登州，不得有误！"蔡确哪里还敢争辩，只得领旨退下。

蔡确在新帝面前碰了一鼻子灰，太皇太后的态度让他为后路担忧不已，苏轼的复官擢升是一个再明显不过的信号。他急忙赶到王珪府第，名为探病，实则是想向王珪请教对策。

王珪已是垂死之人，却还梦想着东山再起。他正为司马光、苏轼未能回京入朝而暗自高兴呢，突然听蔡确说太皇太后召回司马光，擢升苏轼，惊吓得陡然坐起，口吐鲜血。管家大惊失色，急忙扶着他躺下。王珪自知大势已去，挽救不得，摆摆手示意管家退下，缓缓地对蔡确说："持正啊，老夫为相多年，虽无大功，亦无大过。满朝大臣在老夫的周旋下，和谐并力，再无党争之事。你我为先帝新法大业竭忠尽智，当继续为新帝进献忠心。老夫一片赤诚之心，望持正转达太皇太后和皇上。"蔡确还想问怎么应对司马光入朝之事，王珪闭眼摆摆手，再也不说什么了。蔡确只好怏怏地退出去。

王珪待蔡确走了，才吩咐管家把子女都叫来。王仲山、王仲嶷等子女守在床前，痛哭抹泪。王珪让管家把朝服官帽拿过来，双手颤颤巍巍地抚摩良久，对子女说："为父死后，将这朝服官帽退还朝廷。孩子们，床前有一子，人死心不死啊。记住为父的话，好生读书，争取功名。"子女们都含泪点头。

王珪欣慰地说："为父当了一辈子的官，官不分善恶，官只分大小。为父官至一国宰相，能得以寿终正寝，靠的是四个字。记住，凡事要坚持一个'忍'字，对圣上只记一个'顺'字，对是非要牢记一个'躲'字，遇到麻烦要学会一个'推'字。用好这几个字，终生受益。不要怕别人讥笑为庸才，庸才有福是千古不变的道理。切记，切记。"

子女们齐声答道："记住了！"王珪吩咐他们退下，把孙儿叫过来。孙儿年纪还小，不明白发生了什么事，走过来怯生生地喊爷爷。王珪慈爱地抚摩孙儿的头说："孙儿乖，吃过饭了吗？以后要听父母的话！"孙儿点点头。

王珪满意地望着孙儿，问道："好孙儿，今天背诵诗文了吗？"孙儿点点头说："嗯，爷爷，背了。"王珪说："那背一个给爷爷听听。"孙儿以清澈的童音背诵道："明月几时有，把酒问青天。不知天上宫阙，今夕是何年？我欲乘风归去，又恐琼楼玉宇，高处不胜寒。起舞弄清影，何似在人间。转朱阁，低绮户，照无眠。不应有恨，何事偏向别时圆？人有悲欢离合，月有阴晴圆缺，此事古难全。但愿人长久，千里共婵娟。"

王珪顿时惊愕不已。他没想到自己这么小的孙子都会背苏轼的词了。想起这些年来自己一直提防苏轼、打击苏轼，千方百计要把他排斥到朝廷之外，似乎是自己胜了，但又如何呢？苏轼的文章天下流传，连自己的小孙子也会背诵了，苏轼啊苏轼，你到底是怎样的人物呢？看来是自己彻底地失败了。

王珪顿时觉得万事作烟尘散尽，四周混沌无可依傍，心中尽是说不出的失落和绝望。他抬起胳膊想要去抓住什么，但终于垂了下去，气绝身亡了。

苏轼一路南下，一月有余就到达常州。常州府与江宁府相邻，正好算是与王安石比邻而居；与苏轼曾担任州官的杭州、湖州也相隔不远，都是旧地，所以令他感到无比的亲切。常州的宜兴县，古称"阳羡"，又因一条荆溪纵贯全境，注入太湖，所以又有"荆邑"的别称。苏轼所购置的田产就在宜兴县城外毗邻荆溪的塘头村。苏轼得知苏辙也在前不久由筠州调任绩溪县令，绩溪属歙州府，离此不远，将来兄弟二人可以常相往来，共践"对床夜雨"之约了！

苏轼一家车船行旅将近一年，终于可以在江南小村安歇下来。正是五月时候，荆溪水流潺潺，疏林鸟声繁碎，门前池塘里圆荷片片，不知是哪家的鸭鹅，成群结队地在水面游邀。一架大水车立在溪边，悠悠转动，将溪水注入沟渠，一直流到村外的水田里。几个农人，牵着耕牛在田间劳作，真是一派田园风光！苏轼高兴地说："黄州做个农夫，在阳羡就做个渊明吧！"

众人来到宅院中收拾安顿。所谓宅院，不过同邻近的农家田舍一样，是几间简陋的房屋，好在收拾整齐，也清幽宜人。巢谷高兴地说："房前屋后再种些橘树枣树，搭个瓜架种些瓜果葡萄，子瞻可尽陶渊明的诗兴了。"王闰之说："田间地头再种些桑树，我和朝云重操旧业，采桑养蚕。"朝云笑盈盈地说："平平淡淡地过田园生活，最好不过了。"

苏轼很欣慰家人都能安于田园，自己从今不再做官，与家人同享天伦之乐，也算了却平生夙愿。他高兴地说："难得你们有这样的心情。我刚吟成一阕小词，念来给大家听听。'买田阳羡吾将老，从来只为溪山好。来往一虚舟，聊从造物游。有书仍懒著，且漫歌归去。筋力不辞诗，要须风雨时'。"

朝云笑道："真可谓乌台不改先生志，耕田不忘种新诗。"苏轼呵呵一笑："朝云也会作诗了啊！"羞得朝云满面通红。王闰之却说："只'有书仍懒著'这一句不太好。"苏轼摆手笑道："嘉祐策论二十六，熙宁又奏万言书。而今宏著竟何在？换取桑麻陌上居。能学会偷懒，也是来之不易。"

如此安闲平静地住了二十多天，苏轼觉得又像回到黄州一样。但政局的变幻不允许他过这样平静的生活。太皇太后高氏听政以后，朝廷政令在逐步改变，许多受"乌台诗案"牵连的旧臣纷纷遇赦回朝。王巩已回到汴京，写信告知苏轼说朝廷将要任命他为登州太守。苏轼将信将疑，但陆续听到许多风声，他担心圣上的诏命不知什么时候就要下来了。

担心很快就变成了现实。太守滕元发策马疾驰而来，兴奋地喊道："子瞻兄，朝廷下圣旨了！"众人惊疑未定，不知道发生了什么事。滕元发拿着圣旨，翻身下马，对苏轼说："圣上有旨，苏轼官复原职，擢升登州太守。"

巢谷与王闰之等人面面相觑，不知该怎么应付这种局面。刚刚获准归家，难道又要催促着上任吗？苏轼摇摇头，叹气道："太守大人，这圣旨苏某不接。"滕元发大惊失色："子瞻兄，这是为何？"苏轼说："归老阳羡，哪里也不去了。"

滕元发说："子瞻兄，你这天纵奇才，怎能荒废于田间地头?!"苏轼否认道："达道兄，此言差矣。严子陵钓于富春江，陶渊明采菊东篱下，我何尝不能耕作于这荆溪的田间地头呢？只要心中痛快，即是大富贵。我哪里也不去，我要老死在这片地上。"滕元发面有难色："子瞻兄，这可令我为难了……"巢谷也过来劝道："还是接旨上任吧！圣命难违，再说，也是太皇太后的一片好意，不接怕是不行啊！"

苏轼长叹一声，走到溪边沉默不语。良久他才说："我这匹老马已任由朝廷驱驰，你们却还要拿鞭子抽我。"王闰之忙过来安慰。苏轼望着收拾一新的宅院，万分无奈地接过圣旨。

又要奔波上路了！苏轼将田宅交给单锡照管，自己带着家人往北而去。苏轼满怀惆怅地对巢谷说："真想在荆溪种地，享享田间之乐。看来这一愿望到老也落了空。"巢谷说："不管子瞻兄是做官还是种地，巢谷都陪在你身边。"朝云说："先生在黄州，躬耕田园而不忘为民之心。如今将田园之心移之于仕宦途中，不是就了无差别了吗？"苏轼大笑说："还是朝云能解人心意！"

太皇太后陆续将熙丰年间被变法派排挤出朝的大臣召回朝廷，重授官职。宰相王珪新死，太皇太后当即任命司马光为宰相，主持朝廷政务。司马光提出，朝政当务之急是广开言路，建议朝廷拟旨告示天下，百官职无大小，皆可言熙丰朝政得失，广听各路和兆民之见，布衣百姓也可上书言政。司马光是反对新法的，此举一反神宗旧政，意在搜集天下指陈新法弊端的意见，为全面废止新法作准备。他还提拔吕公著、范纯仁等人，来组成自己的官员集团，对抗新党势力。

蔡确、张璪、李定等人着了慌。蔡确眼看自己相位难保，找他们二人商议道："太皇太后已下懿旨，命中书省将司马光的《乞开言路劄子》贴于明堂。这如何是好啊？"李定说："这明摆着是冲新法来的。"张璪也说："言路一开，则如洪水猛兽，万万不可，必须设法制止。"

蔡确摇头苦笑："难哪！若不按太皇太后旨意办，岂不要罢职？太皇太后可是个女中豪杰呀！今日诸事，似是冲着熙丰党人来的，也就是冲着我等来的。"张璪说："依我看，劄子该怎么贴就怎么贴，但一定要注上几条说明，看谁敢说话。"李定是极会耍手段的，奸笑道："如此甚好！这第一条就说让怀有不可告人之目的者不得进言。还有，非职分之内者，反对已行之法令者，皆不得进言！"张璪补充道："揣摩圣意者，惑乱人心者，言必重罚！"蔡确大笑同意，立即将告示拟出发放张贴。

这样一来，还有谁敢上书言事？太府少卿彭永年、水部员外郎王谔等人愤然上书，竟被罚铜三十斤，一时朝臣惶惶不安，不知如何是好。司马光闻讯大怒："除非不言，言必犯六禁！这简直是阻塞言路！"当即上奏太皇太后。太皇太后与哲宗升殿召见群臣，训斥蔡确道："好大胆子！你的'六条禁令'经过哀家准许了吗？你身为右相，就是告诉臣民，朝廷是这样广开言路的吗？"

蔡确战战兢兢地说："太皇太后，先帝驾崩不久，天下当须安定。微臣以为，时下不宜运动众议。"太皇太后冷笑道："你怕众议难违，危及你的相位吧？"蔡确吓得赶紧磕头谢罪："太皇太后，微臣忠心为国，不敢有半点私心！"

太皇太后当即下旨：遣散修筑京城之役夫，减少皇城巡逻士兵，放宽《保马法》，停止《市易法》。蔡确大惊失色，想不到废止新法的诏令这么快就下达了，一时面带难色，不敢遵命。太皇太后大怒，喝道："蔡确，你要抗旨吗？"蔡确吓得连话都不敢说，畏畏缩缩地退下。

李定出班奏道："陛下，太皇太后，万万不可啊。《保马法》和《市易法》皆是先帝所定。《论语》有云'三年无改父之道，可谓孝矣'。先帝尸骨未寒，即改新法，必为国人所笑，请陛下和太皇太后收回成命。"

司马光出班反驳道："李定之言谬也！先帝之法，其善者虽百世不可变也。若王安石、吕惠卿所建，为天下害，并非先帝本意，改之当如救焚拯溺，犹恐不及。朝廷当此之际，解兆民倒悬之急，救国家累卵之危，岂能等三年以后改之？再说，太皇太后权同行政处分国事，是乃母改子之政，非子改父之道也，并不违反圣人之言！"

太皇太后颔首同意。李定悻悻地退下。

退朝后，司马光找吕公著商议朝廷的人事安排。吕公著字晦叔，已经六十多岁了，长着一副美髯。他是仁宗朝名相吕夷简的儿子，为人清正忍让，有君子之风。司马光向他询问参知政事一职当由谁来担任最为适合，他当即推荐了苏轼。司马光却摇摇头。吕公著大惊问道："怎么？子瞻人才难得，天下谁人不知？无论作文还是执政，鲜有与其比肩者，就是当个宰相也未尝不可，为何不可任参知政事呢？"

司马光笑道："论文章学问，介甫亦是佼佼者，论能力不在你我之下。子瞻虽与王安石势不两立，然而他们俩却属同类人物。像这种主意多、才学高的人，位在侍从尚可，让他掌舵，就难说了。"

吕公著说："苏子瞻受'乌台诗案'的影响，贬谪黄州，如今超升擢用，正是众望所归。他若能回到朝廷，乃是我大宋之福。不知授予他谏议大夫之职如何？"司马光说："朝廷无此职位，因人授任恐不足取。"吕公著不知司马光心中早有人选，继续问道："依君实看来，谁堪此大任？"司马光说："范蜀公（此时范镇已封蜀公）国之元老，忠正耿直，最为合适。晦叔若同意，明日就禀明太皇太后。"吕公著只好答应。

范镇已致仕闲居多年，听说朝廷下旨任命他为参知政事，大为诧异，嘟嘟囔囔地埋怨司马光："我六十三岁退隐，七十九岁再上朝，岂非笑话？君实有病吗？如何从棺材瓢里找鬼才？参知政事这把椅子该由子瞻来坐，为何搬到老夫的屁股底下？"忽然又叹气道："用我做参知政事，只怕朝廷从此又要多事了……"

苏轼一路北上，八月到了扬州，十月才到登州治所。登州在密州更东边，是座靠海的城市，素来以"海市蜃楼"闻名于世。每年春夏之间，当海静天清之时，往往可以看到海面上峰峦突起，忽隐忽现，琼楼玉宇列峙其间，人物车马依稀可见，人们说那便是传说中的蓬莱仙境。秦皇汉武都梦想长生不老，派人乘船到海中寻访仙山，但最终都没能找到。

苏轼对登州海市向往已久，但初到登州，还是公事要紧。到府衙交接完毕，他便出门遍访父老，察看民情。登州靠近北边，与辽国隔海相望，苏轼想到应该抽调兵丁屯驻巡逻，加强海防；又看到登州地瘠民贫，朝廷榷盐禁止民间私贩，致使民生凋敝，就上奏乞求朝廷罢废盐政，准许百姓自行买卖。忙完了这两件公事，才在僚属的陪同下来到蓬莱阁。

蓬莱阁位于城北靠海的丹崖山上，是仁宗嘉祐年间所修。此阁高踞崖壁，俯瞰大海，专门供人观赏海市。苏轼登阁凭栏远眺，只见一望无际的大海之中漂浮着一座座小岛，在云遮雾绕中，显得如梦如幻。便问随行官员："好景致！那是什么岛？"一个僚属介绍道："那是沙门岛，岛上有不少奇观，尤其月亮湾和九丈崖最有可赏之处。月亮湾的石子七彩纷呈，白日与阳光相辉，月夜与月光交映，水底似贝宫珠阙，实为人间仙境。"苏轼高兴地说："可准备一只小船上岛上看看。我听说登州的海市颇为神奇，不知何时可以看到？"官员答道："每年春夏之时，常可以见到海市。现在已近深秋，恐怕很难见到了。"苏轼心中怅然，但并不说什么，随众人驾舟上岛去了。

苏轼很晚才回到家中，高兴地喊迨儿和过儿，拿出一只竹篓，神秘地说："这里面是我今天上海岛拾来的宝贝。"说着从竹篓里倒出一片片色彩缤纷的海石和贝壳来。众人围过来，都欢喜地拿在手里赏玩。王闰之埋怨道："看你，有没有太守样啊，倒像个顽童一般！"苏轼笑道："夫人，你看这仙人岛，实在是人间仙境。变成顽童又如何？传说中的蓬莱、瀛洲、方壶三仙岛，大概就以此想象而来。东海龙王与吾邻，但愿永做蓬莱人。"朝云笑道："如今先生有羽化而登仙之感，有神仙味了。"王闰之笑着说："我怎么闻到他一股鱼腥味。"巢谷和苏轼都大笑。

苏轼到登州第五日，巢谷突然拿着一封文书跑来，大喊道："子瞻兄，这回又做不成蓬莱人了。"苏轼忙问怎么回事。原来朝廷公文到了，擢升苏轼回京任起居舍人，即刻起程。苏轼看罢公文，苦笑道："才来五天，又要走？"众人也都跟着叹息。苏过问："父亲，起居舍人是什么官儿？"苏轼说："就是待在皇帝身边记录他起居生活言行的官。"苏过说："那可是大官呢，父亲又升官儿啦！"苏轼叹口气说："老夫什么官也不想当，只想当个渔夫，看看登州的海市蜃楼。"朝云知道先生为宦途奔波而烦恼，默默地帮王闰之收拾行装。

众官员在蓬莱阁设宴饯别苏轼。苏轼满怀怅然，举杯对众人说："苏某来登州才五日，公事还未开始办理，朝廷就要苏某离开了。登州美景绝佳，唯有一件事令我心中遗憾，那就是未能眼见闻名已久的'海市'。"众官都举酒劝慰苏轼。忽然有人大喊："'海市'出现了！"众人纷纷涌到栏杆边，向海眺望。只见海面上隐隐凸起一片山峦，高阁回廊布列其上，云烟缥缈，令人心醉神摇。众人指指点点，都说海市很少出现在秋季，如今苏太守到此，才特地现身与太守相见。

苏轼惊喜不已，拿着酒杯大笑道："苏某昨日祈祷于海神庙，想不到第二天就得以见到海市，真是神奇灵验！昔日韩愈游览衡山，正逢秋雨阴晦，韩愈祷祝山神，一夕之间，云雾消歇，峰峦挺出。如今老夫不仅是心诚感动天帝，天帝也哀悯苏某年迈衰朽，所以才肯将奇景献于目前。苏某五日而离登州，能亲眼见到此等美景，意已足矣！"众官齐声喝彩，请苏轼写下华章，为蓬莱阁添色增辉。苏轼豪兴满胸，也不推辞，喝干了酒，拿起笔来写道：

东方云海空复空，群仙出没空明中。荡摇浮世生万象，岂有贝阙藏珠宫？心知所见皆幻影，敢以耳目烦神工。岁寒天冷天地闭，为我起蛰鞭鱼龙。重楼翠阜出霜晓，异事惊倒百岁翁。人间所得容力取，世外无物谁为雄？率然有请不我拒，信我人厄非天穷。潮阳太守南迁归，喜见石廪堆祝融。自言正直动山鬼，岂知造物哀龙钟。伸眉一笑岂易得，神之报汝亦已丰。斜阳万里孤岛没，但见碧海磨青铜。新诗绮语亦安用？相与变灭随东风。

苏轼写完诗，颓然而醉。众人高声念着此诗，再看海面上，海市已经消散，只剩下碧海长天、茫茫无际。

五十四　司马牛

　　苏轼一家又风尘仆仆地赶到汴京。苏迨、苏过坐在马车里，兴奋地揭开帘子朝外看。繁华的汴京是当时最大的城市，街上车水马龙、商铺林立。这是在黄州那种山野小城无法见到的。王闰之感叹道："朝云，我已多年没来汴京了，现在一切都变了样子。你看这汴京，人这么多，满街都是酒楼、珠宝铺、绸缎店。我们如今变成了乡下人，实在是住不起啊！"朝云没有来过汴京，新奇地看着街景，忽然想到要住在这里，生活日用一定花费不少，也忧愁起来，转头去看苏轼。巢谷坐在车头驾车，苏轼坐在他身旁，一言不发地看着外面。

　　这时马车路过御史台监狱，远远望见御史台青黑的屋檐，大家脸色一沉，再也不说话。苏轼突然开口对孩子们说："六年前为父就是从这里走出来，跟你哥哥去黄州的。"苏迨和苏过似懂非懂地点点头。苏轼又叹息着对巢谷说："六年啦，巢谷，六年之间岁月消磨，人都老了，而此地却一点也没变！"巢谷不答话，喝了一声，驱着马车跑远了。

　　司马光主持政事，开始重布朝局，凡是新党贬黜的一律召回重用，安排朝中重要职位，凡是赞成新法的一律远贬外放，还开出一大串名单，交给吕公著审看。吕公著认为有这么多才俊在朝，一定会使朝政清明，但又觉得这样不问贤愚一概擢升，太过意气用事，难免有失公正。

　　司马光固执地说："熙丰党人在朝时，何曾有半点公正。现在正是把他们清除出朝的时候，什么吕惠卿、张璪、李定、章惇统统贬黜！"吕公著大惊失色:"不可不可。章惇实有大才,虽与熙丰党人为伍,但亦受其害,多次被王安石、吕惠卿等人排挤。若一律外贬,时下不利于大局稳定。"

司马光略有所悟,沉吟片刻才说:"要不这样,章惇做过参知政事,时任中书侍郎,位列宰辅,就让他任知枢密院吧。还有,曾布被王安石、吕惠卿排挤在外多年,太皇太后决定让他复为翰林学士,迁户部尚书。但是吕惠卿罪不可赦,一定要贬远些!"吕公著只得点头同意。

苏轼将家人安置在百家巷,回到朝中,与同僚旧友相见,感慨良多。章惇看着穿新官服的苏轼,笑着走过来帮他整理官帽,说:"好好!大宋第一才子,今日终于可以堂堂正正地走进政事堂了!"苏轼也笑着说:"子厚兄!别来无恙?我们有多少年没有见啦?"章惇笑道:"别提了,岁月催人老啊!走,宰相等着见咱们呢!"说着,拉着苏轼走进政事堂。

司马光集合众官在政事堂议事,一时才俊满堂,似乎真令朝政有焕然一新的气象。吕公著、范纯仁见苏轼回来了,高兴地迎上前来。司马光大喜:"子瞻,你终于回来了!太好了,眼下正是你施展才华的时候,有你襄助本相,大宋中兴可待!"苏轼施礼道:"哪里,司马公折煞下官了。下官但能本分尽职,别无他求。"吕公著拍着苏轼的肩膀说:"子瞻,你谦虚什么?以你的文名、才学、政绩早该被重用了,却被时运所误。好在为时未晚,这次回来,与诸位同人齐心同力、辅佐新皇、共举大业!"苏轼含笑逊谢。范纯仁是范仲淹之子,平生刚直不阿,有乃父之风。他笑着跟苏轼施礼:"子瞻,你是国之栋梁,经世之才,这次回来该励精图治,兴邦立国!我们一众老臣都对你寄予厚望啊!"苏轼备受鼓舞,感动地说:"范公,子瞻当竭尽所能,尽瘁事国。"吕公著又将众官一一介绍给苏轼。只有范镇,虽然担任参知政事,但年迈衰老,未曾到政事堂办公,太皇太后特许他在汴京的府第中办公。

程颐现在已是新帝哲宗的老师了,章惇向苏轼介绍程颐。程颐为人古板而严肃,是个地道的道学家。他向苏轼施礼,拱手高举过头,从上自下,鞠了一个标准可笑的躬礼,口中说道:"久闻苏子瞻文名,特以古礼相迎。"苏轼笑着还礼,众人都忍俊不禁。

众官礼毕，纷纷跟苏轼攀谈起来。他们都久仰苏轼文名，又是来求教诗词，又是来求字画，甚至盛情地邀请他宴饮叙旧，如此之类。苏轼似乎有点受宠若惊，一一含笑答礼。司马光在一旁，面露不悦之色，清清嗓子发话道："今日老夫邀请诸位齐集政事堂，是要商量一下如何处置新法的问题。王安石蛊惑先帝，颁布新法，弄得天怒人怨。如今圣上即位，太皇太后秉政，朝政一新，是该废除新法的时候了，不知诸位有何高见？"

众人见司马光提起废止新法，都交头接耳、议论纷纷。不少受到新党排挤远贬的大臣附和说一定要全面废除新法，清算新党人物。苏轼听罢大惊，他原以为司马光主政会着手修补新法弊端，想不到竟要一概废除，更想不到朝臣议论如出一口。他忍不住进言道："司马公，新法有弊有利，不可一概废止。新党有忠有奸，不可一概黜落。望司马公三思。"

司马光不悦："子瞻，你刚回朝，可能有些事情不了解。新法祸国殃民，老夫在洛阳十几年早已洞若观火，必当废止！至于新党人物，我也不是一概黜落，不是还留下章子厚了嘛。"章惇拱手不语。苏轼还想再说什么，吕公著插言调停道："诸位，新法条目众多，关系国本，如果贸然改易，天下必定骚动不安。如何处置安排，应当条分缕析，从长计议。诸位且先回去写成奏本建议，日后再聚众商讨。"范纯仁也点头称是，众人方才散去。

苏轼无奈地退出政事堂，偶然在侧门遇见曾布。曾布上前来施礼道："子瞻兄，一向可好啊？"苏轼拱手还礼道："是子宣兄啊，幸会幸会，难得你我又见面了。转眼十五载，过得可真快呀！"曾布说："是啊是啊！正所谓岁月不老人易老。年兄已近知天命之年了吧？"苏轼感叹说："不错不错，虚度五十载。今日相会，恍如隔世。"

曾布与苏轼是同榜进士，王安石主持变法时，平步青云，入三司条例司参与制定新法。他虽颇有才干，但为人便佞，善于逢迎，不似乃兄曾巩敦实坦荡。苏轼见他刻意前来搭讪，只略略敷衍答话。

曾布得意地说："真可惜啊，年兄乃天纵之才，是当年我们这批进士中的佼佼者，可是我们这些资质鲁钝的人反而官位高过你甚多。蔡确相，张璪位至参知政事，章惇现为知枢密院，不才也是翰林学士迁户部尚书，年兄却只落了个起居舍人，不公不公啊！"

苏轼不屑一顾地说："世有不公，乃是天地之大公。"曾布有些打抱不平似的发着牢骚说："你是反变法的领袖人物，时下反变法的人物执政，你反倒没得到重用。可惜，可惜呀！"苏轼正色道："子宣哪，这正是苏某高兴之事，不像你们当初得势的时候，清洗朝臣，排除异己，好自为之吧！"曾布面露不快之色道："子瞻还是尖牙利齿。"苏轼镇定地说："子宣，我只是好意相劝，凡事无愧于心为好。"曾布怏怏而去。

苏轼回到家，心中忧闷不乐。这次回朝，本以为可以一革新法弊端，恢复清明的政令，但他嗅到的是异样的空气。司马光任用朝臣激于意气，不能秉公持正，主持政事又固执己见，众臣都众口一词，囿于成见，岂不是又自成一党？如此下去，朝廷必生事端。

朝云见苏轼沉思不语，忙端茶进来，轻声问道："先生，此次回朝必定受到司马大人重用，是为国效力的时候，何以还会心事重重呢？"苏轼喝了口茶，叹气说："朝云，你不明白。司马公是反变法的领袖人物，但是过去我并非反变法，而是反对荆公的某些做法。司马公如今上台，扬言要全面废止新法，在政见上不同，此其一也；官场上拍马屁的人吃得开，而我见马屁精如吞苍蝇，怎么能得执政者欢心，此其二也。"

朝云笑道："先生，这里不比在黄州，朝廷上你争我斗，避免不了。先生还是改一改吧！"苏轼望着朝云，笑说："做人要有骨气，为官要有正气，禀性使然，改不了啊！"

朝云见苏轼刚回朝就忧虑不已，忙岔开话题说："先生，夫人收到二先生的信，说他们不日就要到京城了。她出门去为二先生置办家用去了。"苏轼惊喜地说："是了，子由已被擢升右司谏，要来京任职了。太好了，子由来了也可助我一臂之力。等他们到时，我要到码头亲自迎接。"朝云高兴地说："这下，先生可与二先生在京城朝夕相处了。"苏轼笑着点点头。

王闰之和朝云早已把家里收拾得干干净净，又忙着准备饭菜接风。苏轼带着巢谷、苏迨和苏过到码头等候。苏轼说："子由在筠州背了五年的盐酒，老了许多。上次去还跟他吵了一架，不知道他们现在怎么样了？"巢谷安慰道："子瞻兄不必记挂在心上，子由不会怪你的。"苏轼欣慰地笑笑。

这时李常骑着马来到码头，后面一个人骑马跟着。苏轼上前施礼道："公择兄，你怎么来了？"李常下马施礼道："听说子由要到京城了，特来迎接。"说完又拉着背后那人走到跟前说："子瞻，这位便是我的外甥黄庭坚黄鲁直。"黄庭坚施礼道："久盼与先生见面，今日终于了此心愿。"苏轼大喜："与我交友者皆是折本之人。乌台一案，你我尚未见面，互不相识，只因交流了几句歪诗，也罚铜二十斤，沾光不小啊！"黄庭坚也笑道："朝廷缺钱，还之无愧，只是先生一家受苦了。"苏轼忙拉过巢谷和两个儿子与他们相见。

李定带着家眷，灰溜溜地来到码头，准备前往贬所。见到苏轼等人也在码头，心下惭愧不已，又躲避不得，只得硬着头皮往前走，不料一脚踏空，跌落在水里。家人都慌得大叫。苏轼叫道："快救人！"船工忙拿船篙拉他上岸。李定上下挣扎，衣服鞋袜全都湿透了，头发也散乱开，家人抱着他哭作一团。可他的乌纱帽却没被救起来，顺着汴河漂向远方。

看着李定的狼狈样，李常、黄庭坚、苏轼也忍俊不禁，背过身去暗笑。李常道："十年河东十年河西啊。李定先是陷害我和孙莘老，从而得宠，后当御史里行，继而当御史中丞；后制造'乌台诗案'，升翰林学士，曾经如何风光啊。现在呢，惶惶如丧家之犬。"黄庭坚也说："真是善恶有报啊！"巢谷想起李定曾在御史台百般侮辱苏轼，现在正想上去揍他一顿呢。苏轼把他拦住说："由他去吧。汴河水分明是忠臣贬官的泪呀，李定会被这泪淹死的。"

李定再没颜面待着，忙催促船家开船。

不久，苏辙的船到了，众人欣喜相见，唏嘘不已。苏轼忙请众人到家中，摆酒设宴款待。席间说起新法之事，苏轼屡屡叹息，子由劝他切勿切直陈说，以免招致怨尤，辜负太皇太后的好意。苏轼没说什么，想起子由在筠州说的话，点点头把酒一口饮尽。

　　司马光见众官异口同声，觉得废止新法可行，准备一步步施行他的方案。他提拔自己的学生贾易为御史，掌管台谏，这样可以最大限度地使反对者缄口，又召范纯仁、苏轼等人到政事堂，商议科举改革之事。

　　王安石当政后，罢诗赋与明经科，专以经义策论取士，又作《三经新义》，颁布天下学官，作为读书人进行科举考试的指定内容和朝廷的取士依据。对此苏轼早有不满，他说："《三经新义》曲解甚多，不可为取士之本。洋洋经海，岂能以一家之言，取舍圣人之意，以偏概全呢？"范纯仁颔首同意："介甫骂《春秋》，抬孟子，废六艺，尊百家，如此误导年轻人，只会增加高谈阔论之士。"司马光点头说："诸公之言，甚合吾意。改革科举，取士应以德行为先，文学为后。而文学之中，则以经术为先，辞采为后。我意依先朝之法，与'明经'、'进士'合为一种，废除《三经新义》，以《九经》为立科之本，即《周易》、《尚书》、《毛诗》、《周礼》、《仪礼》、《礼记》、《春秋》、《论语》、《孝经》；而《春秋》只用《公羊》、《谷梁》；《孟子》不为经典；《论语》、《孝经》为必考科目。立刻颁布天下，使士子皆知朝廷取士之法。明年省试即依此施行。"

　　范纯仁表示同意。苏轼却稍有顾虑："只是熙丰十余年来，士子皆习《三经新义》，骤然改行，那么明年省试大批士子就要交白卷咯！不如等此次省试过后，再行旧法，则取士改法两不误啊！"司马光摆摆手说："王介甫《三经新义》祸害读书人，早一天废除，才能早一天为朝廷招纳贤才，如何能等？"苏轼争辩说："读书人十年寒窗，只在一朝科举。如此冒然改易，恐怕有失天下士子之心！"范纯仁一听苏轼说得有理，也同意这次省试之后再行改革，但司马光坚执不同意，他认为一定要尽快扫除王安石当政的种种政策，最后闹得不欢而散。

　　司马光心中不悦，走出政事堂，径直离去。曾布早候在外边，向司马光施礼道："司马公请留步，下官曾布有事求见。"司马光腿脚不便，艰难地迈过门槛，转笑道："哦，是子宣啊！"曾布马上过来扶住司马光，说："司马公保重身体，切勿为国事过于操劳。"司马光笑说："拨乱反正，百废待兴呀，老夫歇不得。子宣，此次任命你为翰林学士迁户部尚书，望你不负圣恩，也不要辜负了老夫的一片心意啊！"曾布忙拱手道："承蒙司马公提拔下官，这是我的福分，下官一定竭忠尽智！"

司马光点头说："这就好。哎，你刚才说有事求见，到底是何事啊？"曾布拱手道："司马公，是关于免役法令。《免役法》皆出自下官之手，下官以为，如果突然改易，必遭致混乱，下官实难从命。"司马光大怒："子宣！《免役法》导致民怨沸腾，废除此法刻不容缓。《差役法》在朝廷行之百年，万民习之已久，岂能更改？你身为户部尚书，难道不明白其中利害吗？"曾布坚持陈说："变法之初，下官与荆公多番商议，制定此法，跟《差役法》相比实在益处甚多……"司马光不耐烦地说："不必多说！介甫误国，你还执迷不悟！"说完上轿离去。曾布半晌说不出话来，只得长叹。

翌日退朝，司马光恼怒曾布所言，授意让吕公著担任户部尚书，主管财政。吕公著推辞说不善理财，还是擢用他人担此重任。司马光笑道："老夫就是要用不善理财之人理财。自王安石变法以来，天下趋利之徒无不欣然，故而世风日下。官场竟成为贩夫走卒的交易之所。用你担此理财大臣，就是要天下看看，朝廷重德轻利。"吕公著恍然大悟，但又有所顾虑地说："国家用度一向不足，财政关系到方方面面。万一理财不慎，势必造成国家秩序紊乱……"司马光摆摆手说："不妨不妨。国家财政皆由《青苗法》败坏，现在要彻底废止《青苗法》，《免役法》也要废除。"吕公著再不敢多言，又问："那曾布处以何等官职？"司马光说："曾布小人，外贬到太原去吧。"

苏轼听说此事，急忙到中书省来找吕公著，陈说道："吕公，曾布不当贬，《免役法》不可废呀！"吕公著大为惊奇，问道："子瞻！你是好了疮疤忘了疼呀，你还嫌他折腾你不够啊？"苏轼直言道："吕公，曾布的为人我知道，但就《免役法》而言，子宣所做并不为差。诸法之中，《免役法》不可废。另外，如果因政见不同，就大开杀戒，必会重蹈王安石的覆辙，更会形成熙丰党和元祐党人之争。晚唐就葬送于党争啊，牛李二党争来争去，把大唐争垮了。如果我们不实行开明之策，一味意气用事，党祸将祸及大宋。"

吕公著一怔，深感为难。苏轼劝说："《免役法》确实优于《差役法》，只是在施行过程中执行不当、监督不力，可以稍作修改，但绝不可废，若废止此法，天下必乱！不行，我得去找司马公。"吕公著赶忙拉着苏轼说："子瞻，别急嘛！你若得罪了司马公，人家会说你站在王安石一边，与熙丰党人一党啊！"苏轼正色道："我不管是何党何派，只要于国于民有利，就要坚持。"说着就冲出门去。吕公著拉也拉不住，摇头叹道："真是竹杆一根……有节不灵通。"

苏轼出门，正遇上曾布。曾布刚接到外贬的公文，垂头丧气地往外走。苏轼忙叫住他："子宣兄留步！"曾布没好气地答话："这回让子瞻看笑话了，翰林学士院的椅子还没坐热乎，就要再贬了。"苏轼劝慰说："子宣差矣。就此事而言，子宣并没错。"曾布惊讶地望着苏轼，叹息说："唉，有子瞻这句话，我就是外贬也值了。"

苏轼说："想当年我与你，还有你兄曾子固一起革除太学体、击登闻鼓，何等意气风发。可不想你兄已病逝有年了。家中还好吧？"曾布眼中含泪，拱手道："多谢子瞻兄不计前嫌，还如此挂念我等。"苏轼说："子宣兄此行珍重，临行时我去为你送行。"曾布感激不已，又请求苏轼手书一份《念奴娇》词赠送给他。苏轼欣然应允，二人这才施礼拜别。

苏轼赶到政事堂司马光办公处，大步冲到案前，大声说："司马公！在下听说你要废除《免役法》，恢复《差役法》？"司马公正在批阅奏劄，问道："是啊，子瞻有何看法？"苏轼拱手施礼说："不妥，如此一来，天下会出大乱子！"

司马公放下奏劄，踱到前厅，请苏轼详说。苏轼陈说："天下实行《免役法》已十五年有余，百姓皆已习惯此法，虽有小怨，但不致乱，只要趋利避害，亦不失为可行之法。《差役法》虽有小利，但弊大于利。应稳妥为上，取长补短，不宜大动。"

司马公不悦，又问《差役法》利弊如何。苏轼答道："自夏、商、周三代实行兵农合一之法，至秦始皇把兵农分开，到唐中叶以后，更趋专业。农出钱帛以养兵，兵出性命以卫农，虽圣人复出，也不易其法。《免役法》户户出钱，雇夫服役，是依唐中叶以后兵农相分的惯例，好处实在很多。"

司马公反驳道："兵农合一，乃是古法，不可变！"苏轼直言道："《差役法》是兵农合一之古法。二者比较，兵农分开为好，这符合战事之需要。打仗与种庄稼毕竟不同，农民训练再好，也不及常年专门训练之兵卒。实行《差役法》，大宋之兵十不顶一，屡吃败仗。《免役法》虽有缺点，但稍加变动即可避免上述弊端。而《差役法》则不然，它不仅使我大宋军队攻不能战，守不能固，且加重百姓负担，农不安耕织，商不安远行，国家税收减少，贪胥滑吏有机可乘，故古法不可效。"

司马光仍然固执地说："古之良制美法，文王之道，有何不可恢复？"苏轼反驳道："吃野果、穿树叶，在远古未尝不是良制美法，然则今日再吃野果、穿树叶，便是愚蠢透顶！"司马公辩不过他，发怒道："你这是钻空子！"苏轼说："有空可钻，自有钻空之人。我钻此空，皆为宰相，为国家补江山大堤之洞；奸人钻此空，自有洪水破堤之险了！"

司马光气得浑身哆嗦："你……你……好，好，你有理，你翅膀硬了，要反对老夫！"苏轼直言："司马公，在下就事论事，并非意在反对宰相！司马公对下官有恩，子瞻永记在心。敢讲逆耳之言，既为国家，也为宰相。当年，司马公为'刺义勇'一事屡谏魏公韩维，态度之强硬，言辞之刺耳，不知几倍于我，而今司马公在相位，却容不得他人片言只语，是何道理？司马公与王安石一样，也是个拗相公！"司马光大怒："好个苏轼，你果然是王安石之党！"苏轼也发怒了："在下与国与民为一党，不与任何人为党！"说完拂袖而去。

范纯仁正好来找司马光，看见苏轼气呼呼地出来，忙拉着他说："子瞻又为何事生气？"苏轼余怒未歇："一朝权在手，便把令来行；不分好和歹，只把旧账清。我不善拍马，又非应声虫。一言怒宰相，落个忘恩名！"范纯仁好言相劝："司马公头脑发热，易铸大错。我去劝劝他！"苏轼摇头叹息而去。

范纯仁进政事堂来，见司马光生着闷气，挂着拐杖在厅内踱步，便劝言："司马公，冰冻三尺，非一日之寒。免役之法，施行了有十数年啦。虽有弊端，但是百姓们已经习惯，骤然而罢，天下恐乱。司马公不可操之过急呀！"司马光此刻谁的话也听不进了，发狠道："老夫还能活几天？此法不废，死不瞑目！"

范纯仁没料到事情如此严重，强压住怒火说："司马公不该生气，此乃国家大事，该多听听他人的想法。深思熟虑，然后再付诸行动为好。《免役法》固有不便，但是不能暴革。若司马公一定坚持恢复《差役法》，也可在一路试行，不可全面废止。"

司马光敲着拐杖说："今天这是怎么了？走了一个苏子瞻，又来一个范纯仁！都来气我，老夫还没死呢！"范纯仁也火了："我等非阿谀奉承之辈，才愿聚于司马公旗下。若为一己之私，不费吹灰之力，王安石即可让我等官运亨通了！良言不纳，固执己见，你又是一王安石！"司马光老病衰朽，气得说不出话："你！你！"范纯仁说："司马公二十余年前对《差役法》耿耿于怀，要废止《差役法》，今日为何不进反退呢？"

苏辙在谏院得知哥哥与宰相吵了起来，赶紧跑过来劝说。他见范纯仁和司马光在厅内相对不语，但都面色不豫，忙施礼道："恩公消消气，家兄脾气率直，让恩公生气了，我替家兄给您赔个不是。恩公日理万机，心急如焚，晚生理解。恢复《差役法》，未尝不可，但应有个万全之策。要是恩公气坏了身子，那我等该如何是好啊？"范纯仁见苏辙过来调停，仍不搭话。

苏辙忙请司马光坐下，继续劝道："司马公，你如今上了年纪，身子又不好，不能轻易生气。家兄乃心直口快之人，他的脾气，司马公还不知道？越是瞧不起的人，他越客气；越是他尊敬的人，就越直言不讳，心里是不掺一点假，有什么说什么。"

司马光这才慢慢解了气，无奈地叹道："也好，我与吕公著大人商议后，明日召集众官到政事堂商议《免役法》。"

苏轼回到百家巷家中，边脱去官袍边气呼呼地说："司马牛！司马牛！"王闰之愕然不解："司马牛？哪个司马牛把你惹得这样生气？"朝云抿嘴笑着，帮苏轼摘下乌纱帽。苏轼说："天下还有几个司马牛！一头牛，天下人就拉不回！"朝云说："先生莫不是和宰相大人顶嘴了？"王闰之急了，埋怨道："这可怎么得了，刚回京城，老脾气又来了。"

苏轼皱眉道："哪里是顶嘴！我是在劝诫他！"王闰之责备道："宰相是我家恩人，你如此高傲不逊，外人知道后，岂不骂你忘恩负义？"苏轼发怒道："忘恩负义？言外之意，我这官是巴结司马公得来的施舍？若贪图富贵，宰相早坐上了！我说不当官吧，你们哭着闹着让我受这份罪！你也不想想，我进直言是为了什么？"

王闰之端茶过来，好言劝道："你就不能心平气和地进言？万一又惹出祸来可怎么办？"苏轼不耐烦地说："事关大宋兴亡，心何以平？"王闰之赌气说："休说他人，你自己也听不进逆耳忠言。"苏轼说："你所谓忠言是为这个小家，我的忠言是为国家。"王闰之说不过他，气呼呼地走出门去，剩下朝云帮苏轼整理衣裳。

这时两个使女走进来，好让苏轼梳洗。苏轼瞧着自己的肚皮问："你们说，我这肚皮里装的是什么？"

一个使女答道："是一肚子锦绣文章。"苏轼摇摇头。

另一个说："是一肚子才学。"苏轼还是笑着摇头。

朝云走过来微笑着说："先生啊，是一肚子不合时宜。"

苏轼听了哈哈大笑，连气都消了，直夸："知我者，朝云也！"梳洗过后，又吩咐朝云说："明日司马光召集众臣商议废除《免役法》，我得养足精神写好奏劄。你和夫人先吃饭，不必等我，也不要来打搅我。"朝云答应着出去了。

次日，苏轼上朝后，朝云在院子里晾衣服。王闰之忧心忡忡地走过来，还在为苏轼发愁，便对朝云说："朝云哪，我这心总是放不下，以先生的脾气，必定还要和宰相争执不休，这如何是好呢？"朝云劝慰道："夫人不必担忧。先生为人，宰相是知道的，不会计较太深。再说，有二先生从中调停，自会化解不快。"

王闰之自言自语地说："唉，他要有子由一半的灵活就好了。"朝云又接着去晾衣服。王闰之端详着她，好半天不言语。朝云被看得不好意思了，笑道："夫人，怎么啦？"王闰之说："朝云，你过来，我有话跟你说。"

朝云愣了一下，立即就明白了，躲到晾晒的衣服后边去，害羞地说："夫人，我知道您要说什么。"王闰之笑笑，绕到后边来，柔声说道："你呀，冰雪聪明的一个人儿，什么能瞒过你？不过啊，我还是要给你明说。"

朝云明白是女儿家的事，脸都红了，借故去拍打晾好的袍服，躲在后面不出来。王闰之笑着说："你呀，自进苏家起，子瞻和我就喜欢你，你和我们苏家有缘哪！"朝云轻声说："是先生和夫人人好。"王闰之说："我的心思啊，自小莲姐去世你就明白了。你的相貌才学，活脱脱的就是一个莲姐。"王闰之想起小莲，眼泪都掉下来。朝云忙过来安慰："夫人，朝云怎能和小莲姐姐比啊！"说着，眼眶也湿润了。

王闰之叹气道："在密州、徐州的时候啊，你还太小。后来，你大了，可我们家又遭了大难，我不能让你……让你陪着我受罪啊！"朝云想起自己的身世，又想到自己的归宿，哭道："夫人的心思，朝云都明白。"

王闰之接着说："说起来，你也是我们苏家的恩人哪。不说教迨儿、过儿，就说那六七年的苦日子，要是……要是没有你，我真不知怎么撑过来！你一个小姑娘家，太不容易了。患难见人心啊，巢谷、表姑，还有你，都是苏家的恩人哪！"朝云啜泣着说："夫人不可这么说。先生和夫人是朝云的救命恩人、再生父母，先生也是朝云的恩师。朝云就是粉身碎骨，也不能报答啊！"

王闰之擦干眼泪说："看看，我真的老了，一说就想哭，把要说的正事都忘了。朝云啊，眼下家境略略好些了，你要是答应，我和子瞻去说，可是……可是实在是委屈了你啊！"朝云赶忙跪在地上说："夫人，朝云只要在苏家，就已经心满意足了。夫人千万不要这样想。"王闰之忙把她扶起来，惊愕地问："朝云，你果真这么想？"朝云含泪点点头说："夫人，采莲表姑走了，朝云就是采莲表姑。"

王闰之欲言又止，她们都是苦命的女人，现在还说什么好呢？苏轼虽然回朝当官，比在黄州时要好些，可是现在却跟宰相闹成这样。朝廷的事她不懂，可是朝廷说不准哪天又会下旨贬官，不知会贬到哪里去，总不能让朝云总跟着自己受苦吧？可现在也无法可想。朝云擦干眼泪，把干衣服都收进屋去，王闰之自言自语地说："苦命的姑娘。老爷临终前说，苏家的女人都命苦，果真如此啊！"说完，又泪如雨下。

五十五　党　争

第二天，百官齐集政事堂，商议废除新法之事。司马光端坐堂上，众官分列坐下，议论纷纷。

章惇率先起来发言。他最早参与王安石变法，但与吕惠卿、曾布等人不同的是，他耿介直言，期间被贬外州。所以司马光贬放熙丰党人的时候，章惇以其才干和品格得以幸存下来，还在朝任职枢密院。当时官制，枢密院执掌军政，不准参与其他政务，但司马光得知他熟悉新法条令，特地把他请到政事堂来。章惇施礼道："恕下官直言，司马公在熙宁初年，曾多次上疏，言《差役法》有诸多弊端，应当废除，此事人人皆知。而今一旦为相，又要废除《免役法》，恢复《差役法》，令人不解。宰相大人前后所言反复无常，实在难以服众。"

司马光见章惇反对自己，一肚子火已经涌上心头，只是强忍着不发。章惇环视众官，慷慨陈词道："近日，司马公屡称《免役法》该废止，其实并非《免役法》不好，实是凡王安石所行之法，无论好歹，必先废除而后快，不管民意国情，只图报一己之私怨！"

吕公著大惊，深恐此言激怒了司马光。但司马光到底还是君子，静静地听他把话说完。章惇接着说："退一步说，更可笑者，就算要全部废止，却要求全国限定五日之内改《免役法》为《差役法》，更张如此草率，绝非为政之道，各县以五日为限犹恐不及，何况全国之大呢？如此施行无绪，将置朝廷于何种境地？"

众人见章惇说得在理，都缄默不语，只有御史刘挚愤然斥责道："章惇，即使你铁嘴钢牙，《免役法》也是祸国殃民。尽管《差役法》有诸多弊端，但立国以来便实行此法，确保了百年基业。至于以后出现弊端，也是在执行中出了差错，而在执行中出差者，难道独有一部《差役法》？难道过去这些年的变法就没出过差错吗？"

章惇冷笑一声："御史之言可谓有力，但却无视事实；更有甚者，你竟敢斥责《免役法》祸国殃民！这《免役法》可是先帝钦定之法，你身为臣子，岂能如此放肆，大逆不道，诬蔑先帝？须知当今圣上，乃先帝之子，若当今圣上亲政之后，你也敢指责先帝祸国殃民吗？分明是欺主幼小，才有这不臣之心！"

刘挚一惊，不敢再说话，脸上都冒出汗来。御史王岩叟颤颤巍巍地站起来说："章惇休得猖狂无礼！《免役法》加重百姓负担，层层加税不堪重负，以致民怨四起。永乐一战，我朝大伤元气，至今难复。你为什么还要为《免役法》狡辩呢？"

章惇正色说道："哼，正是因为《差役法》使天下百姓负重不堪，才制定了《免役法》。你所说加重百姓负担，其实不是百姓，只是加在大户人家罢了。变法之前，差役皆由百姓出，而官宦之家坐享其成；《免役法》使他们与百姓一样出钱出力，你口口声声为百姓说话，实则为官宦世家谋利。至于永乐城失利，乃用人不当所致，罪不在《免役法》。再说，胜败乃兵家常事，西北屡战，胜多败少，尽人皆知。"

王岩叟已老迈不堪，哪里还顶得了半句？只得愤愤地坐下。众人都不敢说话。苏轼坐在章惇旁边，凝眉深思，也不发一言。司马光则冷峻地端坐堂上，静待着有人能站出来支持废除新法。

吕公著见局面僵持难下，这才起身说道："《免役法》、《差役法》各有利弊，二者相比，《差役法》在立国之初并无大弊。诸多弊端乃年久因循所致，只要趋利避害，逐加完善，还是可作良策的。子厚方才之论，难称君子之言也！"

章惇立即反驳道："不错，《差役法》之弊端是因循所致，可实行《免役法》，正是为矫正此弊端啊，为何又要因循复辟呢？至于君子、小人之辨，章某更是感慨良深。章某原以为王安石变法，不听众言，一意孤行，但我敬佩荆公之人格；同样，章某也曾敬佩司马公的人格，可现在看来，司马公也是不纳忠言，拗相一个，且比荆公有过之而无不及。两位君子都只能如此。吕公著，你的君子之论还有何意义？"

苏轼听了章惇这话，嘴角微微一笑。司马光把目光落在苏轼和范纯仁身上，期待二人舌战章惇，奈何二人无动于衷，愤然道："今天到此为止，两种议论都上报太皇太后。散了吧！"众人摇头叹息，纷纷起身散去。

章惇悄悄地对苏轼说："子瞻兄，我今天期待你能发表一篇宏论，为何沉默不言？"苏轼笑说："子厚兄将我要说的话都说完了，我还用得着开口吗？"二人大笑。这时刘挚跑过来把苏轼拉到一边数落道："子瞻，你乃我元祐党人之中坚，何以对熙丰党人之反攻视若无睹，坐山观虎斗？"

苏轼连忙反驳说："刘公差矣。一来苏某绝非属于任何一党；二来苏某自己尚不能说服自己，怎么能昧良知而强词夺理？"刘挚气得七窍生烟："这么说你也反对废除《免役法》？"苏轼点头。刘挚指着苏轼说不出话。王岩叟也凑过来质问道："王安石的熙丰党人迫害反变法者，你受害尤甚，而今为何同他们关系暧昧，青红不分？"

苏轼冷笑道："彦霖兄，王安石有何党？其所重用之人，皆变节而去，最后孤守半山，此说有失公允。我被李定等人所害不差，但论国事，岂能与个人恩怨搅在一起？"范纯仁笑着说："子瞻乃真君子也。朝廷议政，万不可挟私怨而害政。"刘挚与王岩叟拂袖而去。

范纯仁笑道："子瞻当年在朝堂之上与吕惠卿辩驳舌战，迫使吕惠卿哑口无言。今日为何一言不发？"苏轼说："当年驳吕惠卿，理在我；今日明堂之辩，理在子厚。范公难道不知？"范纯仁叹气道："奈何理天下与权天下，南辕北辙呀！权倾天下，若无视天理民意，皆苟且附会，讹言谎语，则国之不幸、民之不幸也。所以我常说为官什么最难？说真话最难！"

苏轼看了看范纯仁，反问道："哦？那不知范公要说真话还是假话？"范纯仁说："司马公虽为大儒，然而对政见历来刚烈如火，被压制十七年，必有发泄，有些急躁，乃人之常情。但他已风烛残年，我不忍猛谏哪！"苏轼点点头："在下明白。然则明知有错，视而不见，苏某实在憋不住。"范纯仁说："我也如此。家父有训：'先天下之忧而忧，后天下之乐而乐。'可这先忧后乐，若要身体力行，绝非易事啊！"苏轼说："所以，我只好宁负宰相一人，不负天下兆民。"范纯仁笑道："子瞻胸襟胆量如此，实在令人敬佩呀，能与子瞻同殿为臣，是我之幸呀！"

司马光在这一场会议辩论中被章惇驳得哑口无言，无力辩驳，就去面见太皇太后，陈说《免役法》的利害。太皇太后对于王安石变法并无特别领会，又深信司马光爱国忠君之心必不至于误国，就按他的意思，把废除《免役法》的懿旨传达到中书省，着令按旨行事。苏轼等人得知，都叹息不已。苏轼退朝回家，章惇忽然造访，苏轼连忙把他请进会客厅，两人饮茶细说。

章惇悲愤地说："今番我必定遭贬外放了！"苏轼大惊，忙问何事。章惇说："司马光只报私怨，不顾天下，比吕惠卿好不到哪里去。与此等人为伍，真是大夫之耻也。前日我在政事堂直言不当废止《免役法》，现在他却仰仗太皇太后，直接颁发了废除的命令。如此行事，我等还用得着多费唇舌吗？"

苏轼叹了口气说："司马公的确过于固执了。但是子厚兄，论人品道德，司马公堪为楷模，他不至于因为私怨而贬黜你的。"章惇狠狠地说："哼，自古为相，最忌专断独行。看司马光的架势，新法必定一概遭到废止，朝中哪还有我章惇立足之地？子瞻，你要追随司马光，必有后悔之日。"苏轼不解地问："我与相公乃君子之交，何悔之有？"章惇狂笑一声："大丈夫立世，若鲲鹏冲天，安能与此蓬雀为伍？若海中蛟龙，安能不翻江倒海？"

苏轼脸沉下来，正色道："子厚兄，我劝你不要折腾了，大宋可折腾不起。国事为重，子厚兄切不可忌恨司马公，熙丰人物罢贬甚多，而司马公还是重用你为知枢密院嘛！"章惇冷笑道："你回朝廷不久，内幕所知甚少。我任知枢密院，乃太皇太后的旨意。"苏轼惊愕不已。章惇接着说："你可能对太皇太后重用我有所不解。这一嘛，是因为我平南方暴乱大有军功；这二嘛，我虽为变法人物，但并不靠攀结荆公和吕惠卿吃饭；这第三嘛，在处理'乌台诗案'时，满朝文武随波逐流，几乎无人为你说话，朝堂之上，我当面顶撞了王珪，为你说了句公道话，使王珪阴谋未能得逞。太皇太后这才将我留在朝中了。但如今，司马公一定视我为眼中钉，必欲除之而后快！"

苏轼心中忧闷不已，他不愿看到再出现王安石当政时朝臣互相倾轧排挤的局面。也许司马公不至于贬谪章惇，但司马光听不进反对意见，这矛盾是无从解决的。苏轼叹气说："当年你能救我于危难，如今我却不能有助于你，实在惭愧啊。"章惇说："你已尽心了。如今局势，怕连你也难自安啊！"

苏轼想起之前顶撞司马光，曾布还是照样被贬出朝，现在满朝大臣缄口不言，将来还有谁敢提反对意见？想到这儿，苏轼苦笑道："子厚兄所言极是……我行我素，由他去吧。子厚兄若遭外贬，不知有何事相托？"章惇起身施礼道："我有二犬子，立志上进，还望子瞻兄替我尽父辈教化之责，若以子瞻兄为师，我即足矣。"苏轼赶忙起身还礼道："子厚兄言重了。此乃分内之事，子厚勿忧勿虑。"章惇深鞠一躬。

这时苏辙急匆匆地进来。苏轼见他神色惊慌，忙问何事。苏辙说："哥哥，我听说刘挚、王岩叟、张君锡、朱光庭等人骂你忘恩负义，要与你誓不两立。"苏轼与章惇相视一笑。苏辙关心地说："哥哥须多加小心啊！"苏轼笑道："给官做即是恩，报之以百依百顺即为义，讲实话进忠言则是忘恩负义，那这朝堂官场岂不成了江湖绿林和商家贾市了吗？真令人喷饭！"章惇大笑，起身告辞。

果然不出章惇所料，第二天上朝，御史刘挚、王岩叟等人弹劾章惇阻挠废止《免役法》，还言辞讥讽宰相。章惇在朝堂上大声斥责司马光等人为泄私愤，凡王安石之法必欲除之而后快，草率更张，必致天下大乱。太皇太后发怒，将章惇贬知汝州。苏轼苦劝不得，元祐一党见他为章惇求情无不侧目愤怒。章惇大笑一声，昂首退出殿外，愤愤地上任去了。

自从太皇太后下旨废止《免役法》，中书省批文严令各路各府在五日内全部废罢。施行十余年的法令岂是能在这么短时间内废除的？各州各县长官都犯了难。知开封府蔡京最善于见风使舵，王安石执政就附和新法，章惇得势便依附章惇，自熙宁三年中进士以来一路连连晋升到知开封府，如今哪里还有不依从司马光的？他当即召集各位僚属，严辞责令，务必在五日内全部废除《免役法》。各胥吏不敢怠慢，通宵达旦地走村串巷，登记造簿，拉丁捕人，闹得鸡犬不宁，终于五日之内完成指令，在众路州府中拔得头筹。司马光大为高兴，命蔡京进政事堂相见。

蔡京到政事堂时，司马光正在批阅奏劄。奏劄都是全国各地送来的陈述反对废除《免役法》的，司马光皱着眉头看一封扔一封。蔡京轻轻地走进来，毕恭毕敬地施礼道："下官知开封府蔡京参见宰相大人！"司马光高兴地说："哎呀，是元长啊，老夫责令五日内废止《免役法》，恢复《差役法》，诸路搪塞推脱，还是你开封府如期完成，为全国垂范，当记头功啊！"蔡京忙作揖道："都是宰相大人决策英明，下官只是遵命执行罢了。"

司马光说："他们说五日时间太紧，三十日也太紧，诸多借口！元长何以能在这么短时间内完成？"蔡京拱手答道："政令能否畅通无阻，关键在州府要员令行禁止。下官连夜制定方案，召集下属开会，然后推而广之，遗留事情，以后再逐个处置。"司马光连声称赞："此乃妙策！元长书法神采飞扬，政务也别具风采啊。新法废止条目甚多，望元长日后能襄助老夫，为国效力！"蔡京俯首作揖道："下官必定竭尽所能。"司马光捻须含笑，示意蔡京退下。

王安石远在江宁，听说司马光逐步废止新法，连《免役法》也严令废罢，气愤地捶着桌子说："君实啊君实，你纵然不满意老夫，也不至于如此？先帝与老夫商议此法，旬月有余，最为完备，难道这也要废罢吗？"说完悲愤填膺，怆然涕下，忽然感到一阵头晕目眩，瘫坐在太师椅上。吴夫人慌忙过来扶着，又请郎中过来诊治。无奈病势沉重，又兼年迈，已无回转的余地了。

王安石躺在榻上，怅然叹息道："老夫衰朽老病，药石不济，人死皮肉消尽，本无所恨。然而毕生心血，只在变法。如今新法尽废，真是天意难违啊！"说罢溘然长逝，家人痛哭不已。

一代杰出的政治家改革家就此仙去。数十年后北宋为金国所灭，有人把亡国之罪扣在他头上，指责他变法动摇国本，才导致了社稷沦丧，二帝北狩。然而功过是非，还待时日来辩白。

由于废除新法期限逼迫太紧，汴京附近州县农民成群结队地到开封府衙来请愿。他们从四面八方涌来，被手执刀枪的官兵阻拦在汴河两岸。民众见官兵阻拦，又以武力威胁，不禁群情激愤，大声呼喊。众人推推搡搡，一路涌到府衙门口，呼声震天。一名胥吏见状，飞快报与蔡京，大叫道："大人！不好了！造反啦！"蔡京大惊失色，忙带着人从侧门溜出，不想被众人团团围住。

蔡京扶稳官帽，战战兢兢地说："你们……你们大胆！想造反吗？"为首的一个高大汉子说："《差役法》要吃人，我们交了这十多年的税，白废了！"众人便七嘴八舌地嚷起来：

"交了钱，还要再出差役，庄稼人还活不活！"

"差役差役，有钱有势的人家不差不役，老百姓既苦差又苦役！"

"他们官官相护，实行《免役法》，他们和老百姓一样拿点钱，就受不了了！"

"我们穷百姓不当兵就拿钱，官宦人家既不当兵也不拿钱，好事哪有百姓的！"

众人情绪激愤，嚷成一片。蔡京定定神，好言安抚道："众位乡亲父老！不要急，本府一定把乡亲们的想法如实向朝廷禀报。请你们放心，我蔡某决不让自己管辖的百姓吃亏。听我的话，你们先回去，给我一个面子，我说话算数！"

众人嘀咕一阵，为首的大汉说："我等就相信蔡大人一回，求大人为小民做主。"便招呼大家散去。

蔡京这才松了口气，对身边的小吏说："你给我暗中摸清这帮人的底细，找出带头的，重打五十大板！这帮刁民！"差役抓了三五个带头的，捆进监牢，一顿毒打了事，其他人都不敢再出声。蔡京颇为得意，上奏劄说平息刁民骚乱，以此请功。

农民在开封府衙门口聚众闹事的消息传到中书省，范纯仁慌忙报知司马光。司马光正为各地的奏劄信函忙得焦头烂额，听说此事，惊得双目眩晕，差点站立不住。范纯仁劝慰说："宰相保重身体，知开封府蔡京已经将事情平息下去。"司马光舒了口气，笑道："还是元长能干啊！"范纯仁冷笑道："蔡京奸邪小人，心术不正，专会媚上欺下。他私下捆绑带头农民，严刑毒打，宰相何以夸赞于他？如今各地改役法后，尽出乱子，有自残的，有闹事的，事态越闹越大，照此下去，天下必乱！如人人效法蔡京，天下危矣！"

司马光倒吸一口凉气，忧虑地问："依你之见，当如何处置？"范纯仁说："以征天下意见为名先安定下来，让各州府提出修改办法因地制宜，然后再取各地之长，制定新役法。"司马光点点头："现在也只能如此了。不知苏轼有何看法？"范纯仁答道："实不相瞒，这因地制宜之法便是苏子瞻提出来的，我看可行。"司马光一脸不屑地说："他这人点子不少，可惜用不到正处。"

范纯仁拱手道："相公，此不为正，何以为正？相公对子瞻失于知人之明。"司马光笑说："苏轼嘉祐年间应试入朝，老夫便已熟知其人。老夫不会看错的。"范纯仁痛心地说："苏子瞻前番数次顶撞相公，出于忠心，纯为国事，相公不可因私废人啊！"司马光狠狠地瞪了范纯仁一眼。

范纯仁继续说："相公，你身在危机，居然全然不知。熙丰党人，十之八九在伺机待时，有朝一日，告你离间圣上父子骨肉之情，则必大祸临头。"司马光为之一惊，旋即朗声说道："我为赵氏江山鞠躬尽瘁，死而后已，赵家定不负我，苍天可证。"范纯仁恳切地说："苍天是靠不住的。再说了，为赵氏江山尽忠者，只有你一个人吗？"司马光沉默不语，岔开话题，叫其他人来一起商议如何平息众议，安定局面。范纯仁遵命而去，叹息不已。

司马光自还朝以来，以废除新法、革除王安石当政痕迹为己任，不顾年老衰病，每日办公至深夜，事无巨细，必定躬亲定夺。朝中众臣已经难以统一意见，各州府关于废止新法的意见就更多，司马光每天忙得焦头烂额，也不肯稍作休息。他明白自己残年老景，剩余的时间不多了，如果不能尽快解决新法遗患，怎么对得起先帝和太皇太后的恩遇呢？太皇太后屡加褒奖，劝勉他保重身体，司马光愈加感激，不分昼夜地部署废除新法条例。

一日，吕公著忽然心急火燎地奏报："宰相！不好了！兵部急报，西夏兴兵十万，又来犯边了！"司马光大惊失色，不由得急火攻心，眼前一黑，倒了下去。

众官忙将司马光送回府第养病，太皇太后也遣御医前来为他诊治。御医说司马光并无大碍，只是需要休息静养。司马光微微睁开双眼，有气无力地说："请御医转告太皇太后，老臣无事，尚能为国鞠躬尽瘁。"御医施礼告退。吕公著来看望司马光："君实，万望保重身体，满朝大臣还等着您主持政事呢。"司马光脸色蜡黄，微微笑道："老了，不得不服啊。西夏军情如何？"

吕公著答道："边关六城均已告急，我已差人前往抚慰，安定民心，务必坚守城池。枢密院正在商议对策。"司马光挣扎着坐起，司马康忙扶着父亲靠在床边。司马光缓了口气说："西夏每逢新主登基，都要趁机进犯，无非是为抢掠而已，并不是为了东侵，以老夫看，只须严加防范！"吕公著忧虑地说："依我看来，这次与以往不同。西夏大举进犯，不止劫掠那么简单！"

司马光说："依老夫所见，西夏本意还是夺地掠城，这次大张旗鼓，来势汹汹，不过是想抢掠得多一些罢了。新主刚刚登基，不宜大动干戈，贸然交兵，该以大局为重。老夫以为应弃六城，以换取边土安宁。另外，为显我朝神威，也须对西夏予以惩戒，当立即禁绝与西夏贸易！"

吕公著点点头，说："朝中之事，全靠君实拿主意。你一病倒，就像天塌了似的，所以还来打扰。"司马光摆手笑道："你我同朝为臣，都为国事，不必在意。"吕公著小心翼翼地说："君实，我听说介甫在江宁去世了！"

司马光惊得坐直了身子，忙问是否属实。吕公著说："江宁知府已经具文来报。我想王安石虽然变法误国，但忠心可鉴，朝廷应该厚加褒奖，抚恤其家人。"司马光点头凄然地说："介甫过人处甚多，但性不晓事，遂致败坏法度，以至于此。今方矫其失，革其弊，不幸介甫谢世。反复之徒，必更百端诋毁。我意以为，宜奏请圣上，除优加厚葬外，可追赠'太傅'之衔，以彰圣上之明，抑浮薄之风。"吕公著高兴地说："如此甚好，圣上若应允，宰相大人可授意苏子瞻撰写制文，以塞反对者之口。"司马光笑道："此事子瞻最适合担任，你明日就上奏圣上和太皇太后吧！"吕公著起身施礼道："君实，介甫与你我当年是为至友，自'熙宁变法'，与介甫分道扬镳。如今已十八载矣。我们都老了，君实千万保重身体，我先告辞了！"司马康亲自送他出门。

次日，太皇太后即下懿旨，追赠王安石为太傅，优礼厚葬，同时贬吕惠卿建宁军节度副使，命起居舍人苏轼同撰敕文。

苏轼痛惜荆公逝世，又敬重荆公为人，自然精心撰写敕文，在舍人府办公处，净手焚香，默坐片刻，即挥笔而就，誊写完毕，不断吟诵。侍立一旁的文书侍从捂嘴偷笑。苏轼问："所笑何事？"侍从说："小的供职舍人府也有些年头，却不曾遇到大人这般。"苏轼笑问："有何不同？"侍从说："旧日舍人，苦思冥想者居多，就是写不出文章；查书寻典，使我等下人跑断腿。而大人则不然，信手拈来，洋洋洒洒，犹如刽子手斩人，痛快淋漓。"

这时范纯仁来到舍人府，见苏轼已撰好两篇敕文，先拿起《王安石赠太傅制》念道："'敕，朕式观古初，灼见天意，将有非常之大事，必生希世之异人，使其名高一时，学贯千载，智足以达其道，辩足以行其言。瑰玮之文，足以风动四方……'好文章啊，子瞻雄文一出，介甫若泉下有知，必感欣慰！"

苏轼笑道："仅有文章，又有何用。荆公谢世，本应厚葬，但荆公葬礼，朝廷却无人过问。公乃知枢密院事，不知意欲何为？"范纯仁为难地说："这件事本不属枢密院管，但我已过问几次，无人出头办理，右相也失于督促，怕是要不了了之。"苏轼叹气道："人情若此，何事可为？"

范纯仁忧心地说："王介甫去世，朝廷少一能臣直臣。眼下'熙宁新法'皆罢废了，再以旧法行政，天下如何是好呢，子瞻有何高见？"

苏轼说："治大国若烹小鲜，最忌翻来复去。先帝与介甫公立新法，而司马公又全面复辟，如此反复，党争渐成，以后再全面废止旧法，恢复新法也未可知。这样反复，天下无定法不稳，新旧两派倾轧，报复之祸不绝。官不思国之兴、民之利，而务于倾轧争夺，君子必无立足之地，而宵小必有乘隙之机，则天下仁厚之风从此一去不再。若能对熙宁之法取长弃短，既能安民，又能富国，天下风正，投机者无所乘其间，而贤士有用武之地。不以人取法，不以人废法，则我大宋尚有振兴之望。然司马公一意孤行，你我束手无策，奈何，奈何？！"

范纯仁见苏轼说出这般透彻的道理来，心中又惊又敬，说："朝廷褒奖王安石，也是意在消除党派成见，务求和合。这次太皇太后批下来一批新党人物外贬，吕惠卿等十余人失势，不知外间会不会有所议论？"苏轼说："当褒则褒，当贬则贬，只要公正为人行事，不挟私为恶，清浊自分，何惧人言！"

范纯仁笑道："子瞻君子气节，令人敬仰啊。让我也看看这篇吕惠卿的贬词。"轻声念道："'敕。凶人在位，民不奠居；司寇失刑，士有异论。稍正滔天之罪，永为垂世之规。具官吕惠卿，以斗筲之才，挟穿逾之智，滔事宰辅，同升庙堂。乐祸而贪功，好兵而喜杀。以聚敛为仁义，以法律为诗书。首建青苗，次行助役。均输之政，自同商贾，手实之祸，下及鸡豚……'痛快！痛快！子瞻当年在朝堂上舌斗吕惠卿，如今又笔剖之，使奸人罪恶昭彰，大快人心啊！"苏轼微笑不语。

内侍梁惟简拿着这篇贬词向吕惠卿宣旨，读到"……反复教戒，恶心不悛，躁轻矫座。德音犹在，始与知己，共为欺君。喜则摩足以相欢，怒则反目以相噬。连起大狱，发其私书，党与交攻，几半天下，奸贼狼藉，横被江东"时，吕惠卿仰天大笑道："如此贬文，千古未有。苏子瞻可谓厚爱老夫也！"

当读到"迨于践祚之初，首发安边之诏，假我号令，成汝诈谋。不图涣汗之文，止为款贼之具，迷国不道，从古罕闻，尚宽两观之诛，薄示三危之窜，国有常典，朕不敢私。可"时，吕惠卿又放声大哭道："苏子瞻文如利刃，直指老夫心窝，听旨宣读已觉脊背寒冷，毛发倒立。就这一篇贬文，恐怕使我万世不得翻身了。"管家见吕惠卿又哭又笑，不明所以。吕惠卿不再说话，闷闷接了旨，驾着一辆牛车，往千里之外的建宁军赶去。

苏轼为皇帝起草的这道贬书，立即引起全国轰动，天下学子无不争抄，元祐党人拍手称快，而熙丰党人从此对苏东坡更加恨之入骨。

司马光病体稍愈，马上回到政事堂办公，他知道西夏犯边之事不容小觑，忙召众官商议。西夏屡次犯边，宋朝与之交战，每战必败，故人人谈西夏而色变，纷纷主张贡纳岁币，以求息事宁边，免惹战事。司马光对众人说："西夏屡次犯边，乘我朝新帝即位，不过为多求财帛耳！王安石用王韶经略河湟，攻占夏人六城，破坏与西夏盟约，故夏人借故寻衅滋事。今朝政当务之急是废除新法，稳定内政，修德固本，则夏人无可乘隙。老夫与吕公思忖良久，决定放弃六城，稳定边地安宁，换取大局稳定。同时，下令西北各路州府，关闭榷场，禁止与西夏贸易，则夏人自困，兵戎自消矣！"众人议论纷纷，莫衷一是。

苏辙忙到舍人府将此事告知苏轼。苏轼正忙着草拟诏书敕文，闻言大惊，掷笔叹息："割六城求和，犹如抱薪救火，养虎遗患。还要禁断贸易，则更是目光短浅之为。司马公糊涂啊！"苏辙说："司马公一国宰相，辅佐新主登基，内政外交都要顾及，他可能有自己的难处。"苏轼焦急地说："身为一国宰相，内政外交随时都有顾虑和难处，又岂能受制于如此难处，行昏庸之举？太皇太后若准奏，就是木已成舟，圣命难违！刻不容缓，须赶在他上奏之前，先去劝阻他！"说着急忙跑去政事堂，苏辙拦都拦不住。

苏轼赶到政事堂，大喊道："司马公！万万不可！下官以为不能弃六城，而该守六城；不能禁断贸易，而该大行贸易。"

众官惊异不已。司马光不悦，冷冷地说："子瞻总是有惊人之见，不知有何良策可以退敌？"苏轼拱手施礼，缓缓说道："诚如宰相所言，宰相弃六城之目的，在于换取边土之安宁。但割地求和，历来是下下之策，千万行不得。下官以为此次西夏侵扰边境，其意不在夺地掠城，也并无吞我大宋之意，他们信武不信文，滋事实为逼我讲和，以增加银粮丝帛。宰相，弃六城有损国威，也会造成我军士气不振。这六城得来不易，是牺牲了六十万人性命才换来的，所耗之财，更是数以万计，岂能说弃就弃呢？若弃六城，以后我大宋谁还愿为国捐躯呀？"

司马公早已不耐烦苏轼屡次反对自己，强压住怒火道："子瞻此言是说本相有卖国之嫌吗？"苏轼直言道："下官就事论事，知无不言，言无不尽。"苏辙、吕公著、范纯仁早已为苏轼暗暗捏了把汗。

司马光冷冷地说："那你说说与西夏广开贸易又是为何？"苏轼说："西

夏吃穿用度离不开我大宋。若广开贸易，则西夏与我互通有无，两地民众皆得实惠，方可安居乐业，乐业者不好战，此为定理。西夏贸易越兴，则大宋越强，西夏的好战之策就越难以行通。这种软化政策胜天下百万雄兵。不出几十年，即可瓦解。"

范纯仁说："子瞻所言极是。只是眼下西夏虎狼之师犯境，当务之急是如何退敌，子瞻有何良策？"苏轼早已思虑周详，应对如流："选派良将，训练兵马，守而不战，来则拒之，以逸待劳。西夏靠铁骑制胜，讲究速战速决，我则坚守不出，以小胜积大胜，久而久之，不攻自破。但万万不能弃城而去。"范纯仁点点头："我大宋与西夏交战，就败在出城迎战，贸然追击，结果敌兵铁骑来往如风，我军顷刻溃败。宰相大人，我看子瞻之计可行。"

司马光冷冷地说："不行！子瞻，你想得太简单了，如今边关哪有良将？时下士气不振，国力不强，用什么守城？不成不成，此事无需再议，速奏明太皇太后，按本相之计施行吧。"苏轼连声反对。吕公著也劝言道："宰相，子瞻之言也不无道理。割地求和，此例一开，辽国等也会效仿，万一兴兵威逼，又当如何应对？王安石当政之时，割地与辽，已有卖国之嫌，我等割六城亦会遭国人唾骂。"

司马光固执地说："六城本是夺来之地，归还西夏不是卖国。"苏轼发怒道："西北边疆，何尝不是汉唐旧土？石敬瑭割让幽云十六州给辽国，太祖太宗犹以未能收复引以为恨。六城控扼河西，使夏人有西顾之忧，王安石任用王韶历尽千难万险才得之，如何说弃就弃！你这样拱手让人，与卖国又有何区别？"

司马光大怒："不用说了！从古至今，哪里听说过求和的希望还没有断绝，就以国运为赌注的？"说完拂袖而去，众官也都渐渐散去。

苏轼回家，拉着巢谷一个劲儿地喝闷酒。巢谷激愤地一拳捶在桌子上，怒喝道："割城求和，又是割城求和，欺我大宋没有良将吗？子瞻，待我披上戎甲，上西北去抵御西夏竖子，浴血疆场又有何惧？总比在这儿受这份窝囊气要强！"

苏轼举杯一饮而尽，忽然想起来在凤翔任签判时的僚属王彭。苏轼伤感地说："但有王彭在，却也英雄无用武之地，还有季常之父陈希亮，在大宋做个武人，可真是运气不好啊。我多次劝阻司马公守城御敌，却一点用也没有！"巢谷说："连我都知道，西夏此次掠边，是要逼我大宋增加纳贡！宰相怎会不知？"苏轼又把酒倒满，冷笑道："这是他患得患失，一叶障目所致。唉，巢谷，你可知道，如果六城尽弃，失去屏障，西夏人可就一马平川，长驱直入了！"巢谷点点头，苏轼却已酩酊大醉了。

苏轼昏睡片刻醒来，王闰之正为他打来一盆清水梳洗。突然苏轼一跃而起，焦急地说："不行，我得去找司马公！太皇太后下旨的话就没有挽回的余地了。"王闰之拉都拉不住，忙叫巢谷在后面跟着。

苏轼慌忙跑到司马光在枢密院的办公处。司马光推说公务繁忙，不便接待。苏轼恳请说："宰相，下官所来，还是想劝说宰相不要弃六城求和。宰相弃六城为求边境安宁，但下官以为弃城之后边境会更不安宁！此话绝非危言，宰相，因为……"司马光生气地说："不必再说了！太皇太后已经下旨，弃六城与西夏求和了！"

苏轼大惊失色，一句话也不说就出去了。

割地求和的消息传到边城，众士兵都登上城堞，向东号哭。大将高永亨骑马过来准备调遣兵将撤出城去，众将校都堵住城门，跪地哭道："高将军！城不可弃啊！我们不走！"高永亨也满面泪水，下马去扶起众人。一位小校哭道："将军！难道我们那些战死沙场的同伴们，他们的血就白流了？我们的兄弟子侄就白死了？"众人也附和道："是啊！丢弃六城，边土更无宁日啊！"

高永亨悲愤难抑，向众人高声说道："弟兄们，难道本将愿意弃城吗？几十年来，我高家将镇守边城，死的死，亡的亡，这六城是用我们的性命换来的，如今弃六城，等于剐我的心呀！可是朝廷有令，谁敢违抗？粮草不供，我等也只有坐以待毙呀！弟兄们，这城不得不弃啊！走吧！"城内哭成一片。

高永亨翻身上马，带着随从率先走出城去，兵卒们不得已也跟随出城，恋恋不舍地回望城门。一夜之间，边关六城全部弃守，数十万兵卒撤到边州待命，一路哭声震野。

西夏兵尽得六城，又背弃合议盟约，派遣铁骑四处劫掠，深入宋境百里。边州百姓蒙受巨大的苦难，官军却不敢还击。消息传到汴京，太皇太后为之震怒，司马光却再一次病倒了。

太皇太后垂帘听政后，对小皇帝哲宗管束非常严厉，派十个贴身的年长乳母照料哲宗的饮食起居，不准他嬉游玩耍，又任程颐为天子侍读，教导哲宗读书。哲宗虽小，但聪慧异常，八岁时已能背诵《论语》，深得神宗喜爱。他对祖母的管束非常反感，加上大臣奏事只知禀明太皇太后，对他这个皇帝却视若不见，他感到自己像是傀儡，受人摆布。

一天程颐在教哲宗读《论语》，哲宗心不在焉地翻着书本，无精打采。程颐立刻摆出一副道德君子的样子，想要尽到帝师的职责，严厉地责备道："身为人君，必临天下；不爱读书，何以御天下？"哲宗把嘴一噘："天下是我说了算的吗？"程颐一下怔住了。

程颐号称"伊川先生"，是有名的道学先生，醇醇儒者，凡讲学必言归仁本义之道，言行举止都要遵循圣人规范。哲宗是天性好动贪玩的孩童，哪里愿意理会这等陈腐的训导。有时哲宗在御花园里东奔西跑，玩得高兴，折了柳枝，掐了花朵，程颐都要板起面孔责备："君之行也，当龙骧虎步，焉可学市井小儿模样！上天有好生之德，人君乃上天之子，怎可随意伤损天德呢？"哲宗满脸不高兴，如果哲宗耍起脾气，程颐必定讲出一大堆圣人教化、天地仁德的道理，令哲宗烦恼不已。再要闹时，程颐便会告知宰相，或者到太皇太后那里去告状，说小天子不服约束、没有人君之德等。哲宗知晓其中的利害，从不敢触怒太皇太后，在她老人家面前永远装乖听话，循规蹈矩，但心里早就腹诽万状，千般不服了。

转眼神宗逝世已一年有余，司马光秉政后，新法逐步废罢，边关又兵戎四起，整个国家骚动不已。司马光现已病重，无法理政，吕公著上书太皇太后说："时下国家多事，臣民不安。祈请太皇太后和圣上主持今年祭天大典，祈求天赐福瑞，广施仁德。"太皇太后准奏，命程颐协同太常寺安排大典礼仪，吕公著率领众官准备祭天。

程颐精通古礼，觉得朝廷现行礼仪诸多缺漏，应予以完善修正。于是吕公著召集众官到崇政殿，请程颐给大家讲解示范。众官来到崇政殿，示范礼仪还未开始，就先七嘴八舌地说起闲话来。左正言朱光庭旁若无人地高声说："时下百废待兴，若不一一把熙丰诸法废除干净，天下难以稳定。在这件事上，有人却首鼠两端，实为可恶！"王岩叟也跟着说："公掞说得对，王安石变法，弄得天下鼎沸、民不聊生。元老重臣多被贬外，君子受辱，小人得志。可是，我等元祐君子中，竟有人忘恩负义，变节无状！"

众人心知他们针对的就是苏轼、范纯仁、苏辙等人。三人闻言，怒形于色。苏轼朗声大笑道："此人就是苏某。什么叫变节？什么叫忘恩负义？诸位，我等脚下之地，乃是大宋朝廷的崇政殿，不是闾巷结社的茶肆酒楼！诸位是执掌国柄的朝廷官员，不是市井之中的结拜兄弟！何谓节，节就是守正不移，持重不迁；何谓义，义就是以民为重，以国为重，以君为重。因人立法，因人立言，因人废法，因人废言，虽至愚之人不为也，何谈节义？王岩叟，你的节充其量是结党营私之节，你的义不过是阿附宰相的托辞。你把宰相作为打人的棍子，陷宰相于不义，居心何在？朱光庭，你所谓的首鼠两端，不过是掩饰自己不顾公理的幌子。但凡有一丝忠君爱民的心肠，也不会有此不顾天下公理的无稽之谈！"

王岩叟当着众人的面大哭起来，朱光庭面颊通红，再也说不出话。这时吕公著和程颐走进殿来，劝解大家道："诸位，不要争了，党争之祸大家还不清楚吗？今日商议祭天大典礼仪之事，诸位听从正叔安排！"

众人排列散开。程颐走到殿前向诸位深深地施了个古礼，清清喉咙，一字一句地说："诸位大人，过去经筵，不合古礼，从即日起，当应纠改。经筵乃神圣之举，我等乃孔门之徒，入殿后，皆应向圣人图像行跪礼，磕首有三，起身后，众臣应向讲经人深鞠三躬，一躬到地，讲经人亦回敬三躬到地。然后，则各坐其位。现在，大家演示一遍。"

宫中内侍抬出巨幅孔子像，置于殿上。程颐神情肃穆地对画像鞠躬行礼。众人都知道程颐古板迂腐，看他庄重的样子，都忍不住想笑，但又不敢笑，万一他板起脸来较真，那讲理是讲不过他的。程颐高喊一声："跪！"众人纷纷跪下，个个盯着程颐面无表情的干瘦的脸。程颐又喊道："一叩首。"众人都跟着叩首。如此叩拜了三回，程颐又不厌其烦地喊："一鞠躬。"众人都起身鞠躬，如此三回，才算礼毕。

苏轼对这种迂执古礼很反感，又碍于情面，只好取笑道："正叔，圣人之时，宽袖三尺，服以布衣，我等是否统一制做旧衣，来赴经筵？"众人哄堂大笑。程颐顿时脸红，不知所措，愤然道："古衣可更，古礼不可变！"苏轼反唇相讥道："更古衣焉非变古礼耶？"范纯仁拉着苏轼衣袖阻拦道："你就别为难他了。"众人讪笑不已。

祭天大典如期举行。太皇太后和哲宗在吕公著等大臣的陪同下，来到南郊圜丘敬祀天帝，兼及五方诸帝、日、月、星宿诸神。祭典已毕，复回宫门城楼上大赦天下，众官列聚城下，齐呼万岁。太常寺官员高声喊道："大典开始，奏乐……"

霎时，钟磬笙鼓齐奏，洪亮清雅，激荡人心。太皇太后和哲宗站立在明堂正中，两旁簇立着吕公著、范纯仁等一干重臣，仔细聆听着乐声。程颐带着百官在阶下齐声唱道：

"皇天浩浩兮日月不息，圣德融融兮威服四夷。

上下和畅兮时节不移，神州感恩兮舞我羽衣，

风调雨顺兮丰我兆黎……"

歌声嘹亮悠扬，反复几遍，才算礼毕。这时内侍梁惟简匆忙跑过来，俯身在吕公著耳边说："宰相大人他，薨了！"吕公著先是愕然不语，又仰天大哭道："君实啊！骑鹤蓬莱，何不等我呀？"

太皇太后闻言，也失声痛哭道："天丧忠臣哪！"百官都大惊失色，纷纷跪地，呜咽不已。唯有程颐左顾右盼，见所有人都伏地哀泣，慌忙出来劝阻道："诸位节哀！《论语》有云：'孔子于是终日哭泣，而不歌吟。'大典尚未结束，诸位不能哭，不能哭啊！行祭祀大典而歌吟，就不能去吊丧，吊丧必哭泣，哭则有违古礼！"

太皇太后和哲宗都愣住了。苏轼对程颐这套迂腐可笑的把戏早已忍无可忍了，含泪斥责道："正叔，夫子只说终日哭泣而不歌吟，没有说终日歌吟

而不哭泣啊！"

程颐一时语塞，满面通红，强词夺理道："古礼如此！"

苏轼怒不可遏："此乃枉死市叔孙通之礼也！司马公新丧，还在这里拘守古礼，岂不可笑？"吕公著急忙过来劝解道："二公休得再争！大典快要完毕，诸位可去司马光府上致哀。"太皇太后也点点头说："甭管歌不歌、哭不哭的，现在就罢明堂礼，文武百官皆去西府致哀司马公！"程颐无话可说，木然地随众人散去。太皇太后拉着哲宗退入宫中。

朱光庭、贾易走过来对程颐说："恩师，且勿再为苏轼这匹夫生气！"程颐颜面无光，恚怒不已地说："老夫乃圣人之徒，而苏轼竟当着满朝文武，把老夫比作为刘邦制礼又被斩于市井的小人叔孙通！我程学焉能受此大辱？"朱光庭说："恩师放心，学生定报这辱师之仇！"贾易也附和着，这才一同往西府走去。

司马光逝世，太皇太后下旨：司马光忧心国事，积劳成疾，为士大夫之楷模，朝臣之表率。追赠太师、温国公，优礼厚葬。

司马光一生忠恕谦恭，刚直不阿，死后家中清廉似水，是本朝道德人品数一数二的君子人物。元祐之前无论在朝在野，平民士夫都对他极为钦佩，苏轼曾作诗歌颂道，"儿童诵君实，走卒知司马"，可见其威望声名之高。至身死之日，平民百姓都为之哭泣哀痛，好像是失去了自己的亲人一样，街巷之间，哭声不绝，街铺为之罢市。有数万人从四面八方赶来为其送葬，死后哀荣，亦已足矣！

只是司马光元祐执政后，务求罢废一切新法，固执己见，有为十五年退居泄愤之嫌。更为严重的是，他迫切罢废新法，导致内政紊乱；以恩怨升黜朝中大臣，致使党争之势渐成，为日后新党上台执政后打击报复埋下了祸根。北宋后期就是在反覆不已的党派斗争中损耗了元气，一蹶不振。

五十六 知制诰

太皇太后擢升吕公著为尚书左仆射，并命他斟酌右相的人选。太皇太后之意是起用苏轼，让他位于执政的地位，日后辅佐幼主，这也是先帝的遗愿。吕公著想起司马光死前曾说过，苏轼为人矜才使气，遇事不让，难以与朝中大臣调和，故他并未推荐苏轼，而是推荐了翰林学士吕大防。吕大防字微仲，为人稳健矜重，是吕公著心目中的最佳人选。太皇太后问何以不用苏轼，吕公著答道："子瞻断事明，而失于言语伤人；微仲决事快，而言语不失。子瞻政绩显，但性好游戏山水；微仲政事稳，且生活严谨不荒。子瞻泾渭分明，但失于性格直率；微仲能守定策，且不性躁。"太皇太后只好依从，下旨擢升苏轼为翰林学士承旨左朝奉郎知制诰。

没想到苏轼接到诏命后，连上三章辞谢，不愿担任此官。太皇太后十分奇怪，内侍梁惟简从旁说道："太皇太后，苏轼连辞三状，莫非是心中不满？"太皇太后说："并非如此，苏轼的为人哀家还是知道的。通常授官，皆连辞不受，以示诚惶诚恐之意。但哀家自知，苏轼确实不愿做此官。他天性率直，厌恶官场恶习，出仕做官，不过是一种迫不得已罢了。苏轼忠君爱民，那是不掺假的。苏氏兄弟都是人才难得。苏轼奏折中称苏辙已有重任，若再任命他为中书舍人，怕引起朝中异议。依哀家看，这又何妨？再下诏书，你去宣旨，要特别写上'举贤不避亲'。"梁惟简正欲遵命而去，太皇太后又吩咐道："你去传哀家口谕给范镇，让他代哀家去劝劝苏轼，现在也只有他可以说得动苏轼了。"

范镇自被司马光召还京城，授以参知政事之职，但并不同意他全部罢废新法的主张，就上表以年老为由辞官归家。太皇太后优待范镇，因他通晓音律，让他提举崇福宫，兼待职太常，参校宗庙祭祀典礼的乐律，并赐宅在京城居住。苏氏兄弟回京后，经常去看望范镇，一起赋诗饮酒，情同往日。

此日，范镇来到苏轼百家巷的家中，与苏轼饮茶相叙。他年逾八十，但筋骨尚且强健，精神矍铄，毫无衰惫之态。范镇见了苏轼就哈哈大笑道："子瞻啊，看来这翰林学士知制诰之职你是推辞不掉了！"

苏轼忙扶他坐下，王闰之又端上茶来。苏轼无奈地说："当下之势，小侄真是不愿为官。太后年事已高，而幼主尚小，眼下朝政，其实难测。司马公一去，程颐以圣人自居，其门人独抱一处，已成'洛党'；以刘挚为首的王岩叟、刘安世、王觌、赵君锡、赵挺之等北方官员也抱在了一起，北为朔，时人称为'朔党'。"

范镇呷了口茶笑着说："听说你也组党了啊！"苏轼大惊问道："我何时组党了？"范镇说："蜀党。子由不用说了，吕陶和我这把老骨头都是西蜀人。我的儿子范百禄、孙子范祖禹自然也沾了光，成了蜀党人物，你是党魁。"苏轼急得站起身来辩解道："那江西的李公择、黄庭坚呢？江苏高邮的孙觉、秦少游呢？山东钜野的晁补之和山东济南的李格非呢？那楚州淮阴的张耒呢？还有王巩、王晋卿他们哪一个是西蜀人？真是一派胡言！"

这些都是苏轼任州官和回京城后所结交的文友，平时不过以诗词唱和、字画相娱，品评赏鉴，切磋斟酌而已，并未结党谋求任何政治利益。范镇连忙劝慰道："不必着急。只要行得端走得正，有何惧哉？"苏轼明白定是朝中有不容自己的人故意散播谣言，用以中伤诬陷，激愤地说："但求无愧于心，即便一无所成，甚至身陷囹圄，夫复何憾！"范镇点点头说："正是。老夫今日来，是要给你提个醒，今后朝中争斗是免不了的，你要处处小心。明枪好躲，暗箭难防。元祐中许多人搞阴谋诡计并不比熙丰人逊色，甚至更卑鄙。"

苏轼很感激，施礼说道："多谢恩师好意！不错，熙丰党人，党同伐异，起码还以对变法的态度取人，虽说投机，但敢明对。这些人则不然，他们头顶着儒冠，举着圣人的大旗，实则为一己私利，暗中伤人，更为可恶。恩师你不要再回许昌了，百禄和祖禹都在京城，你一人回许昌，我们不放心。"范镇笑着说："老夫懒散惯了，难得自在。完成太常乐的音律校正事宜，不负太皇太后所托，我就回许昌清净养老去了。君实这一去，他的家人求我为君实撰写碑文。我和君实生前有约，谁先死，则活着的人为死了的人写碑文。没想到，我这老不死的竟然没赶到君实的前头。将来谁来给我写呢，只有麻烦你了。"

苏轼笑着说："假如学生不死在恩师的前头，自然效命！"范镇捋着胡须哈哈大笑："这我就放心了。其实，人都死了，还要计较碑文干什么？可朝中人都树碑立传，老夫也就随俗流而为了。"苏轼说："恩师大彻大悟，也能多活数年。"范镇说："一味向天要寿，其实不也是贪吗？"苏轼答道："也对，人命乃无价之宝，多了一点，自然也叫贪了。但因为是天之所赐，自然就换了说法，称为寿。"范镇笑道："我问问你。寿（壽）字为何如此书写呢？若按王安石的说法，下有一口一寸，就是说，若说活没了分寸，就该掉脑袋了。"苏轼会意而笑。

正闲聊着，梁惟简进来宣旨了。苏轼和范镇慌忙到庭院中下跪接旨。梁惟简高声说道："勅。擢苏轼为翰林学士承旨左朝奉郎知制诰。苏轼勤勉忠心，切勿再推辞！"

范镇跪着转过脸对苏轼说道："子瞻，这次不要再推辞了，朝中风雨哪里有躲避得了的？"苏轼笑笑，欣然接旨谢恩。

风波似乎暂时平息了。

边关的纠纷，求和始终是上策。只要舍得每年多"颁赐"一些钱帛，西夏的铁骑就暂时不会攻掠边州。与辽国的盟约也继续遵行，双方各守边界，即使偶有摩擦，也尽量息事宁人，免惹争端。朝廷之中也少了很多争吵，司马光废罢新法之初那种激烈的廷辩没有了，诸臣各安其职，上下和合一气，如此元祐之治，似乎真的有点盛世中兴的模样。

然而这种平静背后似乎又有着某种不安的暗流。新法全面废除，新党大批外贬，熙丰间的一切功业都被抹杀了，剩下几个孤臣远在江湖，满怀怨愤。吕惠卿在建宁军，蔡确在安州，章惇先贬知汝州，后再贬至杭州提举玉霄宫，他们都在等待翻身报复的机会。元祐旧党也分化为洛党、朔党之类，朋比为奸，相互攻讦。苏轼官居三品，苏辙也由右司谏升至中书舍人兼户部侍郎。兄弟二人同居高官，京城之中人人称羡。苏轼却愈加慎重，免得小人乘隙抓住把柄。每日上朝办公，晚间回家拜会友人，吟诗作画，算是人生最为清闲的一段时光。

苏轼在贬官黄州以后，他的诗文遍布天下，读书人没有不钦佩苏轼的，往往跟随求教，以得到他的指点为荣。苏轼现在已取代欧阳修，成为当今的文宗。在京城交游甚多的，有故友王巩、李常、王诜，后进之辈有秦观、黄庭坚、张耒等人，还有人称"龙眠居士"的李公麟。他们时常聚在一起饮酒赋诗、观画写字，文采风流令人叹若神仙。

苏轼公务之暇，想起当初在御史台监狱，多蒙狱卒梁成的照顾，如今时过境迁，故人之恩不可忘，急忙令巢谷四处寻访。巢谷找了很久，才在城中一家肉铺里找到了梁成。原来梁成因为同情苏轼，被狱吏何钦所嫉恨。他害怕何钦报复，索性辞去狱卒的差事，和母亲几经搬迁，在一家肉铺里当起了伙计。苏轼高兴地对巢谷说："若无梁成，苏某在乌台大牢不死也落个残疾。走，带我去见他！"

苏轼穿着便装，与巢谷来到城东的肉铺前。小铺子里人来人往，几个伙计抬着猪、羊在后院宰杀，梁成在案前忙着剔骨切肉。苏轼走到案前，叫道："伙计！给我来十斤羊肉！"梁成叫声"好嘞！"头也不抬，操着尖刀撂下一只羊，正准备细细地切来。巢谷在一旁忍不住笑了，梁成这才抬头，看见眼前身着便装的顾客正是苏轼，惊喜异常："是苏大人哪！"

苏轼激动不已地说："梁成兄弟，你让我找得好苦啊！"梁成憨厚一笑，双手不知所措地在围裙上搓着，说："苏大人，你如何找到小人的？"苏轼说："我回京一年多了，叫巢谷四处打听你的下落，想不到你在这里！走！咱们喝酒去！"梁成有些受宠若惊，又有点为难。巢谷一把拉住他说："梁成兄弟，子瞻兄找你找得辛苦，今天跟肉铺子告个假，就说苏大人要拉你去喝酒，看东家敢不同意？"梁成"呵呵"地笑了，跟店里伙计招呼了一下，就跟着苏轼出来。

三人找了个临街的酒馆，拣个清净的地方坐下，叫了几样下酒菜和一壶酒来。苏轼斟满一杯酒，向梁成敬道："梁成兄弟，当年承蒙你在狱中多加照顾，苏某敬你一杯。"梁成慌忙地端起酒杯说："哎呀，苏大人，可使不得！小人一介草民，怎么敢要大人敬我？"巢谷说："子瞻兄敬你是位义士，昔日恩义不可忘，这才叫我四处找你。现在找到你了，子瞻兄高兴，你就陪他喝了这杯吧！"梁成听罢，点点头，一饮而尽。苏轼大笑道："果然是爽快之人。不知你现在境况如何？你受我连累，丢了御史台狱中的差事，不如跟着我寻个差事做，也好顾家，不要在肉铺里干了！"

梁成摆摆手说："苏大人，多谢你的美意。说实话，小人愿意跟着大人，可小人识字不多，担心给你误事。"苏轼为难地说："那我可怎么报答兄弟你啊？"梁成敬酒道："当时小人知道大人是含冤入狱的。我虽没读多少书，但是'忠义'两个字也还是知道的，所以本着天地良心照顾大人，实不求大人有何报答。"苏轼感动地举杯饮尽。巢谷也敬重梁成为人，与他干了一杯。

梁成接着说："御史台监狱的差事我早就不想干了，受不了那鸟气，也吃不了那碗饭。一帮小人都是牛头马面鬼，吃人不吐骨头，到处陷害忠良，欺压良善。我在肉铺里，每日出力过活，也省得见那些污秽的人和事。现在帮东家卖肉，每月能得五两银子，贴补家用，照顾老母，也够用了。"苏轼感慨地说："古人常言，'豪杰之士，多隐于屠狗辈间'。兄弟此言，真有豪杰之风。苏某无以为报，请受苏某一拜。"说完便起身施礼。梁成慌忙起来扶住，感动地说："大人折煞小人了！坊间传言圣上要重用大人，真是好人好报，苦尽甘来。大人仁德心肠，是我们老百姓的福气。"

苏轼感激梁成，与他多喝了几杯，又嘱咐说家中如有任何难处，便来告知，他一定会倾全力帮他解决。巢谷生平最喜欢快意豪爽之人，跟梁成把一壶酒都喝干了。

张璪蒙王珪提携，从知谏院一直升到翰林学士。王安石变法期间他又攀附吕惠卿，弹劾了参知政事冯京，使冯京被贬出朝，最后自己升到参知政事的位子上。吕惠卿遭贬后，张璪日夜忧叹，连忙去拜谒吕大防，希望为自己找条后路。可吕公著知其为小人，还是将他贬知郑州。苏轼在凤翔时就已厌恶张璪的为人，碍于是同年的情面，才未与之绝交。"乌台诗案"中，张璪、李定和舒亶合谋欲陷他于死地，苏轼知道昔日同年如此绝情无义，再也没有与他往来。还朝后，苏轼也没有去见他，但也没有去参劾他。

这次张璪被贬，垂头丧气地走出宣德门准备前往郑州，忽然看见苏轼在城门口等候。他颜面难堪，又躲避不过，只得硬着头皮走到城门下。苏轼拱手道："邃明兄，苏某特来相送。"张璪冷笑道："不敢劳动苏大人，不知有何赐教？"苏轼感叹道："你我是老朋友了，何必躲着我？"张璪阴阳怪气地问："子瞻兄是来看我的笑话来了。莫非是追究当年的'乌台诗案'？"苏轼笑着说："那是苏某命里一劫。陈年旧事，不必再提了。今日来只为邃明兄送行。"

张璪心怀奸诈，却猜不透苏轼的心思。他以为天下人同他一样，专门寻思怎么打击报复别人，而苏轼心胸豁达，从不把些恩怨放在心里，反倒令张璪捉摸不透。他不解地问："在下有一事不明。足下如今凤还九重，如日中天，为何没弹劾我，叫御史台的人占了先呢？"苏轼淡然一笑道："弹劾官员，是言官们的事情，苏某不能越俎代庖吧？"张璪这才明白苏轼并无报复之意，冷冷地说："我已被贬往郑州，此去子瞻兄有何指教？"苏轼笑说："不敢不敢！邃明兄记住这三个字，便最好不过了。"说着一手指着城门。张璪顺势望着城门上镌刻的"宣德门"三个大字，一时不解其意，苏轼却已飘然而去。

"宣德宣德……"张璪喃喃自语道，"官场何尝有德！如今你们元祐党人得势，就变成有德了？张某外贬，空出的这副宰相位子，难道你们元祐党人就不争吗？"说完愤愤西去了。

蔡京也同时被贬。司马光执政时，他为巴结司马光，五日之内就罢废《免役法》，朝野之士为之侧目，没想到司马光很快便去世了。蔡京苦着脸对他的弟弟蔡卞说："没想到司马光是个短命鬼，我这京官是做不成了。苏辙与范祖禹他们参了我一本，说我挟邪坏法，太皇太后贬我出知成德军。"蔡卞叹道："看来京城已无我兄弟二人容身之地了。"蔡京狠狠地说："十年河东，十年河西，鹿死谁手，还难说呢。让他们斗吧。你我还很年轻，留得青山在，不怕没柴烧。太皇太后六十多的人了，且身体欠佳，一旦圣上亲政，一切都未可知……"蔡京收拾行李，悄悄地往成德军贬所去了。

苏轼刚回到家，忽然梁惟简带着几个太监进来宣旨。一家人忙跪地听旨。梁惟简念旨道："赐翰林学士左朝奉郎知制诰苏轼锦衣一对，金腰带一条，并鱼袋镀金银鞍辔白马一匹。赴翰林学士院撰拟试馆职策问试题！"苏轼忙领旨谢恩。梁惟简命人把马牵过来，回去复命了。

一家人都围过来看那锦衣、金腰带，苏轼和巢谷则在欣赏着那匹雪白的御马。苏轼抚摸着马鬃说："真是匹好马啊！你我有缘相聚一起，难为你喽。"巢谷见那马矫健温驯，十分喜爱，对苏轼说："这马是匹纯种马，该有个好名字才行。"苏轼说："就叫雪飞龙吧！"巢谷点头说："此名甚好！朝云，你说圣上为何赐马？"朝云走过来说："是要臣子为皇上驱驰！"巢谷又问："那为何赐金腰带？"朝云答道："那是皇上要拴住臣子的心！"苏轼听了大笑道："圣上的心思全让你们猜中了，那些专门揣摩皇上心思的人该请你们去做参谋了！"巢谷说："子瞻兄说这话，朝中可有不少人会有怨言的呀！"苏轼大笑。

苏轼当夜就拟好了题目："今欲师仁祖之忠厚，而患百官有司不举其职，或至于偷；欲法神考之励精，而恐监司守令不职其意，流入于刻。"意思是说如今该如何施政呢？想效法仁宗那样的仁厚宽容，官员未免因循苟且；想效法神宗那样励精图治，官员未免苛刻交斗。苏轼之意，是在引导考生议论朝政，思考大宋未来的出路，打破噤默因循的痼疾。他担心此试题会受到保守者的抵制，心中不安。第二天来到翰林院，把试题交给范纯仁说："范公，这次策试，苏某拟出策题，还望诸公谈谈看法。若无异议，则上报太皇太后。"

众人传阅试题。范纯仁沉吟道："题目自是好题目，只是我有所担心啊。"其他人一看试题，知道不安分的苏轼又要闹事了，都不说话。苏轼急了，忙催促着范纯仁说话："范公，不知公有何担心呢？你历来是个痛快人，直说嘛。"

范纯仁既想说出大家心里的意见，又不愿伤了苏轼的颜面，斟酌着说："时下大不比从前了。记得仁宗年间，策论不避切直，是因为仁宗帝的宽仁。但自熙丰以来，前朝清议几乎废尽，无人再敢直言论政了。谁要说些不同看法，必冠以反对变法之嫌，弄得人人自危。我怕别人说子瞻借这题目指责先帝啊！"

苏轼当然知晓其中的利害，直言道："清议过分，以致议而不决，固然是不对。但是没有清议，无切直之言，朝政则会失去监督，屡屡出错。总之，二者皆不可过分。况且，此题并非指责先帝。"范纯仁劝道："确实如此。但我的担心也不无道理。时下，洛、朔二党多为言官，常借言官之便，攻讦于你，而你又不能当朝辩论，所以，不得不提防啊！策题本身无错，不代表不会节外生枝啊！"

苏轼早已不去顾虑那些言官的弹劾了，凛然地说："范公，若顾虑太多，策题不痛不痒，回避朝政弊端，则策试也就形用虚设了。二者相权，就看取哪一端了。"范纯仁不无忧虑地点点头。

果然，御史刘挚已获悉苏轼所拟策题，借机向太皇太后和哲宗上奏道："太皇太后，苏轼所拟策题诬蔑先圣，罪不容赦。臣以为，仁宗之深仁厚德，如天之大，汉文帝不足以过也；神考之雄才大略，如神之不测，汉宣帝不足以过也。苏轼不识大体，反以刻薄之言影射先祖神考，并以此为试题，其心之险，其意之恶，昭然若揭。乞正考官之罪。"

哲宗素来坐在太皇太后身边从不发话，任凭祖母决断一切奏事。这次听到刘挚说苏轼污蔑他的父亲，不禁大怒。他年纪虽小，却十分崇拜敬仰自己的父亲。他希望自己长大后能像父亲那样励精图治，可以实现国富民强的宏图大业。他愤怒地大声说："这还了得！治苏轼的罪！"太皇太后瞪了哲宗一眼，阻止道："不可！此事须查明清楚后再作论断。试题先交付翰林院重审讨论。"刘挚悻悻地退下。

哲宗却满脸不高兴，噘着嘴不说话。他讨厌这种傀儡式的皇帝生活。他觉得自己已经长大，可以判断是非曲直，自己拿主意了，可是祖母总是横加阻拦，严厉训导他要谦恭虚心，多学多问，而不要妄下决断。这种执拗反抗的种子一旦在心中种下，便不可避免地慢慢萌芽了。

一日，程颐又在给哲宗讲《论语》，哲宗愤愤地问道："先生，朕是君吗？"程颐心中一惊，不禁打了个冷战，慌忙答道："陛下当然是君啊！"

哲宗问："那太皇太后呢？"

程颐答道："是臣。"

哲宗接着问："'君君臣臣，父父子子'是何意呢？"

程颐摇头晃脑地解说道："所谓'君君臣臣，父父子子'，即是君为臣纲，父为子纲。臣要听君的，子要听父亲的。"

哲宗不满地反问："既然太皇太后是臣，我是君，为何我要听她的呢？"

程颐吓得赶忙跪在地上，不知该如何回答，只是嗫嚅道："罪臣该死！罪臣该死！"

哲宗愤愤地起身离开，剩下程颐跪在地上呆若木鸡。

苏轼得知刘挚从中挑拨是非，策题被发还翰林院重审，马上提笔要写奏章辩解。范纯仁笑着说："刘挚的鼻子还真灵，这么快就闻到策题的气味了。"苏轼难抑愤怒，生气地说："简直是鸡蛋里挑骨头，无事生非！"范纯仁说："子瞻上报策题就该有此心理准备呀！"苏轼点点头说："我这就上奏章辩解！我所说的苟且与刻薄，专指今日百官之弊病，与仁宗、神宗并无关系，其实是借此来赞扬仁宗、神宗。至于前论周公、太公，后论文帝、宣帝，皆是做文章常用的引证，亦无比拟二帝之意。"范纯仁点点头说："我完全明白子瞻的意思。其实即使比拟二帝，又有何错？子瞻当好好辩驳刘挚，让他无话可说。我也会在太皇太后面前替你解释。"苏轼拱手拜谢。

范纯仁立即进宫向太皇太后和皇帝面陈："苏轼所撰策试题目，是设此问以观察考生如何对答，并非是说仁宗不如汉文，先帝不如汉宣。御史谏官应当徇公守法，不可假借台谏之权公报私仇。有人说苏轼曾戏弄过程颐，而刘挚与程颐私交颇佳，所以要以怨报德。若以此给苏轼定罪，又有何事不可为？若将此策问指斥为嘲弄毁谤，恐朋党之争由此而生矣！"

太皇太后最不愿意看见朝臣因朋党而起争执，想起朝中有人攻讦苏轼结党之事，便问："纯仁啊，有人说你是蜀党，你是如何看的？"范纯仁叩首说："太皇太后明鉴，臣也听说了。臣以为，物以类聚，人以群分，自古使然。小人结党而营私，君子结党而为公。早在仁宗嘉祐年间，臣与苏氏兄弟及范镇一家来往甚密，而无人以蜀党相论。过了三十年，人称蜀党，令人费解。还有，苏轼门下，有四学士，且与米芾、李龙眠、王巩、王诜等文人墨客相互唱酬，志趣相投，成为我元祐文坛盛事。但上述皆非西蜀之人，蜀党之论，岂能立足？出现三党之说，实是有人居心叵测所致。"

太皇太后知道范纯仁忠直公正，有其父范仲淹之遗风，嘉许道："纯仁之言，哀家会记在心里。然而一旦出现朋党，又当如何处置呢？"范纯仁叩谢道："天无私覆，地无私载，天地至公，朋党不生！"太皇太后点点头，心中已经有数了，示意范纯仁退下。

刘挚、朱光庭、王岩叟等人见扳不倒苏轼，联名上书弹劾苏轼狂悖无礼、侮辱先帝，要求太皇太后予以治罪，否则御史言官集体辞职。太皇太后大怒，急忙把宰相吕公著叫到宫里来，重重地把刘挚等人的联名奏章摔到地上，问道："刘挚等人弹劾苏轼拟策题讥讽仁宗、神宗，你怎么看？"哲宗没见过祖母发过这么大火，吓得不敢作声。吕公著伏地嗫嚅道："微臣不敢妄言。"太皇太后冷冷地说："身为一国宰相，岂可遇事不言？"

吕公著起身启奏道："苏轼拟策题，并无讥讽祖宗之意。然而，官府策试举子，从来没有评议祖宗治国体制的，故言官弹劾也不无道理。"太皇太后知道这般模棱两可的答话是他们的为官秘诀，大为不满地说："言官们以辞职相要挟，这岂是为臣之道？宰相协理阴阳，调和群臣，这不是你该拿主意的时候吗？"吕公著支支吾吾地说："那就让言官们继续待职便可。"太皇太后怒道："言官不遂所愿，继续待职，难免心怀怨恨，党争之祸恐怕会随之而起啊！"

吕公著头上直冒冷汗，一时不知道该如何对答，左思右想都怕忤逆了太皇太后的意思。忽然他想起自己父亲在家教诲的话，慌忙答道："蓄猫养狗，一逮鼠，一护院，二者虽有隙相斗，但不可偏废。"太皇太后大为不悦道："一国宰相，怎么可出此俚俗之语。哀家从不把治国之才视为家畜，而是爱如己出。再者，你这套猫狗相斗的御臣之术，哀家也从来不用，哀家要的是君臣一心，和衷共济。"

吕公著已然觉得说错了话，后悔不迭，诚惶诚恐地说："老臣糊涂了，有悖圣慈的爱才之心。"太皇太后有些疲乏了，摆摆手说："退下吧，今后当为哀家调和众臣，切勿再生攻讦毁谤之事，否则党争一起，朝政危矣！"吕公著退出来，浑身直哆嗦，口中念念有词道："不可不慎！不可不慎哪！"

吕公著心中惶恐，连续上奏请求辞去宰相之职，另寻贤能。刘挚满心希望自己能爬到宰相的位子，但屡次参劾苏轼不成，太皇太后对他以辞职作为要挟的行为也产生不满，看来自己的如意算盘是要打空了。刘挚、王岩叟聚在一起议论此事。王岩叟问道："依莘老所见，接替相位的可能是谁？"刘挚黯然地说："明摆的，吕大防，范纯仁。"王岩叟失望地说："那莘老准备怎么办？"刘挚说："我头上有一顶'朔党党魁'的帽子，太皇太后等人是不可能让我入相的，那样会引起更大的党争。如今只有静观其变，等待时机。"

朝臣争斗的暗流已为太皇太后察觉，她觉得苏轼还是没能得到应有的重用，翰林学士知制诰虽是清要之职，但并不属于参政执政之列。她想到自己年事已高，将来一旦撤帘还政，谁可辅佐小皇帝呢？哲宗年幼气盛，已对她独断专权大为不满，这一点她早已看得很清楚。她忧心的是哲宗极易为奸邪所蒙蔽，再蹈神宗的覆辙。将来自己撒手西归，朝中党争再起，国势倾颓，自己怎么有脸面去见先帝？想到这里，太皇太后忧心如焚，急忙传旨令苏轼进宫。

苏轼正在翰林学士院当值，见梁惟简提着灯笼来请，忙问何事。梁惟简推说不知，径直领苏轼到慈宁宫。宫内烛火通明，宫女肃立，苏轼疾趋到殿，拜见太皇太后和哲宗，问道："陛下，太皇太后，微臣奉旨前来面圣，不知有何圣谕？"太皇太后不作回答，只吩咐梁惟简给苏轼赐座，又赐茶。苏轼受宠若惊，连声拜谢。

太皇太后这才缓缓地问："卿前年为何官？"

苏轼答道："臣前年为汝州团练副使。"

太皇太后又问："卿如今为何官？"

苏轼答道："臣待罪翰林学士。"

太皇太后问道："卿是否知道何以升迁如此之快？"

苏轼拱手答道："仰赖太皇太后、皇帝陛下的恩典。"

太皇太后摇摇头。苏轼说："那一定是朝中大臣的推荐了。"

太皇太后仍摇头。苏轼惶恐不安，不解地说："臣虽不肖，但从不运用关系求取官职。"

太皇太后微笑着说："卿一片赤诚，哀家是知道的。卿能升迁如此之快，此乃先帝神宗的遗诏。"苏轼惊愕不已。太皇太后接着说："先帝神宗每次诵读卿文，一定叹说'奇才，奇才'，但却来不及重用苏卿家。"

苏轼想到神宗，想到自己自变法以来的种种磨难和艰险，想到此刻站在金殿之上，神宗之言犹然在耳，不觉痛哭失声。太皇太后和哲宗也感泣涕下。梁惟简和一班宫女侍立周围，也禁不住纷纷低泣起来。

太皇太后拭去眼泪，命人抬出一个大木箱子，打开取出一件瓷器来，正是苏轼与米芾在禹州监制的钧瓷"寿松屏"。太皇太后说："这是神宗皇帝生平最爱之物，在临终之时托付哀家赐给你。神宗有话，让你遭此磨难，实为储臣，怕你大才遭忌，不得已而为之。"

苏轼见太皇太后将如此珍贵的寿松屏赐给自己，心中大为震惊，忙推辞说："此乃国之宝物，苏轼不敢私藏。"太皇太后笑道："你总不能抗旨吧！神宗皇帝把这宝贝赐给你，也把大任委托给了你，可以说，把大宋日后的江山，委托给你啊！"说着拉起哲宗的手，走到苏轼身边说："苏卿家，以后你就是煦儿的师傅了。"

哲宗俯首就要向苏轼磕头拜师行礼。苏轼大惊，慌忙跪倒，感泣道："使不得！微臣死罪啊！快快请起，快快请起！"太皇太后说："幼主无知，我也是老迈之年。大宋岌岌可危，幼主这一拜，是替大宋历代先主一拜。大宋的江山社稷，也只能托付与你，望你倾心辅佐幼主，使其成为一代明君，稳固社稷，无辱先人！"苏轼跪拜感泣道："臣当尽心尽力，鞠躬尽瘁！"

太皇太后这才欣慰地笑了，命苏轼退下，又命梁惟简撤去宫中的金莲烛，赐给苏轼，并派人把"寿松屏"运送到苏轼家中。苏轼感激太皇太后的恩遇，又想到自己半生坎坷，不禁叹息，一夜未眠。

后半夜月明风清，苏轼独坐在院子里的松亭内，弹拨着瑶琴，心事恍惚，不觉琴声也饱含一片哀愁。两株老松，一丛翠竹，也伴着琴音在风里轻轻摇曳。苏轼想起在黄州的日日夜夜，也曾在明月夜里独酌沉思，那时天涯万里，怎么想得到今天又能回到汴京？偌大的汴京城，人口百万，都已安睡了，仿佛只有他还醒着。人生果然如梦啊！世事飘忽难测，心绪变灭遄飞。阳羡之田在千里之外，神宗和太皇太后的恩遇倏忽在前。人生什么时候才有个安歇的去处？

苏辙轻轻地走了过来，轻声说："听哥哥的琴声，似乎在怀念他人？"苏轼陷入沉思，一时没有发觉苏辙已走到身边，笑笑说："是啊，想到先帝神宗了。"便把太皇太后召见、兼任哲宗侍读以及送金莲烛等事说了一遍。苏辙惊喜地说："原来如此！哥哥，据我所知，唐宣宗时，任知制诰的翰林学士令狐绹在宫中值夜班，作对禁中，蜡烛用尽，宣宗下令用金莲花烛送他回院，史谓'烛送词臣'。此后近二百年，无人享此殊荣，哥哥是第二个。"

苏轼淡淡地一笑说："是啊，想起先帝和太皇太后对为兄的恩宠，万死无以能报哇！你我兄弟当初贬到南方，哪里会想到有今日？"苏辙也点头说："这是自然。不过，吕、范二公任左右相，刘挚任中书省侍郎，太后在此时道破神考天机，且任命你兼侍读，恐怕也有安慰的意思吧？"苏轼起身踱到亭外，站在松树下说："那是太皇太后考虑的事情，当臣子的岂能妄猜圣意呢？不过，我从本心里就不喜欢官场，太皇太后是知道的。刘挚不了解我，就像猫头鹰得到死老鼠，怕人抢了去似的。"

庭院中月凉如水，松影斑驳，苏轼抚摩着树干沉默不语。苏辙笑着说："哥哥不必烦恼。这争官与禽兽争鼠无甚差别。不知你对吕大防、范纯仁为左右相有何看法？"苏轼答道："二公忠直公正，当今之大贤也。刘挚结党营私不能用，我又不愿为相。若是以我为相，洛、朔二党岂能放过我？那时必然党争日炽，朝政日废。从朝中大局来看，如此安排，是为上策。哎，子由啊，你说，何以为大奸？"苏辙想了一下说："所谓大奸者，必貌似大忠，比如王莽。"苏轼又问："何为无耻呢？"苏辙说："明知为耻，不以为耻。"

苏轼摇摇头，苏辙请哥哥细细说明。苏轼说："明知为耻而耻天下，让天下人都学其无耻。朱广庭、贾易等人是也。"苏辙明白哥哥的意思，笑道："恐怕他们还不自以为耻吧！"苏轼说："不知趋炎附势为耻乎？不知造谣中伤非君子之为乎？口口声声称孔门之徒，而实则奸诈佞人。小民无耻，害于里巷；士宦无耻，以害天下，故为无耻之尤。要么名垂千古，要么遗臭万年，只要有名，不论美丑。人心不古，世风日下，今后此类事情恐怕少不了了。"

苏辙见哥哥激愤异常，知他为国事担忧，劝慰道："哥哥，天下事不可一蹴而就，然则只要我辈尽心每一日每一件事，就是尽心了。"苏轼高兴地说："子由能有如此领悟，为兄真要佩服你了。每一日每件事虽小，却饱含大道理。世人徒知世路艰险，凡小处细处皆弃而不为，不知积善一日，则恶自消一分，譬如学佛，不须日日念想超度彼岸，而不自觉间已自度矣！子由，你我兄弟将来恐怕还有更艰险的道路要走，今晚的谈话可要谨记啊！"苏辙点点头，劝哥哥早些休息。

苏轼正式到御书房给哲宗侍读讲经。哲宗问："苏师傅，朕有一问。《论语》中说，'君君臣臣，父父子子'，朕是君吗？"

苏轼答道："当然，陛下是名正言顺的君。"

哲宗问："臣应当对君如何？"

苏轼答道："忠心不二，忠君爱民是臣子的天职。"

哲宗问："太皇太后是臣吗？"

苏轼已知道哲宗心里在想什么了，缓缓答道："太皇太后是臣，也是国母，是君。"

哲宗略显不悦，说："不对吧？天无二日！"

苏轼耐心地解说："天无二日，世间则能有二圣。"

哲宗茫然不解。苏轼接着说："如果太皇太后是臣，那么神考在世之时，为何要对太皇太后早晚跪礼问安呢？孔子云，'齐家治国平天下'，把'齐家'放在了首位。陛下首先是太皇太后的皇孙，然后才是皇帝。没有太皇太后，哪来先帝和陛下呢？"

哲宗仍不服气："可……可是，我是一国之君呀！过去也有太皇太后，可一切不都是神考说了算吗？"

苏轼说："神考由太子继位，登大统之时就已亲政；陛下年幼，尚不能从政，故神考临终托孤，请太皇太后替陛下执政，俟陛下能亲政时，自然亲政。"见哲宗略微点点头，知他尚未心服，继续说道："陛下不可有怨艾之心，太皇太后年事已高，难道她老人家不愿在后宫静心调养吗？她是在为陛下承担天下重担呀！若陛下您能独当天下大任，太皇太后又何必日夜操劳？"

哲宗见苏轼终于说到自己想说的话，马上反驳说："天降大任于斯人，有何不可？"苏轼说："那我给陛下写封奏劄，陛下能解其中之意吗？"哲宗不以为然地说："找大臣代劳不就可以了吗？"苏轼反问道："那天下岂不成了大臣之天下吗？倘若奸臣误国，大宋江山何以能保？"哲宗若有所悟，但仍倔强地说："选忠臣为之就可以了。"苏轼继续反问道："何以为忠？何以为奸呢？陛下能分得清吗？"哲宗这才心服口服地点头说道："朕明白了。"

苏轼已看出小皇帝虽年幼，但心高气傲，有神宗英武之风，只是阅世尚浅，容易为奸邪蒙蔽和利用，应该好好引导和晓谕，便对哲宗说："陛下可知皇帝为何称自己为朕吗？"哲宗懵然不知，忙求苏轼说明。苏轼说："秦朝以前，所有帝王皆称'孤'道'寡'，是说自己德行孤寡。先人的意思很明白，身居帝王之位，须殚精竭虑、勤政为民，若有懈怠，则会落个孤家寡人、众叛亲离的结局。所以，如此称谓，是在时时提醒自己。秦始皇以'朕'为皇帝的专称，历代帝王皆沿用此字自称，仍有'孤、寡'之意。"哲宗明晓其意，点头而笑。

五十七　斗辽使

时逢太皇太后寿辰，辽国派遣使臣到汴京庆贺。"澶渊之盟"后，宋辽约为兄弟之国，两国国主生辰庆典，都要派使臣前往庆贺，因此和好近百年，期间使者来往不绝。枢密院已派专人迎接辽使到怀远驿安歇。吕大防听说辽国直学士耶律俨作为主使前来，大惊失色，忙亲自去接见，又派朝议大夫钱勰到翰林院去通知苏轼。原来那耶律俨乃辽国大儒，是辽国读书人的泰斗，学问渊博、恃才傲物。这次前来一定是要逞逞辽国的威风。

钱穆父慌忙来到翰林学士院找到苏轼，说明来由。苏轼正忙着草写诏命敕文，头都懒得抬了，淡淡笑说："使者往来，本是常事。来便来了，何须惊慌？"钱穆父六十多岁了，乃是吴越国武肃王钱镠的六世孙，写得一手极飘逸的好字。他平时须眉潇洒，儒雅风流，这时倒显得方寸尽乱。见苏轼安坐草敕，他急得团团转："哎呀，子瞻，你不知道啊，此人来者不善啊！看样子要给我大宋出难题了！"苏轼仍挥笔不辍，慢慢地说："辽国给我大宋出的难题还少吗？"

钱穆父软磨硬泡，定要拉苏轼去会见使臣。苏轼封存好所有的敕文，笑道："穆父差矣。接待使臣的事向来由枢密院派专人负责，我在翰林院能出什么主意？"这时吕大防亲自来到，拉着苏轼说："子瞻，快跟我走！"苏轼笑道："宰相亲自来拉苏某，到底有何赐教？"吕大防说："辽国的枢密院直学士耶律俨来了。这个人学问不得了，是专为辽主讲授《尚书》的。这次来，点着名要见你。"钱穆父也在一旁撺掇。

苏轼满脸疑惑，问道："见我？不见得吧？"吕大防只得说了实话："他有备而来，只怕会出题刁难。我事先请过许多人，无人敢去，只好请你出面了。"苏轼笑道："苏某就一定答得上来吗？"吕大防满头大汗，急得不得了："子瞻，我大宋除了你还有谁能应付得了他？"苏轼推辞道："此等关系国家脸面的大事，吕公还是另请高明吧！"

钱穆父摇着脑袋，实在想不到别的人选。吕大防埋怨道："子瞻！这个节骨眼儿上，你让我去请谁？"苏轼笑着说："新任御史赵挺之啊。前番他不是弹劾苏某嘛，说什么苏轼学术源流，原本出自《战国策》纵横家，揣摩君主心理之学说。近日学士院策试馆职，他仍以王莽、袁绍、董卓、曹操篡夺汉权为题，影射苏某！"吕大防为难地说："言官嘛，自然会多说些话，你同他们计较可就没完没了了！"苏轼说："你是宰相，自然能腹内行船，在下无此雅量，更不能背一个王莽、董卓的大奸大贼之名。宰相要禁奸杜乱，我还是不出这风头的好。"吕大防急了："太皇太后已经斥责他了！"

苏轼还是不肯去，又说："要么请监察御史王觌去。他不是弹劾苏某长于辞华而暗于理义吗？暗于理义之人怎么能向他邦鸿儒深讨理义呢？一旦有差，岂不丢了我大宋的脸面？"吕大防见苏轼不依不饶，恳求道："王觌一管之见，岂能窥度你这天下奇才啊！"苏轼"呵呵"一笑："宰相可不能用人朝前，不用人朝后啊！"吕大防说："我对你何时朝后过？"苏轼这才大笑道："好！那我就去会会这位耶律俨吧！莫叫他欺我大宋无人。"钱穆父心中欢喜，忙催促着苏轼往都亭驿去。

路遇范纯仁，他风风火火地说："我已派人在垂拱殿设下筵席接待辽使。吕公和诸位先去那里等候片刻，我现在请辽使过去。"吕大防点点头，和苏轼等人来到垂拱殿。大殿中央已摆上数十个几案，罗列着珍馐美酒。宫人和内侍忙着整理杯箸，进进出出，络绎不绝。众大臣也都来到了，聚在殿侧叙谈笑语。见吕大防和苏轼到来，都拱手笑道："子瞻，今天可要看你的了。""事关大宋脸面，子瞻可要胜过他！"苏轼赔笑道："如此雅事，苏某不过来凑个热闹而已。诸公自出高见，不要让他小觑了大宋朝臣！"众人唯唯称是。

吕大防见到苏辙，过去攀谈道："子由，新任户部侍郎有何感受啊？"苏辙拱手施礼道："还请吕公多多指教啊！"吕大防笑道："哪里哪里！你比老夫善于理财，老夫哪里敢班门弄斧？户部尚书空缺多时，如今将由韩忠彦继任。"苏辙大喜道："韩公颇有乃父之风，今后当多多求教！"吕大防道："户部主管财政，关系国家命脉。自王安石变法以来，财政时好时坏，国家用度日显窘迫。章惇、曾布等人都曾担任此职，可惜无补于事。老夫向太皇太后推荐韩忠彦，表彰他有魏公韩维之遗风。魏公虽殁，忠彦当不负乃父之志。"苏辙点头说道："有韩公在，我便踏实了。"

这时，内侍高喊："辽国枢密直学士耶律俨大人到！"众官整束冠裳列队迎接。范纯仁领着耶律俨及副使三人进殿。耶律俨五十开外，外貌英武刚猛，眉目间又有清秀之气，举手投足间，皆合汉人礼法。他跨进殿里，先环视群臣一遍，颇有点趾高气扬之态，然后才大步进来与众官相见。监察御史张舜民专任接待官，向耶律俨一一介绍众臣。那耶律俨虽在绝远北国，但对宋朝人物了如指掌，说起文物典章、历代掌故，无不顺口道来，令众人惊叹佩服。

张舜民又向耶律俨介绍苏轼："耶律大人，这就是我大宋翰林学士知制诰苏轼苏大人。"耶律俨定睛仔细端详，大喜作揖道："久闻学士大名，此次在下为使，请不吝赐教。"苏轼拱手还礼，笑道："学士大人过奖了。"吕大防忙请耶律俨等人入席。耶律俨不动，拱手对苏轼说："苏学士名震天下，耶律俨久闻大名。但有一问，苏大人若不能为在下解疑释惑，这宋朝大宴，可就食之无味了。"

众人刚才还和和气气地见面打招呼，一听到耶律俨如此挑衅，都安静下来看着苏轼。苏轼微微一笑说："中华之俗，历来是高士出于隐者。在下不过是侥幸忝居学士之列而已。即使在下答不上，大宋之内定有奇人异士能解学士大人之惑。且这大宋之宴，也未必无味啊！"耶律俨见苏轼对答稳健，不卑不亢，已暗自称奇了，干咳了两声，朗声说道："苏学士，孟子颂扬孔子云，'江汉以濯之，秋阳以曝之，皓皓乎不可尚已'。夏阳比秋阳之光更为炽热，孟子为何不用夏阳以赞呢？"

众人面面相觑，想不到耶律俨会出这样刁钻古怪的难题，个个低声议论。苏轼微微一笑："君不闻'三正'历法吗？阴阳历始于夏朝，又称夏历。至春秋，始以十二地支纪月，谓月建。把冬至之月称为子月，依次而称，则为丑月、寅月、卯月等；子月之前，逆次为亥月、戌月、酉月等。究以何月为岁首呢？先秦之时，有夏历、殷历和周历三种不同历法。夏正以正月，殷正以十二月，周正以十一月，时至今日，天下多用夏历。而《孟子》一书用周历，所谓秋阳曝之，实指夏历中五、六月时之烈日。《诗经·七月》中，有'七月流火，九月授衣'之说，实指夏历的七月和九月。"

众人都笑着松了一口气。耶律俨也为其折服，深施一礼道："苏学士果然名不虚传。"苏轼笑道："承蒙谬奖，请入席吧！"吕大防引众人入座，宾主谦让一番，都依次坐下了。

少顷，乐声渐起。一队宫娥倚着乐声节拍翩翩舞出，裙袂飘动，从大殿中央舞到众人几案前，为宾客献酒。耶律俨看得高兴，豪爽地把酒一饮而尽。随即又举杯道："本使奉我主之命，恭贺太皇太后生辰，祝宋辽两国人主万寿无疆！"吕大防也举杯对众人说："诸位大人，今夕朝廷设宴，盛情招待辽国使臣耶律俨大人一行。来，为宋辽两国永世和好，干杯！"众人都举杯饮尽。

耶律俨见第一次没有难倒苏轼，倒挫了自己的锐气，想再出题考他，便说："苏大人，曹子建有诗云：'珊瑚间木难。'木难者，何物也？"苏轼笑道："木难者，出翅鸟口中结沫所成的碧色珠，即为木难。"耶律俨大惊，举杯施礼道："苏学士真乃天纵奇才也！"苏轼谦逊地笑道："过誉了，此乃寻常之事。"

那耶律俨身边有一副使名叫耶律南，傲然无礼地挑衅道："想必苏大人能百问百答了？"耶律俨转头瞪了他一眼，耶律南装作没看见，依然傲慢地看着苏轼。苏轼不为所动，冷冷地笑道："想必副使大人定有高论了？"耶律南问道："老子出关，去往何处？"众人一听大惊，老子出关，缥缈无踪，史文缺载，这如何回答？苏轼却淡然笑道："到天竺，与释迦牟尼为伴，故出大法。"耶律南大惊失色，怀疑是苏轼杜撰的，便问："有何为证？"苏轼说："《通典》天竺门云，浮屠所载，与中国《老子经》相出入。盖昔老子西出关，过西域之天竺，教其人为浮屠徒属。"耶律南不以为然地说："此不足为凭。"苏轼笑道："也无他证呀。"耶律南一时无语，朝堂上哄笑一片。

耶律南有些不服气，愤愤地说："我邦向来言谈行事皆光明磊落，不会取巧。敝人有一上联，对上下联方可见出高低。"苏轼说："大宋子民自来以仁立身，以礼待人，以德报德，以直报怨，从不使诈。贵使请出上联。"耶律南环视一周，有些自矜地说："听好了，这上联是'三光日月星'。"耶律南有备而来，曾就该联遍寻贤达，无人能对，以为足以难倒大宋才俊。众人听了，都皱起了眉头。苏轼略一思忖，笑道："敝国三岁蒙童也能对出，满朝文武，无非不屑联对，逗你玩罢了！"辽使发怒，以为他故意大言欺人，便催他快对。苏轼说："敝国蒙童即读《诗经》，我对'四诗风雅颂'可以吗？"此对一出，辽使愕然，满堂大哗，叹为绝对。这"风"、"雅"、"颂"中的"雅"分为"大雅"和"小雅"两种，故可称四诗，况且还寓有把"四诗"比作"三光"之意。上下两联平起仄收，合辙押韵，表里俱对，意蕴高远，实可称绝对。

苏轼趁势说："贵国这副对子，下联信手即可拈来，'一宫清慎廉'，'一阵风雷雨'，'半桶泥涂浆'……"

耶律俨见副使再无反击之力，暗自惊叹苏轼的才华，可再任苏轼这么问下去，大辽的脸面就要丢光了，忙举杯起身道："苏学士，请恕副使鲁莽。大宋亿兆之民，出了东坡先生这样一位秀杰之士，自是不足为奇。"苏轼也举杯还礼道："耶律大人之言差矣，大宋之民，如苏某者，何止千千万万。"耶律俨冷笑一声："此话当真？"苏轼昂然答道："大宋子民，不说假话。"

吕大防心里暗暗叫苦：苏子瞻啊苏子瞻，你上了他的当了！耶律俨冷笑道："听说大宋男女老幼皆善作对吟联，不知确否？"苏轼答道："确实如此。"吕大防急得直跺脚，想去提醒苏轼，又碍于筵席场面，只好干着急。耶律俨心中暗喜，笑道："那好，在下即景出一上联，并当场指定一人，令其对出，如何？"苏轼胸有成竹地答道："自然可以，如若对不出，就算苏某输了。"众人都暗暗为苏轼捏了一把汗。

耶律俨指着殿外远处的一座七级宝塔说："我出的上联就是'独塔巍巍，七级四方八面'。"又环视殿内，见殿门有一位执帚老太监，就指着他说："请那位老者过来对下联吧！"众人大惊失色。内侍把那位老太监拉过来，将耶律俨的上联复述了一遍。怎奈那老太监又老又聋，拿着扫帚，指指耳朵，手摆一摆，并不说话，回头就出去了。

耶律俨得意极了，对苏轼说："他对不出。看来宋朝子民也不过如此，苏学士要输了。"苏轼不慌不忙，笑着说："他已对上了，耶律大人难道没有明白过来吗？"众人惊疑不解，耶律俨也丈二和尚摸不着头脑，弄不明白苏轼的用意。苏轼笑着解释道："老者用的是哑谜对！"耶律俨惊奇地问："哑谜对？那谜底是什么？"苏轼伸出一手摆摆，手指屈伸："只手摆摆，五指两短三长。"

耶律俨一听，头上的冷汗都冒出来了；耶律南惊得滑到了几案下面，另两位副使更是不敢抬头。宋朝的大臣当然鼓掌叫好。吕大防也松了口气，为了不让辽使难堪，急忙吩咐内侍上酒。一时鼓乐声起，众人互敬美酒。

至此，耶律俨心服口服，不再那么傲慢无礼了，带着随从向苏轼深鞠一躬，苏轼也笑着回拜。

只有刘挚脸色不悦，起身对吕大防附耳说了几句话，就退出到侧殿去了。吕大防向辽使略致歉意，也起身走到侧殿。苏辙见二人行动有异，心想刘挚不知又在搞什么鬼了，又看苏轼，仍在与僚属饮酒自乐，心中隐隐不安。

刘挚愤愤地对吕大防说："微仲，不能任由苏轼这么胡来了！时下，我大宋与辽国已和好多年，苏轼如此傲慢地对待辽国使臣，竟然说人家不知天高地厚。一旦计较起来，两国交兵，那事情就大了！"吕大防知道刘挚一向对苏轼抱有成见，不以为然地说："不至于吧？再说了，那耶律南也太傲慢无礼了，若不挫挫他的傲气，他还以为我大宋无人呢！"刘挚最看不惯苏轼靠文才出尽风头，满脸不悦地嘟囔说："不管怎么说，要以两国的和好为大局，不能为个人使性子、出风头、误大事。"

吕大防撇撇嘴说："你们老是吵个不休，太皇太后说过多少次了？耶律俨这次虽为友好而来，但也不乏挑衅之意。若对不出他的三问，大宋脸面何在？你们谁能应对自如而又维护了两国和睦？不行嘛，满朝文武都当了缩头乌龟。时下，子瞻出面过五关斩六将得胜了，又说人家这也不该那也不该了，这不是鸡蛋里找骨头嘛!"刘挚恚怒不已,摆摆手说:"罢了,是我鸡蛋里挑骨头,总之若有什么事,都与我无关!"说罢扬长而去。吕大防看着他的背影,冷笑一声,又进大殿去了。

宴会之后,辽使就要归国复命,苏轼随同枢密院扈从送至汴京北郊。耶律俨笑着对苏轼说:"苏学士,大宋有人啊,有你这样的王佐之才在朝为官,大宋之幸也。"苏轼说:"不过是游戏之才而已,何足挂齿?但愿宋辽世代友好,也好让两国百姓安居乐业。"耶律俨说:"请阁下放心,苏学士在朝为官一日,我耶律俨决不向我主说一句南下之言,定力劝我主以两国和睦为立国之策。"苏轼笑道:"多谢多谢。只是若苏某不在朝了,两国也当互不南犯北侵。"

众人大笑,来到长亭,枢密院僚属已置办好饯行酒菜,苏轼与耶律俨分宾主坐下。耶律俨举起酒杯说:"说心里话,真想在汴京多住些时日,与苏学士彻夜长谈。只可惜王命在身,不能自主。但愿宋廷能派苏学士出使我大辽,我也好尽地主之谊,在下烤羊肉尚属一绝啊。"苏轼听罢,也很高兴,举杯把酒饮尽了,说:"南有苏某做东坡肉,北有耶律兄烤羊肉,你我可谓天生一对。好,但愿我能有缘出使辽国,亲口尝尝耶律兄炮制的美食。"

耶律南也赔笑道:"苏大人若得此行,定会写'羊肉赋'的,在下一定亲自为你磨墨。"苏轼笑说:"宴会之上,逼问副使大人,多有得罪,务请包涵。"耶律南摆手哈哈大笑:"那是在下学问不够,怨不得苏学士。此次陪直学士大人前来汴京,在下受益匪浅,不打不相识。不然,你我何以为友啊?"苏轼大喜:"痛快痛快。苏某平生最喜与痛快之人为友,即使言辞有失当之处,也无须提心吊胆哪。嗯,大碗饮酒,慷慨而歌,率性而为,与刘伶论酒,与陶潜话菊,岂不快哉!"

耶律俨赞叹道:"苏学士可真是我的挚友!那魏晋时的刘伶醉酒出游,常以铁锹自随,告诉随从,死即埋我,何等洒脱!"苏轼笑道:"刘伶还不算是真正的通达生死之人。"耶律俨一怔,忙请赐教。苏轼解释说:"刘伶让家人以车拉棺材寿衣,说'死即埋我'。在下以为,何用摆此排场?命已归自然,何必要埋,更何必为棺椁衣衾所累呢?"耶律俨听了,赞叹不已。苏轼与辽使共饮数杯,再拜而别。

五十八　西园雅集

　　黄庭坚、秦观、晁补之、张耒四人都在京中任职，敬慕苏轼文名，常与之伴游请教，人称"苏门四学士"。四人中，又以黄庭坚最长，常由他带领着众人到苏轼百家巷中去拜访"二苏"。苏轼每见他们四人前来，必定大为高兴，烹茶相待，然后海阔天空地谈论书史，切磋诗文。黄庭坚诗歌瘦硬奇崛，秦观歌词婉转柔媚，晁补之乐府俊逸萧散，张耒古文汪洋淡泊。四人各具情态，与苏轼文风诗风词风迥然不同，但这并不妨碍他们之间交游的情谊。

　　这日黄庭坚又拉着三人来拜访苏轼，巢谷笑道："四学士前来，自有密云清茶相待！其他客人来了，可就喝不上了。"黄庭坚问："那拿什么招待他们呢？"巢谷说："大鱼、大肉、美酒、美女。"众人不解。苏辙笑道："诸位有所不知。官场人物来了，尽谈俗事，家兄懒得饮茶高谈，只能以大鱼大肉招待了。"四人都笑起来。

　　晁补之拱手对苏轼说："我为先生讲一件事情。文潜兄的诔文已经名震京师了，很多达官贵人出高价为自己谢世的父母写诔文，但文潜不为所动，自甘淡泊，颇有颜回之风。新任御史杨畏找上门去，要出二百两银子为其父亲求文，文潜都没答应。"苏轼高兴地说："哦？有这等事？文潜气节非凡哪！"张耒竖起眉头说："杨畏乃奸佞小人，节操败坏，断不可写！"苏轼说："好啊！谄媚活人是没有骨气，谀墓也非君子之道。看来，文潜在阴阳两界都堪称君子啊！"众人抚掌大笑。张耒说："全凭先生教诲。"

　　苏轼笑着摆摆手说："我等皆是朋友，苏某可当不了你们的老师。叫先生嘛，未尝不可，因为我和子由比你们先生来到世上嘛。"张耒笑道："先生啊，学生有一事不明，这'先生'的叫法起源于何时呢？"黄庭坚笑道："这有何难，大约从孔子之时就有此称。然载以文字，则由贾谊《吊屈原赋》而起。其赋曰：'造托湘流兮，敬吊先生。'足见，'先生'之称谓，汉初已兴也。"秦观摇头笑道："鲁直兄，不然。君不闻，三家分晋，文侯谓李克曰：'先生临事勿让。'足见春秋已有此称谓也。"黄庭坚不同意，摸着美髯笑说："此为汉史相记，不足为证。"晁补之看三位争执已毕，方才慢悠悠地说："《战国策·冯谖客孟尝君》一文中有载，孟尝君云：'文倦于事，开罪于先生。先生不羞，乃有意欲为收责于薛乎？'当此能证吧？"

巢谷见四学士博闻强识，很是惊叹，但他们各执一词，似乎又各有道理，不分高下，便转头去看苏轼。四学士也一齐望着苏轼，希望他来出面释疑。苏轼啜口茶笑道："其实，春秋即有'先生'一说，君不见《德充符》经有云：'申徒嘉曰：先生之门，固有执政焉如此哉？今子之所取大者，先生也。'大抵是孔子以后才兴此称。"众人大笑叹服。

苏轼接着说："王晋卿昨日派人送帖子来，说要在西园宴饮会客，遍邀京中好友。听说米元章也漫游回京，我们正好前去相见，诸位也一同前去吧！"黄庭坚笑道："晋卿雅慕风流，这次群贤毕至，一定热闹非凡。诸君且酝酿文思，斟酌辞章，到时可要才情俱现啊！"秦观笑道："鲁直兄已按捺不住了，今番可要比试一回。"苏轼大笑，领着众人往西园而去。

文人雅集，自是风流盛事。汉朝梁孝王会枚乘、司马相如于兔园，西晋石崇会潘岳、陆机、陆云等于金谷园，东晋王羲之会谢安、孙绰等于兰亭，都是名垂后世的著名文人集会。尽管台榭池馆尽作丘墟，风流人物也归尘土，但他们留下的诗文却长存于天地之间。驸马都尉王诜，风流蕴藉有王谢遗风，工书善画，又豪爽慷慨，最乐意结交文士，常在自家西园别墅张罗筵席，邀请好友前来，流连诗酒，切磋书画，游赏谈谑不倦。此次邀集，除苏轼兄弟、"苏门四学士"外，还有"龙眠居士"——李公麟、"米癫"——米芾、王巩、蔡肇、王钦臣、圆通大师、道士陈碧虚等十六人。可谓群贤毕至，少长咸集。

苏轼与四学士到了西园，只见一片竹林将苑囿与府第隔开，绕过竹林，湖山亭台现于眼前，恍如隔绝人世。池边栽种各色花木，鸟声幽寂，鹤舞轻盈。几株苍松老桧下，已摆好几案，陈列几碟精致的果肴点心，当然也少不了美酒。另几个书案上已备好笔墨纸砚，王诜已俯身作画了，旁边侍立几个仆人，手捧香炉，静静观看。王巩带着盼盼、英英、卿卿先到了。王巩倚在松根上饮酒，醺然微醉，盼盼弹琴，英英、卿卿奏琵琶相和，缓歌浅唱。清风拂来，松枝摇曳，池泛绿波，似乎把人的精神也洗濯得纤尘不染。

苏轼头戴乌帽，一袭道服，大笑着走进来道："定国兄好雅致！饮酒听曲，醉卧松下，真个是山间隐者！"王巩并不搭话，只微微一笑，举着酒杯细细品尝，也不知是酒美还是曲美，还是这西园的雅致让人陶醉。王诜见众人来到，扔下画笔，笑呵呵地过来迎接，请众人到几案间小酌相叙。李公麟、米芾等人也陆续前来，众人饮酒闲谈，或作画，或写字，或吹笛，或观书，不时谑笑逗趣，诌几句诗来引大家评论。

李公麟善画人物鞍马，已先成了一幅《博彩图》，画的是众人呼卢赌博，那骰子还在骨碌碌地转着。几个人盯着骰子，或张嘴，或闭目，或攥拳大叫，或倚桌细看，真是栩栩如生。众人赞叹不绝，苏轼打趣道："龙眠何以讲起闽南话了？"李公麟是庐江人，并不曾去过闽南，不晓苏轼此意。苏轼指着画中那个张嘴呼喊的赌徒说："你看，这张博彩图中的骰子是六点，分明几个赌徒是在喊六，唯有闽南人喊六才叫漏，故尔嘴唇呈圆形。"黄庭坚半信半疑，指着画问李公麟："果真画的是闽南人吗？"李公麟大笑："子瞻慧眼，所鉴不差。"黄庭坚与张耒都叹服不已。苏轼自走到另一张几案前，挥笔画起竹石图来。

米芾依然一身唐装，飘然若神。他锁眉细看湖边的假山怪石，游走其间，口中喃喃自语，又飞奔到案前，执笔蘸墨，迅疾草书。写毕忽然狂笑一声："'二王'死矣！"苏辙满心奇怪，走过来拿起那副字细看，说道："元章之字，走笔游龙，师承'二王'，而不见'二王'之痕，颇得书中精髓。"晁补之也笑道："莫不是刚才凝神观察怪石纹理，以此得到书法之精要？"米芾点头，又拿着字幅走到苏轼跟前说："请大先生指点一二。"苏轼端详片刻，认真地说："元章之书已迈入大家之门，可成我大宋一家。"米芾听了，喜不自胜，狂态可掬。

张耒问苏轼："先生，元章的字与鲁直兄的字相比，二者优长几何？"黄庭坚正摇着蕉叶扇子观看王诜作画，听到说自己的字，忙凑过来细听。苏轼悠悠地说："鲁直的字长于气势，元章的字长于墨韵。"黄庭坚听了，有些不服气，说："不才的字不仅有江河倾泻之势，亦有松竹之韵。"米芾听了，大为不悦，也不加掩饰，脱口说道："鲁直兄，你的字虽有气势韵味，但也有失呆板，喏，就像这枯枝。"说着便捡起一截松枝举起示意给众人看。原来黄庭坚不但诗文精妙，书法亦是大家。他的字如同其诗，瘦硬奇崛，点画落笔，如斩金截铁，骨力非凡，又如老树枯藤，盘曲稳健。众人看着米芾手里的松枝，都哈哈大笑。

在一旁醉醺醺的王巩这时可没闲着，他拉着秦观一起卧倒在松根石下，擎着酒杯细细听他三位夫人弹琴唱歌。盼盼琴声悠远缠绵，余韵不绝，英英和卿卿清歌相和，令秦观不饮酒已然陶醉了。王巩说："少游，何不即兴作词一首，助此雅兴？"盼盼笑道："只怕他心里早已作好了。"秦观高兴地说："在下献丑了。已吟成一阕《临江仙》：为爱西园香满竹，今朝来扣朱门。墙头遥见簇红云。雅集松树下，迷醉对瑶琴。名士风流驸马府，一时才子佳人。此情此景九天闻。悠悠指上曲，永是一年春。"英英倚声唱了几遍，王巩高兴不已，拉着秦观敬酒不迭。

这时王诜伏案而作的山水画已经完成，众人凑过来看，是一幅《淡墨山水图》。王诜颇有些自矜地笑道："如何？可得画中三昧吗？"李公麟是品画行家，拈须点头称许道："驸马师法李成，平林渺漠，烟云萧散，得其神髓矣！"李成是五代宋初著名的山水画家，爱写平远烟林之景，与关仝的凝重峭拔、范宽的雄奇老健并誉为"三家鼎峙"。王诜精研李成的笔法多年，家中也收藏多幅真迹，现已至炉火纯青之境。他听了李公麟的赞许，自然喜不自胜。苏轼笑道："我倒欣赏晋卿的淡墨平远小景。晋卿啊，这些年被贬在外，你的画多了几分朦胧和灵动之气啊。"王诜满意地说:"人生之贬,助我山水进境,也算是一件乐事!不过比起子瞻兄的枯木竹石,那还是少了一点精神啊!"

苏轼展开刚画好的《枯木竹石图》,众人过来赏鉴,都啧啧称赞。王诜指着画中的枯木说:"诸位请看,子瞻兄的枯木,总有一种爆裂冻土,石破天惊的感觉,巨石压不住,硬生生地钻拔出来,崛犟峥嵘。这幅《枯木竹石图》,虽无一叶,可总觉得枯枝不死,生机内蕴。"米芾惊叹地拍手道:"好个'枯枝不死',点评得妙啊!"李公麟也说:"这正是子瞻兄文人画的精髓所在。子瞻兄可否为我等讲解一番?"

苏轼笑道:"苏某给大家讲个故事。苏某有个同乡叫任达。他曾经告诉我,有户人家用砖砌了一个一丈见方的水池,放养了数百条鱼。三十多年过后,在一晴朗之日,池中忽发雷声,如风雨骤至,这些鱼顿时乘旋风上九天而去。"众人惊讶不已,忙问其中缘由。苏轼说:"这些鱼圈局三十余年,日有腾拔归海之意,精神不衰,未尝一日懈怠,久而自达,理固有然。"王诜惊叹道:"有理有理!愈压愈弹,愈挫愈奋,精神厚积薄发,乃大人格也!"李公麟打趣道:"越说越玄乎了!"苏轼笑道:"龙眠兄最善画马,'龙眠胸中有千驷,不唯画肉兼画骨',就是抓住了马的精神。可你身在画院,为富贵闲人画马,那马的精神就衰惫了。此中道理是一样的。"李公麟歪着脑袋说:"富贵闲人才有闲心赏画嘛!"苏轼笑道:"马良若地下有知,听君此话,必哭于阎罗殿。"众人都揶揄李公麟,他也不以为意,镇定自若。

米芾掏出一只锦囊,双手摩挲良久,又小心翼翼地放入怀中。晁补之眼尖,立即打趣道:"元章兄,又收藏了什么宝物,竟如此珍惜?"众人都知道米芾爱石成痴,都猜他一定是得到什么奇石了。米芾狡黠地笑道:"非也。是一块稀世之砚。"说着小心地从怀里掏出来,擎在手里让众人观看,得意地说:"这块砚,据我考证,当是'书圣'王羲之所用之砚。"晁补之佯装不信,就要抢在手里细看。米芾连忙捂在怀里,再不肯拿出来,嘴里嘟囔着:"信不信由你,书圣之砚岂同他物?"苏辙笑着劝解:"元章赏鉴金石,独具慧眼。"晁补之说:"二先生,别听他瞎吹,大先生也是鉴赏大家,他认可,我即认可。"米芾不服气地说："若子瞻兄所言不差，又当如何？"晁补之笑道："我自当为兄深鞠一躬。"

米芾这才小心地拿出锦囊，轻轻地交给苏轼。苏轼从锦囊里拿出一块巴掌大小的红泥砚来，捧在手里，上下观看，点点头说："元章所言不差。此砚乃'书圣'专写小楷之砚。有春夏不干，严冬不冰之神奇。"苏轼也是品砚名家。据说他还在老家眉州读书的时候，在后院掘出一块石头，纹理细腻，潮润无比，敲一敲还清脆有余音，他就将石头琢成一方砚台，带在身边形影不离。米芾得了苏轼的品鉴，自然得意无比。苏轼把砚台还给米芾说："元章，此砚的确是珍品，好好保存吧。对了，你是如何得到的？"米芾收好锦囊，这才慢条斯理地说："我行舟江上，见同船的人有此砚。为得此砚，学生用了吴道子的两幅画，王献之的一幅真迹与那人交换。即使这样，对方也不换。我急得欲跳江，对方才动了恻隐之心。"

晁补之笑道："这么说来，这砚台比你夫人还要宝贵了？"米芾说："天下好女人有的是，但这样的砚台只有一块。别忘了，你该给我深施一礼。"晁补之笑道："好个'米癫'！"无奈还是乖乖地深深鞠了一躬。米芾有些得意，晁补之神秘地笑着说："我有法子让你自动把这方砚台送给我。"米芾固执地说："人在砚在，除非你把我杀了。"众人见他们拌嘴，知道会有好戏上场，都哈哈大笑。

书画品鉴完毕，众人又回到几案旁饮酒休憩。盼盼抱了琴，走来向苏轼说道："小女子久闻蜀派古琴的大名。蜀派琴人，古有司马相如、扬雄、李白，今人则以先生为重，况先生曾为陶渊明的《归去来兮辞》谱曲，蜚声四海，今日机缘大好，不知先生可否抚上一曲？"

苏轼在黄州时曾别谱《归去来兮辞》新曲，于田间地头耕作时与农人唱之，现在已经流传士林间，成为一段佳话了。苏轼微微吃惊地说："许久未抚，只怕手生了。"众人被盼盼这么一撺掇，都按捺不住了，忙劝苏轼弹奏一曲。苏轼颔首默许，让仆人端水过来，将手洗净，又叫人点起一炉香，坐在松荫下，弹奏起来。

众人都乘着薄醉，听袅袅的琴音在耳际回荡。那曲调悠扬、欢欣，正像内心一味自足，不带半点竞逐的意念。苏轼一揉一捻之间，情绪便一层层荡漾，飘飘地仿佛置身于桃源胜地，再也不愿折返了。两只白鹤也扇动着翅膀，在湖边翩翩起舞，引颈长喉。整个西园都为之沉醉了。

此刻苏轼心里，想到了黄州的躬耕生活，想到了邻舍老农淳厚的笑语。他真想挂冠归去，直到江海的另一头。与家人守着豆棚瓜架，每日看着斜日西沉，素月东上。端着一杯浊酒，与弟弟同唱《归去来兮辞》……

天色向晚，众人都尽兴散去，改约再聚。晁补之神秘地笑着对米芾说："元章兄，三日后我到府上取砚，等我的消息。"众人都惊疑不已，米芾横眉而去。

三日内无事，苏轼正在家里读书，忽然巢谷慌慌张张地跑进来说："子瞻，不好了！刚才元章家的书僮来告知，说他们家主人已经三天没回家了，到处找不到人！"苏轼微笑道："找到晁无咎，自然就找到元章了。"

苏轼和巢谷骑着马去找晁补之，问明缘由。晁补之哈哈大笑："真是个'米癫'！想必还在那里呢！你们跟我来吧。"晁无咎也骑了匹快马，领着苏轼二人穿过京城，一直走到东郊汴河的岸边。河岸一带遍植垂柳，柳绵轻拂，远远地见一个人对着河边一块大石头鞠躬膜拜。苏轼笑道："那不是元章还会是谁？"

三人走到近前，米芾仍未察觉，绕着石头喃喃自语，还不时摩挲着石山，凝神冥思。苏轼喊了一声，米芾才回过神来，大叫道："子瞻兄快看这石头！天地间不知几百万年，才有此造化呀！"又对着石头说："你从哪里来呢？三天三夜，元章才悟出你的造化之理，吾知先生乃灵根是也。"巢谷见他对着石头念念叨叨，知道是痴病又犯了，正要上前去劝他。苏轼拦住他，下马来仔细看那石山。石山高二丈，宽约三尺，玲珑剔透，甚为奇特。敲一敲石身，还有"咚咚"声回响。苏轼也是懂石之人，叹道："如此奇石，甚为少有！"米芾欢喜道："还是子瞻懂石，如此宝物，我为它守了三天三夜了！"

虽然找到了米芾，但巢谷还是没明白为什么米芾会三天三夜不回家而专门守着石头，也不明白晁补之怎么会带他们到此。晁补之对苏轼说："记得上次西园雅集之时，我对元章说三日内去取他的宝砚吗？"苏轼笑道："我一早就猜到了！要不然也不会去找你。你就是拿这石山跟他换砚？"晁补之神秘地笑道："正是正是！我前不久乘船由汴河外出，听船家说此处浚河时挖出一座怪石山，丢弃在河岸上，没人赏识，也没人搬得走。我看这石山造型奇特，材质非凡，知道元章兄若见了必定会惊喜异常。因此在西园敢夸口三日内取他宝砚。"苏轼指着他大笑："好你个晁无咎！元章的脾气被你摸透了！"

米芾回头笑道："算他赢了我，就拿宝砚换宝石，我也算值了。这造化灵根，到哪里才能找得到啊！"巢谷不解地问："这块巨石到底有何神奇，子瞻兄说说看。"米芾抢过话头说："这块弃石绝非寻常之石。首先，它的造型具备了奇、怪、巧、朴、华五者和谐之完美，有日月之孔，有北斗之位，下有山河之纹，人兽之形，而内则中空。"

苏轼点点头说："这石古之名曰'八卦石'，星相家曰'测天柱'。它可报气候阴晴，正月十五日夜，全年能降几成雨，这块石头就会显示几成。春、夏、秋三季之雨，可早于三日即能看出，石越湿，雨越大。凡有和风，其必有和声。天将大旱，日孔必现裂纹。风调雨顺，日月二孔尺寸相等。过阴，则月孔张；过阳，则日孔张。"

巢谷惊讶赞叹不已。米芾拱手道："先生不愧为元章之师。"晁无咎佩服地问："先生从何处得知此石？"苏轼说："从杂记中知。天下有'五岳'，亦有五块这样的奇石，分别以'五岳'之名命之。东曰'岱石'，西曰'华石'，南曰'衡石'，北曰'恒石'，中曰'嵩石'。这块石应叫'嵩石'。沦没于此，得见元章，也是造化了。"

米芾哈哈大笑，又去摩挲石头不肯放手。巢谷问道："可是这么大的石山，怎么拿它跟元章的宝砚交换呢？"米芾正为这事烦恼："是啊！这么大的石山，陆路运送甚为艰难，要保证它完好无损就更难了。人力物力，花费必然不少。无咎你真要与我换宝砚？我怕你破费啊！"晁无咎笑道："这个无须担心。我保证将它完好无损地送到你家里。"米芾将信将疑。苏轼笑道："无咎定有妙法。元章还是早点回家，免得家人担心。"

米芾这才放心，准备跟着苏轼回去，走几步又回头，心中十分不舍："不行不行，我得在这石头上留下米某的名号，别让人家占了去。"巢谷笑道："放心吧，就算送到人家家里，人家还不会要呢。"晁无咎说："不如你拿笔提上三个字'米芾石'，那天下人都知道这块石头已经有主了。"米芾说："宝砚倒是在我身上，可我没有带笔啊！"晁补之神秘地笑道："我带了笔啊，快借宝砚一用。"说着掏出毛笔，苏轼对着晁无咎笑了笑。

　　米芾掏出砚台，不情愿地递给晁无咎。可是砚中无水，没法磨墨，晁无咎又嫌河水太远，取水麻烦，就吐了口唾沫到砚台里，磨起墨来。米芾惊叫一声，几欲呕吐，连连叹息道："可惜了！可惜了！如此宝砚，竟被你口水所污！"晁补之不以为然地说："这有什么？你嫌脏不要了？"米芾是出了名的有洁癖，欲要发怒，但为了石山又忍住说："处子被奸，虽仍是女人，但再也不是处子了。宝物讲究一个洁字，一旦被污，分文不值。你拿去吧。"

　　晁补之大喜："那我就收下了，快点写字吧！"米芾极不情愿地拿起笔，一边在石上写下"米芾石"三个大字，一边气呼呼地说："破我宝砚，还我奇石。你何时可以将这巨石搬到我家中？"晁无咎笑道："朝廷下达文书命你去杭州公干，等你回来时，石山就在你家中了。"米芾愤愤地说："君子一言九鼎，我等你的消息。"说着就往回走。苏轼和巢谷在一旁摇头直笑。

　　过了数月有余，天气渐渐寒冷。一日苏轼准备出门，王闰之拉住他说："子瞻，我和朝云给你做了顶帽子，戴上试试看。"朝云拿出一顶高高的巾帻帽出来。那帽子比普通的帽子要高出好几寸，苏轼戴上，帽顶都要蹭上门楣了。朝云又拿来铜镜让苏轼照了照，苏轼笑说："挺好。你们给我戴高帽，莫不是想治我的罪？"王闰之嗔道："你又在胡说了，朝中明争暗斗不断，我成天在家替你担心，你还拿这话来刺激我？"苏轼"呵呵"一笑，连声道歉。朝云说："先生，这顶帽子还没有名字呢？"苏轼说："就叫'子瞻帽'吧。这京城的人，不管冷热，一年四季都戴帽。你们给我做的这顶帽子，别具一格，单就这尺寸之高，就够出风头了。"朝云"咯咯"笑道："楚辞中说，'冠切云之崔嵬'，先生效法的是屈子的高洁之心。"苏轼高兴地说："张舜民出使辽国回来，我在西池给他接风洗尘。朝云这么说，我就非戴这'子瞻帽'去会客不可了。"

苏轼刚出门，苏迨和苏过就拉着手跑出去玩儿。他俩都长大了，平时父亲严厉管束在家读书，趁父亲出门，也忍不住跑到繁华的汴京街市上去玩耍。王闰之在屋里叫不住他们，生气地说："两个小兔崽子，越来越不听话了！子瞻公务繁忙，经常不在家，这两个臭小子就反了天了。"朝云忙过来安慰她。

王闰之忽然感到胸口一阵剧烈的疼痛，她捂着胸口，脸色苍白，汗如雨下。朝云慌了，连忙倒杯热茶过来，又来抚摩她的后背。王闰之渐渐喘过气来，面色灰黄。朝云担心地说："夫人，您自从去了黄州，这心痛病犯病越来越勤了！我去请个郎中来看看吧！"王闰之喝了口茶，虚弱地说："不必了，都是老毛病。这么多年都挨过来了，不碍事的。"朝云关切地说："夫人，您别太劳累了，家中还有我呢。先生在朝中，您也不必太过担心。黄州那么艰险的日子都熬过来了，心该放宽些才是。"王闰之点点头："朝云啊，那日我跟你说的事，我一直挂在心上，你在我们苏家将来也得选个出路才是。你人聪明，又懂子瞻的心，遇事比我会出主意，将来在子瞻身边我也放心。这事我给你做主，怎么样？"朝云脸颊绯红，眼中渗着泪水说："夫人，别说这个了，您先休息吧。"说完就红着眼睛出去了。王闰之显得苍老了许多，呆呆地坐着沉思了好久。

苏轼骑着马走在汴京的大街上，人人都争着来看他那顶奇特的高帽，不久即传遍京城，人人效仿，都以戴苏学士所戴之高帽为荣。有人特地来问此帽的名字，然后赶制数百顶放到衣帽店里出售，一时间衣帽店门口排起了长龙，人人都来抢购"子瞻帽"，很快就售罄了。

苏轼来到西池，黄庭坚、张舜民早已等候多时，忙迎入金明楼。西池亦称金明池，是汴京城西最大的湖泊，连接城内的汴河直通南方。金明池最早是五代后周世宗所凿，用以演习水军，以备攻打南唐。如今这里已成为皇帝赐宴游赏之地，平时达官贵人和平民百姓也可以到这一带来游玩。环池一带殿宇罗列，尽是歌舞繁华之地，车水马龙、人烟辐辏。

苏轼和众人直上金明楼。楼上楼下的贵戚豪族、佳丽公子，无不争睹苏学士的风采，一时楼梯上显得拥挤异常。苏轼笑着对众人说："苏某貌不如潘安，味不及美酒，有何好看哪?！"众人被逗得大笑，又都去看那顶惹眼的"子瞻帽"，人人都艳羡称奇。苏轼笑说："再这么看下去，可真要看杀苏某啦！"张舜民笑道："子瞻若能出使辽国，想必也能见此盛况。"苏轼好奇地问道："哦? 辽国人也知道苏某?"张舜民答道："此次北行，子瞻兄的诗词文集板印不少，幽州城内外，街市州馆，酒楼客店，公之诗词到处都是。还有歌者能唱公之'大江东去'呢。所以，我在馆壁上题了两句诗，'谁题佳句到幽都，逢着胡儿问大苏'。"苏轼拈须大笑道："若我真的出使辽国，那贾易一定参劾我里通外国。说不定又到幽州城去搜罗苏某的诗去。"众人哈哈大笑，忙登楼入席。

酒席之间，觥筹交错，众人谈笑欢饮。张舜民说："近日我从宰相那里得知，西北边界又出事了。"众人都让他仔细讲讲。张舜民清清喉咙说："事发去年冬天。西夏铁骑入境劫掠，杀我秦凤路西安州古戎镇边民一万五千余人。边关路使、太守竟隐情不报。今年不知怎么消息走漏了，有人一纸奏劄捅到了中书省，太皇太后震怒异常，责令吕、范二公派人调查，缉拿罪官到京。"苏轼问道："吕公究竟派何人前去查证?"张舜民说："是侍御史杨畏。"苏轼叹道："吕公选错人了啊！杨畏此人，反复无常，人称'杨三变'。荆公在时则附议新法，温公在时则非难新法，现在刘挚与吕公不合，暗中较力，杨畏不过是押注投机，择人行事罢了。用他这种人，边事原委怎么查得清楚? 一万五千边民恐怕要枉死了。"张舜民也同感忧虑，众人又饮了数杯，就都散去了。

米芾从杭州回京，急冲冲地到家一看，屋前屋后都没有什么奇石。夫人忙问找什么呢，米芾愤愤地说："晁无咎说将汴河岸边的奇石送到家中，可恨他食言了。"夫人嗔怪道："我当什么事呢，风尘仆仆地回来就问你的石头，看你的痴样！"米芾即刻要上马去找晁无咎问罪，夫人忙拉住他说："晁先生得知你今天到京。早上差人送了这封信来，嘱咐说交给你看。"米芾心下奇怪，展信读来，内中写道：

元章亲启：明日到家中观赏石山，赴汴河岸边旧地相会。苏公与在下恭候。无咎顿首。

米芾且先压下满肚子的气，在家歇息一晚。米芾问夫人："我今日回京，看街上不少人都戴一顶极高极奇怪的帽子，那是什么时兴物件？"夫人笑道："那是'子瞻帽'。是苏大人家夫人为他特地缝制的，没想到大家见了，人人效仿，前街衣帽店里连续几天都卖断货了。"米芾笑道："'子瞻帽'……夫人也为我缝制一顶吧，我的要比'子瞻帽'还要高三寸！"夫人嗔怪道："你这个痴汉，事事都要争奇斗异，戴那么高的帽子，门都出不去，走到大街上不让人笑死？"米芾笑道："我的脾气你又不是不知道，特立独行，我行我素，什么时候怕人笑过？"软磨硬泡地非要夫人缝制，夫人拗不过，连夜为他赶制了一顶。

次日起来，米芾叫使女把外衣拿去浆洗了，再把唐装拿出来换上。夫人说："人家都穿宋服，你偏要穿唐朝的衣服。"米芾说："宋承唐制，唯服不袭，成何体统！"夫人笑道："是不是还要戴上'子瞻帽'？"米芾说："那是当然！"夫人埋怨道："苏大人的'子瞻帽'已经够高了，你的'高瞻帽'还要高出一截，不沉吗？"米芾笑道："不要脑袋岂不更轻便？"夫人笑着责备他又在胡说八道。

这时内侍进来传圣旨道："书画学博士米芾损官衣纹图，罚铜十斤。敕，洁身自好，当以倡之，成癖亦可，莫损官衣。官服有制，自当爱惜。课以此罚，当须牢记，可。"米芾与夫人跪下接了旨，夫人问道："官袍怎么会破损的？"米芾摊开两手，无奈地说："去了趟杭州，两天一换洗，那官袍上的花纹就磨损坏了。"夫人责怪道："你呀！官衣两天一洗，衣上鸟兽纹案焉能有存，不飞即跑。你真是爱洁成癖了。"米芾不以为然地说："这尘世肮脏，还不让我把衣服穿得干净点儿？你看，刚刚接圣旨跪在地上，又把衣服弄脏了。"夫人无奈地摇头叹道："唉！大宋出了两个爱干净之人，一个是王荆公的吴老夫人，一个就是先生你了。"米芾头也不回地上轿去，丢下一句话："米芾无过，爱洁更无过！"

因为戴着那顶高帽子，米芾怎么钻也钻不进轿子里，轿夫说："大人，您的帽子太高了，轿子小，容不下。"米芾愤愤地说："把轿顶撤掉！"轿夫有些为难，但也不得不如此。于是汴京大街上出现了这样一幕滑稽的景象：四人抬着一乘无顶的轿子走过闹市，轿子里赫然耸出一只高帽来。米芾坐在轿子里，顾盼自若，任凭两旁路人惊奇指点，也毫不在意。

米芾来到京郊汴河岸边，却不见了石山，心中正纳闷儿，眼前是一座新盖的深宅大院，门首匾额上写着四个大字：米家山庄，正是苏轼的笔迹。米芾愈加迷惑不解，忽然晁补之打开门出来迎接："元章兄果然来了！"苏轼、巢谷、黄庭坚等一干人都在门口等候。

米芾愣愣地问道："这到底是怎么回事啊？"晁补之笑道："以石换砚之约，我今天就要兑现了！"苏轼笑着补充说："那么大块石头怎么运得到你家？无咎出巨资，买下这块宝地，给你盖了这座宅子。如此一来，他也没食言哪，'测天石'还是到了你的家。不过，石头没动，搬的是房宅。"

米芾深为感动地说："这可怎么好啊……"晁补之笑道："君子一言九鼎，我当然要遵守诺言了。这宅子也归你了。"米芾惊讶地问："你哪里来那么多钱买地盖房呢？"秦观说："无咎兄变卖了江南的宅子。"米芾深感愧疚地说："这如何是好？为了我这块顽石，连累你了！你真是比我还癫！"晁补之哈哈大笑道："小弟任职京城，家乡的宅子本就空闲破败，索性卖了成全元章兄一个人情。我还请先生亲笔题了匾，你看！"米芾忙向晁补之和苏轼施礼拜谢。苏轼笑道："先不说这么多，赶快进屋赏石吧！"

众人都拥到屋里，石山已被圈在庭院中央，开窗即可入目，米芾欣喜不已。秦观却对米芾那顶高帽发生了兴趣："元章兄，你这帽叫什么帽？"米芾得意地笑道："嗯，'高瞻帽'！"苏轼凑过来仔细端详，会心而笑。秦观又问："从何而来？"米芾说："从先生的'子瞻帽'而来。"秦观狡黠地笑说："既从先生而来，又岂能高过先生？"米芾恍然大悟："咳，竟没有想到这一层。请借剪刀一用！"秦观问："要剪刀作何用？"米芾笑道："剪掉一截嘛！"众人大笑。

五十九　自请外放

　　晁补之早备下一桌酒席，就在这米家山庄里招待众人，也算是为米芾接风，为"石砚之约"作一个雅致的收尾。米芾显得很高兴，拉着晁补之多喝了几杯。苏轼笑着对大家说："上次在晋卿西园雅集，诸位各显神通，实在是平生快事。今天再聚米家山庄，元章得了石山，无咎得了宝砚，也是一桩快事。今天喝个痛快，不如换个花样，各人讲出一件俗事来，岂不更妙？"众人都叫好，都问怎么个讲法。苏轼说："那我开个头，就以这吃饭为例。众人可知道'三白饭'吗？"大家都摇头。苏轼慢慢讲道："苏某有位翰林院的同僚，名叫钱穆父，众位也都知道，此人须眉潇洒，是个直爽性子。只是睡相不太好，午间在翰林院休息，兀自'呼噜噜'鼾声大作，搅得同僚不得安神。苏某想了法子捉弄他，见他体态肥胖，就写了张字条——屠夫肉案，贴在他的长须下，众人看了都大笑不已。他自管酣睡，全然没有察觉。"

　　秦观问道："先生，这与'三白饭'有何关联？"苏轼笑道："别急，听我讲来。穆父醒来，知道受了捉弄，就埋怨说翰林院的伙食不好，你苏子瞻又搅人睡不好觉，这儿没法办公了。我摊开两手无奈地说，'翰林学士院伙食钱被舒亶偷走了，当然没有好伙食了'。"苏轼故意提起舒亶贪污那件事来，众人心领神会，都开心地笑个不停。苏轼接着说："我继续对穆父说，翰林院的饭食已经算可口了，你不要人心不足蛇吞象。当初，我和子由考秀才时，就吃一碗白米饭，一碟白盐，一碟白萝卜，每天吃得香喷喷的……"秦观叫道："说到'三白饭'啦！"苏轼笑道："对，这一碗白米饭，一碟白盐，一碟白萝卜就是我说的'三白饭'。可钱穆父不相信啊，对此嗤之以鼻。隔了一天，他请苏某去他家赴宴，我就知道他在打什么鬼主意了。果然，到他家里，也不上茶，也不斟酒，直接上了一碗白米饭，一碟白盐，一碟白萝卜，请我吃'三白饭'啦！"

晁补之笑道："他这是在报先生捉弄之仇啊！"米芾说："那子瞻兄何以应对的呢？"苏轼抓起碗筷，做吃饭状："就吃啊，我倒很久没吃'三白饭'了，一个劲儿地吃个精光，倒把穆父看得嘴馋了。"黄庭坚笑道："先生淡泊之风，学生只有佩服了。昔日范文正公划冷粥而食，勤苦读书，是我等的楷模呀！"苏轼笑道："鲁直说得不错，不忘贫贱，方知今日不易。我就对穆父说，多谢以'三白饭'款待，改日去我家请你吃'三毛饭'。"秦观一听来劲儿了，急忙问道："何为'三毛饭'？"苏轼说："穆父也这么问，我说你到我家自然就明白了。后来到我家里来，我拿上好的密云茶招待他，一边闲聊一边喝茶，直喝下去七八杯茶，穆父等不及了，拉着我的袖子就问：'子瞻哪！你请我吃'三毛饭'，怎么净在这聊天喝茶呢？我都饿坏了。'我就跟他说：'蔡确、蔡京这些闽南人称毛发什么音？'他答道：'闽南人称毛为没。'然后我就跟他说，我这儿白米饭也没，白盐也没，白萝卜也没，这就是要请他吃的'三毛饭'！"

众人听到这儿，都笑得眼泪直流。

苏轼乘着轿子回家，透过帘子正巧看见翰林院的文书张姿在城东肉铺前，拿着一张纸条交给肉铺东家，梁成正抱着一筐羊肉交给张姿。张姿笑呵呵地抱着羊肉走了。苏轼想了一会儿，不禁苦笑。

原来梁成在城东肉铺卖肉，东家知道他与苏学士有一些交情，就打起了他的主意。苏轼的书法，名列"宋四家"——苏、黄、米、蔡之首，平常人若收藏了一件苏轼的真迹，那可是不可多得的宝贝。东家听说翰林院内有许多苏轼手书的传唤便条，这些便条在传唤之后就被丢弃，怪可惜的，不如弄到自己手里收藏起来，等到苏轼谢世后，这些便条便是无价之宝，赛过十几间肉铺子呢。东家思量得周全，忙去找梁成。哪知梁成是个仗义的人，岂肯为这不义之财辱没了平生气节？即使东家允诺加薪，也死活不同意。东家没法，又去打听苏轼在翰林院办公的侍从，终于得知一个叫作张姿的文书，经常手持苏轼的便条内外通传会客帖子，最有机会弄到便条。于是找了个合适机会拉张姿到酒馆喝酒，塞了一些银两，张姿就答应了。东家喜不自胜，许诺他今后拿一张便条来就送他一筐羊肉。

梁成原不认识张姿，但每次见到此人拿纸条来，东家便眉开眼笑。东家验看了纸条，就吩咐梁成拿一筐羊肉给那人。梁成心中纳闷儿，就问东家："为何那人来买羊肉，次次都打白条？"东家神秘地笑道："这不是白条，是苏内翰的真迹便条。那人就是苏大人的文书。"梁成愈加纳闷儿了："这些羊肉是送给苏大人的吗？"东家发怒道："拿人好处，还不得给人好处？那是送给文书的。你别问那么多，千万别声张出去，赶紧去干活！"梁成恍然大悟，唯唯诺诺地忙活去了。

一日，苏轼正在看书，突然喊道："张姿！"张姿应声而至："大人，有何差遣？"苏轼说："请钱穆父来。"张姿立而不走。苏轼问："为何不去？"张姿嗫嚅着说："等大人书条。"苏轼沉下脸来道："今日禁屠！"张姿面色紫胀，赶忙跑了。

侍御史杨畏赴西安州查访古戎镇边民被杀一事，地方州府官员贿以重赂，阻止他去探访实情。杨畏也懒得多事，日日在官员的陪同下宴饮游赏，迁延回京复命日期，又编造了谎言上奏朝廷说，西夏游骑突入边关劫掠，已被官军击退，所杀伤边民只有十余人而已。那些官员个个畏祸自保，草草结案交付枢密院了事。相关执事者也睁一只眼，闭一只眼，仅将西安州知州罚俸了事。吕大防深知其中蹊跷，但也不愿意大动干戈、挑动边衅。再说也想利用杨畏来牵制刘挚，也不作深究了。

这时西夏派使者前来索要岁币，态度极为蛮横，盛气凌人。吕大防、范纯仁和刘挚在政事堂商议应对。吕大防愤愤地说："又来催要岁币了，西夏欺人太甚，我大宋岂能让这些竖子小人予取予求？"范纯仁也点头说："这西夏使者既来，不好应付，该考虑如何将岁币一事搪推过去。"刘挚阴险地笑道："范公你说得对，只是这西夏使者有备而来，定有一番巧舌如簧的激辩，须找人应对。我等拙于舌辩，我看只有一人可担此任。"范纯仁警觉地问："莘老莫非指的是苏轼？"刘挚笑着点点头。范纯仁轻蔑地说："哼，只怕莘老又别有用心吧？上次辽使前来，你怕苏轼言语激怒他们，百般阻挠。这次难道不怕苏轼激怒西夏使者吗？"吕大防忙劝道："二位莫争了，如今也没法，只好请苏轼出去应对了。"刘挚得意不已。范纯仁气愤地甩开袖子说："子瞻必能言退夏使，只怕有人又在背后恶语中伤。"

三人叫上苏轼，在垂拱殿接待夏使。那夏使也不跪拜，趾高气扬地略一拱手道："在下奉我主之命，前来催要岁币。贵国若不能及时将岁币赐送我大夏，只怕日后两国兵戎相见，有损昔日和好盟约啊！"范纯仁冷笑道："哼！当初两国定盟修好，当今圣上仁德宽宏，赐汝岁币。但西夏毫无信义，得到赐品，依然掠杀我边民。侵夺六城，又抢掠杀人，是何道理？！"夏使满不在乎地说："那些都是过去的事了。今年岁币若再不按时交纳，保不准类似的事件还会发生。"

苏轼上前厉声喝道："今年的赐品免了！西夏什么时候恪守信义，我大宋自会赐给西夏茶叶、锦帛等物。如一意孤行，要打就打吧！不过我告诉你，再敢掠边，我定叫你西夏一匹马不留！"夏使吃了一惊，气焰早收敛了一半，有些怯懦地说："我西夏的马瘟难道是苏大人所为？"苏轼冷笑道："是天意。你们杀人如麻，把上天惹恼了。马瘟是轻的，你们胆敢再犯，定叫尔等尝尽苦头。"夏使转念一想，莫让他拿马瘟一事吓到了，又故作强硬地说："汉人常以妖言惑众，说此大话，我大夏可不怕。"苏轼冷笑："是啊，你既不懂星相，又不知医道，更不知疫情的厉害，跟你说是对牛弹琴。"

夏使有些心虚，故意傲慢地说："那在下倒要听听苏大人的高论了。"苏轼朗声说道："就星象而言，东为龙，西为虎，北为龟，南为凤。近来我夜观天相，南星闪耀，主火运起，而西相星黯淡无光，且屡出彗星。主我朝之星，文昌大如甜瓜，是文运大兴之象。你西夏屡动刀兵，必克己主，信与不信，请自便吧。若再敢来犯，我即请求挂帅西征。你们以为文人不能打仗，孰不知取胜之道在于文韬武略。班超投笔从戎，彪炳千古。你们的鹞子军好对付，不信就试试。我有一种薰马草，战场一经点燃，你们的马匹就所剩无几了。如果你心存疑惑，我可给你演示一番。"

夏使听罢，惊愕不已，连范纯仁、吕大防和刘挚也惊疑不定，不明白苏轼所说是真是假。苏轼接着说："大宋无灭西夏之意，西夏国应以休养生息为上上之选。天朝已经大开贸易之门，西夏应以和为贵。和则兴，战则亡。"夏使早被苏轼的一席话震住了，也不敢再索要岁币，强掩住内心的慌乱说："请让在下请示我主再作定夺。本人告退了。"

吕大防目送夏使离去，高兴地说："子瞻言退夏使，这次功不可没啊。"刘挚也凑过来问道："子瞻夸下海口，能退西夏鹞子军，果真如此吗？"苏轼拱手逊谢道："并非在下之功，而是西夏有内乱，顾不过来。实话告诉你吧，早在凤翔任通判之时，在下就开始研究破敌之策了。对付西夏兵，关键是他的铁骑，来得快走得快，适应远距离奔袭，出其不意，攻其不备，故屡屡得手，对此仅用刀箭是不够的。哎，宰相，我听说西北边境的古戎镇，边民被西夏人杀死万余人，此事追查竟草草了事，是不是？"

吕大防面有难色地笑道："本相已派杨畏调查核实，古戎镇是有死伤，不过哪有死那么多人，杨畏上报说死也不过十人左右，你听见的都是捕风捉影。"苏轼大怒道："十人？这是专使杨畏瞒而不报，官官相护，良知丧尽！刘贡父他们查过了，死人万余，千真万确！"刘挚在一旁冷笑不语。吕大防忙安慰苏轼道："子瞻，要相信边关将帅嘛，他们怎么会坐视那么多百姓惨遭屠戮呢！"苏轼急了，愤愤地说："相公啊，你好糊涂啊！你偏听偏信，如此大事岂能不了了之呢？"范纯仁急忙过来劝阻："二位不必急于争吵，消息是否属实，再派人查证就是了，眼下要商议如何应对西夏再次挑衅，夏使回去复命，夏国定有新的动向。"苏轼不悦而退，吕大防也叹息摇头。刘挚倒是暗中高兴不已。

范镇受太皇太后恩命到太常寺参校乐律。铸钟坊新铸了一批编钟，主事官请范镇校正指点。范镇问道："这批编钟必须严格按尺寸铸造，材质都验证过了吗？"主事官答道："下官亲自把关，铸匠师傅那儿不敢有半点差池。"范镇点点头，说："那你挨个敲给我听听。"主事官遵命，拿起铜槌逐个敲起来。范镇闭起眼睛，凝神静听，待敲完一遍，他指着第三个编钟说："这个再敲一遍。"主事官遵命敲了一下。范镇说："这个钟音不准，一定是有气孔。"主事官忙派人检查，几经敲打，果然发现钟壁上有气孔。众人都服了，跪地请范镇恕罪。范镇摆摆手说："罢了，马上派人重铸。太皇太后命我参校乐律，以备大典，看来任务就要完成了。"众人遵命退下。

不久编钟铸造完毕，范镇即刻到太皇太后那里去复命，启奏道："太皇太后，铸律度量、钟磬并书及图法已经完成，请二圣下旨演奏。"太皇太后高兴地说："范镇铸律度量，使我大宋乐典有了章法，功德无量啊。传诏嘉奖。"范镇忙领旨谢恩。宫廷乐官开始演奏起来，满庭清和典雅之音，太皇太后不住地点头赞许。

太皇太后又请范镇到侧殿休息，不必拘守君臣礼节。她看到范镇以前满头的白发都变成黑发，惊奇地问："范公啊！你的头发怎么都变黑了？"范镇笑着答道："都是托太皇太后的鸿福啊！"太皇太后高兴地说："范公乃国之元老，年逾八十仍然神采奕奕，我老太婆可就比不了了！"

范镇笑道："太皇太后万望保重金体。老臣能完成太皇太后交代的校正乐律的任务，已经再无遗憾了，请恩准老臣回许昌故宅养老。"太皇太后还想挽留他住在京城，范镇坚持说："老臣致仕十余年，闲散惯了，还是回许昌埋了这把老骨头吧！圣上有太皇太后和一干贤臣辅弼，我大宋中兴可待啊。"太皇太后欲再加赏赐，范镇都一一辞谢了，青鞋布袜就要回去。太皇太后嘉许道："范公志节不衰，令人敬佩，真是我大宋之福啊！"

范镇叩谢隆恩，就要退下，哪知眼前突然一黑，倒地不省人事。太皇太后大惊，忙令内侍扶起，又命御医日夜诊治，不得有误。

范镇年寿已尽，药石无补，已近弥留之际了。苏轼、苏辙赶来，哭于榻前。范镇微微笑道："大乐已成，黑发又生，岂能不死？当为老夫一笑。"言罢，平静地仙逝了。

范镇于苏轼，恩若父子，情同朋友，苏轼、苏辙大哭了一场，不胜悲痛。太皇太后得知噩耗，也哀伤地叹道："国失栋梁啊！"赐谥"忠文"，诏谕厚葬。范镇年轻时曾赋长啸退却胡骑，辽人呼为"长啸公"，一听到范镇去世的消息，也都叹惋不已，望南举哀，可见当时声名威望。

苏轼回家，哀伤地告诉王闰之："蜀公走了。"王闰之满脸病容，精神憔悴，听到范镇去世的消息，心中凄然，但她还是强忍病痛安慰苏轼说："子瞻啊，你也不要太难过。蜀公待我们家，恩情深重，我们一家都忘不了他老人家的。只愿蜀公早登极乐啊！"

苏轼点点头说："是啊，夫人，蜀公平生不好佛，但晚年清心节欲，不因外物芥蒂于心，蜀公这是虽不学佛而达佛理啊。他走的时候也很平静安详，令人欣慰。"王闰之淡然一笑："真好，看来蜀公死亦安乐啊！"苏轼叹道："是啊。蜀公已达佛理，便参透生死，生死无不安乐。"

王闰之喃喃自语道："生死无不安乐……"她想到自己病体沉重，料想到恐怕也会不久于人世！到时留下这个家该怎么办？留下子瞻一人独自悲伤，该怎么办？不禁满心忧郁，淡施粉黛的脸上透出一丝绝望的神色。苏轼望着王闰之，关切地问："闰之，你也别想太多了，养好病最要紧，一定会好起来的。"王闰之心中一震，眼泪都掉下来，脸上却露出开心的笑容。

苏轼帮她揩去眼角的泪滴，笑着说："夫人，这是怎么了，又哭又笑的？"王闰之轻声说："子瞻，我知道最近朝中事多，你总改不了你的老脾气。我原先总替你提心吊胆，跟你怄气，现在我反倒不怕了。将来就是再有什么不测风云，我一定会陪在你身边。"苏轼感动地说："夫人，你一个人操持这个家，为夫都没好好照顾你，是为夫的不是啊！这些日子辛苦你了。等你病好了，我带你出去走走，看看京城的风光。"王闰之嫣然一笑："你跟我一客气，我倒不习惯。你去忙你的吧，家中有朝云照看我呢。"

苏轼出门之后，王闰之独自倚在床边，又胡思乱想了一通，一时杂绪纷扰，梳理不清，头疼得要裂开一样，胸口也憋闷得喘不过气来，一下子瘫倒在地。朝云慌忙地进来扶起她到床上躺下，请郎中来诊病，依方子细心煎药，喂她服下。见夫人昏睡过去，朝云这才稍稍放心，守在床边，默默垂泪。

朝中没有一日无事。侍御史朱光庭上奏请回河东流，吕大防忙召集众官到政事堂商议。所谓回河，是要将决口改道的黄河改回到原来的河道上去。黄河下游河道，自汉至唐，都自山东入海，泥沙经年淤塞，河道越来越浅，易于决口溃堤。仁宗庆历八年（公元1048年），黄河在澶州商胡埽决口北流，经大名府、冀州、河间，至宋辽边界入海。此后数十年间，黄河北流水道又数处决口，分多股入海。朝廷行堵口疏导之法，意欲导引黄河回到东流故道上，但收效甚微，一则东流故道湮塞许久，新开河道又浅狭不能容下大河之水，二则决口堵而复溃，根本没法阻止北流之势。欧阳修、司马光、苏辙等人都曾上书反对回河东流，而主张因北流之势，加固堤防，疏浚河道，但他们的意见都没有被采纳。结果每次堵口回河，均告失败，还湮没大片田地，导致农民流离失所。

这次朱光庭旧事重提，又要鼓动回河东流。苏轼当即在政事堂上表示反对："仁宗、神宗在位时数次堵口回河，结果都堤溃人亡，难道这些教训还不够吗？黄河依旧北流，这是依自然地势而行，非人力所能强为。东流故道湮塞弥久，若征民夫重新开河，势必劳师天下，疲惫朝廷。时下，百姓已如牛负重，再开此河，则民心尽失。持回河议者以为，黄河北流由契丹境内入海，则我大宋以黄河天堑为防御屏障的优势将尽失，契丹铁骑突驰平地，我方则无险可守。这又是迂腐之论。当初黄河以故道东流入海时，何曾挡住过胡人的侵袭？若大宋将国之安危系于一河，其势必危。天下最可靠的，不是山河之险，而是兆民之心。"

朱光庭冷笑道："苏大人岂敢污蔑先帝治水功业？若任黄河自然乱流，则河患永无解除之日！"苏轼辩驳道："先帝曾遍访群臣，征求意见，就是因为尔等才屡起回河之议，结果又有什么成效？水利固然要兴修，但要因循地势高下自然之性，此河绝不能开。你知道开这样一条河需要多少钱财吗？你知道黄河一年淤积的泥沙十万人一年也清不完吗？你知道开这样一条河需要占多少良田吗？"

王岩叟起身争论道："大胆苏轼！竟然含沙射影，将我朝比成暴秦和隋炀帝！是何居心？"苏轼轻蔑地说："在下看你才是居心叵测。秦皇因修长城才成暴君，隋炀因开运河才使国乱，若以在下看，你是要陷君主于不义，陷国家于混乱。"王岩叟气得不再说话。

刘挚见苏轼又与人争执起来，气定神闲地在一旁看热闹，嘴角露出一丝冷笑。朱光庭见王岩叟败下阵去，又冷笑争辩说："苏大人总是危言耸听，前番说西夏去年在古戎镇杀死我无辜边民万余，其实子虚乌有嘛！"苏轼气愤地说："侍御史杨畏奉旨查案，竟然搪塞虚报，隐瞒实情，此事范大人自会再派人查个水落石出，边民万人不会白白枉死的！"谏官刘攽支持说："谏院举报状多如牛毛，岂会有假？你身为监察御史，岂可推诿隐瞒，息事宁人？"朱光庭吓得再不敢出声。

吕大防见众人又在提杨畏查访古戎镇之事，心中不悦，忙劝大家回到回河正题上来。范纯仁拱手对众官说："开河事宜，且等范百禄勘察回来再议。古戎镇万民被杀案是否派人再度调查？"吕大防推诿说："已经派人做过调查，出入不大，稍有差池，能把众多将帅和上下官员皆罢职治罪吗？"苏轼十分不满宰相这种迁延推诿的做法，直言道："宰相，功罪不分，又如何劝善惩恶呢？万余边民的性命岂能如此儿戏般地处置？"刘挚瞅个机会过来圆场道："子瞻言重了，宰相岂是功罪不分之人？"

苏轼冷笑道："那足下的意思是苏某人是非不分了？真可谓'万民枯骨堆沙塞，换得朝臣一笑归'。你想过没有，那么多无辜村民被杀，朝廷应予抚恤，而他们至今一无所得。这岂能称之为仁政，这么做就能上下不失和吗？"吕大防见苏轼话锋直指自己，十分恼火，刘挚假意怒道："子瞻，你不可太过肆无忌惮了，攻讦朝政，诽谤宰相，你还讲不讲法度？"苏轼起身施礼，正色反驳道："大人又以大言压人，殊不知如此官官相护，忽视民情，必将造成官民对立，民心不得收揽，危及国运大势！"

王岩叟也讥讽道："满朝大臣就只有苏大人忧国为民，刚才王某又听见苏大人吟句了，真可谓诗兴不减当年啊。"苏轼冷笑说："不错，苏某正等着你王大人制造第二个'乌台诗案'呢！"王岩叟瞪着眼睛，半句话噎在喉咙里吐不出来。

吕大防叹气道："好了好了，不要再争执了。子瞻你这急躁性子也该改一改了，身为大臣，不可用言语激进伤人，招致非议。"苏轼为之一愣，平静地说："宰相，子瞻若连直言朝政都不能，则内愧本心，上负明主，倒不如离开这个朝堂，自放于不争之地。"说罢拂袖而去。范纯仁着急地对吕大防说："吕公！切勿争执不休，否则党争之势难止啊！唉！"急忙出门追苏轼去了。吕大防气得拍桌子说："罢了，今日议事，到此为止吧！"

众官各自散去。王岩叟跟着刘挚悄悄地说："刘公，苏轼四面树敌，回河提议与朱光庭结怨，死咬古戎镇之事又触怒宰相，我看他在朝中地位不保啦！"刘挚脸色阴沉地笑道："这个狂妄的苏轼！上次我推荐他与西夏使者协商岁币之事，不想被他借题发挥，出尽风头。哼！耍耍嘴皮子又能怎样？若真把西夏激怒了，兴兵来犯，他自然不用担其责，而大宋则又失安宁。这个苏轼，他在朝廷一日，就有隐患一日。如今宰相也对他不满了，我看苏轼他能强硬到几时！"王岩叟赔笑道："刘公说得是啊。其实已有很多大臣都对苏轼不满，说他以圣人自诩，藐视群臣，淆乱大局。都说苏轼才是真正的党争祸源，我等该尽力将他逐出朝廷！"

刘挚摆摆手说："这你就错了。对付苏轼，不能一味硬来，他是遇强则更强，所以仍须避其锋芒，耐着性子与他周旋。他如今是骑虎难下，难以应付，我们若趁机上奏参劾，倒显得我们有结党排挤之嫌，不如等他受不住气，自请外放，到时我们岂不省事？"王岩叟点头笑道："刘公果然高明！下官真是佩服啊，只是古戎镇之事，我看苏轼暂时还不会罢手啊！"刘挚满腹思虑地说："杨畏此人，狡诈逢迎，吕大防都被他圈进去了，我看苏轼也没奈何。一旦苏轼出了朝廷，事情就由不得他了！"王岩叟跟着赔笑，点头称是。

范纯仁追出去拉住苏轼，苦苦劝道："子瞻！你刚才说'自放于不争之地'，这又何必呢？你明知刘挚等人环伺已久，千方百计地要迫使你出朝，你若真的外放，那不是正中了他们的圈套吗？宰相处事，总得顾全大局，你处处与他为难，怎么能与其他大臣共事呢？"苏轼正色道："范公，苏某就是这直脾气，眼见朝中诸公明哲保身，推诿退让，如何解决得了民生疾苦，叫我如何视而不见，见而不言？"

范纯仁劝道："你呀！当初荆公为相，你不同意新法条款，被贬为杭州通判；司马公为相，你就顶撞他一味废止新法。现在吕公为相，处处务求持平，勉力支撑整个政局，已是很不易了！国家内外多事，正需子瞻你这样的人才襄助协调。你若再出朝，我怕刘挚等人又要兴风作浪了。"苏轼叹气道："正因为国家多事，苏某才见不得他们如此当朝为臣。苏某为人处事，只就事论事，并非要刻意顶撞他人，与人不谐。官场是非争斗之地，我早就不想待了，不如寻个清净的州官，好好做点实事，了此残生。范公不必多言了，我这就去请示太皇太后。"范纯仁再也劝阻不住，只得劝他珍重。

苏轼连上数道奏章，请求外放。太皇太后大惊，亲自召见苏轼问道："你的苦衷，哀家自是知道。可朝中缺不了你啊！"哲宗也在一旁哭求道："祖母，苏师傅不能走啊！以后谁教孙儿读书呢？"苏轼长叹不已，但去意已决，仍奏道："陛下，太皇太后，微臣已为陛下选好帝师，翰林院学士范祖禹可担大任，望陛下和太皇太后恩准。"

太皇太后叹息道："哀家思虑先帝遗言，每每不敢安寝，就是希望像苏卿家这样的人来辅佐幼主。但事有不可强为者，你既去意已决，哀家也不强人所难，就调你去杭州吧！杭州是你宦游故地，望你造福当地百姓，他日还好回朝。"苏轼大喜，谢恩退下。

太皇太后望着苏轼的背影，语重心长地对哲宗说："国事难为啊！孙儿，你要谨记，将来要擢用苏师傅，置于左右，好辅弼朝政啊！"哲宗点点头。

次日，正式诏命就下达了：诏苏轼以龙图阁大学士出任杭州太守兼浙西兵马总督。王岩叟得知大喜，急忙跑到刘挚府上来报告喜讯。刘挚正在后花园赏花。王岩叟上前说道："贺喜刘公，苏轼外放杭州已成定局，此一大患既除，总算可以心安意定了。"刘挚大笑道："彦霖啊，所谓不战而屈人之兵。苏轼性躁，不耐消磨，我等故意激怒滋扰，投其所不好，他满腔愤懑欲发作，我等却退避三舍、袖手旁观，他便四顾茫然、心生厌烦，而自愿外放于山水江湖之外。老夫早就告诉过你，对付苏轼正要这样。"

王岩叟拱手赔笑道："刘公所言极是，以苏轼如今在太皇太后那里所得的恩宠，我等要外放他断不可能，倒也只有他自己能够。"刘挚得意地说："不过苏轼外放，我等还不能够一劳永逸。只要他想，他随时都可重获起用，所以仍要防患于未然。老夫以王觌知任两浙转运使，掣肘于苏轼，正是此意。"王岩叟恍然大悟，称赞不迭："刘公真是高明至极啊，这回苏轼可翻不了身啦！"

苏轼来到翰林院，跟众位同僚辞行，苏辙、范祖禹、钱穆父、秦观等人都来送别。范祖禹问："苏公何时动身往杭州？"苏轼笑道："乘三月春风，越快越好。淳甫呀，教圣上读书的事全靠你了。"范祖禹拱手施礼道："请苏公放心，淳甫一定尽力。"钱穆父埋怨道："子瞻兄，来翰林院刚和你相处不久，好一段快乐时光，你却又走了。好在子由知任翰林院，走了大苏来小苏，翰林院里好读书啊！"

苏辙关切地望着苏轼说："出去散散心也好。"钱穆父继续嚷着："我早劝过他，不是言官，不可议政论事太多，容易激起执政的不满，可子瞻你就是不听。"苏轼笑道："可是，我不说谁说呢？他们只顾一己私利，热心于党派之争，是非不分、功罪不明，朝廷内外一片希合之声，廉耻之心日丧。如此下去，国将不国呀！我不入地狱，谁入地狱？"钱穆父、秦观都低头叹息，沉默不语。苏轼笑着宽慰大家："眼不见为净，出去也算省心，不必每日跟人争吵了。好在杭州是我十八年前的故地，湖山优美，正所谓'羁鸟恋旧林，池鱼思故渊'，我虽不能像陶渊明那样归隐，但去那儿，也许比在朝廷好些。"

范祖禹点点头说："是啊，子瞻外任，总算好过在朝中蹈履危机。不过我听说刘挚正忙着调任王觌任两浙转运使，我看他此意是在牵制苏公啊！"苏辙也点头说："王觌是刘挚亲信，如此安排，显然用心险恶。哥哥到杭州，也不得不防。"苏轼叹道："党争之事，到哪儿也脱不了干系啊！管他呢！诸公在朝，还望多多襄助宰相，辅弼幼主和太皇太后。朝政不能任由刘挚一干人把持了！"苏辙说："哥哥请放心，我们收拾好回家去吧！"苏轼与众人拜别，匆匆回到家中。

王闰之的病愈加沉重了。苏轼回到家，亲自端来药喂王闰之服下，轻声对她说："夫人，我已奏请圣上，外放杭州了。我们不在京城待了，我们一起去杭州。"王闰之脸色苍白，双目无神，听到消息后，脸上微微一笑，喃喃地说："去杭州……子瞻，不管你到哪儿，我都会跟着你！"苏轼点点头，扶王闰之躺下。又看见朝云面色憔悴，眼中透着忧戚之色，一定是照顾王闰之累着了，不禁长叹。他趁着在家闲暇的功夫，细心照料王闰之，离京行程也一拖再拖。

又过了七八日，王闰之知道自己不行了，但心中还有件事未了，于是含泪叫苏轼和朝云到床前来，对苏轼说："子瞻，我不能陪你去杭州了！"苏轼泪流满面，忙阻止她说："闰之，你胡说什么！只管安心养病，一切都会好起来的。"朝云蹲在床头，眼泪汪汪的，一句话也说不出来。

王闰之已经非常虚弱了，悠悠地说："子瞻啊，我比不上王弗、小莲姐姐。我知道我配不上你，过去也常惹你生气烦恼，有时真怕你会休了我。但我明知配不上你，却要缠着你、烦着你、不离开你，你赶我走我也不走。我用尽了此生对你，一切为你好，不曾保留半点，你可知为何？"

苏轼哽咽着说不出话："夫人！"王闰之舒了一口气，接着说："因为来世再见，你一定不会看得上我，我不用尽此生之情，来世只会遗憾叹息。今生与你结夫妻之缘，我只有珍惜再珍惜，抓住一点是一点。子瞻，难为你了，肯让我此生陪你。你不必悲伤，我先死，是我的福；若死在你身后，我不知道该怎么活，活着又有何用？"苏轼抓着她的手，热泪盈眶，不住地安慰说："夫人，我们要好好活下去，你别乱想……"

王闰之轻轻摇着头说："我没有乱想，自己的病自己还是知道的。我要死了，也不会觉得上天对我不公。我能跟着子瞻这么多年，共尝患难，是我一生的福气。只可惜我不能陪你走下去了……我有几句话，一定要跟你说。"

苏轼含泪点点头。王闰之用尽力气去抓住朝云的手，慢慢地说："朝云！这么多年，你在我们苏家任劳任怨，帮助我处理家务，照顾迨儿、迈儿。一家人中，数你最聪明，最懂子瞻的心思，什么事都能为子瞻出点主意。你年纪这么小，却跟着我们奔波受苦，我做夫人的没法报答你呀！"朝云哭着说："夫人……夫人，朝云不求夫人报答，朝云只要夫人快快好起来！"

王闰之微微笑了一下，又望着苏轼说："子瞻，你答应我，我去之后，你就娶朝云为妻啊！"苏轼大惊："夫人，你……"王闰之又对朝云说："朝云，你不要嫌委屈啊！"朝云直摇头，哭道："不，夫人，朝云只要一辈子侍候先生和夫人就好了……朝云的命苦，若不是先生和夫人，朝云早就饿死街头了……"王闰之固执地说："你就听我一回吧！子瞻，我求你一定要答应这件事，要不然我死也不瞑目的。"苏轼抓着她的手，哭着点点头。

王闰之欣慰地笑了，这才叫苏迨、苏过和巢谷进来。他们都哭跪于地。王闰之先对巢谷说："巢谷啊，你跟着子瞻这么多年，是苏家的恩人哪！闰之在这里谢谢你了。"巢谷含泪说："夫人，别这么说！能跟着子瞻兄，这都是巢谷修来的福气。夫人千万养好病，别多想啊！"王闰之又对苏迨、苏过说："迨儿、过儿，娘要去了，以后要好好读书，听你父亲和云姨的话，娘就安心了。"苏迨、苏过跪在苏轼脚边，大哭不已，苏轼也含泪把他们搂在怀里。

王闰之交代好一切事，放下心来，眼角流下一颗眼泪。苏轼轻轻地帮她拂去，王闰之微微一笑，平静地离去了。一家人号啕大哭，陷入到无比的悲伤之中。

办完丧事，苏轼带着一家人登上汴河的官船，缓缓地往杭州去了。苏辙带着一家人来码头相送，兄弟二人再一次执手离别。

旷野之中，凉风萧萧，白浪渺渺，这一叶小舟似乎被吞没在广阔的天地之间。那么渺小，那么微不足道。

苏轼满心悲凉，立在船头，遥望斜阳下渐渐远去的京城，城阙的飞檐在暮色里渐渐看不清了。那里的繁华已经消散，故人都已化去，可这滔滔河水，却还在不知疲倦地往前奔流，他不禁热泪满脸。朝云悄悄地走到他身边，双手扶着他的胳膊，陪他一起远眺两岸的青山，点点没入到黄昏里。

六十　再莅杭州

苏轼抵达杭州，已是盛夏时节。秦观、巢谷随同苏轼来到杭州府衙，见院中一株芙蓉树犹然葱郁苍翠，在骄阳下给人阵阵凉意。苏轼不无伤怀地拍了拍树干说："树犹如此，人焉有不老之理乎？述古已经不在了，周韶、宋芳已香消玉殒，琴操已成老尼。"

秦观此次以幕僚身份追随苏轼至杭，他本是多情易感之人，反问道："是岁月不饶人呢，还是人不饶岁月？"

苏轼脱口而出："是人不饶岁月。"说罢，二人哈哈大笑。

只有巢谷没有这般雅兴。他往周围看了看，说："这公堂漏雨了，是否先修一下？"苏轼也查看了一下，微微沉吟道："下车伊始，先修公堂，似有不便。嗯，这样吧，先在各寺院轮流办公。"秦观早已揣摩到苏轼的心思，笑道："先生不愧为诗人也。如此处置俗务，自是有几分诗意，访友、政务、赏景三不误。"巢谷听了这话，也凑过来逗趣："子瞻兄在给吕惠卿的贬书中写道，'以法律为诗书'。今日看来，你是以政务为诗书了。"

三人又是一番开怀大笑。那芙蓉树的婆娑树影似乎也随笑声欢快摆动。

苏轼接着问："少游，眼下有何打算？"秦观说："我先遍访民情。"苏轼点头："如此甚好。"即命巢谷收拾一番，先到安国寺办公。巢谷略有不解："杭州寺院众多，为何要先到安国寺？"苏轼说："安国寺辩才大师治愈了迨儿的腿疾，我欠人家的人情啊！"巢谷狡黠地笑道："子瞻兄莫不是要假公济私？"苏轼也笑着说："当年辩才大师为迨儿治病，讲好要买一度牒送给他的。"巢谷恍然大悟。苏轼又说:"其实啊,我不过是想借机拜会辩才大师而已。辩才大师可是僧、俗两界共仰的高僧啊!"

三人乘兴而出,带了几名随行老兵,迤逦来到安国寺。

和尚维贤出迎:"是苏施主吧?"苏轼顶礼笑道:"苏轼还度牒来了。"维贤双掌合十,缓缓地说:"阿弥陀佛。小僧维贤,奉师父之命恭候施主。师父正在闭关守寂!"苏轼不禁怅然若失:"辩才大师闭关……闭关多久了?"

维贤:"三月有余。"

苏轼紧追着问:"还须多久?"

维贤:"三月有余。"

苏轼失望之余,不禁叹息失声。维贤稍停了一会儿,又接着说:"不过,师父知苏施主要来,特意留下了话。"苏轼十分惊讶:"啊?辩才大师如何说?"维贤缓缓答道:"师父说,既是送度牒来的,就该知度人自度的道理!"苏轼听罢,兀自沉吟:"……自度?我如何自度?"维贤微微点头说:"前番施主在庐山写下了《题西林壁》的偈子,不就自度度人了吗?"苏轼心中明了,才放声笑道:"好个辩才大师,若命苏某写诗,就请直说好了。"维贤说:"那样就不能自度度人了。"苏轼说:"说得是,拿纸墨来。"维贤大喜:"早已准备好了。"即命人送上纸墨。

苏轼挽起袖口,拈笔饱蘸了浓墨,抬眼望见寺外绵亘起伏的青山,还有近处的烟云竹木,一齐来争献诗料,不禁诗情勃发。只见他笔走龙蛇,写道:

道人出山去,山色如死灰。白云不解笑,青松有余哀。忽闻道人归,鸟语山容开。神光出宝髻,法雨洗浮埃。想见南北山,花发前后台。寄声问道人,借禅以为诙。何所闻而去,何所见而回。道人笑不答,此意安在哉。昔年本不住,今者亦无来。此语竟非是,且食白杨梅。

维贤一边读,一边连声赞叹:"好诗!好诗!"苏轼将诗写毕,递给维贤说:"这诗恐怕度不了人,只好自度了。"维贤接过,合十顶礼道:"施主已经自度度人了!"苏轼问:"如何讲?"维贤道:"施主写了此诗,就可进得安国寺,岂非自度?进了安国寺,日理万机,岂非度人?"苏轼听了,哈哈大笑："好，讲得好！"

秦观、巢谷二人也相视而笑。于是宾主尽欢，维贤把众人请进寺内。

安国寺隐于青山翠竹之中，这清凉世界足以涤除人心中的郁热了。四周鸟声寂寂，磬音袅袅，更使人有超尘绝俗之感。维贤引苏轼等人来到雨奇轩，此轩依山坡而建，有茂林修竹相掩映，远望可见湖光粼粼，晴烟骀荡，真是一片绝好的风景图画！维贤问："苏施主就在此办公，可以吗？"苏轼性乐山水，对杭州的湖山景致倾心已久，看看周围的景色，不禁大喜。

时过正午，天气炎热。苏轼进到轩内，迫不及待地将官服官帽脱下，交给随从老兵挂于衣架之上，然后光着膀子坐在藤椅上歇息。

这时小僧人端茶进来，苏轼接过茶盏，呷了一口，叹道："好茶！"小僧人却瞅着苏轼光着的臂膀抿嘴而笑。苏轼好生奇怪，问道："为何而笑？"小僧人如实回答："大人可是龙图阁大学士，天下文人的宗主，但天下人能见到大人赤胸露背的却不多。"苏轼摆摆手，笑道："咳，脱了衣服天下人都一样。"又兀自低头品茶。

小僧人再仔细一瞧，忽然发现苏轼背上有七颗红痣，惊道："不一样！大人身上有七颗红痣，是有星相的，一定是文曲星下凡。"苏轼放下茶盏，不以为然地对众人说："算不得什么。范蜀公有六个乳头，那才是天下奇人呢。"众人都很惊讶。

小僧又盯着苏轼头上用来系发的麻绳，大惑不解地问："大人竟用麻绳系发？"苏轼反问道："有何不可啊？"小僧不知如何应答，吞吞吐吐地施礼道："小僧只是觉得稀奇。大人请歇息了吧！"苏轼与众人相视大笑，小僧默然退下。

苏轼踱步轩外，见树影下有一老僧正闭目打坐，近前戏道："坐即是坐，何以叫打坐？"

老僧说："入定甚难，静动相斗，故而叫打坐。"

苏轼闭目仰首："非也。打是求之意，坐是静之意，但真正的静是求不来的，必顺其自然才能得。"

老僧："然则既有一得，不免有患得患失之累吧？"

苏轼："那是你佛家用语不准。应该称其为空坐。"

老僧："空即是空，何来坐？"

苏轼："坐即是坐，何来空？"

老僧："坐者，臭皮囊也。"

苏轼："皮里阳秋何谓道？碎为恒沙不见佛。"

老僧："佛在何处？"

苏轼："何处不佛？"

老僧："君见佛乎？"

苏轼："饮水饮佛，排汗排佛。"

老僧："无进无出是谓佛。"

苏轼："差矣。有生有命即是佛，天下苍生无不佛。"

老僧："何以为证？"

苏轼；"救人一命，胜造七级浮屠。"

老僧："若此，官场岂不有佛乎？"

苏轼："爱民之心即佛心，爱人之心即佛心。佛心之中，无不论官民，岂有场乎？"

老僧："阿弥陀佛，居士有大慈悲心！"

二人妙语连珠，你攻我守，舌斗往返，倒把旁人看得目瞪口呆了。这兴国宝刹，也因苏轼的禅语机锋，新添了无限趣味。杭州的湖山风物，必因苏轼的再次莅临，又多一段传奇佳话。

游赏之兴当然是短暂的。苏轼很快就在这雨奇轩里批阅案宗，处理公事了。原来这杭州虽是东南大邑，锦绣繁华，但前任官员多因循守旧，媚上欺下，致使政多积弊，民亦劳苦。他已历经十余年宦海浮沉，吏才渐趋沉稳老练，批复的判词也不乏文采斐然，这正是他不同于一般的俗吏之处。

这日苏轼拿起一卷公文喃喃自语道："杭州城门楼旧舍失修。历任只起新舍，旧舍无人修缮，几处已经颓废，常有砸伤城民之事。而州城财力有限，无法修缮。"随手便提笔批复道："钱王虽死，古都尚存；旧朝已去，杭州文物景致须力加保护，所需钱数，造册月内报来。"又获悉军队营房十之八九皆破败漏雨，军械库破烂不堪，军纪松弛，即提笔写道："整修造册，整顿军纪……"处事干练机敏，皆如此类。

又有属吏奏道："州城人口五十万，而饮水井渠已废，城民饮水二钱一桶，苦不堪言。"此事关系民生，苏轼十分重视，一边背手踱步，一边沉吟道："一湖碧水，近在咫尺，五十万人，干瞪其眼。责令户曹，半月成案。"属吏得令而去。

苏轼又读到另一份公文："去冬今春滴水不下，早稻未植。五六月水退之后，晚稻勉强而种。然而又遇大旱，导致早晚俱损。"不禁倒吸一口凉气，走到门外，忧闷不已，连小和尚进来更换茶盏，他都未曾察觉。

恰巧秦观从外面匆匆赶回，向苏轼陈说："先生，学生到各州县粗略察看，稻谷长势令人担忧，饥荒之年已成必然，须早做准备。"

苏轼迎着秦观到几案前，心情异常沉重地说："是啊，我说你记。"

"是！"秦观提笔端坐，等待苏轼发话。

苏轼举目远望，徐徐说道："州属各府衙，今年灾情严重，速做赈灾准备。明年春，饥荒势在难免，速备钱款。待下粮时，速向他州产稻区购买足量谷物，以充官仓。十万火急，人命关天，贻误懈怠者，本官严惩。"

秦观书毕，交与苏轼。苏轼阅罢，提笔鉴名，命秦观交给转运曹，而后若有所思地说："还必须向朝廷要笔购粮款啊。"秦观说："而且越快越好。"苏轼点了点头。他明白拨款购粮，准备赈灾，关乎一州百姓生死，刻不容缓，但朝中奸邪不免从中掣肘，不知又要耍出什么阴谋诡计来，对此深感忧虑。

苏轼出守杭州月余，每日勤于处理政务，批复公文，最近又勉力督办各府县赈灾事宜，且要周旋于官场来往应接的礼数，应酬书札，不免有身心疲惫之感。一日稍得闲暇，忽然想起一位故人来，自想何不前去拜望，聊以解脱一下尘俗之累呢？便即刻轻装简从，往南屏山飘然而去。

这位故人便是十几年前在南屏山出家修行的琴操，此时已然是一位遁空忘世的老尼了。只见她正襟危坐于蒲团之上，双目闭合，口中默诵佛经，手中敲打着木鱼。

苏轼向前施礼道："这些年来还好吧？"琴操淡然一笑："无所谓好，也无所谓不好。恬淡守静，心无杂念，一心向佛，倏忽之间，就这样过来了。"苏轼又问："后悔过吗？"琴操说："无心则无悔。"苏轼笑着问："就连故人之心都没了吗？"琴操远望寺外一碧万顷的湖水，悠悠地说："喏，一勺西湖水，便是故人心。"

苏轼若有所悟，叹息道："是啊，一勺西湖水，便是故人心。宋芳、周韶俱已仙逝，故地重游，令人不胜伤感。"琴操说："风尘中人，皆是命苦。"苏轼说："风尘中人，确实命苦，但风尘中人，却多有风节。我贬黄州，周韶曾暗暗资助过我。她不愿见我，那是怕我难堪。"琴操略感愧疚地说："滴水之恩，当涌泉相报。老尼也曾有相报之心，怎奈庵中乏资，无以为报，还望大人见谅。"苏轼摆摆手，说："哪里话。碌碌红尘中，唯有官场无节者为多。我真羡慕你呀，绿苔生阁，芳尘凝榭，香烟与白云共敛于天末，经声与清风同合于西湖，风篁成韵，佛号作歌，道趣无尽。这才是山中仙，人中神。"

琴操本是颖悟聪慧之人，听了苏轼一番超尘出世的感慨，反问道："既如此，大人何不入我佛门？"苏轼笑道："当初我替师傅脱籍，今日师傅要度我入籍，这报应来得好快啊！"

琴操微微一笑："老尼岂敢。大人还是那样不拘小节。"苏轼说："得罪，得罪。小节拘与不拘，苏某从不介意，只是怕大节有亏。"琴操赶忙询问："怎么，苏大人……"苏轼说："噢，不要误会。我时常深感惭愧，苏某五十有余，上不能致君尧舜，下不能保国安民，中不能心有所归。这，岂非大节有亏？"

琴操长吁了一口气："原来这样。大人所说，乃人生之大者，也是人所不能解者。"苏轼略显无奈地说："这些也就是与师傅说说，若是说于朝堂，又会让人侧目。"言罢哈哈一笑。

琴操开解道："大人所言极是。但大人试想，一条长江大河，虽曲曲折折而不失浩浩荡荡，大起大落、大悲大欢、大磨大难，在所难免，但终究会奔流到海。顺乎其流吧，还有什么苦恼呢?！"苏轼闻言，陡然一惊，顿觉身心豁然，如得解脱，急忙拱手称谢，礼毕而去。

苏轼已奏请朝廷拨付购粮款，但迟迟没有回音，心中有些焦急。这日，苏轼正在冷泉亭内批阅公文，忽见一老兵领着两个税吏押一老贡生过来。那老贡生背着两大包行李，吓得浑身发抖。老兵将老贡生的行李包打开，里面尽是绸布。行李包上写有封笺"送至东京竹竿巷苏子由宅中"，署名"苏轼"。老兵禀奏道："税官押来一个盗用大人名号的偷税者，请大人处置。"

苏轼放笔起身，来到老者近前。

二税吏忙施礼道："大人，这老贡生竟敢用大人的名号欺诈骗税。此事本应由小的处理，但他盗用大人之名，只好请大人亲自来审问了。"

苏轼摆摆手制止："小声点儿，别吓坏了老贡生，"又和气可亲地问老贡生，"你说，你这么做是何缘由啊?"

老贡生战战兢兢地施礼道："内翰大人，学生对不住您。学生叫吴味道，今年中了乡贡，为进京赶考，家乡的人送了学生两百匹绸子，给学生做赶考的盘缠。学生知道这一路来要被税吏抽税，到京城只怕就所剩无几了。学生知道，当今天下，名望最高而又最奖掖后进的，唯有苏内翰二昆仲了。即使败露，也知大人会原谅的。故出此下策，斗胆假借了大人的名衔。未料大人临镇杭州，事情败露，请求大人恕罪，我错矣!"说完就要下跪。

苏轼忙扶住吴味道，问："可有贡生证明吗?"

吴味道连声说有，急忙从袖中掏出帖子，呈与苏轼。

苏轼验明他确实是贡生无疑，即命老兵揭下封缄，又提笔亲写了一个封条，上书"送至东京竹竿巷苏子由宅中"，署名具印，交老兵重新贴在行李包上。

苏轼犹觉未妥，又写了一封短信，连同贡生证明一起交还吴味道："老先生，这回就是把你送到皇帝那里，也会平安无事。去吧，祝你赶考高中。读书求取功名不易啊，老天爷也会帮你的。"

吴味道老泪纵横，跪在地上连连叩头，感激不已。苏轼连忙扶起，劝慰道："老先生，这会折我寿的。你也是读书之人，不该给我行如此大礼呀！"吴味道说："大人乃当今天下读书人的北斗，吴某一无名书生，实属正叩。况且，承蒙大人如此厚爱，我吴味道老而奋发，奔求功名，值啊！"言罢又叩谢而去。

这时秦观骑马匆匆奔来，翻身下马道："先生，事情不好了！"

苏轼已猜到八九分了，忙问何事。秦观急促地说："先生向朝廷中要的一百万缗购粮款，被新任的转运使王觌扣下了。他坚称米稻太贵，不予买储。"

苏轼怒拍几案："愚蠢透顶！时下不买储稻谷，到明年，朝廷花十倍的钱也是枉然。时下，饥荒已见端倪，若不及时准备，就会饿死无数人！后果不堪设想。"秦观点头道："王觌在朝，就专与你作对。此次任职两浙转运使，一定是其阴主刘挚的主意。是否马上奏请朝廷，立即责令王觌放款？"苏轼叹息良久，说："我虽然是两浙路使兼知杭州，但按大宋律，无权管他。王觌直属户部管，也只好奏请朝廷了。"秦观说："王觌后面有刘挚作阴主，必处处难为我们。救灾刻不容缓，而朝廷的官僚们心不在焉，麻木不仁，恐贻误购粮时机。"苏轼意识到事情的严重性，即刻提笔铺纸，一面紧接着说："少游，待我写好奏劄，你须快马至京城，急到朝廷催办此事。"秦观领命："学生立即就动身。"

开封翰林学士院内，苏辙正与范纯仁一同办公。范纯仁说："诗案又起了！蔡确被贬安州，赋诗十章。掌管汉阳军的吴处厚举报他讥讽朝廷。左司谏吴安持知道后，主张立即处罚蔡确。王岩叟也立马参了蔡确一本，太皇太后大怒，准备治他的罪。"苏辙惊问："吴安持与蔡确原本不是朋友吗？"范纯仁笑道："别提了。蔡确学诗赋还是吴安持教的。蔡确当宰相后，朝廷想重用吴安持，蔡确从中阻挠，二人结下了仇。这次蔡确被贬安州，正好在吴安持辖区之内。因为诗言而坐罪大臣，此风不能再开了，'乌台诗案'就是个例子。"

苏辙一贯持重，对此颇感忧虑："蔡确罪有应得，他大设冤狱，把许多无辜官员投入大牢，竟然把许多猪狗饭偷掺进沙土，使这些人生不如死，最后不得不违心认罪伏法，以此而论，即使把他打入十八层地狱也不过分。但是，因为蔡确而大兴问罪之风，再制造一个什么蔡党，恐怕就太过分了。元祐人掌权了，就全把熙丰人打下去，那以后如果熙丰党人再度执政，元祐党人又要被全打下去。这样一来，我大宋就处在了没完没了的党祸之中，大宋江山的根基就动摇了。"

范纯仁也点头道："我所担心的就在于此啊！汉兴党祸，汉朝亡；唐起党祸阉人兴，唐朝亡。这样下去，恐非吉兆啊！"

秦观突然走了进来，向二人施礼。苏辙、范纯仁甚感惊讶，忙问："少游，你怎么回来了？"秦观便把杭州遭受旱涝、粮荒严重的状况，以及受"大苏"先生差遣来汴京向朝廷告急的使命陈述了一遍。苏辙说："我已听说了此事，朝廷不是已拨了一百万缗购粮款了吗？"秦观说："可王觌不拨现钱又有何法？说是稻谷太贵。瞧着吧，眼下稻谷就开始涨价了，已经近九十钱一石，明年春末，二百钱一石也买不到。"

范纯仁愤愤不已："这个王觌，混账！你找户部尚书韩忠彦了吗？"苏辙也问："是啊，找到他了吗？"秦观沮丧地说："找过了。他告诉我，恐怕写了信催促王觌也未必管用。"苏辙思忖了一下，说道："如果那样，就直接奏明太皇太后。"范纯仁摆手示意："你最好不要出面，刘挚，还有御史台的人都在紧紧盯着你和子瞻的一举一动呢。我想，子瞻会有办法的。"

秦观赶回杭州，拿着吕大防和韩忠彦的书信去见王觌，不料王觌仍不拨款。秦观气呼呼地回到府衙，把书信往案上一摔。

苏轼见此情景，心中早已明白。王觌在朝中有刘挚作阴主，这次出任两浙转运使，专为掣肘牵制自己而来，秦观就算拿着宰相书信，又能奈何？！遂起身笑道："少游，回来了。宰相和韩大人的书札没顶用，是吧？"他顺手从容地拿起茶壶，倒了一碗茶递给秦观："孩子哭了抱给他娘。"

秦观接过茶，不解其意，疑惑地看着苏轼："抱给他娘？"

苏轼微微一笑："王觌扣押购粮款，那就通知各州县官员找王觌要款。"

秦观恍然大悟，喜形于色："对呀，我这就去！"茶水也顾不上喝，放下茶碗就跑出大堂。

各州县官员得知王觌擅自克扣购粮款，极为不满。他们潮水般地涌进两浙转运司，七嘴八舌地大声质问王觌，大有一触即发之势。往日庄严肃穆的大堂里人声嘈杂，挤满了花花绿绿的各色官袍，几十双黑压压的帽翅在抖动。几名大堂衙役自知难以阻挡这些义愤填膺的州县官员，只能站在一边，尴尬地看着王觌的脸色。

王觌在官场混迹几十年，大小场面也见过不少，却从未见过这等阵势，不由得头皮发怵。他扫了一眼阶下的衙役们，心里暗暗地骂他们不中用。平时作威作福，怎么到了关键时刻就不行了呢？

他本来还想继续克扣粮款，可是这些州县官员群情激愤。这个说："你要逼百姓造反吗？"那个说："王大人，拨不拨款吧？说！"还有的干脆扔下一句："让百姓们来找你要粮！你自负其责，咱们走！"

这一句掷地有声，非同小可。王觌暗暗思量：今天几十名州县官员自己尚且难以招架，如果成千上万的百姓涌来要粮，自己如何担待得起？现在千钧一发，由不得自己不拨了。想到这里，他只能无奈地跺足喊道："回来！我现在就拨！"

王觌本想借克扣购粮款一事为难苏轼，不料找上门来的州县官员把自家的门槛都踏破了。他像泄了气的皮球，有气无力，一屁股瘫坐在座椅上。可一计不成又生一计，他心中又开始盘算新的计划。

好事不出门，坏事传千里。王觌克扣购粮款的事很快连朝廷都知晓了。延和殿早朝，太皇太后端坐于殿上，她扫了一眼殿下，见吕大防、范纯仁、苏辙、刘挚、王岩叟等大臣手执笏板，恭恭敬敬地站在阶下，便问道："列位卿家，今日有何本奏啊？"

范纯仁出班奏道："启禀太皇太后，杭州太守苏轼以购粮款稳定谷价，救济饥馑，平息民怨，应论功行赏。"

范纯仁脸庞瘦削，长期的案牍劳形使他看上去略显憔悴。高太皇太后赞许地点点头："苏轼不负哀家厚望，爱民宣仁，当赏。"

范纯仁话锋一转："太皇太后，但两浙转运使王觌私自克扣户部一百万缗购粮款，声称稻谷太贵，延缓不拨，贻误购粮，一度使民怨甚炽。伏请圣慈予以惩办。"

太皇太后面露愠色："岂能以稻谷太贵为由，而置百姓饿殍载道于不顾，这与我朝爱民宣仁之本实在背道逆行，王觌当予惩办。"

如果王觌被惩办，刘挚苦心安插到苏轼身边的钉子就被拔掉了。他见势不妙，眉头一皱计上心来，出班奏道："太皇太后，据臣所知，王觌身为管理漕运的转运使，善为朝廷理财，以今日粮价购粮，购一斗米就赔十文钱，总共加起来朝廷须赔十万缗还不止。故王觌延缓不拨粮款，是为朝廷息钱，可算尽职守责，不当论罪啊！"

太后低头思量，沉吟未决。

王岩叟见太后迟疑不决，自己再不出手，王觌怕有丢官之虞。他赶紧出班支持刘挚。

太皇太后见两种意见势均力敌，也不好驳斥刘挚、王岩叟，于是做出裁定：鉴于王觌克扣购粮款，难辞其咎，罚俸半年。

刘挚从袖筒掏出手巾，抹了抹额头的汗珠。刚才不知不觉，汗水竟然湿透了衣襟。他心中不由得暗骂王觌办事不力，掣肘苏轼不成，还害得自己在朝堂之上费尽口舌，出了一身冷汗。

六十一　安乐坊

杭州乃三吴都会，东南形胜，水光山色与胭脂水粉交织在一起。唐代白居易就有"江南忆，最忆是杭州"的词句。自吴越钱王归宋以来，这里更成为大宋王朝物阜民丰、文化荟萃之地。曾几何时，白衣卿相柳永也迷恋于这里的"烟柳画桥，风帘翠幕"，盛赞"钱塘自古繁华"。

谁又能料想这么一座繁华的城市，竟会面临瘟疫之灾？

参寥云游四方，听说苏轼又外放到杭州，急急赶来相会，路途之中却察觉到瘟疫蔓延的迹象。他直奔府衙，见了苏轼顾不上叙旧，开门见山地说："子瞻兄，大事不好，杭州城里已经有了瘟疫。贫僧方才亲眼所见，路边已发现死尸。"

这一句不啻晴天霹雳，苏轼有点不敢相信自己的耳朵。他正为眼下的灾荒忙得焦头烂额，偏巧瘟疫又在这时蔓延，其势必定汹涌不可抵挡。一人得病，则一家俱病；一家病，则一街市俱病，乃致一城俱病。如果不及时遏制，这人间天堂、富贵之地就要陷入不可挽回的灾劫了！参寥见苏轼着急，忙好言安慰，并举荐了自己的好友杨世昌道长前来救疫。苏轼在密州时就与杨道长相识，知道他有扶危济困之心、妙手回春之术，且近在扬州，一定可以救杭州一城百姓。苏轼大喜，忙亲自写了一封请帖，让巢谷火速赶往扬州请杨道长前来，一面又吩咐属吏到城内四处勘察回报。

疫情要比想象中蔓延得快，染疾的人越来越多，路边已经躺倒了许多死尸。居民害怕瘟疫传染，都不敢掩埋尸体，致使街巷间恶臭熏天。杭州城已是一片萧条，没有了往日的繁华气象。冷清的街上偶有行人也是行色匆匆，只有几只乌鸦不时地在暮色中飞来飞去，发出"呀呀"的叫声。

更为严重的是，城内谣传瘟神降临，已是人心惶惶，不少百姓都携家带口、搬抬行李要逃离出城。那些害怕疫病蔓延危及自身的市民，在已发生瘟疫的街巷口设置了石头、木栏等路障，拿着铁锹棍棒堵在街边，拒绝巷内居民向外逃离。双方你推我搡，闹得不可开交，眼看就要打起来。妇人抱着小孩吓得直哭，青壮年则群情激愤，扬言要去报官。里正见势不妙，忙找人通报到府衙。

苏轼带衙役火速赶去，平息纠纷，好言劝慰居民回家。他一面吩咐人暂时封锁街巷，禁止人员随意出入，一面又派人送去汤药照顾孤寡，并将巷内死尸清理埋葬。

回到府衙，杨世昌和巢谷早已在堂前等候。苏轼又喜又忧，拉着杨世昌的手说："杨道长，这次瘟疫来势凶猛至极，疫地如今已死了一百多人。这次专程请道长前来，就是希望道长能及时消除瘟疫，救治杭州百姓于危难之中。"

杨世昌约有六十多岁年纪，三缕长髯，一身玄衣。他入道多年，向来大藏若虚，喜怒不形于色。见苏轼这样焦急，微微一笑："大人这是哪里话？贫道本就是以救贫济病为己任，何况有大人的吩咐。贫道一路来已察访了瘟疫病情，也见过了病人病状，对这次瘟疫的大致情况已有了解。"他转身从案牍上取过写好的方子说："我已有一服治病良方，名叫'圣散子'，是贫道在扬州就用过的，这次专门带来。此方以高良姜、厚朴、半夏、甘草、柴胡、藿香、石菖蒲、麻黄等二十几味入药，水煎服，可荡涤腹胸之火热，散其表里之邪气。服此药，火热退去，正气自存，而邪气自出。治此疫者，以此方最妥。"

苏轼大喜过望："好极！杨道长，我即刻就命人按此方配药，交给城中病人服用。"他突然想起了什么，表情转喜为忧："喔，对了，我方才在疫地听病人说药铺的药价居高不下，他们都买不起……"

杨世昌一怔："啊？单有药方，而无药材，治病岂不是巧妇难为无米之炊？"

苏轼带着参寥、巢谷、杨世昌来到仁惠堂前查看药价。仁惠堂前人头攒动，买药的百姓已经将药铺围得水泄不通，一里外都能听到嘈杂的声音。百姓们七嘴八舌地求告，仁惠堂就是不肯降价售药。伙计丁三依照堂主的吩咐，堵在门口大声叫嚷："我家堂主说了，拿钱买药，哪朝哪代也是这个规矩！就算是瘟疫死了人，也是一分钱少不得的！你们买得起就买，买不起就走开，莫要妨碍我们做生意！"众人都暗地叫骂。苏轼问知情况，愠怒不已，即刻吩咐巢谷令杭州城中所有药铺堂主到州府议事。

众堂主都是势利商人，都想趁着疾疫之时从中大捞一把，哪里肯降价售药，做亏本生意？但太守之命不敢违抗，只好陆续到府衙会客厅等候。他们各自心知肚明，只要一起卡着药价，就是州官太守也拿他们没有办法。苏轼面色阴沉地来到会客厅，与众人相见，也不寒暄，直接说道："你等都是杭州各大药铺的堂主，此次疫情危急、来势汹汹，杭州城五十万居民命悬一线，你等当多备药材，减价售药，以助杭州过此难关。却为何泯灭天良，高价售药，延误人命，大发灾疫之财？"

众堂主支支吾吾，七嘴八舌地找借口搪塞。其中一个回话道："苏太守有所不知，我等都是商人。近来药材本来进价就贵，都花了我等的血本。此时若降价售药，我们只怕都要血本无归、倾家荡产。"另一个也满腹委屈地说："苏太守，真的不怪我等。杭州的药材来源由仁惠堂一家独断，我等都从他家进药，他家将进药价定得十分昂贵，我们若不卖得贵哪来的饭吃啊？"其他人见说到仁惠堂，都齐声附和。

苏轼从众人口中了解到，仁惠堂是杭州最大的药铺，垄断药材来源。他将进药价定得高昂，想趁机渔利，致使穷苦百姓无钱购买，其他堂主也都唯仁惠堂马首是瞻，不敢拍板发话。那堂主曲贵年身兼药行会长，此次借口身体不适，竟然故意不到。苏轼没法，心知斗不倒曲贵年，杭州一城的药价都不会降低，只得遣返众人。

苏轼回到家中，坐在座椅上心事重重，盯着庭院里的落叶在风中打转，心中发愁道："落叶飘零谁是主？眼下这么多病人，谁又能为他们做主呢？"

朝云在一边看见了，过来关切地问："先生，还在想瘟疫的事？"

苏轼叹了一口气："朝云，你有佛心。你说说看，如何安置那些染上瘟疫的杭州百姓，以供他们治病抓药？"

朝云从容不迫地说："先生，朝云以为，禁锢百姓只能暂时遏止瘟疫蔓延，而不能根治，反而会激起民变。要根治，必须先找到一个地方，以容纳患者入住，避免相互传染，再抓药治病，治愈瘟疫，方可称为根治之法。"

苏轼惊喜地从座椅上站起来："你说得对。但是哪来的地方可容纳患者呢？"

朝云试探地问："大药铺可以吗？"

苏轼失望地摇了摇头，紧锁眉头道："不行，药铺堂主唯利是图，连让他们削价售药，那药行会长曲贵年都百般推托，又怎么会答应收容病人呢？"说着走到茶桌跟前，拿起一只茶碗，准备倒茶。

朝云略一沉吟，起身说："既是这样，先生不如自己设立一个官办大药坊，一来抓药治病，二来收容瘟疫病人。双管齐下，岂不好？"

苏轼听闻此言，一下把茶碗丢在桌上，上前紧紧抓住朝云的手，两眼放出欣喜的光芒："对啊，我怎么没想到？多谢朝云。这种办法，也只有你这菩萨心肠能破除羁绊，心生而成，强过我等凡人冥思苦想。好，我这就去找人布置开药坊去。"说着转身匆匆离去，一刻也不停留。朝云瞧着自己刚才被苏轼抓过的手，偏着头羞涩一笑。

苏轼带着秦观、参寥等人四处勘察，找到一处废弃的官仓，这里宽敞通透，打开窗户可四面通风，是安置病人的极佳之地。苏轼当即吩咐秦观将此地收拾布置，又下令城中，凡染上瘟疫的统一送到这里，由诸位郎中和兵卒先管起来，按杨道长的方子抓药治病。再由州府派出官员，发动各街巷的地保，管好每条街巷，没得瘟疫的人也必须服药预防。动员城中药铺，尽可能多地搜集能找到的草药，至于抓药的钱，苏轼首先捐出五十两黄金，州府再拨两千缗钱。

杨世昌感激地说："苏大人仁德爱民，贫道无钱捐纳，只有拼此老命，助大人救民于水火之中。"苏轼笑道："有道长在这里，苏某就放心了。"参寥合掌说："善哉！子瞻兄此番功德不小。不知这药坊该起什么名字？"苏轼沉吟了一下："就叫'安乐坊'吧！佛印大和尚若在这里，定会帮咱们许多忙的，他那张利嘴，我看教训仁惠堂的人最合适不过。"参寥笑道："只可惜佛印云游不定，指望不上咯！"众人都跟着大笑。

兵卒护卫患者陆续从家中迁到安乐坊，服药安顿，个个都感激太守爱民如子。几位年长者还老泪纵横，要跪谢苏太守的大恩大德。苏轼扶起众人，嘱咐他们安心养病。

这样，安乐坊——中国最早的公立慈善医院，由此产生，一日之内就收治了近百号病人。

深秋时节，天气越来越寒冷了，安乐坊内收治的病人也越来越多，到处弥漫着一股浓浓的草药味。一排煎药的砂锅正在冒着蒸汽，发出"呼噜呼噜"的响声。两排大木床上，躺满了近百号病人。病人的家属守护在旁，给病人喂药、洗脸，一派忙碌。苏轼边走边看病床上的病人，不时有病人和家属向他道谢。

巢谷领着衙役、兵士们抱着草药接连进来，将草药堆在地上。秦观则与药工们负责切草煎药，药渣飞溅，发出"噼里啪啦"的响声，不时溅到他们脸上。不过他们也顾不得这些了，现在这些草药就是杭州数十万百姓的命啊！杨道长与众郎中将新煎好的药端给病人服用，不时把脉询问病情。

朝云也来到安乐坊帮助照料病人，她接连几天没有合眼了，脸色有些憔悴。她看见一个童子蓬头垢面，衣衫褴褛，独自一个人躺在病床上哭泣，就端起药碗过去喂他服下。周围的人说，这孩子双亲都染病身亡，剩下他身染重病，无人照顾，实在可怜！童子一边喝着药，泪水一边滚滚而下。朝云想到自己的身世，又想到这孩子的遭遇，心中一酸，泪水也流下来，忙把孩子抱在怀里，一面又找些吃的来递给他。童子苍白的脸上这才露出一丝微笑。

杨世昌走到苏轼跟前说："苏大人，病人虽然安置下来了，但病人甚多，仍在不断送来，眼下这点药材，怕是杯水车薪。各大药铺仍不降价，安乐坊的钱资有限，已经买不了多少药。须尽快购药，形势危急啊！"

苏轼点了点头，忧虑不已："仁惠堂垄断杭州药市，它若降价，则其他药铺必然降价，药材之急自然可解。所以关键是说服仁惠堂堂主曲贵年，为民降价售药。但要说服此人，恐怕很难。"

参寥在一旁听见，心想：我不入地狱，谁入地狱！遂挺身而出，自告奋勇："子瞻，贫僧愿勉力一试。"他自打安乐坊成立就寸步不离病房，吃饭饮水也都在这儿，已经忙了好几天，眼圈深黑，本不健壮的身体显得更加消瘦了。苏轼感激地说："那好，有劳参寥兄了。"

曲贵年自瘟疫暴发起就抬高药价，等着坐收暴利，每天惬意地躺在宅内喝茶，吩咐丁三盯紧药市。他得知苏轼召集各药铺堂主商议降价未果，得意地笑道："叫我降价，做他们的黄粱梦！将本图利，天经地义，老夫是商人，商人就是重利！哪一个卖药的不希望人生病啊？今日生此瘟疫，满城皆病，正是敛钱聚财的天赐良机，岂可拱手让人！"丁三跟在一旁赔笑。

然而安乐坊承办后，到仁惠堂来买药的人越来越少了。丁三愁眉苦脸地向曲贵年禀告，说苏太守请来一位道行高深的道长，出一奇方为百姓治病，还分文不取。曲贵年把脸一横，气得把茶杯摔出去，狠狠地说："好啊！这是要断老夫的财路啊！杭州若没有我仁惠堂，他们还能上哪里找药去？我看这安乐坊能撑多久！丁三，去通知各位堂主，各家药铺不准降价售药，反而提价一分，快去！"丁三满面为难，这时管家进来通报说一个瘦和尚求见老爷。曲贵年大骂道："狗奴才！什么人要见我？赶紧打发走！"管家说："这和尚怪了，他说不要钱不要米，只要见老爷。"曲贵年平时一毛不拔，见了化缘的和尚来都关门不应，心想这是个什么遭瘟的和尚？心下狐疑，忙跟着出去。

参寥立在阶下，合十顶礼道："曲堂主，贫僧奉太守之命，前来恳请堂主为救杭州百姓于水火之中，降价售药，行善积德。"曲贵年一听是为太守来讲降价之事，气不打一处来，愤愤地喝令随从把参寥赶出去。参寥精瘦，哪里经得住打？额角都碰伤了，只得空手而回。

苏轼见参寥受伤而回，怒道："参寥兄，你驾渡人舟，他怕无底船！此人如此奸猾贪财，待我将他拿来质问，看他敢不敢轰老夫走！"参寥脸上泛起一丝苦笑："子瞻，官家也奈何不了为商的。曲施主一时迷途，只能好言开悟。再说为渡众生，贫僧受辱又算得什么？你相信贫僧，自会说服于他。"休息片刻，又执意要去，苏轼拉都拉不住，只得望着参寥瘦小的背影叹息。

参寥手持禅杖又来到仁惠堂前。现在已没人来买药了，堂前门可罗雀，一片冷清。药店伙计闷闷地在店内打盹儿。参寥径直穿过前堂走到后宅，只见一处院落布置整齐，架子上摆着各色花瓶玉器、古董珍玩，斜阳透进来，微微泛着光。曲贵年正躺在一张罗汉椅上，闭眼打盹儿。两个侍女垂着头，缓缓地为他捶腿。

"阿弥陀佛，曲施主。"参寥合十立在门边施礼。

身材高大的曲贵年睡眼蒙眬，吓了一跳，蹦了起来："怎么又是你啊？"两个侍女吓得马上停止了捶腿。参寥面色凝重，一字一句地说："曲施主，时下瘟疫肆虐，杭州城五十万人危在旦夕。平时，这城民乃是仁惠堂的衣食父母，现在城民大难临头，曲施主应当慷慨解囊、降价售药，协助官府共驱瘟神。如此则功德无量，城民将以善报德。这仁惠堂也会事业兴隆。曲施主就听老衲一言吧。善有善报，恶有恶报。"

曲贵年觉得参寥甚是好笑，便故意戏弄他："你这和尚，刚挨了打就忘了疼，还敢来？那好你说吧，想让老夫捐多少？"

参寥回答："一千五百两。"

曲贵年瞪着一对豹眼冷笑道："什么？一千五百两？"

参寥以为曲贵年嫌数目太多才不愿意捐，忙走近两步，诚恳地对曲贵年说："积善行德，必有厚报。人曰：'人行善天必佑之，人造恶天必罚之。'还望曲施主灾年积德，救民于水火之中。如此，我佛慈悲，也会保佑施主的。"

一心向佛的参寥哪里能够想到，这个身兼药行会长、药铺堂主的曲贵年，压根就没想过捐出一两银子，刚才询问捐多少只是存心戏弄他而已。曲贵年不耐烦地说："行了行了，你唠叨些什么？还佛祖保佑，你们自己都不能保佑自己，还要靠别人施舍过日子，谁信你这套胡言乱语，快滚快滚！"

参寥耐着性子，依然不放弃开导曲贵年。曲贵年大怒，一挥手几个家丁一拥而上，手提棍棒照着参寥劈头盖脸就打。曲贵年狂笑道："这秃驴！看你还敢不敢来聒噪！"参寥被打出大门，一个趔趄跌倒在地。他摸起地上的禅杖，整了整袈裟，一边喃喃地说道："罪过！罪过！"一边忍着伤痛向府衙走去。

苏轼和巢谷在府衙焦急不安地等参寥回来。不多时，只见参寥满脸伤痕、袈裟不整地走了进来。见了苏轼，参寥苦笑着说："曲贵年又将贫僧轰打出来了。"

苏轼勃然大怒，拍案而起："大胆狂徒！不识好歹！竟敢两次将参寥兄赶出！是可忍孰不可忍！"马上拂袖提笔，饱蘸浓墨书写告示，边写边对巢谷、秦观说："巢谷，少游，我即刻书写告示，你等将告示张贴于杭州城内各处，就说杭州各大药铺立即降价售药，违者封店，所有药材充官家药库。"巢谷领命而去。

告示张贴后，杭州各大药铺都降价至官府的定价，百姓争相购买，群情欢悦。安乐坊也充实了药库，缓解了病人无药之急；唯独曲贵年的仁惠堂，拒不降价。苏轼决定亲自去查封仁惠堂。

苏轼、巢谷、秦观来到仁惠堂门前。衙役们迅速冲入药堂，用封条封存药材，并欲用封条封门。几个伙计还在打盹呢，吓得不知所措。丁三慌忙跑到后堂去告知曲贵年。

百姓们见太守查封仁惠堂，都过来围观，窃窃私语，纷纷拍手称快。

正在这时，曲贵年从堂内冲出来，怒吼道："住手，为何封我家药堂？都给我住手！"

苏轼示意衙役暂且住手，义正词严地问："你就是曲贵年？"曲贵年睁圆双眼，理直气壮地回答："正是在下！"苏轼正色怒斥道："大胆曲贵年，你欺行霸市、囤积居奇，大发灾疫财，置杭州百姓于不顾！本太守下令所有药铺降价售药，只有你家胆敢违令，本太守当依令封店充药！"

曲贵年有恃无恐，冷笑道："请问太守大人，我这药铺降价售药，所赔的钱该算谁的？是算官家的，还是算在下的？"苏轼说："此次降价售药，是为救急，人命关天，不得不救。你们若有所亏损，度过瘟疫之后，官府自会有所补足。"

曲贵年不屑地"哼"了一声："官府日后补足？那补多少，大人可知道在下若按官府定价售药，会亏损多少？大人说的是官话，在下说的是商言；大人在官言官，在下在商言商；你有官法，我有商规。大人非要以官法压过商规，才是真正的欺行霸市！"

苏轼怒不可遏，喝令封店。突然后堂有人大声叫道："慢着！苏大人。"

帘子被掀开了，一人从堂内走出。这个人不是别人，正是两浙转运使王觌。他奸笑着向苏轼拱手道："苏大人，好威风啊！"

苏轼没想到王觌竟然会在这里出现，吃了一惊。秦观、巢谷也大惊失色，原来曲贵年如此有恃无恐，是有王觌在背后撑腰啊！

王觌大腹便便，踱着步子，打着官腔，用训导的口气说："苏太守，曲贵年方才所言也不无道理。商家自有其商规，买卖皆属自愿，官府不可横加干涉！浙杭乃我朝商埠重地，苏太守若开此先例，则以官欺商之风得到助长，商市不振，税收赢微，动摇国库民生，苏太守可是担当不起啊！"曲贵年得意扬扬地站到王觌背后。

苏轼看到这个情景，已经明白八九分了。自从他知杭州以来，王觌就处处与他为难，但他还是好言劝说道："王转运使，这是非常时候。杭州瘟疫病人若不服药，瘟疫不得控制，一旦蔓延，则举城俱病，杭州城危在旦夕！你说哪个为大？"

王觌冷笑一声，不慌不忙地说："苏太守，太皇太后一再有谕，废熙丰新政变法，就是为了不与民争利，苏太守不是一直赞成吗？为何今日却与民争起利来了？"

秦观在一旁为苏轼捏了一把汗。那王觌是有备而来，还拿太皇太后的谕旨来压人，实在是欺人太甚。苏轼可从不屈人，坚定地说："若本太守非要查封呢？"

王觌晃动了一下脑袋，帽翅也随之晃了晃，冷笑道："你别忘了，本官身为两浙路转运使，实乃两浙路的监司官，有经管本路财赋、举劾官吏之权。本官不许你封店，你胆敢违抗，就是违抗大宋律例！到时候后果不堪设想！"这句话出口如此平静，却又饱含威胁。

苏轼万万没有想到，王觌会为了私人恩怨，而置杭州一城百姓的生命安危于不顾，不禁气愤地争执道："王觌，若杭州瘟疫蔓延，我定将你这转运使的官帽、官服，还有你这昏官之身一并扔进西湖喂鱼，老夫说到做到！"言毕带着巢谷、秦观以及衙役拂袖而去。

王觌到底色厉内荏，他看着苏轼远去的背影，舒了一口气。他知道苏轼的脾气，他那文人的臭脾气是谁也不怕的，当年甚至敢在朝堂上面辩驳先帝！倘若杭州真的瘟疫蔓延，自己可担不起这样大的干系。他下意识地擦擦额头的汗，心想一定要修书一封给刘挚大人，报告苏轼查封药铺之事，趁机狠狠治他的罪。想到此，王觌这才心下安定，忙向曲贵年拱手告辞，上轿欲回。曲贵年使人捧出个礼盒来，笑吟吟地请王觌收下。王觌假意谦让一番，向随从使了个眼色，暗暗收了，扬长而去。路上王觌迫不及待地在轿中打开礼盒验看，却是五斤珍贵人参，他一下子眉开眼笑。

苏轼愤愤地回到家中，踱步大骂："昏官王觌，贪官王觌！不顾生民涂炭，包容奸商发国难横财，我要上奏参他！"朝云忙过来劝解道："先生息怒，不要气坏了身子。这些日子以来，先生本来就休息不够。其他药堂不是都降价了吗，可够安乐坊支撑好一阵了。危机暂解，病人的性命都可保住，先生不用过于着急啊！以后还可以从长计议，再想其他办法购药。"苏轼说："朝云说得是。只是可气那曲贵年仗着有王觌撑腰，依然独霸杭州药市，扳不倒他，其他药店的药材也无从进购。这样总不是长远之计啊。"朝云也为难，但也无法可想，只得劝苏轼先吃饭，再作打算。

谁知天有不测风云，曲贵年正为借着王觌挫败了苏轼而得意呢，丁三忽然急匆匆地跑来说："老爷，不好了，公子病了！"曲贵年大惊，刚刚的快意烟消云散。他快步走入寝室，只见儿子曲钱躺在床上呻吟不止，身上发出恶臭，一旁照料的家丁和丫鬟都捂着鼻子。曲贵年也受不了这股恶臭，赶忙抓起一块精致的手巾捂住鼻子，与曲夫人、丁三站在床旁。曲夫人在一旁伤心拭泪，哭哭啼啼，拉着曲贵年哀求说："老爷，钱儿患了瘟疫了，老爷快想办法救钱儿啊！"

曲贵年怎么也不能相信，儿子得的是瘟疫。在他看来瘟疫是穷人才会生的病，怎么会生在自己这种富户家里？但是从火热难去、周身恶臭的症状来看，只能是瘟疫了。丁三浑身颤抖地说："老爷，前几日那个和尚说'善有善报，恶有恶报'，莫不是瘟神……"

曲贵年劈头扇了他一巴掌，狠狠地喝斥道："胡说八道！臭和尚的话能信吗？还不如信钱实在。老夫有的是钱，快去找个郎中来抓几服药就好了。"丁三答应着出去了。

曲钱的呻吟声越来越响，曲夫人又忍不住哭出声来："我儿呀，造孽啊！"曲贵年捂着鼻子，不敢上前去。见夫人哭哭啼啼，他不耐烦地说："别哭了，丧不丧气啊！"

这时耳边传来衙役的沿街叫喊声："勿饮生水啰！勿食生菜啰！灭鼠消疫啰！有病人请送安乐坊啰！"

丁三找城中郎中开了方子，又到药铺抓药，亲自煎了给公子服下。可一连几天过去了，曲钱的病毫无起色，还渐渐加重了，整日躺在床上呻吟不绝。曲夫人跟着垂泪，在曲贵年耳边啼哭不已，搅得他心烦意乱，连账都算不清了。他唯恐弄错了，半夜爬起来摸起账本要重算一遍。曲夫人哭骂道："天天死守着账本，儿子病了还管不管？你倒是想想法子救儿子啊！"曲贵年近来被夫人搅得脾气暴躁，吼道："不算账哪来钱给儿子治病？花了这么多钱抓药也不见好，我有什么办法？"曲夫人仍不依不饶："都怪你，前几日两次三番打了高僧，得罪了佛祖，现在可遭报应了吧！"

曲贵年听罢，气上心头："钱儿自己得病，跟我打了和尚有什么关系？你不要疑心瞎想。"曲夫人说："那和尚是太守身边的人。如今安乐坊有位道人有奇药良方，你去求一服来给儿子治病吧！"曲贵年想到要去求苏轼，脸皮拉不下来，死活不肯。夫人缠着他又哭又闹。曲贵年踌躇半刻，这才把丁三叫来呵斥道："你们这群废物，配的都是什么狗皮膏药，公子都快把它当饭吃了，还不见一点儿好，你们是不是要害死他！赶紧去安乐坊抓服臭道士的药回来！"

第二天，丁三空手从安乐坊回来，说药得拿银子来换。曲贵年气得吹胡子瞪眼睛："蠢奴才！杭州百姓去安乐坊看病，给一个大钱就能得一大包药，还有不收钱的。你不知道给他一个大钱？"丁三苦着脸说："那是穷人的价钱。老爷的价钱，他们说了，要二百两！"

曲贵年气得差点没跌倒，一脚踢翻丁三，狠狠地说："哼，冲我的银子来的。那和尚不是菩萨心肠，慈悲为怀吗？怎么对老夫就不慈悲了？狮子大开口了？不给！就是不给！"屋内曲钱的呻吟声又传了出来。曲夫人哭着拉着曲贵年说："老爷，就拿出二百两救儿子的命吧！"

曲贵年摸着额头，脑子发涨，又对丁三骂道："你不知道以别人的名义去抓药吗？"丁三委屈地说："各家各户去安乐坊抓药都要找保正签字画押的。"曲贵年接着骂道："蠢奴才，你不知道塞几个钱给保正吗？"丁三嗫嚅道："保正都听官府的，不敢多收一文钱。"

曲贵年急得跺脚，大声嚷道："去给我把方子偷出来！"丁三哪里有这本事？再说苏轼早把方子收在身边，岂是那么容易弄到手的？曲夫人急了，哭骂道："等你偷出方子来，钱儿还有命活吗？老爷呀，还是儿子的命要紧。要是咱家再有人染上这病，就不止这些银子了。儿子的命都没了，守着那么多银子还有什么用呢？"

曲贵年叹了口气，对丁三说："好吧，就依那和尚的。他说要几服药？"丁三答道："和尚听我说了公子的病情，说至少要五服。"曲贵年倒吸了口冷气，心中飞快地盘算："五服就是一千两，比和尚要我捐的一千五百两还少五百两。"心疼之余又有些庆幸，看在儿子生病的分上，就依他吧。丁三拿了一千两的交子，飞快地往安乐坊跑去。

丁三畏畏缩缩地来到安乐坊，生怕别人看见自己似的，沿着墙角跑来找到参寥，叫道："和尚！我家老爷说了，我们要五服，这是一千两。"参寥微微一笑，直叫"阿弥陀佛"。正要收钱拿药，巢谷忽然走过来按住他，对丁三说："现在涨价了，一服要三百两，你快回去找你家老爷要钱吧！"曲贵年两次打了参寥，这回巢谷正好借机为参寥出口气。

丁三愣了一下说："又涨价了？几个时辰前还是二百两，这还让不让人活了？"巢谷冷笑道："你们仁惠堂抬高药价，几时想过杭州全城人的死活了？"丁三一时无语，参寥在一旁偷笑。这时一位衣衫褴褛的老伯也来买药，参寥和气地收了他一文钱，把一大包药递到他手里，老伯道谢而去。丁三站在一旁，十分不平地问："他买药只要一文钱，我买药却要三百两，你们这不是欺负人吗？"巢谷得意地说："我们在商言商，买卖皆属自愿嘛！拿钱买药，哪朝哪代也是这个规矩！一分钱少不得的！你买得起就买，买不起就走开，莫要妨碍我们治病救人！"丁三脸上红一阵白一阵的，悻悻地离去。

丁三哭丧着脸回报。曲贵年大怒，猛地一拍桌子，怒道："什么？又涨了一百两？岂有此理，不买了，死也不买了！"他后悔不迭，心想：这分明是趁人之危，落井下石啊！五服药就是一千五百两，天底下哪有这么贵的药！这竹杠敲的也太没有天理了！早知道当初就捐给和尚一千五百两了。曲夫人哀求道："好了，好了，别说气话了，只要儿子病愈，比什么都强，涨就涨吧，多少钱就不用在乎了。"

曲贵年叹气道："唉，真是世风日下，人心不古啊！也罢，认栽。丁三，你再拿上五百两银子，给他们就是！早知道这样还不如早给那和尚，唉！"

丁三拿了钱，抓了五服药回来，煎好给公子服下。可人算不如天算，曲钱的病还是不见好转，呻吟声更重了。曲夫人慌了，哭着问："老爷，钱儿吃了安乐坊的药还是不见好，可怎么办？"丁三惊恐地说："瘟神降临了！瘟神降临了！"

曲贵年又扇了他一巴掌："你个狗奴才！又胡说！少爷吃了五服药，为何不见好转？你这药是怎么抓的？说！"丁三惶恐不安地说："苏太守说了，咱们高价卖药，发国难财，他当初封店是让咱们消灾赎罪，以敬神灵。更何况咱们侮辱打骂了参寥大师，得罪了佛祖，人怨天愤加上佛怒，少主人的病自然加重了。解救之法，只有再服用三服药才行……"

曲贵年两腿一软，倒在罗汉椅中："什么？还要三服？就是说，还要再交九百两银子？哎哟……哎哟……真是民算不如官算哟！我的银子啊！"曲夫人上前劝道："哎哟，老爷，算了，一千五百两都花了，九百两不出，那一千五百两不也白废了？就当消财免灾，求个心安吧！"

曲贵年两眼流泪，苏轼此举实在欺人太甚！也罢，给他们吧。不就是几两银子嘛！突然他想到了王巩和那五斤人参。早知道是这样，我吃饱了没事做，送那五斤人参做什么啊？真亏啊！想到这里，他狠狠地抽了自己一嘴巴。

曲家公子久病不愈的消息很快传遍了杭州城，那些富家大户向来跟曲贵年狼狈为奸，欺行霸市。听说他家公子吃了安乐坊的药也好不了，心中惶恐，纷纷谣传瘟疫不可抵挡，都携带细软准备逃离。流言蜚语很快在城内流传开，人们传言杭州有瘟神作祟，还说苏轼治疫得罪了瘟神。消息一传十十传百，不可收拾。百姓们人心惶惶，议论纷纷。他们开始带着妻儿老小出逃，纷纷攘攘乱成一片。城门兵士阻拦不住，只得快马直奔安乐坊报告苏轼。

苏轼闻报大怒："大胆！是谁造谣惑众，淆乱视听？！杭州瘟疫如今已经初步受制，自建安乐坊以来，更没有一人死去，病愈者数以百计。什么得罪瘟神，实属胡说！"参寥说："子瞻兄，如今百姓栗栗危惧，人心大乱，须想出对策，消除杂见，否则治瘟疫一事有半途而废之虞。防民之口，甚于防川啊！"

杨世昌也说："苏大人，参寥大师所言极是。若单单不准百姓出城，就像防洪一样，宜疏导不宜堵啊！"参寥叹气道："阿弥陀佛。治瘟疫都如此之难，治心中虚妄之惶恐就不知道有多难哪！"

苏轼明白，人心中的虚妄惶恐确实比这瘟疫更加可怕。他皱紧眉头，急忙派人到城内各处安抚人心，稳定局面。回到家，苏轼仍焦虑不已，朝云看出了端倪，默默地找出一大堆胭脂香料来。苏轼不解地问："朝云，你向来不用这些胭脂的，如今找出来做什么用？"朝云淡淡笑道："城中谣言四起，是疫病搅起人心中的惶恐了，再说患病者浑身恶臭，更使人心绪不宁。如果将胭脂、香料、花粉、醋等物合在一起熏烧，除臭去秽，芳香扑鼻，令人心旷神怡，病人的病自然就好得快了。"

苏轼大喜，认为此法可行，便令衙役到城中四处搜集香料、胭脂等物。参寥也到各家上门化缘，众人见这和尚单要胭脂，心中窃笑不已。参寥可顾不了这么多，一心只想着救人，任凭世俗人对他谴笑谩骂。苏轼又令巢谷、秦观到城内四处张贴告示，说明日全城燃香，除臭去秽，荡涤污浊，驱赶瘟神！

很快，巢谷、秦观各自带领衙役、兵士把收集来的胭脂、香料、花粉、麝香等物在各处焚烧，顿时香烟缭绕，借助风势，满城飘香、漫天流溢，驱散了多日笼罩在杭州的阴霾。

路旁的百姓被香气熏得一脸迷醉，张开鼻孔猛吸："好香啊！苏太守用香气驱逐瘟神，瘟神被赶跑了，我们不用离开家了，不用逃出杭州了！"欢呼鼓掌，群情欢腾。百姓都安下心来，流言也渐渐消歇了。参寥欣喜地合十诵经，祈祷一城百姓平安无事。

说来也巧了，焚香驱赶瘟神后，曲钱的病渐渐有了好转，服下八服药后，烧慢慢退了，神智也清醒了许多。曲夫人安下心来，向曲贵年直夸安乐坊的药灵验。曲贵年撇撇嘴说："八服药两千四百两银子，要再治不好我儿的病，我砸了它安乐坊的牌匾！"曲夫人再也不跟他哭闹了，只劝他消气安神，只要儿子病好，一切都万事大吉。

这时丁三跑来大叫："老爷，不好了。"曲贵年唯恐安乐坊又来借机涨价要钱，一时心惊肉跳，不耐烦地说："又怎么了？少爷的病已经好了，他们爱涨价就让他们涨去，与老夫已经无关了。"丁三说："不是，老爷。小的在府衙里打探清楚，第一次苏太守要查封仁惠堂，老爷抬出王觊大人阻拦，苏太守对此事一直耿耿于怀，要抓老爷把柄；上次瘟神作祟的流言，苏太守听说后勃然大怒，说这谣言是老爷你杜撰的。如今王觊大人出外公办，不在杭州，苏大人就借机拿老爷下手了。"

曲贵年惶恐地说："啊，这如何是好？老夫大难临头啦！"丁三说："老爷莫怕，那衙役说，苏太守的安乐坊仍缺药材，大人若慷慨捐赠，可免罪消灾。"

曲贵年听到这里，不由得暗暗思忖。苏轼是官，自己是商，岂能拗得过他？胳膊拧不过大腿呀！不如捐了银子，化干戈为玉帛，来日方长，以和为贵，免得以后提心吊胆做生意，日后安乐坊也可从仁惠堂进药。曲夫人也在一旁劝说他捐了钱换平安无事。曲贵年咬咬牙，无奈地说："晦气！晦气！这是老天要惩罚我呀！罢了，把瘟疫暴发以来柜台上赚得的八千两都捐给安乐坊吧。"

安乐坊中已经不像前一阵那么拥挤，病人已经少了许多，众人也不需要通宵达旦地工作了。这日，朝云带着丫鬟晾晒药材，杨世昌、参寥陪着苏轼、巢谷、秦观察看。居民见太守来看他们，都感激不已。

苏轼好言安慰众人，又对杨世昌说："多亏道长鼎力相助，杭州百姓才能转危为安哪！"杨世昌笑着说："贫道略尽绵力，不足挂齿。倒是得感谢仁惠堂的曲贵年，他捐的八千两银子足够安乐坊买很多药材，顺便还可以用于安置灾民，抚恤孤寡。"

苏轼点点头。巢谷笑着说："这回得多谢参寥大师，要不是他两次三番诚心劝说曲贵年，他死也不肯出一文钱的。"参寥笑道："经此一劫，不仅治好了他儿子的瘟疫，连他的贪财病也给治好了。"众人大笑。

杨世昌说道："此次防治瘟疫，苏大人功不可没啊！设置安乐坊收治病人，减少了传染；焚香消毒，稳定民心，才使得大疫之后没有大乱。现在来就诊的人越来越少，估计再有一月，瘟疫就能过去。到时杭州又会恢复往日的繁华和安定了。"苏轼笑道："还得多谢道长的良药'圣散子'，要不然我也一筹莫展啊！不过，我心中仍有疑虑，这瘟疫到底起源于何处呢？"

对此杨世昌心中早已有了答案。杭州人口众多，城中饮水皆仰仗西湖，西湖经年不浚，水源不净，城中水井也跟着出问题。加之四方商客贾船来往不绝，运河湮塞，难免滋生疾疫。经他几次探访，已认定疫病正源于饮水。

苏轼听了杨世昌的分析，沉思不语，许久才发话道："此事关系到全城民生，一定要妥善解决。眼下瘟疫渐消，但粮价看涨，明年饥荒之势看来免不了了。还得麻烦诸位，助苏某一臂之力！"

苏轼与秦观即刻去布置州内购粮赈灾之事。朝云悄悄找来巢谷说："巢谷大哥，我想请你帮个忙。"巢谷笑着答应。朝云说："这次瘟疫死了不少人，很多贫苦的孩子失去双亲，成了孤儿，今后他们的日子就更难过了。我想先收养他们，在咱们家后院找块地方先安置下来。先生在杭州任职至少两年半，我们可以先教他们读书。两年半后长大了的，可以给他们找个公差，有碗饭吃；还小的呢，就请先生从府里拨出点钱，雇人把他们养大。我们即使离开杭州，也能放心了。"

巢谷感动地说："朝云真有菩萨之心。你是让我去帮你查访那些孤儿吧？"朝云点点头，又叮嘱巢谷先不要让苏轼知道，待办妥后再和他商量。巢谷说："这个自然，子瞻现在够操心的了。不过收养孩子，他也一定不会反对的。"朝云笑着点点头。

杭州城转危为安，参寥却病倒了。他为治病救人日夜操劳，又在疫地吃饭饮水，不知不觉就染上了瘟疫。前一天下午就开始上吐下泻了，只是见苏轼为治疫奔波劳累，不忍心打扰，就自己煎服了两服药，却一直不见效。

苏轼得知此事，急忙和巢谷等人来安乐坊看望参寥。参寥躺在床上，脸色蜡黄，颧骨突出，比前几天更显消瘦了。苏轼难过地说："参寥兄，千万保重啊！"参寥淡淡一笑，断断续续地说："生死有命，富贵在天。命如果待熟，常恐会零落。已生皆有苦，孰能致不死？"

杨世昌给参寥把了脉，将苏轼拉向一边悄声地说："参寥身体素来羸弱，这次染上瘟疫，来势凶猛啊！"苏轼着急地说："道长，参寥兄已服了两服药，怎么不见回转？"杨世昌叹了口气说："参寥是多日劳累所致。我下一剂，若服下不吐，或许还有转机。"

苏轼急忙亲自给参寥煎药，朝云也过来帮忙。药煎好后，他又端来要给参寥服下。参寥挣扎着坐起来，在病床上合十打坐，声息微弱地说："多谢子瞻兄，不用了。方生方死，方死方生。还记得你送给我的诗吗？"

苏轼一时不解。参寥意味深长地看了苏轼一眼，缓缓吟道："欲令诗语妙，无厌空且静。静故了群动，空故纳万境……"吟诵间，声音越来越微弱，直至嘴唇开合戛然而止，溘然长逝。逝时形貌端庄安然。苏轼、巢谷、杨世昌、秦观和安乐坊的病人都泣不成声。

外面忽然电闪雷鸣，大雨如注。

苏轼走到屋外，痴痴呆呆地站在雨中，任凭雨水满面流淌。他仰首向天叩问："苦命的陈凤兄啊，苦命的参寥兄啊，你怎么就这样走了？老天啊，你怎么这样不公啊？你还这样打雷，这样下雨！"

话音刚落，天空一个霹雳，照亮了苏轼的脸。苏轼一惊，仿佛有所领悟，高声吟诵一偈："雨落天垂泪，雷鸣地举哀。西方诸佛子，同送陈如来！"

洪亮悲怆的吟诵声在空中久久回荡……

六十二 苏 堤

瘟疫没能把杭州变成一座死城、空城，粮荒却又紧迫地逼近。

今年的旱灾使收成大减，苏轼早就派官员到各地筹粮，但所得有限。现在杭州各家粮店的存粮都已不多，粮价也在一天天上涨，已经涨到九十五钱一斗了。富家大户都买不到米，贫苦人家更是买不起。大批百姓拥挤在粮店门口排队购粮，越积越多，吵闹不已。天又降下寒雨，弄得人们苦不堪言。

苏轼与秦观披着蓑衣，带着几个兵卒前来察看。秦观看着黑压压的人群，不无忧虑地对苏轼说："瘟疫刚压住，粮荒又来了。先生真是难得半日清闲啊！"

苏轼忧心忡忡地说："我忙闲倒是小事，如果粮食再运不进来，粮价还要上涨。你再催转运司，问他们运粮的船为何还没运抵杭州！"

秦观说："王巩漫不经心，存心从中作梗，故意拖延。在学生看来，他是指望不上了。先生，学生前日在王巩办公处见到了两个豪门子弟，像是兄弟，与王巩关系非同一般。"

苏轼自上次王巩勾结曲贵年之后就已明白了，王巩在两浙与不少地方大户商家有来往。他们官商勾结，从中牟取私利。眼下粮食短缺，那些囤积居奇的粮户自然受益。想到这儿，苏轼嘱咐秦观查明在杭州城为首的粮商的情况，并且要盯住王巩是否又从中作梗，官商勾结。

秦观很快就查到，杭州最大的粮商是仁和县的颜巽。颜家在杭州有粮店十三家，织丝庄十家。因为家中势力甚大，又收购绸绢，所以，很多丝织户都依赖颜家。颜巽有两个儿子，长男叫颜彰、次男叫颜益，前日在王巩府上所见的富豪子弟正是他俩。他二人平日鱼肉乡里，横行无忌，欺男霸女，无恶不作。时下，颜家积稻谷三十万石，故意哄抬粮价，打压其他粮商，意欲独霸整个杭州粮市。

秦观还发现王觌手里握着官府新购的外地粮食不放，想依托颜家控制杭州粮价。苏轼听罢，点头道："粮价越高，人心就恐慌，但凡有钱之户，必猛购粮食，而那些下等户就只能望粮空叹了。"秦观说："先生担忧的是。不如一方面限制粮价，以防穷人买不起粮；一方面发布公文，限制富户多购粮食，防止他们囤积。"

苏轼摇摇头说："现在买卖主动权控制在粮商手中，官府硬来规定粮价，限制购买是行不通的。万一他们借口无粮可卖，城中岂不造成巨大恐慌？"秦观若有所悟地说："那州府就将官仓中的存粮按八十五钱一石的价格直接向州民散粮。"

苏轼说："这样也不是长久之计，再说官仓存粮也撑不了多久了。眼下之计是尽快补充官仓，平抑粮价。再由官府发放购粮券，凭券买粮，防止颜巽这样的人钻空子，大量收购，囤积居奇。"

秦观大喜道："购粮券？这个法子很好。我这就通知粮曹和州通判来办理此事。可我们哪里去找粮食来补充官仓呢？眼下情形，至少也得一百万石才够啊！"苏轼神秘地一笑："这个不用着急。我已早作安排，徐州的粮食应该就要到了。"秦观惊喜地问："徐州？"苏轼说："是啊！明修栈道，暗度陈仓。从今年春季发现旱情，我就写信到徐州，嘱咐留备余粮以作不时之需。徐州的百姓好啊，听说我在杭州任太守，杭州又闹粮荒，就借给我们五十万石粮食。"

秦观大喜道："五十万石虽不算多，不过总比没有好啊。真是雪中送炭！"苏轼笑着说："不仅如此，密州也来信了，借给杭州二十万石。"秦观说："先生造福百姓，百姓都知道感恩哪！这样学生也放心了。"苏轼说："现在要沉住气，撑到粮食到来就好了。城内千万不能出现抢粮暴乱的现象，一定要稳住民心。这次要叫那些专发国难财的粮商们记住教训。杭州百姓过了这一关，明年粮食丰收，他们就得大折本。如果他们聪明一点，就按官价放粮，这样，他们还能赚钱获利；否则，他们就是竹篮打水——一场空啦！"

秦观笑道："这样一来，颜家和王觌的买卖就做空了。等他们再涨价，我们就降价卖粮，州民见粮价稳定，自然就不会抢购。"苏轼说："等徐州粮食到达杭州，你去请王大人一同去码头接粮，看他有何话可说。"秦观笑着退下，即刻告示全城，安抚民心。

颜氏兄弟正陪同王觌在城内酒楼宴饮，店家上了一桌子菜，请众人慢用。颜彰夹了一筷子青笋到嘴里嚼了嚼，一口吐在地上，指着店家大骂道："呸！这是什么腌臜东西！转运使大人到此喝酒，还不弄上好的菜来？生意还想不想做了？"颜益也拍着桌子，吓得侍女都不敢吭声。店家知道颜家兄弟的权势，不敢顶撞，但还是哆哆嗦嗦地解释道："大爷，现在正闹饥荒，这……已经是最好的菜了。"颜彰把酒杯摔得粉碎，怒道："告诉你，你在杭州城打听打听，还没人敢对你颜大爷这么说话，有谁不知道我颜氏兄弟？"王觌不愿太张扬，在一旁劝解道："好了好了，也别为难店家了。赶紧重做去，我们好谈正事。"店家吓得不敢再说话，连滚带爬地退下了，忙四处找来几只鸡鸭做好端上来。

王觌这才对颜氏兄弟说："苏轼要推行购粮券，二位看该如何应对？"那"二颜"一向粗鲁霸道，一个嚷嚷道："苏轼这是要断了我们的财路啊！"一个不忿地说："怕什么？就常平仓那点粮食，能撑几天？明天联合其他粮店，一起罢市，到时全城百姓闹起来，看他如何收拾。"

王觌是当官的，最先想的是自己的乌纱会不会有不保之虞。他试探地问："这样会不会把事情闹大，激起民变啊？"颜彰说："那就是苏大人该忙的事儿了！我们只要挂牌说粮食售罄，无米出售，他州官又能奈我何？王大人再从中参劾苏轼扰乱粮市，激起民变，看他如何下台！"王觌连声称"妙"！

第二天，杭州各家粮店门口都挂出了粮食售罄的牌子，关门停业。百姓拿着篮子口袋，聚在门前议论纷纷。有人说杭州各处粮食都卖光了，城外饿死了许多人；有人说粮食都被富户买走了；也有人说粮商囤积大量粮食不肯出售，是为了哄抬粮价，获取暴利，所以不管百姓死活了。众人听了都激愤不已，吵吵嚷嚷要砸开粮店进去抢粮。各地贫民都聚在富户门口，声言要富户分粮食给他们，不然就要闹事哄抢。

苏轼闻讯大惊，急忙令巢谷带着衙役安抚民众，又令秦观火速到官仓中将仅余的粮食发放出来，尽量均分给各家各户。苏轼向百姓保证朝廷赈灾的粮食很快就到，请他们安心回家等候。众人都知道苏轼是勤政为民的好官，这才稍稍放下心来，各回家中。

这一天的危机总算是过去了，可余粮渐渐告罄，再也撑不了几天。秦观见徐州的粮食还没到，心中焦急不已，隔一个时辰就派驿使到运河边等候观望。二颜得意扬扬，又请王觌前来赴宴，一直喝到天亮。

苏轼这时心中也承受着巨大的压力，他早料到二颜会联合罢市，只希望能多撑几日，等到徐州粮食到来就好了。可是没想到官仓余粮这么快就要发放完了，这可怎么办？现在除了稳定民心，不生变乱之外，只好等待，静心等待了……

大运河自汴、泗、淮水沟通长江，又蜿蜒到杭州接通钱塘江，连接南北。两浙鱼米之乡，是大宋王朝的财赋重地，一直靠着这条运河将粮食丝帛运输到京师；杭州又是东南重镇，四方辐辏汇集之所，因此这运河上，官船来往不绝，风樯高桅，遮蔽水面。贾客游商也往来江上，穿梭在官船船队中间。

一连几日寒雨潇潇，运河上萧条了许多，连贫穷人家打鱼的小船也难见踪影。秦观又带着驿使来到码头，焦急地向北眺望。忽然一条快船驶来，跳下一个官差，将一份公文交到秦观手里。秦观看罢大喜，急令随从回报苏轼。原来是徐州的运粮船到了！徐州的转运使押着五十万石粮食正在赶来，故先派公人传达消息。苏轼也很快到达码头，又找人将转运使王觌也请到码头一起接粮。

宋朝的官制，是州官掌管民事，而由转运使负责财赋转输。可是王觌故意扣押朝廷拨下的购粮款，拖延运粮时间，苏轼也拿他没有办法。现在徐州送粮，按理应由王觌负责粮食交割事宜，苏轼请他来接粮，也是想趁机给他一个下马威。

王觌昨晚跟颜氏兄弟喝得大醉，兀自还未醒呢。听说苏轼请自己到码头接粮，心中狐疑不定。到了码头见了苏轼，还醉醺醺地说："苏大人，大清早叫下官来，所为何事？"苏轼笑道："杭州城就要断粮了，王大人却还酒醉醺然。今日有接粮事宜，还请王大人清醒交割。"王觊尴尬地说："哪里来的粮食？我不是说朝廷的赈灾粮还在筹集当中吗，大人何必着急？"苏轼冷笑道："再等王大人的赈灾粮，杭州人都要饿死了。我必定参你渎职之罪！倘若饥民闹事，王大人必定乌纱不保！"王觊惊得酒都醒了，扶了扶自己的官帽，再不说话。

运河上云雾渐开，一队帆影隐约显现，徐州的粮食终于到了！王觊大惊失色，见了徐州转运使也只好依律交割，将五十万石粮食卸下。

这下杭州城沸腾了，百姓都知道苏大人借的粮食到了，倾城而出，帮助衙役卸粮搬运，人喊马嘶，忙得不亦乐乎。秦观亲自到官仓门口负责分发粮食，居民凭着购粮券，欢天喜地地买粮回家。

苏轼还专门让巢谷请回他任杭州通判时的故人麦子青，让他协助秦观处理发粮安民等事宜。麦子青虽渐趋老迈，但仍精力弥满，自然乐意再回府衙帮助苏轼。他是杭州本地人，熟知风俗人情，处理事情上自然老练沉稳些，秦观很是信赖他。

王觊哭丧着脸站在官仓门口，看着居民背着粮食鱼贯出入。苏轼微微一笑："老百姓说得好，离了张屠夫，还吃带毛猪。劝君好自为之，十日之内，一百万缗款子所买的稻谷再不到，当心我以渎职罪弹劾你。"王觊尴尬至极，只能站在一边，给搬运粮食的衙役和百姓让路。这回他和颜氏兄弟的算盘都打空了。

杭州的粮店听说官府从徐州借粮，再也垄断不了粮市价格，纷纷开门营业，想从中尽量赚回成本。颜氏兄弟气坏了，眼看粮市控制不住，就想从绸绢生意上动手，把损失抢回来。他们拿药水浸泡绸绢，使得绸绢伸长三尺，这样以次充好上缴朝廷或到市面上贩卖。颜益虽有些担心，怕官府查出没法交代。颜彰却打定了主意，仗着有王觊撑腰，一心要把贩粮的损失都找补回来。

杭州织绸佃户将上好绸绢交给颜氏兄弟，二颜如法炮制，虚报数额上缴到官府。还是麦子青老到精干，一下子就看出绸绢的问题，拿温水泡过绸绢后，都缩短了三尺有余。苏轼得知大怒，立即对颜氏兄弟课以重罚。二颜慌了神，去找王觌求情。那王觌已是自身难保了，再也不敢蹚这浑水。二颜没法，只好压低收购价格，用以补偿罚款，对织户们谎称是官府压价。

这下那些织绸佃户可闹翻天了，收购价格如此之低，还让不让他们活了？三百多号人跑到府衙门口示威，人们群情激愤，高呼口号：

"贪官出来！"

"还我们公道！我们冤枉！"

"以后我等再也不织绸布了！"

苏轼带领秦观、巢谷等人来到府衙前，看着台阶下黑压压的人群，耐心解释道："本太守知道，你们是冤枉的。因为你们卖给颜家的绸绢是优等的，可是到了颜氏兄弟的手中他们做了手脚，加药拉长了，一丈缩三尺。罪不在你们，在颜氏兄弟身上，官府课以重罚，理所应当。但是罚的不是你们，是颜氏兄弟，他们欠你们的钱，必须如数支付给你们！"

人们立刻安静下来，有人窃窃私语："我们错怪苏大人了，原来都是颜氏兄弟从中捣鬼！"也有人说："苏大人，我们佃户人家缝织绸绢，都仰赖颜家收购，他说一是一，说二是二，我们只能乖乖听命。颜氏兄弟如此鱼肉我们，大人可要为我们做主啊！"众人纷纷附和："我们上当了。我们找颜家兄弟算账去！"苏轼说："不用你们去。来人！去把蓄意欺蒙官府、造谣生事的颜彰、颜益抓起来！本官要依律惩处！"

很快，苏轼就在大堂上公开审理了"二颜"。秦观手持判书宣判念道："颜彰、颜益，家传凶狡，气盖乡里，故能奋臂一呼，从者数百。欲以摇动长吏，胁制监官，蠹害之深，法所不容，刺配本州牢城。""二颜"垂头丧气，再没半点威风劲儿，耷拉着脑袋，跪在地上直喊饶命。苏轼终于为受颜家鱼肉的百姓出了口恶气，当场观判的百姓都欢呼不止。

"二颜"虽被羁押在牢，却还不死心。他们还有最后一根救命稻草，那就是王觌。王觌已收了二颜至少一万贯的贿赂，加上到处克扣饷银，搜刮民财，总数不少于一万七千贯，是时候该吐出来了。苏轼召来王觌，将颜氏兄弟的供词丢给他看。王觌诚惶诚恐地说："苏大人，看在同僚的份儿上，就放过下官吧。"苏轼冷笑道："你还有什么话好说？如今我预备开挖西湖，工程浩大。王大人手中这些钱财，取之于民正好可以还利于民。"王觌哪有不答应的，紧抱着乌纱帽哆哆嗦嗦地退下。

苏轼来杭州将近一年了，湖山风光依旧，却再没半点赏玩的心绪。消灭了瘟疫，度过了粮荒，惩治了"二颜"，他又马不停蹄地准备治理西湖，这是萦绕在他心头的一件大事。

他跟秦观、麦子青到城中四处查访，见居民饮水极为困难，旧有的水井都已报废，从西湖牵引的水管因为泥沙淤塞再也流不出水来。水贩子见机从西湖中取水到城中贩卖，一桶水卖到一文钱，很多百姓排队买水还买不着。苏轼感叹道："紧靠西湖而使百姓无水可饮，这是太守之责啊！一定要解决好百姓饮水的问题，水源不净，瘟疫难绝！"

苏轼又到河边查看运河通航情况。由于年久不浚，运河的河道淤塞，致使船只通行极为不便，普通船只要花费四五日才能出城。赶上漕运繁忙时节，这运河上每天要堵上数百只船。河岸上纤夫、马匹、耕牛拉船，混乱不堪。

苏轼找来户曹，责问为何不及时清理河道。户曹面有难色："大人有所不知，杭州城内的运河，外与钱塘江海水相通，涨潮的时候，海水江水涌入，与上流而来的运河水交汇。这样，大量泥沙就淤积在了杭州城内河段，由于水浅河窄，大船容易搁浅，所以就造成河道堵塞。过去，每四年一次清淤，但很快又被淤上来。原来挖上的淤泥到处都是，刚挖时臭气熏天，干涸后又是尘土满天。"

苏轼叹息道："人都说，'上有天堂，下有苏杭'。这些淤泥不根治，不仅大煞风景，有伤杭州美名，且易造成瘟疫。所以要从根本上治理！"麦子青点点头说："大人说得是。可是开河浚湖，工程浩大，要准备周详才行。不如先勘测地形，拟定计划，然后逐步施行。"秦观也说："麦先生所言极是。先生，先到茅山上俯瞰全城河道吧！"

苏轼点点头，带领众人来到茅山。这茅山是钱塘江边一座土丘，登顶四望，东可以望见钱塘江水浩荡奔入大海，西可见西湖偎依在城边，山脚下即是运河，地势极为便利。苏轼锁眉凝望，良久不语。西湖一带青山连绵，一轮红日淡淡地放射着光辉，映照着苏轼花白的鬓发。

苏轼思忖良久，方对众人说："杭州城内，有两道运河，横亘南北。要根治淤泥，必须保持河水清洁，然而海水冲入，泥沙难免，若不用海水，则运河无法交通。须想一个两全便捷的办法。要保障海水补给以行航，又要保证河水清洁，必须让海水找一个地方沉淀，然后，再补给城内运河。"

麦子青说："大人说得对极了。目前河道淤塞的症结就在这里，如果挖一段河道用以沉淀海水，问题就迎刃而解了。我看这运河选址就定在茅山，这里地势低洼，人口稀少。再从茅山到钱塘湾挖一条河，这样，既能保证城内运河水位，又能保持河水清洁。"

秦观问道："麦先生，那钱塘江的海水灌入，当如何解决？"麦子青笑着说："这个简单。只要在钱塘江南部河口建一个大闸，潮起时将闸关起，潮落时再开闸放水。"苏轼点点头说："此法甚妙！如此一来，久治未除的淤泥之患终于有望得以根治了。"

多日来，这治水的难题就像一块巨石压在苏轼心头，现在终于找到了解决的办法，苏轼恨不得马上建闸开河。他命秦观与麦子青速速拟定工程计划，而后上报朝廷请求拨款。

苏轼又想到城中百姓饮水皆仰仗连通西湖的盐桥河，于是又马不停蹄地赶到余杭门外的盐桥河边。苏轼建议在余杭门外，再挖一条新河，避免茅山运河中的海水倒灌对西湖不利，再营建六个大小适中的水库，以陶土或大竹铺设管道，引水到城中，这样居民引水就不用再花钱买了，河道也不易堵塞。每年再组织人力在西湖附近清淤除草，水源就可源源不断了。

秦观高兴地说："今年歉收甚重，与其让许多农人在家坐吃山空，不如把他们组织起来，开河浚道，每日一工可得五十五个钱，养家糊口，不在话下。"苏轼点头说："这正是我所想的。如此一来，远功近利都有了。即刻部署下去吧！"

苏轼忙完公事回家，已是初更时分了。晚凉天净，星斗偏转，钟鼓俱歇。朝云倚窗而坐，一边缝补着衣裳，一边等苏轼回来。烛光把整个屋子照得朦朦胧胧的，微风吹来，烛光摇曳，四下里乱影摇荡。朝云却没发觉这些，盯着天边星斗痴痴出神。来杭州半年了，难得有这么一个清静的夜晚。

苏轼悄悄地进来，看着朝云的背影，不忍惊动她。他就这样望着她，心中升起了一种异样复杂的感觉。这么多年了，弗儿、小莲、闰之都相继离他而去，只有朝云还一直陪在他身边，默默为他操心解忧。想当初在杭州收养朝云时，她还只是一个孤苦伶仃的小姑娘，现在她跟着自己游宦奔波，耗去了整个青春韶华！杭州是朝云的家乡，这次回来还没到她家里去看看呢！苦于公务太忙，又是治疫，又是购粮，又要开河浚湖，一心只忙着外面，家里的事全靠她打理，给予她的关心太少了！但她从来没有半句怨言。想到这儿里，苏轼满心愧疚。

朝云忽然扭过头来，发觉先生就站在门边看自己，脸都红了，赶忙起身来为苏轼倒茶。苏轼满带歉意地说："朝云，这些日子辛苦你了。来杭州大半年也没顾得上跟你好好谈谈，你不怪我吧？"

朝云嫣然一笑，将茶递到苏轼手里，说："先生说哪里话。几乎天天见面，还用谈什么？"苏轼说："你的老家在这里，这次回来你还没有回家看看呢。你看我成天在外，也忘了跟你提这事。"

朝云低着头说："先生的心意，朝云领了。但自从进了先生家，先生家就是朝云的家。朝云父母早亡，亲族也已飘散，先生就不必费心了。"苏轼说："不，朝云，我派人打听过了，你还有个叔叔在，要不就接过来一起住吧？"朝云激动地摆摆手说："不不，先生，叔叔家境不错，不劳先生挂念。再说，那样也有损先生的名声。"

苏轼笑着说："你想哪儿去了？都是一家人，何必如此生分？"朝云红着脸说："朝云就够连累先生了，怎能再麻烦先生为我分心。况且，叔叔家境还好。"苏轼意味深长地说："朝云，我家在西蜀，游宦四方，这里连个亲戚也没有啊！"

朝云是聪明的。她听了苏轼的话，心中既感动又为难。感动的是先生对待自己如同亲人一般，这样的恩情一辈子也报答不了；为难的是，她察觉到先生话中的意思了，也想起了夫人临终前的遗言。

苏轼微笑着说："朝云，你跟着我受苦了。我来杭州，也是想见见你的族人，让他们来我们家里看看，也算是明媒正娶。"朝云热泪盈眶："先生，朝云岂能不明白？先生的两位夫人，都是大家闺秀，朝云出身贫寒，先生待我如至亲骨肉，朝云只愿做先生身边的丫头，服侍先生就够了。"

苏轼激动地说："出身贫寒怎么了？买来的丫头怎么了？你的天分，哪个名门闺秀能比？你是迨儿、过儿的老师，是我苏家的恩人。再说了，我苏某的心思，只有你最懂得。没有你，没有巢谷，没有表姑，黄州的日子我们能过来吗？况且闰之临终前托付我，我不能对不起你，我就是要明媒正娶。"

朝云潸然泪下，心中却无比幸福。她哽咽着说："先生，我们已是夫妻，何必在乎名分？只要我能陪在先生身边，就足够了。"苏轼抓住朝云的手，感动得泪流满面。那支蜡烛也快要燃尽了，烛泪流淌，似乎也为之动情。

苏轼即刻向朝廷上奏说：杭州运河淤塞，漕运不便；西湖水草杂生，城内居民饮水困难，若不及时清除，二十年后西湖将不复存在。若整治西湖，既解决了杭州供水之用，灌溉稻田、造酒染丝等都会增加朝廷的税额。现欲开挖运河，疏浚西湖，预计清理淤泥水草两万五千方丈，约十一方里。总需人工二十万，每人工钱五十五文，加三升米，全部需花三万四千贯。并说已筹得一半饷银，请求朝廷拨付余下费用。

太皇太后召吕大防、刘挚进宫商议。吕大防说："苏轼造福地方，体恤百姓，应予嘉奖。准许户部拨付。"太皇太后满意地点点头。刘挚却不肯让苏轼就这么出了风头，启奏道："整治西湖自是好事，可天下各州风景名胜不可胜数，若都向朝廷伸手索要巨款，朝廷焉能拨付得起呢？况且天下多灾，两浙灾害不断，再在西湖搞如此大工程，恐生天下之嫌。"

太皇太后不悦："杭州乃我大宋钱粮重镇，西湖乃我大宋明珠，岂是其他州能比的？况且苏轼已筹款一半，即使朝廷全部拨付，也是投之以桃，报之以李。若西湖没了水，杭州也就没了生命。商贾不行，农业不兴，丝绸何来？每年一百多万石的米粮又从何而来？就此办理吧！"刘挚没法，只得口称遵命。

茅山开河工地热火朝天，人欢马叫。天虽寒冷，兵卒与民夫们却干劲十足，因为他们每个人都曾为饮水吃过不少苦头，与造福亲朋邻里、子孙后代比起来，这点辛苦实在算不了什么。无数双粗壮的手臂挥舞着镐头扬起又落下，溅起一块块飞土碎石。挑土的民夫穿梭在工地上，扁担两头的筐子沉甸甸的，随着民夫的步伐一颤一颤的。工地一角，秦观带着几名随从依着图纸指挥工程进度。工地上各种号子、喊声和金属撞击声此起彼伏。

盐桥河很快就挖开了，又铺上了陶管引水。过去用的水管都是竹子的，用不了多长时间就腐朽了。这次铺设的都是烧制的陶管，并铺设石板保护，这样既不会腐烂又不易被压坏。民夫都笑着说，就要能够喝上干净的西湖水了。

苏轼穿着便服在巢谷的陪同下来到工地视察。他问一个粗壮汉子："年轻人，愿意开这条河吗？"汉子停下手头的活儿，抹了抹额角的汗："愿意。我干这一冬，全家就能吃饱饭，若是待在家里，岂不挨饿嘛。"

苏轼继续问道："一日给多少钱？"

汉子回答："四十五个钱。"

苏轼一惊："不是五十五个吗？"

汉子笑道："哪里，四十五个。"

苏轼为之一怔，心想一定是监工私自克扣工钱。要知道，克扣工钱可不是一件小事。五代后周世宗修筑宫殿，巡视工地时发现民夫吃饭以瓦当碗，以木作勺，了解到官吏克扣工钱，就立即处死了主管官员。现在民夫为民兴利，却有无耻之徒从中贪污，真是罪不可赎！他急忙赶往挖河指挥所找河道曹成开利询问此事。

一座用苇席临时搭建的工棚里，成开利正在与几个属吏研究方案。见苏轼与巢谷进来，忙与众吏施礼。苏轼问道："诸位辛苦了。民夫的工钱一天一给呢，还是十天一给呀？"

成开利答道："十天一给。若一天一给，住工地的民夫不易保管，十天一给，歇息一日，可带钱回家。"苏轼满意地点点头："很好，应该为他们想得细一些。足额发给吗？"成开利说："未足额发给，每个民夫一天扣除十个钱。"

苏轼微露不悦之色："却是为何？"成开利解释道："大人，这十个钱是民夫的伙食，若凑在一起，可以吃饱，也能吃好；若每人自己支配，既吃不好，也吃不饱。有些民夫会为节省钱饿肚子。这样一来，体力下降，也不出活。等河道竣工了，人也就废了，甚至等不到竣工，就会累死在工地。大人一再告诫下官，要爱民如子。下官不得不为民夫的身体着想。等工程竣工，自然会足额发放，不敢有误。"

苏轼露出了微笑，满意地拍了拍成开利的肩膀："这就对了。"

西湖的清淤除草工作也在有条不紊地进行。船工划船到湖中，捞起大片大片的葑草，掘起成堆的污泥，都堆在岸边。苏轼决定用挖出的淤泥水草在湖中修一条笔直的大堤，大堤之上栽两行柳树，建六座拱形的石桥、九个亭子，供人休息。这样既妥善安置了污泥杂草，又沟通了西湖两岸。

另外，苏轼还准许农人在湖里种植菱角，但要求按期除草。这样官府就不必再承担长年累月的除草工作，而直接交由农人负责了。湖中的一切税收全部用于大堤和湖面保养上，这样既可防止恶草蔓延，也利于日后的管理，两全其美。

众人觉得此法可行。秦观更是高兴地说："白香山造了条'白堤'，这回先生可造了条'苏公堤'了！"苏轼捋着胡须大笑。

苏轼这几天一直吃住在工地上，与民夫们同甘共苦。站在岸边放眼望去，几千民夫在挖泥清淤，装船的装船，摇橹的摇橹。长长的大堤在向前延伸，修桥的石匠们也在打石筑基。苏轼有时也与民夫们一起挖泥装船。他全身上下沾满泥水，一身粗布衣裳上全是泥点子，站在众人当中简直就是一个地道的民夫。

一旁的汉子笑道："太守大人，你这么个干法，其他的官老爷会暗地里骂你的。"苏轼一边用锹装泥一边问："老夫又没挖别人祖坟，有何可骂？"这汉子咧开嘴笑了，脸上的汗水在阳光照射下闪闪发光："大人一腿泥，他们也不敢不一腿泥呀！不过，官员们这么一干，我们这些泥腿子，一天本来挖一方丈，也变成一方丈半了。大人偌大年纪，还是歇会儿吧！"苏轼听罢，呵呵大笑："老夫五十五，还能鼓一鼓啊！"

晌午时分，该开饭了。民夫们陆续来到岸上，几十人一伙，围在一起，盛米吃饭。苏轼拿起一个黑瓷碗在身上一蹭，也用木铲子从锅中铲了一碗米饭，又拿柳枝折了两根筷子，夹些萝卜咸菜到碗里，与众泥腿子一样，蹲在地上吃了起来。

众人面面相觑，都盯着苏轼，不再吃饭。苏轼颇觉蹊跷地问："你们不吃饭，看老夫做什么？"

一个汉子凑过来说："大人可是龙图阁大学士呀，堂堂二品官，是天下读书人的一代宗主，怎么和我们干一样的活，吃一样的饭呢？"另一个汉子附和："是啊，大人，你这样是自辱身份。"

苏轼笑道："你说的那个身份，不值钱。牲口架子大了能卖高价，人架子大了有何用？老婆都烦。"民夫们被逗乐了，纷纷大笑起来。

苏轼接着说："不信？不信回家试试。你们可知大禹是何等人物？"一个汉子说："大禹治水，无人不知。"

"是啊，那么了起的人物，他和治水的民夫们吃住在一起，三过家门而不入。老夫这算什么？你们以为，非要端端架子、摆摆谱，才相信那就是官；必须温温雅雅才算是会写文章？那样的人写不出好文章，写出来也一股酸味。"

众人又是一阵笑声。

苏轼又道："写文章何用？治理天下用。连老百姓的锅碗瓢勺都不知，这文章如何写呢？话又说回来，当官为了谁？上为国家，下为百姓。下为百姓必须爱百姓，还能嫌老百姓脏吗？天下最脏的是什么？"

众人面面相觑，无人答得上来。

苏轼说："老夫有一个'天下四脏'。"

"大人快说！"众人催促道。

苏轼道："懒人的家，逐臭的蝇，奸贼的心肠，不孝的名。"

大家面面相觑。刚才的汉子咂摸道："有理，有理呀！咱得把大人的话教给子孙听啊！"

大家都凑了过来："那你给我们讲讲。"

那汉子摆出一副很有学问的架势，整整衣襟，正襟危坐："你们想啊，这人要是懒了，这家业能成吗？且不说家不像个家，一懒生百邪呀。这样的人谁尊重？别人就跟躲臭狗屎一样躲你。逐臭的苍蝇当然肮脏，在名利场上逐臭的人就像苍蝇一样肮脏。奸贼的心肠恐怕肮脏得无物可比了。至于不孝子孙，连他爹娘都不孝顺。这脑袋瓜里能不肮脏吗？"

苏轼笑着说："说得好！说得好！"众人都大笑。

刘挚见苏轼在杭州的几大水利工程都被批准，头脑发热，打算自己也搞一个前无古人的大创举：从山西上游修回流河，不使黄河水入契丹。他认为这样既利于边防，又利于农灌。不料刚刚上奏，就被范纯仁上疏反驳。理由是历来派遣民夫从来不出五百里以外，若实行交钱免役之策，就会给搜刮民财的贪官大开了方便之门。太皇太后认为范纯仁所奏有理，下令罢提开河一事。

刘挚碰了一鼻子灰，自知没趣，愤愤地回到办公处，将范纯仁奏折摔于案上。他坐在太师椅中气呼呼地骂道："这个范纯仁，太不知趣了。被外贬到颍州，还在上奏改开黄河之事。他与苏轼合伙，总与我等过不去。"

王岩叟眼珠子一转，奸笑着附耳对刘挚说了一番话，刘挚连声称妙。

第二天退朝，刘挚找到宰相吕大防说："相公啊，我等不如苏轼吗？他怎么就能得太后那么大的赏识，他要什么太后就给什么，我等想干事太后却偏偏不予恩准。唉，相公啊，自元祐以来，人心稳定，熙丰党人大都被贬在外。有人放言，说你我为相不公道，竟然不用熙丰党人。是否要缓解一下？该用的熙丰党人还要用才行。"

刘挚老奸巨猾，又玩起调和党争的老把戏。他倒不是诚心要调和党争，而是想从中渔利。前宰相王珪的那些不偏不倚、乡愿保守的手段，他都学得头头是道。吕大防忠直厚道，倒以为他志在社稷，不由得钦佩他毫不偏私的宽广胸襟，细问道："熙丰党人中确实有不少干练之才。如若任用，真可使朝廷气象为之一新。只是师出何名呢？"

刘挚眼睛一转："就叫'调停'如何？"吕大防沉吟片刻："行，我看可以。不能让天下给你我冠一个不贤之名。"刘挚又旁敲侧击道："对了，你我为相怎么能输给一个苏轼呢？"

杭州洞霄宫是皇家在杭州的一处道观，建在半山坡上，群山环抱，树木参天；灰瓦白墙，环境幽雅。从月亮门入内，内设三清殿，终日香烟缭绕，香客不断。旁有廊院厅舍，时有道人出入。

章惇因为反对废止新法，被贬出朝廷，最后才提举洞霄宫，挂个闲职。苏轼与他升沉起伏，既是政敌，又是畏友。如今相聚在杭州，也算是上天赐予的缘分吧。苏轼倒不计前嫌，时常趁公务之余，到洞霄宫来看望他。

秦观陪同苏轼向大殿走去，拾级进殿，只见章惇全神贯注地望着太上老君塑像沉思不语。道士正要呼唤章惇，被苏轼扬手阻止，苏轼对老君塑像故意叹道："唉，老子曰'乐与饵，过客止。'子厚兄莫非贪图杭州的佳肴吗？"

章惇回头笑道："是子瞻哪，难道不知腐鼠也可成滋味吗？"

苏轼笑道："你我相比，我倒更像庄子，你是惠子。"

章惇摇摇头，倔强地说："我更像一个道士。"

苏轼说："参神拜仙，有何感受？"

章惇叹道："还是出家好啊！"

苏轼笑道："老朋友，你是不会出家的。"

章惇说："难说。"

苏轼笑说："对君来说，外贬外放已是家常便饭，应该愈挫愈勇嘛。俗话说得好，虱子多了不咬人。"

章惇大笑道："言之有理。"

苏轼望着远处的山峦，说："子厚呀，好在我守杭州，生活不便之处尽管道来。愁闷之时，你我可游湖饮酒，我们难得相聚杭州嘛。"章惇笑了笑，又一本正经地说："我可不给你找麻烦！他们的眼睛正盯着你呢，若再弹劾你与熙丰党人有染，反为不美。"

苏轼不以为然："无足道哉！你我朋友几十载，天下谁人不知？苏某宁愿被刘挚等人骂为变节，也不愿让天下人骂为忘义负友。"章惇激动地抓住苏轼双臂说："子瞻兄，看来你我都活不痛快。小人太多了。"

苏轼笑道："你说错了。据我看来，被贬道观寺庙，乃是前世修来的福分，清静为福嘛。车马噪于门前，谁曾想到门前罗雀之时呢？"章惇说："此乃在道之言，但愿你我常谈谈老子的五千言。"

"这就对喽，参透五千言，便是活神仙。"苏轼故意摇头晃脑地说。章惇眉间的愁云一扫："太好了！有你在杭州，我还愁什么呢？唉，不过你要注意啊！有人骂你劳民伤财。"苏轼叹道："世事岂能尽如人意。让他们骂吧，人挨骂多了长寿。"章惇不解地问："挨骂长寿？以何为证？"苏轼说："骂人最多的口头语，莫过于乌龟王八蛋——结果是千年王八万年龟！"

三人哈哈大笑。

西湖疏浚工程彻底完工。杭州人倾城集于湖上，载歌载舞，欢庆西湖整治一新。只见新筑成的大堤横亘在碧波荡漾的湖水中，新砌的六座石桥犹如拱起的玉带，与九座亭子在远近水中交相辉映。正是：云桥横绝天汉上，南山始与北山通。从此"苏堤春晓"，成为西湖十景之一。

人逢喜事精神爽。苏轼回到家中，心情大悦，让朝云把太皇太后赐的笔洗拿出来使用。他知道，要是没有太皇太后，西湖是整治不了的。

朝云解开锦盒，拿出流光溢彩的钧瓷笔洗。

苏轼拿起端详了半天，赞道："好瓷，好笔洗！也只有今日，才配用这笔洗！"

朝云笑道："先生真有女人缘！"

苏轼吃惊而不解地问："啊，这从何说起？"

朝云看苏轼实在不明白，就笑着说："好，朝云告诉先生。先生想一想，仁宗的曹皇后、英宗的高皇后、神宗的向皇后这三代皇后，哪个不敬重善待先生啊！"

"哎呀！"苏轼这才如大梦初醒一般。

朝云笑道："尤其是当今的太皇太后，恨不得把先生当作亲人一般！"

苏轼感动地说："经你这么一说，还真觉得是这样！"

朝云轻笑："一个男人得到三个皇后喜欢，这个男人还不够有女人缘吗？古往今来，恐怕也只有先生一人！"

苏轼哈哈一笑："朝云，你这样说话，可是杀头的罪啊！"

六十三　倾　轧

冬去春来，西湖治理完毕，苏轼一直紧绷的神经这才放松下来，湖山风景似乎也变得更为悦人眼目。于是趁着心情愉悦，他又到洞霄宫与章惇饮茶。

章惇听说苏轼治理西湖告竣，杭州人无限喜悦，也禁不住称赞苏轼道："西湖经子瞻这么一整治，可谓焕然一新。这一年多来，子瞻兄政绩不凡哪！"苏轼笑着摆摆手说："对于苏某来说，无所谓政绩与否，我只是想为百姓办些实事。"

章惇笑着说："子瞻，你可别打退堂鼓啊！你若成为朝中宰相，可为天下百姓办更多的实事，你就别辞让啦！"苏轼笑道："这是子厚你心中所想，非苏某之愿也。一个人在地方为官，总比在朝中为官对百姓有用。朝中倾我之人甚多，苏某躲犹不及，焉能引火烧身，与群小论短争长？若力争是非曲直，则朝中党祸必起，非我大宋之幸、天下之福。"

苏轼当初就是为了躲避朝中党争才自请出知杭州的。这一年多来，政务繁忙，虽不免筋骨劳顿，但能做些实事，为百姓造福，心中还是欣慰的。可章惇就不同了，他因党争被贬到杭州提举洞霄宫，身居闲职，抑郁无聊。虽说每日参玄悟道，但心中是一刻也安静不下的。他觉得自己的生命就要消磨在杭州的湖山当中了，时时刻刻都在企盼着能东山再起，将那批构陷打压他的旧党人物狠狠打倒在地。他现在只是在等待时机。

但他对苏轼还是钦佩的。他们是同科进士，又多年同朝为官，也都屡经贬谪，宦游四方，生命中有太多的相似。尽管政治观点上略有不同，但这并不妨碍他们互相钦佩对方的人品。但是他们的性格又是截然不同的，苏轼早已决意退避无休无止的党争，不再理会那些恩恩怨怨；章惇则仍满心怨愤，发誓要把自己失去的东西夺回来。

苏轼淡然地呷了一口茶，悠悠地望着远处的湖山。章惇想起自己当初被贬，不由得怒容满面："子瞻，党祸已起，天下有目共睹。好在子由已任御史中丞，刘挚等人行奸不便。说句实话，除了你和子由，元祐党人，我一个都不放在眼里！他们为图虚名和一己私利，苟且偷生、妒贤忌能。这才短短几年，又开始内讧争斗了。名为君子，实则小人！"

苏轼面色平静，摇摇头说："子厚兄言重了，元祐党人中，要比熙丰党人中君子多。"章惇不服气地说："我可看不出来。"苏轼看着章惇说："那是你心怀偏私之故。"

章惇被他说到心坎上，怔了一下："嗯，我不和你争，有理也争不过你。"

苏轼放下茶碗，踱了几步说："苏某静守，乃为洞达世事；子厚静守，乃是韬光养晦。这正是你我之不同啊！"

章惇哈哈大笑："知我者，子瞻也！"

苏轼和章惇大概都没有意识到，从这时候开始，他们分裂的苗头已经悄然萌发了。

吕大防受了刘挚的怂恿，意欲拔擢熙丰党人回朝，以显示自己为相用人毫不偏私，便上奏道："太皇太后，元祐党人与熙丰党人纷争由来已久，长此以往，恐会酿成党争之祸。臣为社稷忧心，故斗胆建言，应该重新起用熙丰党人，让章惇、曾布等人回京任职，以平旧怨，从中调停。君子和而不同，双方自此可摒除成见，同为国事，齐力并进，消弭党争，则党祸之患自然而解。"

吕大防此言一出，朝臣议论纷纷，不知所措。刘挚、王岩叟在一旁暗笑窃喜。太皇太后道："宰相所言极是，这正是哀家日夜忧心的啊！朝臣能齐心合一，共辅圣主，当然最好不过。不过此举是否太过冒险？万一党争再起，如何收拾？"

刘挚乘势进言道："重新起用熙丰党人，是消除党争的调停举措，也可显示朝廷不计前嫌的仁德，伏望太皇太后圣鉴。"

太皇太后意有所动，沉吟不语。

苏辙坚决反对，立刻启奏道："太皇太后，臣以为调停之举万万不可，若行调停之举，党祸不仅不会消弭，反会愈演愈烈。"

太皇太后一愣，急忙令苏辙仔细讲来。苏辙接着说："臣以为自元祐以来，朝廷更改弊事，驱逐群小，历经五年，四海承平。但那些在外的奸邪小人，无不时时窥伺左右，以求复进，动摇朝政安稳。臣常常深切忧之。若太皇太后不察其实，诸大臣被其邪说所惑，而将这群小人引入朝内，则邪正并进，冰炭同处，必然重新引起纷争，朝廷之患不绝。"

众臣又交头接耳，太皇太后也沉默不语。刘挚接着说："太皇太后，苏辙言过其实。礼之用，和为贵，熙丰党人仍有可用之处，不可皆以小人作比而妄下论断。"

苏辙反驳道："刘大人，君子小人与否，天下自有公论。太皇太后，当此朝政安泰之时，君子既得其位，正是作为之时，只要使君子保其位，而将小人安于外，使他们不失其所，没有作乱的机会，则朝廷安定无忧也。"

太皇太后颔首赞许："苏卿家言之有理，重新起用熙丰党人之事，休要再提了。"吕大防首倡其议，见众臣争吵，再也不说话。刘挚见状，知道太皇太后的意思改不了，只好悻悻地退下。

退朝后，刘挚和王岩叟并肩走在殿外。王岩叟愤愤不平地说："苏辙如今之狂妄不在乃兄之下，竟堂皇以君子自居，却将熙丰党人比作奸佞小人，实在大言不惭。可是太皇太后对苏氏兄弟实在是心有偏私啊，我等也无能为力。"

刘挚仍在沉思，忽然一悟，对王岩叟说："彦霖，苏辙说熙丰党人皆是奸佞群小。我问你，章惇是不是熙丰党人？"王岩叟不明白刘挚的深意，慢慢地说："熙丰党经此雨打风吹，章惇只怕已是其中的领袖了。"

刘挚冷笑道："章惇是苏轼的至交好友,他的两个儿子认苏轼为师……"王岩叟醒悟道："莘老的意思是？"刘挚奸笑道："此事大有乾坤啊。"

原来，刘挚知道章惇好勇斗狠，睚眦必报，他虽与苏轼是至交好友，但二人其实性情大异。这五年来，章惇一贬再贬，郁结于肠，坐困愁城，正有满腔愤懑无处可发。此时只要有人轻轻一触，他就会跳起来，暴怒发作，任谁都不理不顾。如果听说苏辙在背后骂他是小人，阻挠他重回京师，如何能受得了，必将与苏轼反目成仇。

王岩叟会意，笑着说："刘公放心。此事交给王觌办，一定成功！"

王觌得到王岩叟的指示，悄悄地请章惇到杭州城内一家酒楼上喝酒，却推说是代刘挚探望他。章惇与王觌素无交情，对刘挚也绝无好感，本来是不愿搭理他的。可是他性情高傲，视王觌如鼠辈一般人物，谅他耍不出什么花招，也想了解王觌葫芦里卖什么药，就赴会前去。王觌花言巧语，讲了一大通关于杭州的风物人情的闲话，最后才拐弯抹角地把话题引到苏辙与吕大防的争辩上来。

章惇听完，果然勃然大怒，把酒杯摔到地上，恨恨地说："苏子由果真如此说？"王觌见章惇已经上钩，曲意逢迎道："子厚兄，稍安毋躁。这还有假？太皇太后、朝中大臣皆在，不会误传的。"

章惇气愤地说："苏子由如何能这么说老夫呢，竟然说老夫是小人！他若对老夫有成见，可当面直言嘛，不必在太皇太后那里嚼舌头啊！实在有失君子之风，老夫错看他了！"

王觌装着劝说章惇，急忙打圆场道："章大人息怒，息怒，气大伤身。早知道这样就不告诉你了。不过苏辙也实在有些过分。他对太皇太后说什么，要将小人安于外，使小人们不失其所，没有作乱的机会，则朝廷安定无忧。这些话简直就是说给子厚兄你听的嘛，连我都觉得实在刺耳，为子厚兄抱屈不平！"

这一激一劝果然有效，章惇更加愤怒了，气得拍桌子道："岂有此理！我与乃兄苏轼情同手足，深交莫逆，历经多年不改。他竟这样断我后路！"

王觌看着章惇一步步地走进自己的圈套，心中不禁暗自得意，开始切入正题："子厚兄，此事你想得有些简单了。这些话，其实是另一个人想对太皇太后和陛下所说，而苏辙只是代言而已。"

章惇是个聪明人，自然知道王觌所指何人。他连连摆手："非也，非也。子由是子由，子瞻是子瞻。子瞻不会这么说我，他的为人我最了解。"

　　王觌给章惇拿了一个酒杯，重新斟满酒："章大人，世情恶衰歇，万事随转烛，但见新人笑，哪闻旧人哭。这人情如纸，说变就变啊！"章惇看了王觌一眼，一饮而尽。

　　王觌放下酒壶，接着装作推心置腹的样子，对章惇"循循善诱"："章大人，忠言逆耳，择善而从。我只问你，若你是苏辙，明知其兄与你私交甚笃，天下人皆知，连两个儿子都交给苏轼教授学业。你会毫无顾忌地在朝堂上指名道姓地骂此人为小人、奸佞、朋党、祸害吗？他之所以肆无忌惮，盖因其兄也是这么以为，二人早有共识，故能弃子厚兄声名于不顾。子厚兄，你与苏轼虽为至交，但由来就政见不和，人各有志，其实早已是面和心不和，渐行渐远了。"

　　章惇被说中痛处，两只眼睛瞪着王觌："你！"

　　王觌走到章惇跟前，拍着他的肩膀说："王某不怕得罪子厚兄，敢问子厚兄一句，这些年来，你可曾听苏轼对你说过心里话啊？"

　　章惇一愣，沉默不语。想起前几次与苏轼的谈话，似乎确实有一言一语的不合。种种蛛丝马迹细想来，倒真觉得王觌的话很有道理。

　　王觌脸上泛出狡黠的笑容："原来没有。但是苏轼将心里话告诉了苏辙，因为他二人才是骨肉至亲。苏辙又将此话在朝堂上当众说了出来，天下人都听见了，唯独子厚兄你装作听不见，错就在你了。在苏轼眼中，熙丰党人皆是奸佞小人，子厚兄既是熙丰党人，自然也是小人了。"

　　章惇拍案而起，拂袖而去。王觌心中暗喜，急忙回家给刘挚写了密信。

　　转眼到了黄梅时节，连日阴雨不止。各地江河涨溢，农民新种的稻谷都受了灾。地方州县的文书雪片似的飞到府衙，苏轼获知灾情严重，忧心如焚，急忙令秦观到各地勘察，准备赈灾。

　　这一日杭州乌云密布，电闪雷鸣，飘风急雨将整个杭州城都笼罩在水雾之中。苏轼站在府衙门廊前，看着雨势滂沱，惆怅满怀。这时秦观披着蓑衣，头戴斗笠回来，向苏轼报告说："杭州城内积水甚深，田地淹没无数。苏州、常州等地也受灾严重，陂塘河湖都满溢不止，各处汛情堪虞。"

苏轼望着厅外的大雨怅然叹道："老子曰，'骤雨不终朝'啊，怎么一连下了数天呢？这样的大雨，杭州的夏粮恐怕要毁于一旦了。须及早上报朝廷，早做赈灾准备，否则就要重现熙宁年间的惨象呀。当年就因为没提前做好赈灾准备，两浙路饿死了数十万人。"

秦观点点头说："学生四处勘察，得知苏、湖、常三州的官员竟然都在官报里报告朝廷今年丰收在望，半句都不提受灾的事。"说着拿出一份官报来。苏轼看罢官报，怒不可遏，拍案而起："这些官员，不顾百姓死活，睁着眼睛说瞎话！不行，老夫必须尽快奏明灾情！"

苏轼一连上了六道奏章，送达中书省。吕大防预感到事态严重，连忙找刘挚前来商议。刘挚看了看那些奏章，不以为然地说："苏、常地区并无灾情严重的奏报，两浙之地唯独苏轼如此小题大做。去年他就报灾，两浙和杭州不也无事吗？他该开河还是开河，该修湖还是修湖。为这事，御史已经弹劾他了。"

吕大防说："这我知道，有三条罪状，一是整治西湖，指责子瞻虐使百姓，建长堤于湖中，以作游观；二是行暴政，发配颜氏兄弟；三是说苏轼陈灾不实。王岩叟、朱广庭等人也一齐弹劾子瞻报灾不实……"

刘挚说："宰相不必太过担心。想也没什么大事，令户部稍作抚慰便是。千万不可让太皇太后知道，以免圣上忧心。"吕大防也觉得有理，便不再理会。

苏轼见朝廷没有答复，知道一定是刘挚等人从中阻挠，摇头叹息，只得依靠一州之力，尽量减少损失，安置流民。

让苏轼忧心的事还不止于此。秦观对苏轼说："先生，章惇不知从谁那里得到消息，说二先生反对吕大防调停熙丰、元祐两党，已经记恨二先生了。"

苏轼大惊失色，马上意识到了事情的严重性。以章惇的性格，受此挑拨必定怒不可遏，新旧两党的积怨很可能再次爆发，甚至他与章惇之间的友情也可能会出现无法弥补的裂痕。他本来为躲避党争才来到杭州，可是刘挚、王岩叟等人却紧追不放，施展如此毒计来离间章惇与他们兄弟二人的关系。苏轼已经感到，又将有一阵狂风暴雨要袭来了！

他还是不死心，想去尽量挽救，便径直到洞霄宫去找章惇。

章惇脸色乌青，见了面就怒气冲冲地质问苏轼道："如今子由翅膀真是硬了！好一个监察御史，居然在朝堂上把章某骂为小人！"说罢，转身不顾。苏轼并没有着急，而是轻轻一笑，真诚地说："详细情形，我也不甚了解，只是最近才有风闻。即使子由说熙丰党人为小人，也绝非是冲你而言，子由的人品你还不知吗？"

章惇却不领情，冷笑一声，转过身来："那我问你，章某在熙丰党人中处于何种位置？"苏轼有些迷惑地看着他，问道："论什么呢？"章惇道："都论。"苏轼略一思忖，道："当然，第一王介甫，第二吕惠卿，第三王珪，第四蔡确，第五曾布，第六，你章惇。"

章惇怒道："你错了！王介甫死了，吕惠卿半死了，王珪早死了，蔡确也快死了，曾布反复无常，已被熙丰党人抛弃。我，只有我章惇，还在举变法大旗，我已成为熙丰党人的领袖！子由大贬熙丰党人，实则是冲我而来。熙丰人物何曾有过党？如果说有党，也是被元祐党人逼出来的！子瞻，你大可以到太皇太后那里去告发我。熙丰党人的这面大旗，我章惇举定了！道不同则不相与谋，你走吧！自此以后，我与苏氏兄弟一刀两断！"

苏轼见他越说越火，道出这样决绝的话来，有些气恼，但他仍耐着性子解释道："子厚，一定有人从中挑拨。还有，国家的政事不要和私人交情缠在一起，这非君子之道。"

章惇听到"君子"二字，联想起苏辙的话，越发恼火，一时按捺不住，向苏轼怒吼道："什么君子小人！元祐党人是君子吗？我原以为，你'大苏'、'小苏'是君子，现在看来，也是小人！"

苏轼见章惇如此顽固，不禁也发火了："我说什么你才肯听呢？你如此意气用事，不听朋友忠言，反信小人挑拨，还振振有词，简直糊涂透顶！"

章惇听到这里，怒气好像突然消了，说话反而平和起来，挥手道："哼，我糊涂透顶？居然有人说我糊涂透顶！休要再说，你我情分已尽，就此分手！我眼里容不进沙子，更瞧不起忘恩负义之人！"

苏轼觉得自己受到了侮辱，激动难耐，指着章惇说："子厚，你……你说什么？忘恩负义？我苏轼忘恩负义？"章惇似乎愈加坚定，切齿道："不错！而且我还知道，子由的主张即是你的主意！我感谢你把我两个犬子培养成人，且都中了进士，对此我没齿不忘。但今日你我割袍断义，兄弟之情到此为止！"

到了此时，苏轼知道与章惇的友情已经无法挽回，颤声道："好！你既然这样看苏某，我还厚着脸皮在这里苦口婆心做什么？悉听尊便！"言毕，拂袖而去。

章惇看着苏轼离去的背影，不知是悔恨还是气恼，猛地把茶盏都砸到地上。

那些出自龙泉窑的精美茶盏被摔得粉碎，苏轼、章惇的友情也从此破碎了。

与此同时，阴云也逐渐笼罩在汴京上空。刘挚、王岩叟等人暗中策划，又在煽动本不平静的朝廷了。直言敢说的范纯仁出知颍州，很难再插嘴朝中事务，而宰相吕大防又失于察人，明哲保身，刘挚就更加肆无忌惮了。

太皇太后对朝中众臣都看得清楚，只是为了安稳局势，才不得不维持现状。她已经老了，精力大不如前，心中一直挂念着的，就是将苏轼召回朝廷，辅佐哲宗。当初迫于苏轼请求，不得已才准许他出知杭州。现在他的任期也差不多满了，是时候召他回来了。

这日，太皇太后在延和殿召见众朝臣，宣道："自吕公著宰相退职以来，吕大防任左相，范纯仁任右相。范纯仁知颍州后，右相未补。哀家决议，刘挚为尚书右仆射兼中书侍郎，龙图阁侍制；知开封府王岩叟签书枢密院事，苏辙为尚书右丞，赵君锡接替苏辙为御史中丞。苏轼改翰林学士承旨。哀家欲令苏轼重回京师，众卿家对此可有异议？"

众臣齐道："太皇太后英明！"刘挚、王岩叟正欲进言阻挠，见太皇太后决心已定，都不敢再说话。待十几个大臣退去，王岩叟留下来叩谢，奏道："太皇太后听政以来，纳谏从善，凡所更改，务合人心，所以朝廷清明，天下安静。唯愿于用人之际，更加审察。"

太皇太后问道："怎么，这次用人，哀家有误吗？"王岩叟道："是关于苏轼、苏辙昆仲，苏辙任尚书右丞，未免有擢升太快之嫌……"太皇太后皱起眉头，不悦地说："你们都吃肉，也得让别人喝汤吧？退下吧。"说罢，闭上眼不再言语。

王岩叟一计不成，又生一计，往哲宗书房去了。见哲宗正在读书，悄悄地走了进去。此时哲宗已是十六岁的少年，登基以来，恨大臣们眼中只有太皇太后，见王岩叟来觐见，不由喜出望外，忙问他有何事。

王岩叟恭敬施礼，问道："陛下在读何书？"哲宗晃了晃手中的《论语》，说："圣书。"王岩叟哈腰谄笑道："陛下执政之日已为期不远，今日学习圣书，当辨邪正，分清君子与小人。"

哲宗听出他话里有话，似有所指，乜了他一眼："那你是君子呢，还是小人呢？"王岩叟一惊，没料到哲宗会有如此一问，只得苦笑道："臣只知忠君爱民，至于是君子还是小人则凭人议论了。只要上不愧天、下不愧地、中不愧人即可。"

哲宗追问道："你还是没讲清何为君子、何为小人。"王岩叟别有用心地说："陛下只须记住圣人这一句话就行——'君子内，小人外，则泰；君子外，小人内，则否。'"

哲宗装出恍然大悟的样子："哦……朕明白了。既然是小人外，那最近进朝的只有朕的老师苏轼。王大人的意思莫不是说教朕的苏师傅是个小人了？"王岩叟忙道："臣不敢妄加评论大臣，但市井俚语却都在盛传苏轼乃五鬼之一。"

谁知哲宗打了一个哈欠，懒懒地说："这事朕也做不了主，你去跟太皇太后说吧。"王岩叟碰了个软钉子，只得施礼告退。待王岩叟退下，哲宗把书往案上一摔，冷笑道："什么东西！司马光的门下走狗！"说完顿感失言，忙捂住嘴，幸好无人侍立在侧，轻轻吁了口气。

苏轼接到还朝任职的诏书，长叹了一声，吩咐家人收拾东西准备起程。临走之前，苏轼带着朝云，驾着一叶小舟，好好地游赏了一遍焕然一新的西湖。杭州人远远望见，一位白发苍然的老者，一位衣着朴素的妇人，就这样相扶着，任小舟漂到渺渺烟波的深处，恍然疑似神仙，要漂离人间似的。但新月初上之时，小舟又停泊靠岸，两人踏着花影，慢慢地走回家去。

元祐六年（公元1091年）三月初九，苏轼带着朝云、苏迨、苏过、巢谷、秦观，自西郊下塘乘船，依依不舍地离开了杭州。杭州百姓纷纷到运河两岸送行，苏轼怅然远望，心情久久不能平静。要知道，这样的宦途离别，苏轼已经历了许多次。每次转官，不论是外放还是还朝，他的心中总泛起驱赶不尽的哀愁，到底人生的漂泊，何时才是尽头呢？

此时正是桃花开到最盛的时节，苏轼独立船头，却觉得扑面的春风有些寒意。此次回朝，不知又会有什么风浪呢？滔滔江水却默默无语，伴随他一路前行。对此苍茫，苏轼回想起往事千端，但觉"飘飘何所似，天地一沙鸥"而已。

回到朝中，苏轼又与众官旧友相见。一切还是如往常那样，心境却似乎老了许多。最可喜的是，又可以跟弟弟重聚了。

王岩叟与刘挚见苏轼再次回朝，又处心积虑地密谋排挤他。此时洛党已烟消云散，要数"蜀党"最人多势众。王岩叟道："刘公，在下担心苏轼要与你争锋。我想以报灾不实，对颜益兄弟用刑过重为名弹劾苏轼。唯有如此，方可使苏轼自乞外放。"刘挚问道："几成胜算？"王岩叟做出个"七"的手势。

刘挚低头想了片刻，摇头道："苏轼所报，本来是事实，对颜氏兄弟量刑亦无过差。况且苏轼辩才了得，稍有不慎，就会引火烧身。不过现在你我遥相呼应，谅他苏轼一时也难以纠缠清楚。苏轼这人我了解，自命清高，一旦被参，常常乞求出京，以退为进。"王岩叟谄笑道："相公之言，可谓拨云见日，下官明白了。"

果然，第二天王岩叟便奏本弹劾苏轼。苏轼此时刚在百家巷安顿好，不想又遭到王岩叟弹劾，气得连夜写奏章再请外放以避滋扰。他虽知此举正中刘挚等人的下怀，却实在不愿也不屑与这种小人相争。

烛影轻摇，朝云剪了烛花，在一旁默默为他打扇。苏轼回头爱怜地看着她，劝道："歇息去吧！这就写完了。"朝云叹道："天热蚊子多，你如何安心写奏章呢？这些人太可恶了，刚进京城，还未喘口气，弹劾便来了。"

苏轼止笔一笑："古人有言，'聚蚊成雷，积羽沉舟'。王岩叟等人为颜氏兄弟翻案，意在倾我。唐僧肉，能长寿，故取经路上惹来众多妖怪，必欲食之。"朝云侧头笑问："那……东坡肉呢？"苏轼笑道："东坡肉，使人秀，君子闻着香，小人嫉如仇！"朝云莞尔一笑，说："好不害羞，很香吗？"

王岩叟和苏轼的奏章都连夜呈到太皇太后那里。太皇太后费力地远举着奏劄，却仍有些看不清，只得放下劄子，擦了擦眼，对站在身边的侍女道："老了，眼花了。青儿，还是你给哀家读这劄子罢。"

青儿忙应了一声，接过来读道："臣多难早衰，无心进取，岂复有意记忆小怨？而朝中诸人衔之，必欲寻机报臣。其后召为台官，又论臣不合刺配杭州凶人颜彰等。以此见臣实难安于朝。伏乞检会前奏，速除一郡，此疏即乞留中，庶以保全臣子，取进止。"读罢，双手托着放在案上，笑着赞道："苏大人真不愧是文坛的领袖，写得这么好！"

太皇太后凄然道："木秀于林，风必摧之。苏氏兄弟，在朝中向来孤单。唉……"半晌，她疲倦地吩咐青儿："别忘了提醒哀家，明日召给事中范祖禹觐见。退下吧！"青儿答道："是。这儿还有弹劾苏大人上奏两浙灾情不实的奏章……"太皇太后不由一声叹息："哀家不看了。退下吧。"

次日，王岩叟见弹劾苏轼不成，气急败坏，忙跑到刘挚那里，不等坐下就告诉他。刘挚"哼"了一声，道："躲过初一，躲不过十五。"又拿起正在翻阅的苏轼诗集，指给王岩叟看："这是苏轼新编订的诗集。元丰八年五月一日，苏轼回宜兴途中，在扬州寺壁上题诗说：'此生已觉都无事，今岁仍逢大有年。山寺归来闻好语，野花啼鸟亦欣然。'当时先帝驾崩不出两月，举国上下皆在悲痛之中，此时怎会闻好语呢？分明是在庆幸先帝驾崩，真是毫无人臣之礼！"

王岩叟如获至宝，转怒为喜道："言之有理！苏轼恶毒之心暴露无遗！这次请赵君锡和贾易二位大人联名上奏，看他还有何话可说！刘挚大悦，阴险地笑道："这诗可是铁证如山，我看他如何狡辩！"

苏辙在尚书省得知王岩叟、贾易等人又以诗句弹劾苏轼，非常吃惊，唯恐"乌台诗案"重演，急忙跑到翰林学士院。苏轼正在拟写乞求外放的奏劄，苏辙心急火燎地说明王岩叟一干人弹劾苏轼之事。

苏轼不以为然，嗤笑一声："怎么，他要拾李定等人的牙慧，再造一个'乌台诗案'吗？这首诗能让他抓住什么把柄？农夫才不管什么国丧不国丧，只要丰收他就高兴，遇上灾害他就愁眉不展。"苏辙着急地说："可是，这种话出自臣子之口就会授人以柄。"

苏轼愤然道："哼，尤其是出自我口，他们定然会深文周纳，我来回敬他。王岩叟竖子，我原以为他与王安礼是朋友，故对其恶意诽谤屡屡谦让，未料他堕落到如此地步！阴主定是刘挚。若是在朝堂之上，我能有和刘挚、王岩叟辩论于二圣面前的机会，就好了。"说到这里，他忽然灵机一动："有了，刘挚与王巩不是亲戚吗？"苏辙当下会意，点了点头。

苏轼到王巩府上，叙过寒温，便告诉他乞求外放之事。王巩不解地问道："才回京城，为何又要乞求外郡任职呢？"苏轼愁容满面，叹了一声："不这样做又有什么办法？一进京城，王岩叟、贾易之流弹劾我报灾不实，还要为一对凶人翻案。时下他们又要制造第二个'乌台诗案'。你想，所谓诗无达诂，自可见仁见智，我浑身都是嘴也说不清。他若是把我叫到二圣面前当面对质，我能说什么？老百姓就是那么说的，总不能瞎编乱造。我认输算了！"

王巩义愤填膺，拍案而起："我去找刘挚，他太不像话了！"苏轼佯劝道："你去也白搭，他们注定要把我置于死地。再说了，这毕竟不是刘挚指使王岩叟他们这么干的。"

王巩胸有成竹地说："刘挚是小弟祖父的门人，又是小弟的亲家，他会给我这个面子的。"苏轼又叹了口气，道："此一时彼一时，刘挚已成右相，不比从前了。"王巩气鼓鼓地说："哼，我才不管他左相右相，这就去找他！"

王巩撇下苏轼，匆匆赶到刘挚府上，也不等用茶，就说了此事。刘挚假意道："定国，放心。不给谁面子，我也必须给贤弟面子。我出面去说。"王巩信以为真，抱拳道谢，告别而去。

望着王巩渐行渐远的背影，刘挚脸上露出一丝奸笑。王岩叟先时正与刘挚商谈，见王巩来，便躲到门洞里。此时，他从门洞内跑出来，拍手笑道："相公，王巩给苏轼说情来了？"刘挚颇为纳罕："苏轼怎么会轻易求我呢？"王岩叟摇身笑道："而且犹抱琵琶半遮面，智激王巩前来说情。"

刘挚疑团顿生："你说苏轼在玩什么把戏？"王岩叟奸笑道："不想把事情闹大。'乌台诗案'可是使他心有余悸！我们偏要穷追猛打，最好与苏轼在太皇太后面前当面对质，使他当场出丑！"刘挚握拳道："好！"当下二人计议已定。

太皇太后接到王岩叟弹劾苏轼的奏劄，不由心中动气，只得命他往延和殿诏对，问道："苏轼的这首诗哀家看了，可这与先帝驾崩有何关联？"王岩叟对曰："先帝于元丰八年三月戊戌驾崩，苏轼于五月一日题写此诗，时不出二月，国人恸哭于天地，悲情难诉，独苏轼欣喜若狂，是何居心？"刘挚在一旁点头附和。

太皇太后却只淡淡地说："这些你在劄子中已经说明，但苏轼指的是农夫为庆丰收而喜。"王岩叟见太皇太后并不在意，忙道："农夫为丰收而喜自可原谅，但身为臣子，苏轼曾在朝中任过要职，他在此时喜形于色，就大不相同了。"

刘挚也忙帮腔："当时，苏轼仍在缧绁之中，怨恨先帝之心，天下有目共睹。况且，苏轼信口雌黄由来已久，朝中大臣无人不知。借诗发怨，是其习惯，明眼之人，一看便知。"王岩叟更是穷追不舍："微臣伏望陛下诏对苏轼，臣愿当面与他对质。"太皇太后无奈，只得命梁惟简宣苏轼进殿对质。

梁惟简心中暗恨这些人无事生非，低头走出殿外，到翰林院请苏轼进殿与王岩叟对质。苏轼施了一礼，佯装不解地问道："对质？对何质？"梁惟简咳了一声，附耳低声告诉他原委。苏轼施礼道："多谢公公提醒。"

苏轼来到延和殿，太皇太后命他将诗意当庭解说。苏轼从容对曰："'此生已觉都无事',是说当时先帝已下旨,准许臣在宜兴安居种地,臣故有从事农桑、闲居乡野之感。当时,扬州的确丰收,也是先帝倡导水利,恩泽天下之结果,故有'今岁仍逢大有年'一句。待臣归来时,忽遇一群农夫,他们说起了新帝继位,太皇太后听政之事……"

太皇太后一惊,问道:"百姓有何言语?"苏轼对曰:"其中一老农拍着额头赞道:'好一个少主,有仁德的国母听政,咱老百姓的日子就更好过了。'所以,微臣就有了这第三句诗:'山寺归来闻好语。'听到这些话,臣的悲痛之心才稍稍有安。这才写了第四句:'野花啼鸟亦欣然。'太皇太后,不知召臣问起此诗,有何深意?"

太皇太后放下心来,点了点头,转过脸去问王岩叟:"你还有何话可说?"王岩叟、刘挚见太皇太后面有愠色,不由得脸都有些黄了。王岩叟强咽下一口唾沫,仍要强词夺理:"苏轼,你不要狡辩了。你庆幸先帝驾崩之毒心,昭然若揭!"

苏轼转过身来,笑问道:"你当时在场吗?何以就硬给苏某安一个罪名呢?是何居心?如此望文生义,弹劾大臣,恐怕天下人只好当哑巴了。你以前也被贬过,曾写诗道:'刚直不和明主意,天怜幽草寄冤身。'此诗何意?分明是对外贬心存忌恨,言圣上主政不明、不容刚直之臣。你刚直在何处?苏某若稍有不善之意,岂敢书于壁上以示人?当时先帝上仙已及两月,绝非山寺归来始闻之语。事理明白,无人不知,而你竟敢公然挟私诬罔!"

太皇太后怒声问王岩叟:"你还有何话可说?"王岩叟额上冷汗津津,慌忙施礼道:"臣忠君直言,并无邪念。"太皇太后大怒:"够了!刘挚,王岩叟,一个是右相,一个是知枢密院事,这官当得可真不错!竟然不分是非曲直,诬陷诋毁大臣。若不是看在过去的份儿上,岂有不贬你二人之理?你们以此为鉴,好自为之!"二人吓得跪倒在地。

二人满以为会扳倒苏轼,没想到着了他的道儿,反倒险些被他反打在地,真是偷鸡不成蚀把米。刘挚憋了一肚子火,回到府中,恶狠狠地将桌上的《苏轼诗集》撕了个粉碎。王岩叟忍气劝道:"好在没被贬官,好在他自请外放的奏劄太皇太后就要批下来了。"

六十四　兵部尚书

苏轼这次还朝，当了两个月的吏部尚书，因不愿与群小论战，多次上疏自请外放，终于以龙图阁大学士出知颍州。

船徐徐驶在宽阔的汴河河面上，清风骤然吹散了两个月来的烦恼。苏轼与朝云、巢谷颇有鸟儿出笼之感，在船头谈笑饮茶。巢谷叹道："时光飞逝，现在苏迨都已婚娶了，我们却老了。这些年来，我们跟着子瞻可是走了千山万水。我想了一副上联。"苏轼抚掌笑道："哟，好哇，巢谷居然也有心情出对联。"巢谷笑道："俗话说，'没有熏不黑的灶房'，常年同你在一起，多少也沾点灵气。"苏轼大笑："是夸我还是骂我？快，说说看。"

巢谷摇首念道："听好。杭州、密州、徐州、湖州、黄州、常州、登州、颍州，这八州先生喜烹甚肘肉？"苏轼恍然：杭州二度任官，加凤翔任通判，已十度在外，再加一个州，就是九州了。

此联甚是难对，因为下联也要说出八个物名或地名，但又不能用"八"这个数字。但苏轼只略一沉吟，便对了出来："有了！西湖、东湖、太湖、明湖、柳湖、沙湖、慈湖、潘湖，"他转过去看着朝云，接着念道，"此九湖夫人爱喝哪壶茶？"

巢谷把"沙湖"、"慈湖"误听成"砂壶"、"瓷壶"，不解地问道："砂壶、瓷壶也算？"苏轼道："你忘了？在黄州时，咱们到沙湖买过地。慈湖是苏迈任职的湖口县。"

巢谷一拍额头。"这么多地方，把我转糊涂了。"又问道，"可这八湖不能算九湖啊?"朝云早已心中了然,接口道:"杭州有西湖,颍州也有西湖,加起来不正好九湖吗?"苏轼笑着点了点头。巢谷道:"不错不错,颍州的西湖我们也去过两次了,当年我们曾去拜访过欧阳公。"

朝云看看岸边的树,道:"我也有了一联。"苏轼笑道:"对联为雅,巢谷以猪肉为联,实在有辱斯文,你不会再说猪肘子吧?"朝云笑道:"不会。你们听到这知了声了吗?这知了北方叫知了,南方叫即了。我的联是:柳上鸣蝉,北道知了,南道即了,了犹未了,最后不了了之。"苏轼脸色骤变,觉得似是谶语,忙正色止道:"年纪轻轻的,出这种联干什么,以后不要胡说。"朝云会意,只低头不语。

苏轼深知,此番出知颍州亦未必能久,一旦朝中有大事、难事,刘挚等人不堪倚用,自己又要奉诏回朝,如此辗转九州,倒不及黄州时"走遍人间,依旧却躬耕"之自在,也只得随遇而安罢了。

就在此时,西夏梁太后亲率二十万大军,大举进犯大宋西北边境。一时间万马奔腾,沙尘滚滚,动地而来。

消息报至汴京,朝中上下愁眉不展。太皇太后在延和殿召见众大臣,问道:"谁愿带兵抗敌?"群臣登时鸦雀无声。哲宗扫视群臣,见无人敢应,目光中满是鄙夷。太皇太后更拍案大怒:"尔等的能耐哪里去了?平时窝里斗比谁都能,国难当头,却做了缩头乌龟!"

苏辙走出班外:"请太皇太后暂息雷霆之怒。臣愿带兵前往!"太皇太后赞许地看着他:"嗯,仁宗帝的眼光没有错,哀家的眼光也没错。"又命苏辙暂退一旁,当机立断地说:"若论运筹帷幄、决胜千里,当属苏轼。你们一再说我偏心眼,袒护苏轼,可你们所谓朔党、洛党的本事呢?宣苏轼火速晋京,任兵部尚书!"

此时刘挚等人也不敢有异议,只得眼睁睁地看着苏轼再次得到重用,又巴不得他一败涂地,从此没了威信。这等小人满心里只有权势之争,却忘了一旦吃了败仗,百姓危矣,大宋危矣。

苏轼接到诏书,忙命朝云打点行装,当日就和巢谷骑马往汴京飞驰而去。路上，巢谷微有抱怨："三番五次上书圣上自求外放，好不容易准了你奏，如愿外放到颍州。怎的如今圣上一纸诏书，屁股尚未坐稳，又要一路颠簸地往回赶。如此火急火燎，都顾不得安顿一下家人。"苏轼道："自求外放、远离朝廷是为避小人，如今回来却是为了国家。边关告急，万民水火，大宋堪虞，还不快快赶路！快！"

一到汴京，苏轼便火速赴宫中觐见。太皇太后任命他为兵部尚书，全权指挥此战，又授他尚方宝剑，号令大宋三军，可以先斩后奏。

苏轼回到家中，却见巢谷引着陈慥进来，大喜过望，抢上前去，抓住陈慥的双臂："哎呀，季常兄，你怎么来了？"陈慥笑道："你当了兵部尚书，天下谁人不知，我这就赶到兵部效力来了。"巢谷豪气干云地说："我们年纪虽有些大了，力敌万夫谈不上，可仍是百人之敌！"苏轼顿觉如虎添翼，连声叫好。

苏轼把兵部文武众官召集起来，抱拳道："诸位将军，诸位大人，鄙人受命于西夏犯我之际，但对兵部事宜知之不多，对西北战局亦知之甚少。此次召集诸位，本官想听听各位高论。"命兵部侍郎简要介绍时下西北态势。

兵部侍郎命人抬来版图，置于大堂之上，讲解道："时值秋高马肥之际，西夏幼主之母，发倾国精兵二十万，袭我环州、延庆等地，而我大宋此处兵力不足十万。若从各处调兵，时已不及，即使赶到，西夏杀掠之后，也已迅速撤回，劳师无功，而辎重尽失，且花费颇大。时下必须速定破敌良策。"

文官与武将各坐一侧，想法也迥然不同。宋朝从太祖时便有重文轻武的传统，边关战事总是失利，武将们心中早已窝火，一心想打个痛快的翻身仗，故而一致力主死守、抗敌。但文官们仍是想息事宁人，主张和谈、撤兵。两边你一言我一语，便争执起来：

"西北边土，本已相安无事，盖由庆州太守章楶，请功邀赏，屡出轻兵讨伐，使西夏部落不能安居，这才招致西夏发狠报复。眼下不宜战，而宜和。本人以为，奏明圣上撤回章楶，派员和谈，方是上策。"

"说这些为时已晚，紧要之务是提出制胜之策。末将不明白，西夏人不断骚扰边境，杀虐我边民，无人过问，而我边土将帅还击得胜，不予嘉奖，反而横遭指责，动不动就冠以邀功请赏之名，此为公道之言吗？我大宋怎么就如此软骨头！"

"若采取硬拼之策，必败无疑。若令环州死守，远途调兵合击来敌，多数为步兵，难以应对西夏铁骑。多年以来，我大宋与西夏交战，败多胜少，况且时下边土守兵为数不多。依在下看来，撤为上。"

"不行！撤到哪里？必须以进为守。若要后撤，城民怎么办？"

苏轼见高永亨一言不发，问他："将军在西北边城守土有年，身经百战，不知有何良策？"高永亨道："末将只有一言：兵者，密也；战者，急也，贵在决断。想必苏大人已有良策了。"

苏轼笑着分析道："本官以为，和与不和，非一厢情愿，此战已不可避免，边土之安，非屈膝而来，此其一也；要战，不可远调大军以迎敌，若千里调兵，以疲弊步兵迎战精锐马军，是为愚战，此其二也；边境情况，瞬息万变，京城远在千里之外，传言未必准确，况且将在外，军命有所不受，若动辄多责，必挫我军锐气，故不得妄议边事，此其三。"

苏轼正色而起，斩钉截铁地说："今日之议，到此为止。再言和，斩！至于如何用兵，本官自有主张。"见苏轼决意一战，且早已胸有成竹，武将们个个喜形于色，摩拳擦掌，文官们也大受鼓舞，不再有异议。

苏轼又独留高永亨议事，向他深施一礼，请他详细讲说环州地势军情。高永亨指着地图道："这里是环州城，地势险要，易守难攻，是西夏袭我内地的必经要道。西夏视之为眼中钉，若有大胜，必拔此城。这里是洪德城，不易把守，是西夏进取环州城的必经之地。过去双方交战频繁，此城已无居民，乃是一座空城，可藏万余兵卒。洪德城再向西，是百里沙漠。这是牛圈，积水丰沛，可供士兵和马匹饮用。西夏犯我，无论胜败，必经此处。六城未弃之前，我曾多次去过。"

苏轼问道："西夏兵在围攻环州城时，洪德城、牛圈会留兵把守吗？"高永亨道："不会。我大宋军队历来无舍城分守的习惯，因为容易被对方分而聚歼之。况且西夏人也不把这放在眼里，一旦他们杀回，这种不易坚守之地，很快被其大军踏平。"

苏轼又问时下西北守军中可有能征善战且胆大心细的骁将。高永亨举荐了折可适，说："此人可担大任。他经我一手提拔，不在我之下。"

苏轼点了点头，又道："对付西夏铁骑，必出奇兵。西夏鹞子军有所长，亦有所短。避长击短，方能克敌制胜。兵不在多，而在于精，将不在于勇，而在于谋。西夏大军长驱直入，战线过长，虽有快骑补其不足，但仍给我军以可乘之机。我军以逸待劳，奇兵出击，必获大胜。"高永亨闻言大喜，抱拳道："大人之言极是！若有用末将之处，万死不辞！"

苏轼回到家中，让巢谷、陈慥带三匹快马，日夜兼程赶往庆州，告诉太守章楶：派折可适率精锐轻骑一万，在洪德城以西迎敌；多带鹿角栅栏，以阻敌马军；拆毁路桥，填埋水井；边战边退，既拖延时日，又消耗敌人的粮草，更给敌人造成我军怯战的假象。待把敌军拖到环州，敌军士气已消减大半，攻城之势已弱，这时定要死守环州城，敌人必不能攻下。而折可适所率精兵从外侧绕小路插入敌后，袭其后续粮草，不必硬打，尽量拖延时日即可。西夏兵战不数日，必身心俱疲，加上水源短缺、粮草不济，必然撤军。西夏撤军前，先让折可适在洪德城休整完毕，待敌军撤至洪德城时，再率轻骑寻机火攻敌人随军粮草，在敌人阵脚大乱时，我军奋力出击，敌必大败。章太守若有其他计划，可放信鸽送兵部来。

苏轼又殷切地嘱咐二人："二位兄弟，事关大宋安危，边土百万人性命，你二人要倍加谨慎。还有，你二人只管送信，年纪大了，一定不要参战了。战事若有不测，即刻回报。"陈慥应声道："是。"巢谷却面若止水，只凝视着苏轼，一声不吭，却又似有无限的话要说。苏轼虽有些纳罕，却未深以为意。

巢谷、陈慥二人飞马赶往庆州。苏轼又请高永亨到兵部研究敌情。原来，西夏十万大军已经兵临环州城下，另十万大军却不知去向，苏轼怀疑是左右两侧各五万人马包抄环州城。高永亨摇头道："如果那样，就需要通过两侧的各个关口要塞。这些地方都有我大宋军队死把严守，要想通过，谈何容易。"

苏轼略一沉思，道："那么，另十万军队一定攻庆州去了。若庆州无战事，肯定西夏内部情况有变，其他王爷不愿出兵相助梁太后。"高永亨眼中一亮："有道理！前年西夏出现过马瘟。"

这时，兵部侍郎得到章楶快报，说西夏有五万人马偷袭庆州未果。高永亨看完信，便说："主攻的还是环州。"苏轼忙命兵部侍郎立即放鸽告诉章太守："西夏主攻环州，要誓死守城！"

高永亨所料不差。西夏大军杀声震天，如潮水般涌向环州城，顷刻便竖起数十架攀梯，士兵们从四面八方向城头爬去。不料宋军早有防备，顽强抵抗，一时间箭飞如雨，巨石从城头滚滚而下。西夏军连连惨叫，从攀梯上跌落，城下的也被射杀无数，登时死尸遍野。

消息传至大帐中，梁太后气得直抖，忽又接到奏报：宋军挖断道路，拆毁桥梁，设置路障，沿途袭扰，粮草无法按期运至。水井已被宋军填平，找不到水脉，挖井十口，有九口不能出水，且井深要数丈，十分耗费军力。

梁太后急得来回踱步，一旁的将军禀道："往年攻城，只须十日以内。但此次与以往不同，宋军战术古怪，恐有不测。此次进入宋境，也与以往不同，遭到他们多次阻挠，故意避而不战，拖累我主，使粮草不能及时补充，现已使军力、物力消耗甚大。此时军队已成疲兵，若再战，无异送死。粮草不济，饮水缺乏，士兵久战，均是兵家大忌。"

梁太后皱起眉头，盯着他问道："你的意思是……要撤兵？"将军低头道："末将不敢言。"梁太后道："赦你无罪。"将军道："此时撤军，还可全师而退。暂且撤回，待修整后重新杀回就是。"半晌，梁太后长叹一声："看来，只好撤了。"

西夏大军疲惫不堪地撤退，广漠的荒原上尘土飞扬。夜间，行军至洪德城外，忽然听到鼓声、喊杀声如滚滚怒雷。"抓住梁太后，赏银五千两！""冲啊，杀呀！"原来，陈慥、折可适早已率军埋伏于此，欲杀他个措手不及。

西夏军阵脚大乱，梁太后大惊失色。身旁的将军登高一看，向军中大喝道："宋军不多，不过是袭扰！压住阵脚，乱动者斩！"小将又来报，粮草被宋军烧了。梁太后既惊且怒："啊，快去救火！"

巢谷率军烧了敌军的粮草，也正要后撤，却见几个宋军军官被西夏部队围攻，大喝一声，拍马赶到，以长枪隔开西夏兵的刀枪，大吼道："快走！有我在此挡住，快走！"那几个军官无奈离去。

一阵厮杀后，陈慥、折可适带领宋军后撤。二人不见巢谷，心中诧异，勒马回望，却见远处巢谷奋力舞动着银光闪闪的长枪，挑落数名西夏官兵，已然身陷重围。陈慥大惊："将军，将军，快救巢谷，快！"折可适一脸无奈："此刻我们要是救他，就是自寻死路。"陈慥急红了眼："你……我要到兵部去告你！你不去，我去！"说罢，狠命拍马冲了过去。折可适只好带领军队杀过去。

巢谷满身溅血，左冲右杀，连杀数十人，直逼梁太后，大喊一声："西夏太后，拿命来！"正要挺枪上前，不料梁太后的卫士一拥而上。众箭齐发，一人举锤将他打下马来，登时众刃齐加。这时，陈慥、折可适带领宋军杀了过来，喊声彻天。梁太后惊魂未定，慌忙下令："快，快撤！"

陈慥滚下马来，扑向巢谷。巢谷已满身是血，身受重创，气息微弱："季常兄，我死得其所。告诉子瞻，把我葬在密州……"说罢，带着一脸微笑，安详地合上了眼睛。陈慥捶地大哭，直哭得声嘶力竭："巢谷兄……巢谷兄！"然而，厚地高天如死寂一般，回应他的只有荒原上的猎猎西风。

次日，西夏军行至牛圈，饥渴难忍的残兵败将忽见沙漠中的断壁残垣围着一湾水，一下子蜂拥而去，有的提着羊皮桶前来饮马。为争水，士兵们甚至吵闹、殴斗起来。梁太后也是狼狈不堪，脸上尚有灰迹，由几个宫女扶着下马，坐到绣墩上，气喘吁吁地说："快让他们清点人数！"

一帮将卒丢盔弃甲，瘫倒在地。突然，不少士兵捂着肚子倒地打滚，转眼都七窍流血而死。不少马匹也口吐白沫，纷纷倒下。一名将军慌忙来报："太后，不好啦！宋军在水里下了毒，快撤！一会儿宋军就杀来了！"梁太后"呀"了一声，不知所措，慌乱中被宫女们扶上马，仓皇而逃。未喝水的士兵们争相奔命而去，所有辎重一概遗弃。这时杀声大起，宋军杀来，西夏人马死伤不可胜数。

宋军大获全胜，陈憷却了无喜色，不知向苏轼如何交代。他快马回到汴京，将巢谷的棺材寄放在城西门外。料理完毕，便直奔苏轼家中，一头撞进门来，大哭道："巢谷兄死了……"苏轼闻声跑出来，颤声问道："什么？"陈憷已是泣不成声："巢谷兄战死了！"苏轼如遭雷轰，心中如被剜了一刀，"啊"了一声，站立不稳，扶着柱子，久久回不过神，半晌才流下泪来。朝云也抽泣不止。

陈憷哭着断断续续地叙明原委。苏轼又问巢谷有何遗言。陈憷道："他说……说要把他葬在密州，我也不知是何意。"听了此话，苏轼想起巢谷临走前的表情恍然大悟，闭目仰天，泪流满面："巢谷兄，这是何苦啊？你定是抱定必死之心，我……我怎么就没有看出来啊！巢谷兄啊，我……我对不起你啊！"说罢，跌坐在地，掩面而泣。

良久，苏轼抬头吩咐朝云、苏迨、苏过一起到巢谷灵前祭拜，让苏迨、苏过扶柩将巢谷安葬在密州小莲的坟墓一侧。苏轼心中默念："黄泉路上，你二人相伴，也不孤单了……"

这次大获全胜，一洗六城之耻，太皇太后大喜过望，命有司重赏苏轼、章楶、折可适等人，追封巢谷为"义勇真人"。从此，太皇太后更视苏轼为文武双全的天纵奇才，倚用之如臂膀腹心。朝中上下，也都视苏轼为国之栋梁。就连刘挚、王岩叟等人，心中也不得不服，但对苏轼的嫉恨也更深了。

苏轼和巢谷自幼就情同手足，从来不以异姓相待，其间虽有小莲之事，但心中都没有芥蒂，仍是肝胆相照的好兄弟。他不论遇到什么风雨，都能随缘自适，但巢谷之死实在让他痛不欲生，越发感慨人生如梦。他料定西夏元气已伤，一时不敢再来进犯，便乞求再次外放。

苏轼自入仕以来，在朝为官没有多少日子，一次次的外任，走过的地方最多，走的路也最长，岁月都失于路上。他为官多年，本就两袖清风，且"搬家十年穷"，弄得家中一点积蓄也没有。因此，这次再请外放，太皇太后坚决不准，苏轼也只得作罢。

哲宗对这位苏师傅也越来越敬佩，这日下朝后虚心向他请教兵法。苏轼淡淡一笑："身为帝王，应懂武略。陛下有此爱武之心，实为我大宋之福。只是兵乃凶器，非万不得已不可用兵。水无常形，兵无常法，没有要诀。但有可循之道，总括起来讲，叫'一二三四五'。"哲宗一听，深感兴趣，忙问何谓"一二三四五"。

苏轼一一说道："一直，就是正。直在我，则我胜；曲在彼，则彼必败。二信，就是取信于民，取信于将士。民无信则兵衰，将士无信则军无气。三宜，就是因时因地因人而宜。四知，就是知天知地，知己知彼。知天就是知天时、自然气象，知地就是知地理地势、风土人情。五奇，就是出奇兵、出奇谋、用奇术、用奇人、造奇势。造奇势就是兵不厌诈。"

哲宗深以为然地沉思点头。这时，王岩叟正巧路过，见苏轼在，忙要躲闪，却被哲宗喊住。原来，苏轼为兵部尚书时，王岩叟曾打赌发誓："要是苏轼能获胜，就给他磕三个响头。"哲宗翻出这旧账，问道："王岩叟，子曰：'民无信不立。'是也不是？"见王岩叟支支吾吾，哲宗追问道："是也不是？"王岩叟憋了半天，只得挤出个"是"字。

哲宗道："那就磕吧。"说罢，仰脸看天，不理不睬。王岩叟结结巴巴地说："臣遵旨。"说罢，极尴尬地跪在苏轼面前。不料哲宗仍是不依不饶："慢着，这不是遵旨，而是你践行诺言。人无信，何以立于天地之间？"王岩叟只得极不情愿地磕起头来。苏轼急忙扶起王岩叟，笑着打圆场："不用，不用，玩笑而已。"这笑看在王岩叟的眼里，却成了胜利者的讥讽。

见王岩叟爬起来灰头土脸地走开，哲宗扬扬自得地说："师傅，你教我的'一直，二信'，我用上了吧！"苏轼却有些哭笑不得，心想小皇帝如此活学活用，这老师实在不好当，却只得笑道："可臣还说过，不可轻用！"

过了几日，哲宗又在禁苑中召见苏轼与范祖禹两位帝师。三人说笑而行。哲宗问道："二位师傅，请问，晋有陶渊明，唐有李白，二人的诗相较，孰优孰劣呢？"范祖禹笑道："要评诗，苏大人乃我朝的大诗人，他最有资格说话了。"苏轼不假思索地说："陶渊明知世而得远，李太白脱俗而得高。"

哲宗点了点头，又问道："那苏师傅的诗呢？"苏轼笑道："臣的诗，有陶渊明的二分田园，有李白的三分酒气，有杜甫穷于道路的二分咏叹，有孟浩然的三分山水，还有白居易的一分平实。所以，什么也不像。反倒不如不经意间填的几首词。"哲宗与范祖禹都笑起来。

范祖禹赞道："苏公之评，字字珠玑。平心而论，我大宋诗人中，还未有能超过苏……"一语未了，却见梁惟简匆匆跑来，神色慌张，急报道："圣上，大事不好，太皇太后她……"哲宗等人大惊。

一时，哲宗等人赶到崇庆殿后阁。太皇太后半卧于帘内，吕大防、范纯仁、范祖禹已侍其一旁。青儿红着眼圈告诉哲宗等人，先时太皇太后在延和殿召见吕大防，为的是董敦逸、黄庆基弹劾苏轼任中书舍人时制词有斥责先帝之处一事，不料谈话间一阵晕眩，险些倒下。

太皇太后见哲宗等人赶来，吃力地说："哀家病势有加，与诸卿见面，已时日无多。望汝等竭尽忠心，扶保幼主。"又道："哀家听到谣言，说哀家要用自己的儿子取代我的孙子。先帝临终，嘱咐哀家在当今皇帝幼小之时处理国政。时已九年，诸卿曾见哀家对娘家高姓人特施过恩典吗？"众臣都道："太皇太后从未对娘家人特别开恩。""太皇太后全以国事为重。"太皇太后垂泪道："正因如此，哀家病危也不敢见自己的亲生儿女呀！"

太皇太后又看着哲宗，语重心长地嘱咐道："哀家当着众卿要对圣上说几句话。哀家知道，哀家死后，大臣之中会有许多人愚弄圣上。孙儿，你可要提防那些人呀！"哲宗心中不以为然，应付地点头道："太皇太后，皇孙是大人了，不糊涂。"

太皇太后看在眼里，却也无法，命哲宗先去用饭，转脸对吕大防、范纯仁道："哀家死后，幼主定要起用一批新人，你二人最好辞官归隐。"又道："都用饭去吧，苏卿家留下。明年今日，当思老身。"二人含泪谢恩，与范祖禹行礼退下。

太皇太后命青儿给苏轼赐坐，凄然道："哀家来日无多。命你担当幼主之师，意在幼主执政后成为辅佐之臣。时下看来，一片苦心将付诸东流。幼主对元祐国策并不以为然，加之性情轻率鲁莽，脾气暴躁，性好女色，易为老奸巨猾之人玩弄于股掌。自其继位以来，老身对其要求甚严，未料使他心生怨恨，蓄怒已久。他亲政后，必另寻股肱大臣，可能会重用熙丰党人。唉，人算不如天算哪。哀家死后，你马上到外地做官，可到河北任西路安抚史兼马步军都总管，兼任定州太守，对你和家人都有好处！"

　　苏轼"扑通"跪倒在地，哽咽道："多谢圣慈恩典。做不做官，无足道哉。只是微臣万死不足以报圣慈之恩！更为惭愧者，微臣有罪，未能当好幼主之师。"太皇太后摇头道："不必自责。学问人可教，秉性天难易呀！哀家不能保护你了，你要多多珍重……"苏轼早已泣不成声。

六十五　定州治军

元祐八年（公元 1093 年）九月初三，太皇太后高氏驾崩。从此，苏轼失去了政治上的保护伞。正如太皇太后所料，十八岁的哲宗亲政，决心尽废元祐国策，重新起用熙丰党人，此时的朝廷已是"山雨欲来风满楼"。元祐诸臣都不知何以应对即将到来的风风雨雨，人人自危，大有如临深渊、如履薄冰之感；只有苏轼置个人安危荣辱于度外，泰然自若。

俗语说"一朝天子一朝臣"，但此时总有一些官场不倒翁，如王岩叟便摇身一变，又成了哲宗的亲信。原来，他投哲宗所好，选了一位绝色的刘美人送进宫去，把哲宗迷得神魂颠倒。哲宗也投桃报李，对他恩宠有加。

这天，王岩叟探听得知哲宗正与几位妃子淫乐，便趁机前往觐见，奴性十足地施礼毕，添油加醋地奏道："微臣为陛下选了刘美人以后，苏轼训斥微臣，大骂微臣以色祸乱后宫，请陛下为微臣做主。"

王岩叟一心陷害苏轼，便特意一语触及哲宗的隐痛。果不其然，哲宗腾地站起，满脸怒容："朕身为皇帝，选个美人还有错吗？九年了，他们谁拿朕当皇帝对待了？难道现在还要骑在朕头上不成？真是岂有此理！"

偏偏吕大防这时进来奏报苏轼请求外放定州之事，哲宗连连挥手道："准了准了，走了干净。离了他，朕还不能治国了？"吕大防只得应了一声退下。王岩叟此计得逞，脸上露出一丝不易察觉的奸笑。从此，哲宗便疏远了"苏师傅"，一次次听信谗言将他远放，甚至后来将这位花甲之年的老人赶到天涯海角的儋州。

次日，苏轼临行，在勤政殿外请求觐见。不料哲宗极不耐烦地说："不用见了，让他上任去吧！"侍臣出来宣了这道令人彻骨生寒的口谕，苏轼久久没有回过神来。想起昨晚朝云说的"当今的皇上，怕是连你都懒得见了"，自己却仍坚持守礼面辞圣上，不由得苦笑。心想还是太皇太后看得准，人算不如天算，不知这位颟顸的少主会将朝政变成何等混乱的局面，只怕是要苦了天下的百姓了。

回到家中，见苏辙过来为他送行。苏辙自知在朝中时日无多，兄弟二人又要天各一方，更兼忧心时局，心中十分沉闷。苏辙叹道："可惜蜀公去世了，再也没有令箭了。"苏轼却说："令箭管得一时一人，岂能管得长久。人无百年之宴，国无百世之朝。幼主轻躁，党争炽烈，大宋之衰，怕是天意。"

默然良久，还是苏辙开口道："哥哥到定州，如能路过栾城，顺便祭扫一下先祖苏味道的墓。自唐武则天朝后，就无人祭扫了。"苏轼颔首道："如有机会，当然要去。"说起苏辙的文集定名为"栾城集"以示不忘先祖之意，苏轼叹道："愚兄的集子出了不少，都是别人随便取名，还是你这样好。"想起兄弟二人早年谈论诗文、指点江山，是何等意气？此时却两鬓染霜，对陶渊明"日月掷人去，有志不获骋"的诗句，体会得更深了。

一路行来，苏轼一家已到定州城外，但见平原漠漠，野树槎枒，木叶凋零。前来迎接的通判李之仪已等候多时了。苏轼见了他，抢上前去，喜道："哎呀，是端叔！不用客气，我们是老相识了！"见李之仪一脸诧异，苏轼笑道："'我住长江头，君住长江尾。日日思君不见君，共饮长江水。此水几时休，此恨何时已。只愿君心似我心，定不负相思意。'我早就知道端叔的词，岂不是认识端叔了？"

见这位文坛泰斗如此平易诙谐，竟能一字不差地背出自己这首《卜算子》，李之仪不由得喜形于色，忙谦道："让大人见笑了。与大人相比，下官的词实在是不值一提。下官仰慕大人已久，对大人的百首词都能倒背如流。"

李之仪引着苏轼等人前行，一时来到易水河畔野林边，都下马而行。苏轼举目叹道："燕赵多侠士，高歌弹铗还。"又笑着对李之仪说，"苏某之祖籍即在这燕赵之地。他们说我是蜀党，错了。应该把'大苏'、'小苏'划为朔党才对，可刘挚他们不要我。"李之仪大笑说："下官听说了，王岩叟上疏论列你五条罪状，曾说洛人朋党虽衰落了，川人朋党却炽盛起来，请求早一点罢黜你以离析蜀党。我看哪，熙丰时期的台谏言官令人讨厌，元祐以来的言官们也不怎么样。"

苏轼颔首叹道："罗织文字，捕风捉影，附会其说，此风如今极盛。"李之仪却说："我倒是应当感谢这些言官！没有他们，我焉能与大人同处一州，时常请教？"苏轼客气地向他请教河北西路军队的情况。

李之仪一五一十地告诉他：此地与燕云十六州相接，有两万骑兵、八万步兵，是大宋北疆重地。多年边境无事，故武备不修、军营破烂、军官腐败、兵饷低而衣食差，军纪废弛，上下取乐于酗酒赌博，常有侵民、欺民、奸淫良家妇女之事，兵痞已成当地一害。他们欺负百姓如狼似虎，对敌打仗却溃不成军。定州路副总管王光祖是名将王铁鞭之后，过去多有战功，但刚愎自用，不善管理军队，因未得重用而心怀不满。

苏轼心中有了底，与李之仪来到总管府，正要商议应对处置的办法，不料下车伊始便接到报案。几十个百姓抬着一具女尸痛哭于府衙之外，群情激愤。一老者手举状纸，沙哑着嗓子哭喊："女儿啊，你死得好惨哪！"苏轼快步来到老人面前，和声道："老人家，我乃定州军总管苏轼。你有何冤，尽管道来。"

原来，老汉名郭方正，西郭家村人氏，老两口膝下只有一女名云凤。昨日下午，五个兵卒奸污了云凤，还把郭老汉暴打了一顿。云凤自觉无颜活在世上，便跳井身亡。身旁几个村民齐道："苏大人，我们都亲眼所见。"一人道："那几个禽兽是西兵营的，我们一直追到西兵营门口。"

苏轼强按住满腔怒火，接过状纸，递与李之仪，将郭老汉扶起，劝慰道："老人家，苏某一定严惩罪犯。你们和本官一道去西营辨认罪犯。"又命李之仪立即集合西营所有人马到校场集合。

苏轼一身将帅服，带着一干百姓来到西营军校场，威风凛凛地站到检阅台上。见几千名士兵稀稀拉拉、松松垮垮的，他不由大怒，喝道："这等军队，焉能打仗？！"

不多时，五个作案的兵卒被李之仪带着几个村民辨认出来。郭老汉一见，用颤抖的手指着这五个兵痞："就是他们！"几十个村民齐道："对，就是他们！"李之仪一挥手，一队执法兵卒将五人押到台前。

苏轼怒问道："尔等知罪吗？"五人惊慌不已，跪倒在地，求饶不止。苏轼高声怒道："大宋军队，保国护民，乃为天职！这几个败类，轮奸妇女，逼死人命，毁军荣誉，罪大恶极！"又问执法："轮奸妇女，逼死人命，该当何罪？"监官道："按律当斩！"苏轼又命刽子手："立即将五名罪犯斩首！"刽子手们不容分说，大刀一举，五颗人头当即滚落在地。士兵们一片哗然。

苏轼问执法官："手下犯罪，影响极坏，管理校官应定何罪？"监官道："撤职，一年监禁。"苏轼下令："把管事的校官押入州牢！"执法兵卒立即将站在队前的校官押走。

苏轼责问副将钟将军："西营属将军管辖，出此大事，该当何罪？"钟将军谢罪道："末将失职，应受惩罚。"苏轼道："剥你一年俸禄，安葬民女云凤，郭方正夫妇由你赡养。一个月内，西营军队若做不到整齐划一，令行禁止，法纪严明，本官将撤你将军之职！"钟将军凛然一惊，忙施礼道："末将得令！"

五名奸犯正法，钟将军被罚，此事对各营将士震动很大，骚扰百姓之事登时禁绝，各营将军不敢懈怠。

此日，苏轼与李之仪来到定州军行辕内，进一步商议治军之策：清除腐败军官，严惩喝兵血的蛀虫。严肃军纪，严格操练，修缮兵营，保证官军吃住。

李之仪道："修缮营房，让官兵吃好住好，所需钱款甚多，仅靠朝廷所拨的兵饷数额，尚显不足。"苏轼摇头道："就老夫在兵部掌握的情况看，边土所拨军费，远大于内地禁军；造成如此局面，皆由军官腐败所致。另外，从定州府筹些款子，完全可使军营吃住有所改观。"又命李之仪从即日起，负责查处军中贪官赃官、军营修缮及士兵伙食诸事；通告各军营，明日除留有当值军官外，所有将校都集于中军军校场。李之仪领命而去。

次日，寒风凛冽，飘动的牙旗"哗哗"作响，几千名军官列队于校场之上。苏轼一身铠甲，与众官员立于检阅台。中军官来报："奉大人之命二次传唤王将军，将军拒不前来。"苏轼怒道："传我第三道命令，命他立即赶来校场，过时不到，以违抗军令论处！"中军领命，飞马而去。李之仪叹道："王光祖过去独令三军，又仗其家传鞭艺，骄悍惯了。"

苏轼意欲重振军风，台下却有人不把他放在眼里。此人名温大彪，正是王光祖爱妾温姣姣之弟。他原是游手好闲的破落无赖，仗着这层裙带关系，坐上北营第二把交椅，平日里最骄横跋扈，克扣士兵军饷，俨然已成军中一霸，弄得怨声载道。

温大彪侧目讥笑道："玩笔杆子可以，统领十万大军，哼，没门！打起仗来，还须靠我姐夫的铁鞭！"言下之意，似乎王光祖就是大宋的万里长城，一刻也少不得。听他这么说，身边几名校官应声附和。

中军第三次来到王光祖家中，请他赴校场。王光祖正由温姣姣等人服侍着喝酒狎乐，听了这话，腾地站起来，碰翻身旁侍女手中的茶杯，还扬手打了她一巴掌。那女子捂脸落泪，怯生生地拾起地上的碎瓷片。王光祖把筷子往桌上一拍，吼道："老夫不去！看他能拿我怎么样。他凭什么来做老夫的顶头上司？就凭会写文章？写文章回朝廷，这里用不着！"

中军劝道："将军，苏大人可是发话了，若再不到，军法处置。您也知道，连下三次军令不到属死罪，朝廷也奈何不得。再说，苏大人可是文武双全。那西北大捷，就是他任兵部尚书时指挥的！"王光祖这才稍稍清醒，只得去更衣。

王光祖骑马来到校场，气呼呼地跨上检阅台，见苏轼也不行礼，一脸凶悍地傲然站在一侧，如金刚怒目一般。

苏轼也不看他，朗声历数军中诸弊，下了六道禁令：禁赌、禁酒、禁斗、禁扰民、禁喝兵血、禁兵私自出营。他还宣布："上述六禁，上下监督，官兵共守，违令者，斩！"

接着，李之仪宣道："从即日起，进入冬季操练。一月之内，三军须达到整齐划一，令行禁止。据苏大人令，逾月不合格者，士兵责罚，将校降职！"

王光祖在一旁气得肺都快炸了，脸色铁青，浑身发抖，却不好说什么，紧紧咬住牙关，眼中像要喷出火来。

六道禁令刚颁布，就有顶风作案的，不是别人，正是温大彪。他全然把苏轼的话当耳旁风，当天夜里就在军营中和几个小校又赌上了。其实哪里是赌博，而是以此为名，收取十分之一的军饷。这是他惯用的伎俩，小校们也是敢怒不敢言。

非但如此，监官带兵来巡查，几个军士吓得要走。温大彪却坐得如磐石一般，颇有些凛然不惧的架势，喝道："你敢走？你还欠老子的钱呢！"军士们央求道："我们不敢犯军令啊！"温大彪大怒，撂起五指在桌上狠命一拍："屁话！老子就是要赌，也喝酒了，看他苏轼能把老子怎么样？"

监官见他如此知法犯法，质问道："违反军令，按律当斩，你可知道？"温大彪反倒斜着眼一声冷笑："知道，知道什么？老子什么都不知道，就知道赌"监官大怒："温大彪，你不想活了？跟我走！"不料温大彪骂了句"直娘贼！"，蹿起来上前一拳，将监官打倒在地。

监官只得往行辕中将此事禀报苏轼。苏轼正与李之仪在地图前研究边事，大怒道："这温大彪是何等人物，竟敢公然违抗老夫军令，难道他不怕死吗？"李之仪忙把温大彪与王光祖的关系告诉他。苏轼提高了嗓门，道："按令行事！"监官也提醒他三思而后行，苏轼不为所动，命李之仪亲率执法士兵火速前去拿人。

李之仪等人赶到温大彪的营舍，"咣当"一声蹿开门。温大彪正向碗里掷骰子，见了他，鼻子里"嗤"了一声，阴阳怪气地说："哟，换了个人啊？做什么，难道还敢来抓老子？"李之仪一挥手："把他们都带走！"几个执法士兵进屋，不由分说，连人带赃一并带走。温大彪兀自吵闹着："放开，放开，把老子放开！"李之仪抬手就是一巴掌，打得他登时耷拉下头来。

很快就有人把温大彪被抓的消息报给王光祖。温姣姣呼天抢地，哭得泪人一般："老爷呀，你可要救救我兄弟呀，妾身娘家就这一个亲人了。那苏轼是拿我兄弟开刀，是要给老爷子下马威呀！你若不加阻止，今后在军中还有何威信？！"王光祖猛地把桌子掀翻，吼道："他敢？！"两眼烧得通红，往行辕赶去。

李之仪将温大彪等人羁押起来，又向苏轼为小校求情，说他们被胁迫而赌，能否从轻发落。苏轼叹道："老夫又何尝想斩他们呢？无奈军令如山。作为军人，执法如山，刚颁禁令，明知是掉脑袋的事，可还要服从温大彪去违禁违令，这是因为心存侥幸，把温大彪看得比军令还大。这使我如何统率十万大军？必须从这两个小校身上下手，彻底打消所有人的侥幸之心。"李之仪叹了口气，点头不语。

这时，王光祖怒气冲冲地直闯进来，对苏轼吼道："苏轼，你欺人太甚！军中稍有小赌，竟动不动就以斩杀为戒，你眼里还有老夫吗？"苏轼拍案而起，瞪目直视，质问道："王将军，你竟敢目无上司，咆哮公堂，该当何罪？"

王光祖嚣张的气焰略减，但依然怒气冲天："你要杀就杀老夫！温大彪不能杀！"苏轼冷笑道："你以为本帅不敢吗？我颁六条禁令，全军无人不晓，温大彪竟然违抗六禁：赌博、饮酒，更为甚者，克扣军饷、贪赃枉法。将军要为这样一个罪犯讲情，难道就因为他是你的亲戚吗？"

王光祖一时语塞，半晌怒道："你不看僧面也得看佛面，打狗也要看主人！"苏轼指着他斥道："你既不是僧，也不是佛，你是个军人！这十万大军是朝廷的军队，不是你王光祖的家军！国有国法，军有军纪，岂能儿戏！"

王光祖听了这番大义凛然、掷地有声的话，无言以对，怒极反笑："好好好，你能，你行！今后边境打仗，你出马对阵！"苏轼厉声责道："大胆！王光祖，过去葛达丹屡犯边境，你为何隐情不报？"王光祖一惊，忙掩饰道："稍有小惊，何劳朝廷烦忧。"言毕，抡风而去。望着他的背影，苏轼和李之仪一脸愤怒。

次日，几千将校严整地列队在军校场上，牙旗哗哗，鼓声阵阵，军容焕然一新。温大彪等三人被押跪在检阅台前，刽子手持大刀站立一旁。温大彪直嚷："放开老子，放开，你不能杀我……"苏轼置若罔闻，待追魂炮响过三声，下令：“斩！”温大彪高呼：“姐夫，救命啊……”刽子手手起刀落，三颗人头滚落在地。所有将校无不悚然，齐刷刷地跪倒在地，山呼：“军令如山，岂敢不从？！”

从此，军中人人震怖，更不敢稍有懈怠，不但不敢做出赌博、饮酒、扰民等违令之事，而且日日操练不辍，人腾马嘶，军容整肃。兵营也修缮一新，褥子底下铺上厚草。每日伙食由李之仪亲自过问，大有改观。

苏轼每日各处视察士兵训练，率随从官员逐项细查吃住情况，吃饭同将士们围坐一处，与他们说说笑笑。百姓、将士对他十分感佩敬服，王光祖也心中暗服。

而此时的朝中却暗流涌动。哲宗听信了王岩叟等人的陈奏，要改元绍圣，取绍述先圣之意，复熙丰之策；罢吕大防左相之职，贬为永兴君，复章惇为资政殿学士，起蔡卞为中书舍人。哲宗此举，有两个原因，一是要继承神宗未竟之大业，尽为人子之孝心；二是记恨元祐大臣眼中只有太皇太后，一洗太皇太后执政时的傀儡之耻。

这日，哲宗临朝，宣道：“朕决定，改年号为绍圣。不知卿等意下如何？”苏辙奏道：“陛下，不可。这是有小人在外不得志，便以‘熙丰变法’之事来惑言圣上，用心实为险恶。且汉武帝外事四夷，内兴宫室，财用匮竭，于是修盐铁、榷酤、均输之政，民不堪命，几至大乱；昭帝委任霍光，罢去烦苛，汉室乃定……”王岩叟忙针锋相对地说：“绍圣说的是绍述先帝之策。所谓率由旧章，不违祖制，本就是天经地义、深合理法的英明举措。岂可以被人说成用心险恶呢？”

右相范纯仁大怒：“王岩叟，你断章取义，讹言谎语，煽惑圣上，你该当何罪？！”刘挚冷笑着挑拨道：“范大人，朝廷不是你的一言之堂，如你这般动辄大言压人，肆口谩骂，以后谁还敢上朝言事？！”

哲宗一脸不悦，挥手道：“好了，好了。此事朕意已决，无需再议。”苏辙急忙奏道：“愿陛下察纳臣言，慎勿轻事改易。轻易改变九年已行之政，擢任经年不用之人，若这些人借先帝之名而泄私愤，则大事去矣！”

哲宗大怒："够了！大事去矣，大事去矣！卿是何意，怎能把先帝比成汉武帝？"苏辙忙道："陛下，汉武，明帝也！"哲宗厉声道："卿的意思是汉武穷兵黩武，末年下哀痛之诏，难道还算明主吗?！"苏辙只得退回班中，欲言又止。

范纯仁见苏辙恐有因言获罪之虞，从容奏道："陛下，武帝雄才大略，史无贬辞。苏辙以汉武比先帝，并非毁谤。陛下亲政之初，当以礼数待进退大臣，不可如呵斥奴仆。"哲宗听了一愣。

蔡卞心中恨范纯仁多嘴，忙出班越次进言："陛下，先帝法度，已经尽为司马光、苏辙所坏。"范纯仁道："不然。先帝法度本无弊，其弊在于当政的小人。"

哲宗道："史称秦皇、汉武，将秦皇、汉武并列，则汉武必非明君。"范纯仁道："苏辙所论，是论事与时，而非人也。"哲宗面色稍有缓和，不想再争论，道："好吧，算了，退朝。"

退朝后，苏辙向范纯仁施礼谢他相救之恩："范公真乃志诚君子也！"范纯仁笑道："你我虽然政见多不同，但都不是小人，老夫怎能不分是非呢？"苏辙仰天长叹："以如今的局势，苏某将乞求外放，万望范公多多保重。"范纯仁也长叹一声："多谢子由。时下言官们几乎都换成熙丰党人了，曾布也将从江宁回京任翰林学士，子由亦应多加小心。"

傍晚，苏辙无精打采地回到家中，把朝中之事告诉夫人史云，恨恨地说："那个王岩叟又把吕相和我陷害了。若不是他为圣上引美，从中蛊惑圣心，定无今日之忧。还有哥哥，只怕台官们更不会放过他。"说罢，坐在椅子上哀叹不已。史云劝道："管他谁执政，只要你好好的，就是莫大的福分。离开京城吧。你倒不要紧，只是哥哥，我真担心，那些人会往死里治他啊！"

这时，房顶忽然滴下几滴水来。苏辙叹道："天又下雨了，老屋也漏了，我们两家的苦日子又来了。"史云看看房顶，将水盆放在漏雨处。史云跟着丈夫历尽甘苦，此番变故并不在意，只是陪苏辙坐着，默默地看着他。苏辙不由得心中一暖。

次日，苏辙递上了乞求外放的奏劄。哲宗任他为端明殿学士，知汝州。中书舍人吴安诗在诏书中赞扬苏辙"风节天下所闻"、"原诚终是爱君"，此语又引起哲宗不悦。老奸巨猾的王岩叟趁机进谗："足见蜀党势力影响甚大！"其意直指苏轼，哲宗心领神会地点了点头。

苏辙出知汝州，担心的却是哥哥苏轼。而蔡氏兄弟正当春风得意之时，蔡京任户部尚书，蔡卞任中书舍人。奸小当途，朝政可想而知。蔡京还奏请修订国史，诬告范祖禹、黄庭坚等人所修著的《神宗实录》诋毁神宗，将元祐诸臣一网打尽。

这日，蔡京、蔡卞二人在汴京码头迎候奉诏回朝的曾布。一时，曾布的船渐渐靠岸而来，三人遥遥相呼。曾布上岸，三人寒暄过后，弹冠相庆。蔡卞笑道："子宣兄，我等终于有了出头之日。"

曾布这位熙丰元老更是志得意满："正所谓'十年河东十年河西'，满打满算也不过九年。元祐党人如此短命，他们高兴之日，不足熙丰十八年的一半。"蔡京接口道："这九年，他们笑得也不轻松，窝里斗，却斗出了三党。他们还能做什么呢？"说罢哈哈狂笑。曾布笑道："此乃天意。他们没少在当今圣上身上下功夫，可结果如何？上天跟他们开了一个玩笑。"

三人当下计议，趁此"百废待兴"之时，要齐心合力，为圣上"拨乱反正"，做一番"大事业"，首要目标就是苏轼。

次日崇政殿临朝，蔡卞便奏道："台、谏共言，苏轼当年所写吕惠卿外贬的制词，有讥讽先帝之罪，理当贬黜。"

范纯仁见这帮奸小又要陷害忠良，心中愤然，奏道："熙宁法度，皆吕惠卿附会王安石建议，不符先帝爱民求治之意。至太皇太后垂帘时，始准言官之奏，贬吕惠卿于远地，并非苏轼之言。况且时已八年，为何当时不奏，而今才有奏言？请问是何用意？"

蔡卞道："范公何出此言？苏轼玩弄词藻，亲写的贬书，岂是他人之言？"一旁更有蔡京帮腔："苏轼当年任中书舍人时，起草制书有'刽子手'之称，难道这些都是圣上的本意吗？他玩弄职权，以圣上之名任意笔伐他人，不弹劾他假传圣旨就已经宽仁了。"

范纯仁回身看着蔡氏兄弟，责问道："元祐初年，我与苏轼皆反对司马光罢废免役。正因如此，苏轼才被人骂为忘恩负义。而你蔡京为附和司马光，自告奋勇，五日内在开封府罢废此法，又作何说？"蔡京恬不知耻地强辩道："那是司马光硬逼的，是权宜之计。陛下，臣深受元祐党人迫害，天下有目共睹。"

哲宗道："不要说了。贬苏轼任宁远军节度使，知英州。"范纯仁道："陛下，不可。先帝尊师重教，故护王珪有加，陛下绍圣先志，何以独此不绍，而先贬自己的师傅呢？"此语正是抓住哲宗绍述先圣的心理。听了这话，不少大臣点头。

谁料不等蔡京等人煽风点火，哲宗却发话了："朕听说，他曾暗中劝太皇太后废朕，另择人主。"范纯仁道："只是听说，何足为凭？"哲宗却说："所以才轻贬他。若查实了此罪，岂是贬了就完事的！"

见哲宗如此颠顸，范祖禹出班奏道："陛下，苏轼乃天下人望，还请三思而后行。"谁知此语又触了霉头，哲宗"哼"了一声，道："他是天下人望，那朕是什么？就这么定了！"留下目瞪口呆的范祖禹，起身扬长而去。

半年来，苏轼在定州治军很见成效，正要将重心转移到吏治、民情，却在这时接到一纸贬书，只得拖家带口往英州赴任。

李之仪送到定州城外原野，一直跟着走了很远。苏轼只得再次下马请他回去。李之仪望着苏轼的背影，遥遥挥手，默默为他祈福。

苏轼与苏迨、苏过骑马，朝云坐车紧随其后。行至城外长亭，苏轼猛然看见王光祖率众多军官跪在路旁。苏轼赶忙翻身下马，扶起他们，问道："将军这是何意？"

王光祖深施一礼，恳切地赔罪："末将是个粗人，往日多有得罪，还望大人原谅！"苏轼谦道："哪里话？王将军乃将门之后，勇武过人，大宋当倚为定州长城！"

王光祖黯然道："大人来此半年，定州才真是大宋北方长城。我定州十万军士，无不感佩。大人一走，又不知怎样了。"苏轼劝道："王将军当以国事为重，勉力而行。"

　　王光祖道："末将虽毛病不少，但尚有为国之心；只怕换了无能而又枉法的上司，末将又故态复萌了。"苏轼笑道："只求严以律己，切莫责怨上司！"王光祖道："是，末将记住了。"转身向军官们高喊："苏大人遭小人陷害被贬。来，倒酒，我们为苏大人壮行！"

　　苏轼接过酒，与众军官仰脖一饮而尽，抱拳作别后，翻身上马。王光祖率众军官望着苏轼的背影，连磕三个响头。

　　苏轼一家在原野上落寞地走着。苏辙被贬汝州，秦观由国史文院编修贬为杭州通判，苏门学士以及一干朋友都牵连被贬。

六十六 贬书连下

然而，苏轼的厄运才刚刚开始。谪居杭州洞霄宫数年的章惇，此时已奉诏回朝，任尚书左仆射兼门下侍郎。章惇官拜宰相，以他一贯的悍厉作风，必会将元祐诸臣斩草除根，首当其冲的便是与他有四十年故谊的苏轼。

章惇能回朝因为是哲宗看章惇拥护神宗变法新政最为坚决，元丰年间拜相时政风果敢，多次被贬在外却矢志不渝，最堪倚用。章惇拜相的消息很快传开了。这天，一艘巨大豪华的舫船停泊在杭州运河的码头。众多达官贵人在码头上排着长长的队，等候新任宰相的召见。一见章惇等人出来，众人"呼啦"一下拥上去，请求单独召见："相公，请先召见我。""相公，我等您多时了！"

正巧这时秦观来了。他刚被以"影附苏轼，增损先帝《实录》"的罪名，由杭州通判贬为处州监税。章惇请宣旨官带话，要他到船上一见。章惇远远见了他，忙请他上船，对众人却正眼瞧也不瞧，淡淡地敷衍："诸位贤达，请少安毋躁，本相尚有公务在身，请回吧。"

秦观走上船，恭贺章惇荣升宰相。章惇笑得合不拢嘴，热情地请他到船舱中喝茶一叙。原来，章惇听说秦观被贬为处州监税，要邀请他做相府秘书。秦观起身施礼，婉拒道："承蒙相公错爱，下官戴罪伏入相门，恐对相公不便。"章惇站起来摆手说："不妨，本相奏明圣上即是。"

见秦观仍面有难色，章惇皱眉问道："这有何难？"秦观道："相公若不与苏公决裂，少游自当乐从。但时下二公南辕北辙，少游若依附相公，则会背上'叛师'之名。少游焉能做此苟且之事？"章惇赞许道："有节、有风，章某就喜欢你这种人。"

章惇指着码头上的那些人，不屑地说："看到那些人了吗？在我被贬冷落在这洞霄宫时，这些人何曾把章某放在眼中。"又回过头来看着秦观，赞道："少游你就不同了，仍把老夫视为上宾，柴米油盐，一切生计之物及时相送，不曾一日怠慢章某一家人。患难之时知真情，逆境之中辨君子！章某曾三次被贬，深知世态炎凉，人情冷暖。"秦观连连摆手："相公过誉了，此乃少游分内之事，举手之劳。是恩师苏公特别嘱咐关照，少游乃遵师命而为之。"

章惇见秦观不为所动，又以富贵相诱："你若入我之门，高官任你坐，美差任你选，享不尽荣华富贵。怎么样？"秦观听了这话，不由得面露愠色："相公把秦观看成何种人了？"章惇傲然道："时下章某一人之下，万万人之上，你入老夫门下，不比跟着苏轼穷困潦倒好吗？"秦观听他说得越发不入耳，怒道："相公差矣。古往今来，不缺宰相，就缺苏东坡。宰相千千万万，但东坡先生仅有一人。"

章惇大怒，猛一拍桌子，震得茶杯掉下来摔得粉碎，茶水四下里横流。他走到窗前，指着窗外的运河，怒气冲冲地说："不错！前些年，这条运河积淤甚厚，这样的大船已经行不通。现在好了，水深八尺，船行通畅。可苏轼又怎能料到，疏浚此河也不过是为章某开了一条通天水路！"秦观冷笑道："祖宗积德行善，做好事，自知利不在己而在后人，但祖宗还是祖宗！"说罢，也不告辞，转身而去。

章惇先是一脸惊愕，回过神来，气得咬牙切齿，大骂："不识抬举！"对着秦观的背影，两眼瞪得如怒牛一般，扶着桌子，浑身发抖。

如此一来，章惇更感到"蜀党"的团结与强大，视之为执政的最大障碍，一定要除之而后快。回到朝中，"一朝权在手，便把令来行"。章惇决意痛下杀手，将"蜀党"连根拔起，赶尽杀绝，其他元祐诸臣也一个不留，可谓"除恶务尽"。其实，苏轼他们哪里有什么党，不过是志同道合的君子之交；然而，"君子无罪，怀璧其罪"，自古如此。

这日，章惇把蔡京请来，说："本相三度被贬，零落江湖之远，其中忧苦只有自知。最难耐者是自司马光为相以来，独揽权柄，不务绍述先烈，肆意大改新政，以奸邪误国！而今本相主政，当一举荡涤元祐诸党，将诽谤诬诋、变乱法度者清除君侧，绍述先帝之策，重整新政大计，以告天下，福泽大宋。此乃你我责无旁贷之事！"蔡京惯于做戏，当即便眼含热泪，站起来慷慨激昂地表忠心："下官誓死追随宰相，但凭驱驰！"

章惇点头赞许，示意他坐下，又道："'百足之虫，死而不僵。'大局初定，有隙可乘。故而此时断不可心慈手软，居安忘危。元祐诸大臣当贬谪的则贬谪，子弟当禁锢的则禁锢，家产当籍没的则籍没。"蔡京最能揣摩人意，凑上去迎合道："对苏轼和范祖禹等人，尤其不可等闲视之。他们随时都可东山再起。"章惇毅然决然地说："自本相与苏轼恩断义绝之后，已没有交情，只有公义！"蔡京谄笑道："下官明白，知道怎么做了。"

章惇做事向来雷厉风行，再加上蔡京、蔡卞这两个得力的帮手，没过几日，就将两范先后罢去，"蜀党"悉数扫地出京。右相范纯仁以观文殿大学士出知颖州，范祖禹以龙图阁学士出知陕州。苏辙贬汝州军州事，黄庭坚贬涪州别驾，晁补之出知蕲州。

苏轼的贬谪更富有戏剧性。绍圣元年四月，依附章惇的御史虞册、殿中侍御史来之邵弹劾苏轼以前在起草制诰诏令中"语涉讥讪"、"讥斥先朝"，结果苏轼落两职，即取消端明殿学士、翰林侍读学士的称号，追夺一官，即取消定州知州之任，以左朝奉郎知英州，诰命天下。虞策还认为"罪罚未当"，又降官为"充左承议郎"（正六品以下）。六月，苏轼赴贬所，行至安徽当涂时，又被贬为建昌军司马，惠州安置。途经江西卢陵又被贬宁远军节度副使（地位比"司马"低的官员）仍惠州安置。

章惇最大的眼中钉是苏轼。苏轼无论怎样被贬，在文人之中的地位始终撼动不了，更兼为政、治军都很有手段，实为全才、奇才。元祐诸臣中，吕大防、刘挚等人都是已死之虎，只有一个苏轼能高举元祐大旗。章惇生怕一旦有个风吹草动，苏轼就会卷土重来，故而又对他下了第三纸贬书，将他远谪到惠州。那里常闹瘟疫，外乡人水土不服，贬官多不能生还。章惇此举，就是要让苏轼有去无回，埋骨在岭南荒野之地。

元祐重臣三十多人被贬，天下官员受牵连者达三百之多。就连王岩叟这样的官场不倒翁，也被算作元祐党人。他在御史台监狱中还大喊大叫："我能算元祐党人吗？我多次弹劾过苏轼！"何钦听了这话，阴笑着骂了句："没有骨头的东西！"命两个狱卒开了牢门，把他往死里打。经过一顿拳打脚踢，外加鞭子抽、棍子揍，王岩叟七窍流血，体无完肤，连惨叫和动弹的力气也没有了。

章惇等人如此丧心病狂，连曾布都看不过去了。曾布与苏轼同岁，又是同年进士，又同是欧阳修的门生，虽政见不合，但元祐时期苏氏兄弟对他并没有施加过一丝迫害。几十年宦海浮沉，风雨历尽，甘苦备尝，回想年轻时的争强好胜、好狠斗蛮，曾布心中颇有悔意。见苏轼此番凶多吉少，他多次劝告章惇手下留情，当心鸟尽弓藏，兔死狗烹。但章惇无动于衷，不肯善罢甘休。

但章惇始料不及的是，他推许秦观的那句"患难之时知真情，逆境之中辨君子"，此时用在一干"蜀党"身上再恰当不过。苏轼的好友中高风亮节者大有人在，这对章惇来说简直就是莫大的讽刺，让他心中更加忌恨。

这日，晁补之带着一家老小前往蕲州赴任。他生性清高耿介，不事干谒，虽为官有年，却一直未脱穷苦之境，自诩一身穷骨。这次被贬，也不甚在意。出了城门，正巧见李公麟骑马而来，忙迎上去热情地打招呼。不想李公麟见了他，忙打开纸扇遮住脸，勒着马避开他，一溜烟儿进了城门。

晁补之怒不可遏，当即翻身下马，将马车带向路边，忙不迭地连声大嚷，让夫人把车上李公麟的字画悉数取出来，又让童儿快些点火烧个精光。许多人好奇地围拢上来，一见烧的是李公麟的画，眼看已烧了两幅，都大惊失色，议论纷纷，痛惜不已："这可是千金难买啊！"

夫人也不敢深劝，不解地问道："此乃名画，价值连城，相公何以付之一炬？"晁补之怒道："它在我眼中就是狗屎一堆！如此势利小人，与之恩断义绝!"又喝命,"烧!"

正巧这时米芾从外地回来,路过这里,听了围观者的议论,不由得大吃一惊,忙挤进人群,问道:"无咎兄,慢来慢来!怎把龙眠字画烧掉呢?"有人见了那一身唐装,认出他就是与李公麟齐名的大书画家米芾,一时都惊叹起来。

晁补之说明原委,围观者纷纷摇头叹气。米芾竟比晁补之还生气,把地上一时没烧的画捡起,撕得七零八落,喊道:"童儿,烧!《西园雅集》!《西园雅集》!呸!"又把撕出的纸条、纸片丢到地上,在上头连踩几脚,夺过童子手中的火把,亲自烧得一干二净,道:"此乃第一把火,我回府后再烧第二把,断不能留这腌臜货在世!"眼看都烧成了灰,又往灰上踏了几脚,把烟也踩熄了,才算解了些气。

米芾丢下火把,拍手叫了声"痛快",转身对晁补之道:"我当以酒送行,咱们西池一饮。"晁补之忙摇手婉谢:"贤弟之意,愚兄心领了。愚兄如今是坐罪之人,西池乃达官贵人聚会之地,会连累你的。"米芾眼一瞪,扭头道:"达官贵人算个什么东西,他们去的地方我偏要去!"

见晁补之还在犹豫,米芾不由分说,拉起他就走:"你跟我走就是。苏公从不以画换钱,今儿我米芾就是要以画换钱,西池买酒,为兄送行。我就是要给那个姓李的看看,免得别人说画院中没有好人!"众人都赞叹:"这才是真义气!""李公麟与米芾画品不相上下,但没有米博士的人品!"

这日,黄庭坚赶去京外为范祖禹送别。范祖禹正在长亭中与送行的几位朋友饮酒,见他策马而来,放下酒杯,十分惊喜地说:"鲁直!你不是也被贬了吗?怎么还来送我呢?"黄庭坚翻身下马,施礼道:"焉能不送呢!你我一别,还不知何年何月才能相见。"二人不免唏嘘。

黄庭坚此次被贬,罪名是在《神宗实录》中讪谤先帝。范祖禹后悔当初不该邀他一同编修,十分歉疚。黄庭坚对此倒十分释然,反劝道:"淳甫公,不能这么说。但凡害人,何患无辞。连令叔父范百禄作古之人都不放过,对活着的人就可想而知了。"

范祖禹摇头叹道："'覆巢之下，焉有完卵。'章惇已给你们的大先生下了第三道贬书了。"黄庭坚怅然道："垂老投荒千万里，先生一去到何时……"范祖禹愤然道："还有更令人痛心之事。我听说，章惇、蔡京之流，扬言要对司马公和吕公著掘墓鞭尸！"黄庭坚不由得"啊"了一声，久久说不出话来。

章惇等人迫害元祐诸臣已红了眼，活着的固然在劫难逃，他们还要将司马光、吕公著掘墓鞭尸，更有甚者，连太皇太后也不肯放过。在他们眼里，太皇太后就是元祐之政的"元凶首恶"。一干臣子对死去的太皇太后下毒手，实在是闻所未闻，可谓前无古人、后无来者。

这日，章惇等人在崇政殿奏事。哲宗说起九年的傀儡皇帝生涯，难过得落下泪来。章惇和蔡京交换了一下眼色，心中登时会意。章惇奏道："元祐之政，陛下虽为皇帝，但天下权柄全部掌握在太皇太后一人之手。期间若非是迫于公愤，陛下之龙位早被太皇太后之子夺去。太皇太后实为汉之吕后、唐之则天。众臣一致请求，撤去太皇太后灵位！"哲宗虽记恨太皇太后独揽大权，却还没有烧昏头脑，做不出这等大逆不道的事，于是断然否决："不可！朕将来有何脸面去见先人？不准再出此言！"

蔡京见机奏道："太皇太后灵位可以不去，但司马光、吕公著罪大恶极，是为元祐元凶，必须治罪！"哲宗一愣，问道："人都死了，如何治罪？"蔡京恨声道："掘墓鞭尸，剥夺其一切爵位。"与此同时，章惇脱口而出："撤去其子孙承袭的一切待遇！"

哲宗一时拿不定主意，退朝后，拿此事问梁惟简："朝堂之上，许多大臣提议对司马光刨坟掘墓。你有年纪，也见得多了，你以为如何？"梁惟简躬身赔笑道："微臣斗胆乱说了。司马光再有罪过，也不至于此。刨坟掘墓，岂是盛世所为？"哲宗悚然一惊，大为所动。

哲宗又问道："有人提议毁掉《资治通鉴》一书，你以为如何？"梁惟简忙摆手道："哎呀，陛下，使不得，使不得！《资治通鉴》序言乃先帝亲笔书就。若毁此书，岂不是对先帝大不敬吗？"哲宗当下恍然，颔首不语。

至此，将司马光刨坟掘墓的动议被哲宗否决，议毁《资治通鉴》一事也不了了之。章惇等人得知是梁惟简进言所致，视之为司马光之余党，发狠要除掉他。梁惟简一时忠直进言，不料却给自己招致杀身之祸。

次日，章惇等人又诬言太皇太后当年有另立新君的企图。哲宗不悦地摆手道："好了，好了，太皇太后是女中尧舜，绝无另立新君之意，此事不要再提了。"章惇还不死心，又说："但此事早在元祐时就已盛传，如今传言复炽。此事关乎国本，谁敢无端造谣？恐怕绝非空穴来风。"顿了一顿，加重语气："臣还听说，有多位元祐大臣曾参与此事。"

哲宗疑云满面，"啊"了一声，脸色骤变，忙站起来问道："朕前次听说过苏轼涉嫌，但并无证据。章卿家，你又听说有谁？"章惇道："此事非同小可，臣当知无不言，言无不尽。传言司马光和王珪等人皆有此意。"

哲宗极为震惊，跌坐到龙椅上，呆了良久，道："元祐重臣真的都想另立新君吗？说来说去，也都是无证之词。司马光、王珪都已谢世，无从证实。"章惇接口道："据臣所知，当初谗惑太皇太后者，内有梁惟简。司马光、王珪已死，但梁惟简还在。若想获得证实不难，可审问梁惟简。"

哲宗听说每日与自己近在咫尺的梁惟简也有份儿，不由得有些毛骨悚然，却仍有些将信将疑，沉吟半晌，道："好吧。章卿家，朕命你速办此事。"

章惇果然是"速办此事"，出了福英殿，就命蔡京亲自缉拿审理梁惟简。章惇等人就是要将梁惟简屈打成招，撬开他的嘴，逼他诬告太皇太后，这样就能彻底端掉元祐党人的总后台，使元祐党人永无东山再起的可能。蔡京命人将梁惟简押入御史台监狱，用铁索捆在柱子上，严刑拷问，不屈打成招不罢休。

谁料梁惟简虽被打得皮开肉绽，遍体鳞伤，仍是死活不"招"。蔡京从炉子中取出一块烧得通红的烙铁，往上吐了一口唾沫，闭目享受着那"嗞啦"之声，又睁开眼来，笑眯眯地说："你这是何苦呢？太皇太后早已不在，保不了你了。"梁惟简横眉冷对："死何所惧！让我编造瞎话，诬告太皇太后，哼，休想！你们，你们就死了这条心吧！"

蔡京将烙铁递给身旁的小吏，慢悠悠地说："把他给我烙熟了。"小吏接过烙铁，狠狠地烙在梁惟简的胸膛上。梁惟简厉声惨叫，大骂道："蔡京，你不得好死！"蔡京捋着胡子，眯起眼笑道："多好听的声音，嗯，这肉味儿也不错。再烙，再烙。"小吏又取出另一块火红的烙铁，烙在梁惟简大腿上。梁惟简又一声惨叫，豆大的汗珠如雨般滚落，登时昏死过去。

一桶凉水泼到头上，梁惟简清醒过来。蔡京得意地说："来到这御史台，割舌的割舌，扒皮的扒皮。你就不怕吗？"梁惟简喘息着，忍着剧痛，断断续续地笑道："蔡京，你真可怜，世人若是都怕死，岂不让你这等狗官太称心如意了吗？"

蔡京见他如此"冥顽不灵"，瞪大了眼，恐吓道："你若不说，我诛灭你九族！"梁惟简轻蔑地笑道："九族可诛，天理不灭！你再毒再狠，也不能夺我匹夫之志！"蔡京气得脸都扭曲了，暴跳如雷，尖着嗓子吼道："再烙，再打……"

梁惟简被折磨得全无人形，奄奄一息，但就是不屈不挠。章惇等人也是无法，撤太皇太后灵位、将司马光和吕公著掘墓鞭尸的险心未能得逞。章惇又在政事堂召集曾布、蔡氏兄弟议事，要剥夺司马光、吕公著一切爵号，收回一切追封，削除二人子孙后代的所有官职。

曾布听了，不由得倒吸了一口凉气，忧心忡忡地说："我以为不应惩处司马光他们的后人，只要削除死者官爵荣衔就可以了。我等也有子孙，不能开此先河。"章惇却摆手悍然道："子孙自有子孙福，无须考虑那么多。即便将他们削爵降级，他们都已死去，又有何用？甚至开棺鞭尸对他们又有什么害处？最实用的就是惩处他们的后代子孙，只有如此方可警戒天下奸邪。"

曾布劝道："相公，不要忘了，恐怕此情形有一日也会落在你我的子孙身上。"章惇不以为然："就这么定了，毋须再议。"曾布只得作罢。

没过几日，司马光、吕公著的子女家眷被扫地出门。蔡京又指挥一伙兵卒，推倒了司马光、吕公著墓前的神道碑，用重锤将石碑及祭台、祭案砸烂，又别出心裁地下令朝祭桌、巨冢撒尿。蔡京看着自己的丰功伟绩，狂笑不止。静立在一旁的苍松翠柏，风过如泣。

章惇因曾布多次劝他适可而止，反倒觉得此人妇人之仁，不足以成大事，建议哲宗擢升他为知枢密院，其实是有意不让他插手政务，让蔡京接替他翰林学士院之职。蔡氏兄弟本是害人的高手，一时间纠集同党，助纣为虐，为所欲为。大宋朝廷只见群魔乱舞，阴霾障天，从此再无宁日。

此时的苏轼乘船至长江仪真码头，接到了第三道贬书——贬为建昌司马，惠州安置，不得签署公务。如此一来，苏轼一家不得不分开。苏轼为免举家南迁之苦，已让苏迨领着家人到宜兴与苏迈相聚，料理家中那块田地，只留下朝云和苏过陪他前往惠州。

苏轼笑着对朝云说："我已成为被贬至大庾岭以南的第一人。这个章子厚，一捋到底算了，何苦婆婆妈妈的，我又不是承受不起。"他对此并不十分介意，只担心朝云和苏过跟着他受苦，叹气道，"这次被流放惠州瘴疠之地，再加上没有俸禄，日子必定过得艰难。"朝云只淡淡地说："先生，你不是告诉过我，只要随遇而安，任什么粗茶淡饭，步行千里，睡在旷野，都可不视为苦事。"

苏轼点了点头，笑道："子由已被贬汝州，我们此去路经汝州，只好找他借些钱了。如今子由不仅被贬职，又要破财了。"说罢，放声大笑。见苏轼还有心情说笑，朝云和苏过也被感染得笑起来，只是不知这笑中有多少苦涩。

这时，岸上两个老兵边跑边喊："苏大人！"一问才知，二人是兄弟，名唤武进、武原，是靖州太守张耒派来的。张耒自知不久也要遭贬，但也不是头一回被贬，早已习以为常；只是十分挂念苏轼的安危，故派此二人护送苏轼到惠州，已给足了沿途费用，不用苏轼负担。如此高情厚谊，苏轼感叹不已。但这里用不着人手，便让二人回去。二人跪在地上，执意不肯，说仰慕大人已久，有缘伺候是前世修来的福分。苏轼只得答应了。

苏轼带着朝云、苏过和武氏兄弟，到了汝州苏辙家中。苏辙也接到贬书，不日就要往袁州去了。兄弟俩暮年相见，又兼前途未卜，可谓悲喜交集。二人深知章惇之狠、蔡京之险，还会有进一步的打击紧随其后，但早已习惯于一贬再贬，能以平和之心泰然处之了。

住了两日，苏轼又要起程。不想兄弟俩同病相怜，苏辙也是囊中羞涩，几天来到处七拼八凑，也只拿得出七百缗给哥哥，十分过意不去。苏轼却付之一笑，以为这已经足够了。

苏辙依依不舍地将苏轼送至郊外长亭。苏轼叹道："唐朝杜甫说，'文章憎命达'。自古文人，就没有一个过舒服日子的。看来，这是文人的宿命，改也改不了。话又说回来，若是改了，就不是文人了。一生都过着舒服日子，就写不出好文章来。正所谓'诗人例穷苦，天意遣奔逃'。"

苏辙接口道："兄长说得极是。只是，皇帝冤罪其师，史乘鲜矣。"苏轼坦然笑道："能教出如此开天辟地人物，其师亦非寻常嘛！"二人会心而笑，笑中不乏讥讽之意。

苏辙想到哥哥已是五十九岁的老人，虽生性达观，但怎禁得远窜岭南之苦，自古贬官怕过大庾岭，何况是老来投荒，不免忧心如焚。苏轼反劝慰道："子由勿忧，哪里黄土不埋人呢。六合八荒，有忧者，亦必有其乐。择其乐者，为仙为神；择其忧者，为鬼为尘。我等应该感谢圣上，他把我等从蜗角虚名、蝇头微利的苦海中解救出来。"

说到这里，苏轼缓缓踱步，吟出一首词来："百年里，浑教是醉，三万六千场。细思量，能几许？忧愁风雨，一半相妨。又何须抵死，说短论长。幸对清风皓月，苔茵展、云幕高张。江南好，千钟美酒，一曲《满庭芳》。"

别过苏辙，苏轼一行又踏上了漫漫谪迁之路。这日傍晚，他们乘坐的官船行至鄱阳湖分风浦。鄱阳湖的外湖又叫"范蠡口"。当年范蠡、文种二位大夫辅佐越王勾践，灭了吴国。范蠡劝文种："越王为人长颈乌喙，可与之共患难，不可与之共乐，子何不去？"文种不听，贪图富贵，果然被勾践所杀。而范蠡带着西施，驾着一叶轻舟，消失于茫茫烟波之中。据说这里就是下湖之处，因此又称作"范蠡口"。范蠡后来到了曹州东部，改名陶朱，成了大富翁，那地方后来就叫"定陶"。

苏轼坐在船头，放眼望去，只见水光粼粼，湖面一望无际，洒满余晖，泊着几叶小舟，好一派景致。几个渔人隔着不远，说说笑笑，不时将网撒出。不知何处的渔人唱道："春在五湖作钓垂，浪花常青不枯萎。从来宦海盼官大哟，到头空空鬓如雪，不胜悲。莫笑渔翁穷快活哟，斜风细雨不须归，哟嗬嗬……"

这渔歌绵远悠长，余意不尽，一字一字都打到苏轼的心坎里。这位白发苍苍的老人闭目侧耳倾听，手在膝上打着拍子，跟着轻声哼唱，连声叹道："好歌，好歌呀！"又唤朝云来看这夕阳下的湖面，赞道，"你看，多美呀！"朝云凑过来，顺着他所指的方向望去，也不由得心驰神醉。二人看着这湖光夕照，久久不语。

半晌，朝云笑道："看你，孩子似的！"苏轼叹息道："老小孩，老小孩。你说我像孩子，那我真的是老了。"朝云道："朝云不管先生老还是不老。"苏轼心中甚为快慰，一高兴就要开玩笑，拿贬官的"贬"字做起了文章："这'贬'字写得相当有意思。"朝云略一沉思，道："贝者，宝贝也，宝贝乃是受宠者；乏，是没有或失去之意。失宠了，就是遭贬了。物失宠则遭弃，臣失宠则遭贬。古今一理，概莫能外。"

苏轼半真半假地笑着赞道："哎哟，不得了，朝云会解字了。你的解法可比当年王荆公写的《字说》高明多了。"朝云笑道："先生就取笑吧，反正朝云宠辱不惊。先生在《留侯论》中曾说：'卒然临之而不惊，无故加之而不怒，此其所挟持者甚大，而其志甚远也。'朝云虽无什么志向，倒也懂得其中的道理。"

苏轼握着朝云的手，感慨道："朝云，真是对不起你了。你自从主了这个家，就没过过一天的安稳日子。"朝云只是淡淡地说："王巩大人的侍妾都会说'此心安处即吾乡'，朝云难道还及不上人家吗？"

苏轼动情地说："比起白居易，老夫知足多了。"朝云叹息道："白居易哪吃过先生这些苦？"苏轼摇头道："不然。他到了晚年，侍妾樊素素离他而去；而你忠贞不渝，守着老夫。"朝云回身进舱取过一条毯子，盖在苏轼双膝上，道："先生是先生，不是白居易；朝云是朝云，不是樊素素。"

苏轼指着她笑道："你说话都如禅家机锋，锐不可撄。老夫有你相伴，夫复何憾？"朝云道："朝云无非是心境诚明，并无什么机锋。"苏轼拈须道："万事之中，诚最可贵，也最难得！有了这个诚字，万事自明，万事自得。"

苏轼跟朝云说起范蠡的故事，感叹道："范蠡不简单，功成身退，晚归温柔富贵之乡，一生何憾！"朝云却说："范蠡之事，不可尽信。范蠡助越灭吴是真，而晚年之事信史不载。"

苏轼一脸诧异，忙笑着追问道："那为什么人们都相信呢？"朝云平静地说："那是人们都想让好人有个好报，也顺便给仕途不顺的人找个出路。"苏轼抓住她的手，激动地说："哎呀，朝云，你可真是吾之子房也。"朝云笑笑不语。

夜幕降临，星光灿烂，四远悄然。几点渔火，若近若远，缥缈如豆。湖波荡漾，船身轻摇。苏轼躺在船头中的椅子上，悠然吟诗："八月渡长湖，萧条万象疏。秋风片帆画，暮雨一山孤。许国心忧在，康时术已虚。岷峨家万里，投老得归无。"不知情的人见了这番怡然自得之态，只怕还以为苏大人要回京拜相去了。

朝云过来催道："快回篷中睡觉吧。外面凉了，蚊子也多。"苏轼起身道："天有些燥闷，弄不好今夜有雨。"朝云便知他腿疼的毛病犯了，忙唤苏过，一起架着他回到舱中，把他轻轻扶到床上躺下。

苏轼叹道："老百姓说得好，人老先从腿上老。你们也都去睡吧。"又笑道："我这呼噜声，只怕会把龙王这位老朋友给惊醒了。"话音才落，已打起了呼噜。武进笑道："大人在梦中有吃有喝。"众人都笑了起来。

忽然，响起一阵喧噪。只见一艘船靠过来，几个士兵打着火把跳到船上，众人都吓了一跳。苏轼也被惊醒，坐起来问道："怎么，龙王来了？"领头的小吏走来，道："苏大人，我等是发运司的。按上司通令，大人又降了一级，依朝廷规定，您已不能乘官府的这等船了，奉命将船收回。"原来，蔡京跟章惇说，苏轼在杭州能制服瘟神的肆虐，岭南的小小瘟疫未必奈何得了他，还须再下一道贬书，不让他坐官船，让这花甲老人在旱路上练练脚力，以死得快些。蔡京想出这好主意，很是得意。

苏轼苦笑道："又是一道贬书，一路连下四书，可谓开大宋之先河呀！"苏过央求那小吏："这位大人，能否行个方便？从这里到南昌码头还有二十里，如果连夜行船，明日中午即可到达，而后我等走旱路。不然，这行李也没地方搁。求你了。"说罢，深鞠一躬。

小吏慌忙将他扶起，为难地说："哎呀，使不得。下官若是违令，上司会责罚的；大人是个好官，又有这诸多不便。这如何是好呢？"苏过连连作揖："仅此一夜，请大人高抬贵手。"

见小吏还是犹豫不决，苏过这七尺男儿几乎落下泪来。武氏兄弟也过来施礼相求，又拉着小吏和一干士兵上岸去喝酒。小吏只得说："好吧。那就连夜开船。"苏过道谢不迭。

苏轼闭上眼，仰天长叹。良久，拖着病腿，走到船头，对着茫茫夜空，喊道："龙王，给我点风吧。若不然，老夫可就赶不到南昌了。"话音刚落，一道闪电划破半个天空，一声巨雷炸响，天摇地动，顷刻间狂风大作，暴雨如注，汹涌的波涛将船身打得摇晃不止。

苏轼喊道："龙君，多谢啦！多给我些风吧，为我壮行！"这吼声不知是喜是悲是怒，那样苍凉而昂扬，在天际久久回荡，久久回荡……朝云和苏过忙拉他回舱，但苏轼岿然不动，昂首挺胸，雕塑般屹立在船头，灰白的胡须不断往下滴着雨水，刚毅的面庞被一道道闪电照亮。

次日，电闪雷鸣，狂风暴雨不止。苏轼一行上了岸，身披蓑衣，头戴斗笠，艰难地行走在泥泞的山路中。一辆牛车装着行李，武进在前面牵着牛绳，苏过和武原在后面吃力地推着。

天终于放晴了。黄昏时，苏轼等人投宿到一家村野客店中。夜里，苏轼又来了兴致，与朝云在房中饮茶赏月。他望着那一轮似皎洁又似朦胧的月亮，看到王弗、王闰之、小莲纷纷从月中翩翩走下来，来到他跟前，又幻影般地在眼前消逝……

六十七　垂老投荒

　　跋山涉水，万险千难，苏轼一行满面黧黑憔悴，终于来到大庾岭。"贬官怕过大庾岭"，行至此处，没有不潸然涕下的。到了岭南，生死未卜，多半有去无回。在贬官眼里，大庾岭就是生死之界，甚至就是鬼门关。当年韩愈被贬潮州，侄孙韩湘赶来为他送行。他凄然写到："知汝远来应有意，好收吾骨瘴江边"。此时，苏轼的心情可想而知。

　　朝云和苏过搀着苏轼，武氏兄弟拖拉着牛车，走走停停，来到山顶。苏轼接过藤杖，立在山顶的巨石前，望着"大庾岭"三个遒劲的大字，又来了兴致，细细欣赏起来，赞许地点点头。又向南望去，只见一片郁郁葱葱，已是一片春色。苏轼不由得心胸大开，忙高兴地唤道："快来看，好景致！"众人顺着苏轼指的方向望去，都兴奋不已。

　　苏轼叹道："下了山，再走不远，就到惠州了。山北已近冬天，没想到山南却一片春色。这山南是热海气候，大庾岭把北边的冷风挡住了，而热海之风也被挡在南部，于是形成了这冬春分明的两种景致。乍来此处，真如梦游一般。"

　　苏过发现隘壁上刻着许多题诗，忙叫苏轼、朝云来看。兔死狐悲，物伤其类。苏轼心知是历代贬官所题，叹道："自汉唐以来，多少贬官，从这里一去无回。"见一首写道"贬来南国三千里，但过梅岭为鬼雄"，苏轼点了点头，颇为赞许"鬼雄"二字。

　　另一首写道，"岭上判阴阳，慰魂无米浆。回头故国远，唯有泪千行"。朝云读罢，已是泪流满面，道："这个人一定回不来了。"苏轼走过来，也喟然而叹："像这样的诗，没有同样经历的人，是很难体会其中滋味的。"

苏过问道："'慰魂无米浆'是何意思？"苏轼解释道："按俗话说，人死了过奈何桥时，必被灌一碗迷魂汤，投胎时就不记前生的事了。题诗之人把大庾岭比作分割阴阳的奈何桥，深恐死在岭南，做了孤魂野鬼，仍不能忘记生前的苦难。"

朝云生怕苏轼伤怀不已，忙递过笔，强笑道："先生何不也题一首？"苏轼略一沉吟，在石壁上笔走龙蛇，一挥而就："一念失垢污，身心洞清净。浩然天地间，唯我独也正。今日岭上行，身世永相忘。仙人拊我顶，结发授长生。"

朝云笑赞道："先生的诗，既有仙风道骨，更有浩然正气，还有灵珠在握的自信，大有得道超生之慨！"苏轼大笑道："哎呀，什么得道超生，我就是要压压朝中小人的邪气！"众人大笑起来，愁闷一扫而空。

几日来，苏轼领头一路说笑，不知不觉到了惠州城外。几位官员站在那里，见他们到来，领头的那位快步迎上来问道："来的可是苏公？鄙人惠州太守詹范，特来迎接！"

一介罪官受到如此礼遇，苏轼心中自是感激，但生怕章惇等人知晓此事，反倒带累詹太守，忙上前施礼道："苏某现在是戴罪之人，怎敢劳诸位迎接。朝廷要是知道了，恐有不利。苏某不敢受迎，诸位请便！"说罢，示意苏过等人快走。

詹范在身后喊道："苏公，苏公……"见苏轼等人头也不回地快步走进城去，叹息道："苏公是一片好意，我看就不要难为苏公了。"回去命众衙役把合江楼收拾出来，好让苏轼住进去安顿下来。

次日，詹范亲自来请苏轼入住驿馆合江楼，还带了几个衙役来帮他收拾。苏轼谢了又谢，又怕给他招来麻烦，忙请他回去。詹范却道："此乃岭南万里之地，天高皇帝远，不用顾忌。苏公名满天下，詹某敬重已久，岂能不尽接待之谊？"苏轼见他如此恳切、坚持，只得领了他的好意。

武氏兄弟又住了几日，直到帮着苏轼一切收拾停当，才放心地告辞离去。苏轼千恩万谢，想送些钱物略表谢意，二人却道："这就是瞧不起我兄弟二人了。能伺候大人，大人没把我们当下人看，是我们前世修来的福分。"苏轼只得作罢，命苏过送他们离去。

合江楼是一座二层小楼，院子一角立着一株梅花树，另一边篱笆围着一大片竹子，又有榕树、枇杷、荔枝等掩映其间。一眼望去，苍翠欲滴，半个大院都被绿荫遮住了。

苏轼站在门前，只觉吸进去的气都是绿的，神清气爽，好不惬意。一时来了兴致，便让朝云唱他那首《蝶恋花》。朝云一边弹琴，一边婉转唱道："花褪残红青杏小，燕子飞时，绿水人家绕。枝上柳棉吹又少，天涯何处无芳草。墙里秋千，墙外道，墙外行人，墙里佳人笑。笑渐不闻声渐悄，多情却被无情恼。"

苏轼站在窗前静静地听着，凝望窗外的大江，回想起数十年宦海浮沉，心中感慨万端。朝云见他有些心不在焉，放下琴，走到他身边，陪着他一起凝眸远眺。苏轼转过头来，见吹进来的江风撩起她的鬓发，爱怜地替她捋好，道："明日陪我去野外散散心吧！"

次日，天朗气清，惠风和畅，苏轼和朝云来到城外，但见芳草如茵，遍野青葱。苏轼道："没想到，惠州的风景不错，各种果实也应有尽有。单说这荔枝，唐玄宗为博贵妃一笑，累死了多少骏马。而今我们在此举手可得，岂有不乐之理？真是每贬一处，别有洞天，真该感谢皇帝陛下和章子厚他们。"说罢，摇头晃脑地吟起诗来："罗浮山下四时春，卢橘杨梅次第新。日啖荔枝三百颗，不辞长作岭南人。"

朝云笑道："好诗。要是传到章惇、蔡京的耳朵里，说不定又要贬你了。"

苏轼曾感叹"人生识字忧患始，姓名粗记可以休"，但就是改不了作诗的"毛病"，当年出了御史台监狱就"试拈诗笔已如神"，何况此时已视被贬如家常便饭，不怕多吃一顿。他倔强而洒脱地笑道："贬吧贬吧，我生来就是被贬的，越贬文章越好，越贬道行越深。"

朝云看看苏轼，佯嗔道："真是江山易改，本性难移！"苏轼扬眉道："那是自然。一座山可以把它挖掉，只要有愚公之志即可，至少挖一锹少一锹，而本性却是越挖越多，越挖越牢。"

朝云接口道："其实山也是挖不掉的，只是挪了地方换了个形状而已。"苏轼连连点头："对，对！凡物都有其性，不可强改，强改必伤天性，伤天性者亦必自伤。就说程颐那套所谓的理学，说得冠冕堂皇，实是杀伐本性，伤损天理。"朝云若有所思地说："飞禽走兽，本来相安无事，自由自在生活于自然之中，非要弄个笼子把它们关起来不可，最终结果可想而知了。"苏轼额首叹气。

朝云问道："那为什么要这样呢？为什么又有许多人相信呢？"苏轼不无沉痛地说："因为皇帝、朝廷需要这样一个笼子，需要把天下人都关进这样一个笼子里。若是海阔鱼跃，天高鸟飞，皇帝、朝廷还吃什么呢？"

朝云听了这话，大有拨云见日之感，又问道："程颐之学，先生固不赞同，但先生之学，程颐亦常攻讦。世上万物纷繁，以先生看来，世上何物为本？"苏轼不假思索地说："水！"

朝云一脸惊异："水？为什么？"苏轼道："水无常形，随物赋形；水无常法，以万物之法为法；水无常理，以万物之理为理；水无常性，以万物之性为性。水者，自然之本也，万物之本也。"

朝云心中当下了然，又问道："先生为文，并无定法，是否也自然如水？"苏轼激动起来，瞪大眼看着朝云，高兴地拍手道："太对了！吾文如万斛泉源，不择地而出，在平地滔滔汩汩，虽一日千里无难。及其与山石曲折，随物赋形，而不可知也。所可知者，常行于所当行，常止于不可不止，如是而已矣。其他虽吾亦不能知也。"

朝云笑道："这就是先生的为文之道了！"一语未了，一脚踩在什么东西上，不由"哎哟"一声，低头一看，见所踩的竟是人头骨，再看四周到处是累累白骨，吓得一头扑入苏轼怀中。

此处便是投放外乡人尸体之地。惠州是瘴雾之地，贬官至此，一来水土不服，二来心绪欠佳，两者交攻，焉有不客死异乡之理。苏轼叹道："我刚才说了，'行于所当行，止于不可不止'，不要再往前走了。"朝云不忍这些

214

人暴尸野外，道："改日我们把他们安葬了。"

苏轼与朝云回到合江楼，正要进门，却见詹范从门内往外走。原来，詹范来探望他，坐等多时，正欲离去。苏轼笑着赔罪，又将他往屋里请。詹范面有难色，支支吾吾地说："苏公，不必了。其实……本官来此原是为了……"

苏轼见他斟词酌句，欲言又止，一副难以启齿的样子，忙问他有什么事。詹范憋了半天，十分为难地说："本官来此，确实有事，但此事又实难开口……我也是没有办法……"

苏轼苦笑道："莫不是老夫又被贬官了？只是再贬就要将老夫贬到海里去了。詹太守只管说来，以老夫如今的心境，早已无事不可消受了。"詹范摆手道："不是，贬官倒不至于。"顿了一顿，只得以实相告："广州有一位高官来惠州巡察，一定要入住合江楼。"

苏轼一愣，勉强笑道："这有何难？苏某一生都在搬家，再搬一次也不嫌多。不必为难，苏某即刻搬家就是。"詹范十分过意不去，一脸愧疚，连连道歉，又道："只须入住几日而已。几日后，苏公一家再搬回来就是。"说罢，起身告辞，回去唤几个衙役来帮苏轼搬家。

如今苏轼等人已是无家可归，只好搬到嘉祐寺去住。苏过叹了口气，自我解嘲地说："才住几日，又要搬家。搬到嘉祐寺去住也好，我等可以安心修行了。"苏轼拍了他一下，笑道："你最好别成和尚，为父还要多抱几个孙子。"朝云听了，咯咯直笑。苏过有些不好意思地笑着挠挠头。

苏过苦笑道："在寺院读经书是很方便，只是吃不到肉了。"朝云道："你要馋了，可以到街上的小酒家吃上几顿。"苏过摆手道："使不得，那很贵。今日已非肉食者了。"苏轼听了这话，大笑起来。原来，苏过此语一是说吃不起肉，二是用了"肉食者鄙"的典故，暗藏机锋，故而苏轼大悦。

嘉祐寺就在合江楼的对岸，依山而立。山上万松苍翠，各处都有橘树林、香蕉园，又有荔枝树、槟榔树穿插散落，置身其间，一片阴凉。到了嘉祐寺，安顿停当，苏过去读经书，朝云跪在佛前念经拜佛，苏轼一人往山顶松风阁走去。

松风阁地势极高，山径陡峭，年轻人上去尚感吃力，何况苏轼花甲之人。一时足力疲乏，就坐在路边休息片刻。抬头遥望山顶，只觉路途高远，不知何时才能走到。

苏轼望着山顶，一动不动，许久，心中顿悟：此间有甚么歇不得处？与山顶不都一样？苏轼悟得此理，心如挂钩之鱼，忽得解脱。人若悟此，当什么时、什么地，都不妨歇脚。

回到嘉祐寺，苏轼与法空方丈闲谈，把所悟之理说与他听。法空合十道："善哉！佛经有云，'千年暗室，一灯能破'。"苏轼笑道："所以，住合江楼是住，住嘉祐寺是住，住旷野是住，住海上仍是住，原本没有分别。若为搬家之劳所累，岂不是庸人自扰？"这时，寺里的钟声响起，在山中久久回荡。

过了几日，巡察的官员走了，詹范兴冲冲地跑到寺中来，带着一伙衙役帮苏轼一家搬回了合江楼。

这天，苏轼倚着荔枝树看书，朝云在晾衣服，苏过提着一挂羊骨头从外边回来。惠州卖肉的少，一天只杀一只羊，肉都被达官贵人买走了。苏轼放下书，笑道："骨头就骨头，老夫乃是老骨头，吃骨头补骨头，油水都在骨头里。来，我教你如何烤羊脊。"

朝云咯咯直笑。苏轼猛一起身，却觉得不对劲，心知是痔疮犯了，自嘲道："前些日子我对法空大师说'一定，一定'，其实当时心里也没有真想再去嘉祐寺。看来我不能说假话，一说假话，就招来了痔疮。"

原来，从嘉祐寺临走，苏轼向法空道了叨扰。法空合十道："翰林大人乃当今名士，入住本寺，是本寺的光荣。能借机与苏内翰谈佛论法，贫僧实在求之不得。何谈叨扰，还望他日多来做客。"苏轼随口应道："一定，一定。"

苏过不以为然地说："按父亲这么说，朝中那些说假话的人岂不是早就舌头烂光了！"父子俩大笑。朝云心疼不已，嗔道："还说，还笑。快，我帮你洗澡去。"苏过忙去烧热水。

哪知烧水时发现没柴了，手头又很不宽裕，只得急忙忙往不远处的白鹤峰去砍。正砍了两小捆，听见有人问道："贵公子何方人士？"苏过一抬头，见问话人五十多岁，手中握着一卷书。苏过直起身，施礼道："这位先生，晚生姓苏，来到惠州已有半年多了。请问先生贵姓？"

此人姓翟，是个秀才，问得是苏轼之子，高兴地说："那你就放心地打柴吧！"苏过便知这山林是有主人的，一问才知山主就是翟秀才，忙向他赔罪。翟秀才摆手道："没什么，没什么。率土之滨，莫非王土。公子乃苏内翰之子，能亲自打柴，就已经使翟某大为感动了。"

苏过苦笑道："生计所迫，实属无奈。"翟秀才大吃一惊："苏大人为官多年，且是朝中大臣，连买柴火的钱也没有？"苏过一边捆着柴，一边摇头道："家父纵有一点俸禄，也都撒在路上了。再说，他接济朋友和老百姓多，也就所剩无几。这次被贬，还是靠叔父送的钱。"

翟秀才听了大为感动，左手拿书轻击着右手掌，一边踱步一边点头："这就对了。他是个廉官，君子富于道而贫于生！"忙放下书，夺过苏过手中的砍刀，卖力地帮他砍起来。

好不容易砍了柴回来烧了热水，苏轼这才洗上热水澡。他躺在大澡盆中，举着医书，口中嘀咕："十人九痔，这算不得什么。可这最简单的病如何没有良药妙方呢？"在一旁洗衣的朝云接口笑道："尽信书，不如无书。若有良方，天下得痔疮的人还会那么多吗？"

苏轼若有所悟地说："毒虫在身，必有所得。主人枯槁，客自弃去。我有一妙法，即日起暂不食盐，只吃麦饼和玉蜀黍饼，痔疮许能治好。"朝云心疼地看着他："千万别亏了身子。明日我想到尼姑庵一趟，为你求佛。"

次日，苏轼与朝云来到无相庵，走进佛堂，见供着一尊栩栩如生的千手观音。二人在观音像前双手合十，默默祈祷片刻。

苏轼问尼姑静慧："何以给观音塑千手？"

静慧答道："大千世界，须应付事太多。"

"恒河之沙可谓众矣，千手如何应付？"

"捻一粒即可。"

"一粒之中，法眼何在？"

"问自己。"

静慧反问道："内翰信佛吗？"

苏轼答道："信大千世界。"

"佛在何处？"

"南无。"

静慧会心一笑，颔首不语。

见朝云笑着念了一声"阿弥陀佛"，苏轼问她："你说，为何塑千手？"

朝云答道："塑者本意，是要告诫人们观音法力无边。朝云看来，却是两个字——无奈。"

苏轼与静慧都笑了起来。

静慧问道："怎见得？"

朝云答道："俗事无限，法力有限，安得不用千手！"

静慧双手合十道："阿弥陀佛，女施主有大慈悲！"

这天清晨，苏轼被从隔江嘉祐寺传来的晨钟声唤醒，忽然生了诗意，半躺在藤床上吟道："白头萧散满霜风，小阁藤床寄病容。报道先生春睡美，道人轻打五更钟。"

朝云已起来了，正在看佛经，听了这话，生怕传到章惇的耳朵里，提醒道："小心，以后不要再作这样的诗了。"苏轼点了点头，暗笑自己好了伤疤忘了疼，穿衣起床，下床走了几步，发现痔疮似乎好了，来回大步走动，惊喜地告诉朝云："我的痔疮竟然好了，不疼了，似乎病灶也没了。"

朝云放下经书，双手合十道："阿弥陀佛，终于治好了。我还正为你祈祷呢。"苏轼感动地笑道："客自弃去，主已无忧。经不一定管用，管用的是你那片心。"

这段日子，苏轼光吃麦饼，也不吃盐，朝云担心他身体吃不消，就去让苏过买些羊排骨回来。过了一会儿，朝云进房来，跟苏轼说，想做无相庵的义冲大师的俗家弟子。

苏轼纳罕地问道："怎么想起这事来了？"朝云道："一来朝云喜欢佛典，二来入了佛门，心里也会更安静些。"苏轼笑道："只要你喜欢，就是真的出家，我也高兴。"朝云看了他一眼，佯嗔道："看你！"

吃了早饭，朝云便去无相庵找义冲大师，恳切地说："大师，我为佛门俗家弟子，带发修行，您能收我为徒吗？"义冲正襟危坐，道："学士内眷，天下闻名。"朝云道："色空空色，名又如何？"

义冲大师赞许地点了点头，问道："为何要入我佛门？"朝云道："朝云虽无慧根，尚有灵性。一求佛法，二求先生平安。"

"求先生平安"才是她最大的动因，跟苏轼说"心里也会更安静些"，是不想让他心里负疚而已。

义冲双手合十道："善哉善哉。老尼知你慧根不浅，愿收你为徒。既为佛门弟子，须有法号，就叫善慧吧。"朝云忙跪下来，向师傅虔诚地磕了三个头。

苏轼向来是个闲不住的，也不喜欢关在家里，痔疮一好，就要四处走动走动。想起苏过说的那位翟秀才，就打听了他的住处，登门道谢。二人一见如故，谈得十分投机。苏轼酒量不大，却喜欢喝酒，就问他近处可有谁会酿酒。翟秀才告诉他当地有位被戏称为"酒神"的林行婆，苏轼大喜，忙请他带路去登门拜师。

二人边走边大谈饮酒之乐，来到林行婆家。偌大的一座院落，大门朝东，西面是柴房，北屋五间，南屋是作坊。林行婆五十开外，正在院中封大缸。翟秀才喊了一声："林行婆！"就领着苏轼破门而入。

苏轼这样一位大人物来到这等僻远之地，早已成了当地的大名人。林行婆抬头望去，一眼便认出他，见翟秀才把大贵人苏内翰请来，如天上掉下活龙一般，乐不可支，连夸"秀才，你可真行"，说着就要向苏轼下跪。苏轼急忙伸手拦着不许跪，连声喊道："使不得，使不得！"

林行婆道："苏大人，如何使不得！"苏轼摆手笑道："现在不是大人，是罪人。再说了，你是酒神，我是酒鬼，我应该向你施礼。"说得林行婆和翟秀才开怀大笑。林行婆从来没见过这么平易近人的大官，叹道："没想到这么大人物，这么爱说笑。"

翟秀才说明来意，林行婆"嗨"了一声，爽快地说："要喝酒尽管来取，找那麻烦做什么？"苏轼道："不瞒你说，我没那么多钱买酒。"林行婆忙摆手道："不要钱，不要钱！"

苏轼道："这个人情我可欠不起，你做酒也不容易。三百六十行，行行各有难。"翟秀才凑趣道："林行婆，你是不是怕秘方传出去？这你放心，苏大人你该相信。"林行婆白了他一眼："看你说的，我是那种人吗？别人我不教，苏内翰要跟我学造酒，那是我的福分。"

苏轼一听有戏，赶忙深施一礼："学生这厢有礼了。"林行婆登时六神无主，不知如何应对，只得忙不迭地说："哎哟，折煞我也！"见她这副手足无措的样子，苏轼和翟秀才都大笑起来。

林行婆可谓把造酒之法倾囊相授，还给了苏轼好多酒曲等物，执意不收钱，让苏轼十分过意不去。回到家中，苏轼便照着学到的办法酿了一坛子，天天琢磨酒是不是好了。

等了好几天，终于到了林行婆说的开坛子的日子。苏轼起了个大早，打开坛子舀了一勺，尝了一口，又连喝几大口，啧啧称赞："好酒！"说罢，美滋滋地盖上坛子，一步三回头地来至院中读书，又让苏过去请詹太守来尝好酒。

不多时，詹太守约了许参军和朱通判来了。他们知道苏轼手头紧，还带着厨子和肉食。苏轼最喜欢热闹，满面春风地迎出来，高兴地说："我得良方，酿了几坛真酒，正好大家一同品尝。"许参军眼睛瞪得溜圆："酒是大人酿的？大人会酿酒？"朱通判翘起大拇指："大学问家造酒，必定出手不凡。"詹范拈须笑道："喝了这酒，定有诗兴。"

苏轼把三人请进屋，笑道："诸位前来，交杯论盏，幸甚，幸甚！不过，你们与罪人饮酒，岂不气煞宰相？虽说宰相肚里能撑船，若知我等在此开怀畅饮，也会腹中起浪。"詹范摆手豪爽地说："莫说有浪，这里起台风都不怕。"苏轼连呼"痛快"，众人都大笑起来。

一时酒菜摆上桌，众人大快朵颐。詹太守等人都夸这酒酿得好，可把苏轼得意坏了。许参军突然感到腹内不适，急忙告罪离座，众人也不以为意。

詹范一直为上次苏轼搬到嘉祐寺住的事耿耿于怀，席间又诚恳地道歉。苏轼坦然笑道："看你，何必如此客气？你我朋友一场，岂能不解区区小事？照大宋律法，被贬之人，不是自己盖房，就得住僧舍面佛反省。若不是你法外施恩，网开一面，我这脱钩之鱼能住到如此好地方吗？"说得詹范和吴通判哈哈大笑。

苏轼道："说起房子，我就想起了黄州的雪堂，不知怎么样了。时下张耒已被贬为黄州通判，他定会常到雪堂坐一坐。"詹范正要答言，却捂着肚子，说了声"对不起，腹内偶有不适，需要方便一下"，慌忙离座而去。

谁知苏轼也忽感腹内不适，一看朱通判也难受得捂起了肚子，二人面面相觑，心中纳罕是否酒菜有问题。正巧翟秀才急急忙忙地跑进来，气喘吁吁地说："苏内翰，林行婆让我来说，这酒封好之后，早一个时辰也不能喝！"苏轼和朱通判不约而同地"啊"了一声，捂着肚子，急忙向外边跑去。

次日，苏过再去请酒，三人不得空，却说："请转告苏公，就说我等腹疾未愈，卧病在床，去不得，也不敢去了。"苏过回来把话一学，苏轼和朝云都大笑。从此，这事便成了苏轼的一个"污点"，常被詹范等人拿来取笑，说的都是朱通判那句话——"大学问家造酒，必定出手不凡。"

这回请酒，因都坏了肚子，剩了半桌子菜没动，苏轼一家倒美美地吃了几天。等好菜吃完，苏过烧羊骨的手艺也学成了。

这日，苏轼和朝云在荔枝树下摆好桌凳、碗筷，准备开饭。苏过腰系围裙，将烧羊骨端了上来，喊道："来了——小的不才，请尝尝味道如何？"苏轼夹起一小块尝了尝，笑着赞道："不错，吾儿堪为一流厨子。"朝云也尝了一块，点头赞道："真不错。论做饭，有乃父之风。"

苏过听朝云这么夸他，有些自嘲地说："只可惜，读书没能继承下来。"朝云笑道："你若是读书再像父亲，那文运还能跑到他人之家？你的画倒学得蛮像。"苏轼呵呵一笑，道："过儿继承了为父两样东西，烧饭和孝顺。"朝云笑着对苏过说："这比什么都好。这是第一次听到你父亲夸你。"苏过笑道："听到父亲夸奖，今晚我肯定睡不好觉。"

苏轼将那块啃过的骨头扔到地上，冷不丁地见一条花狗从身后窜出来叼走，倒被它吓了一跳。苏轼又拿起一块大点的骨头啃了起来，只见另一条黑狗正蹲坐在不远处，左瞧右看，舌头还不时地伸出来舔嘴。

苏过喝了一声，将黑狗撵走。不等他坐下，黑狗又凑了过来，后头还跟来好几条狗，都围拢过来。苏过又去撵，苏轼摆手制止："挥之不去，还要再来。骨头是狗的天食，这镇上并无多少羊骨，被我们买来，岂不是从狗嘴里夺食？它不咬我等就算很大的面子了。"朝云和苏过都笑了起来。

苏轼童心未泯，调皮地蹲到地上，对着那几条狗啃骨头，还对它们喊话："伙计，内翰也是人，也喜欢荤。没办法，狗嘴里夺食，得罪了。"说完，将骨头扔给狗群。狗群立刻争抢起来。苏轼感慨道："为一块无肉之骨尚且如此争抢，朝中之人，为了大富大贵，焉能不争？！"

苏轼所言不差，此时朝中无一日太平，一干人明争暗斗，钩心斗角，尔虞我诈，无所不用其极，拼得你死我活。

这日，哲宗在福英殿召见曾布，问他对当下朝政的看法。曾布道："元祐进言者，以熙宁、元丰之政为非而当时为是；今日进言者，以元祐之政为非而熙宁、元丰为是；皆偏论也。愿陛下公正而听、公正而观，无问新旧，唯归于当。凡当者皆取，凡不当者皆去。"哲宗额首大悦。

曾布这话大有玄机，"无问新旧，唯归于当"，虚晃一枪，看似持论公正，无所阿附；要害却在"凡当者皆取，凡不当者皆去"，意思是新党中也有不该起用的，所指实是熙丰党人的元老吕惠卿。近日，吕惠卿外任期满，有人提议让他回京任职。曾布料到哲宗会问及此事，便先埋下了一个伏笔。章惇等人私下早就计议已定：吕惠卿最善结党，用心狠毒，断不可让此人入朝。

果然，哲宗问道："近日，朕听从辅臣之议，把江宁太守吕惠卿改知大名府。惠卿乃先帝重用之人。路过京师，必乞求见朕，朕当以何对呢？"曾布道："吕惠卿赋性深险，王安石援引为执政，吕惠卿得志，遂攻击安石，其凉薄可知。吕惠卿若见陛下，必言先帝而泣以感动陛下，希望得留朝廷。陛下可只听其言观其行，不开金口，吕惠卿便无计可施。"

哲宗也是少年心性，听了这话不由得乐了，一心要看看吕惠卿是否真会"言先帝而泣"，笑道："有意思。"

曾布果然神机妙算。次日吕惠卿在福宁殿觐见，跪在地上，泪人一般，泣不成声："臣处江湖之远，每每想起先帝的厚恩，总是食不甘味，夜不能眠。自知陛下亲政以来，臣无时不在翘首以盼。闻陛下恢复熙丰之政，欢欣鼓舞，额首称赞，此乃我大宋之福也。臣虽无能，但尚知尽忠尽义，若能伴君进策，当万死不辞。"然而，戏做得过头，竟将眼泪溅到龙袍上，惹得哲宗大为不悦。

吕惠卿哭了半日功夫，觉得戏做得够足了。他见哲宗未出一言，心中纳罕，只得拭泪问道："臣就要知守大名府了，不知有何圣谕？"哪知哲宗就按曾布所教，不冷不热地说了一句"去吧"，便不再发话。吕惠卿只好知趣地告退。

等吕惠卿退去，哲宗唤内侍来更衣，一脸厌恶地问内侍："你说，这女人哭起来好看，男人哭起来怎么越看越别扭，是何道理？"内侍笑道："男儿有泪不轻弹。"哲宗点了点头。

章惇等人得知此事，分外得意，又好气又好笑，都大笑不止。从此，吕惠卿被哲宗列入了黑名单，东山再起无望，白演了一场"泪溅龙袍"的苦情戏，却不知是曾布轻而易举地断了他的锦绣前程。

岂止是吕惠卿，元祐党的刘挚也大不知趣。他早已被贬黄州，却称病在家，不去赴任，指望哲宗回心转意。这日下朝后，章惇昂首阔步而行，众臣见了他纷纷让路施礼。章惇脚也不停，头也不转，只点头示意，可谓旁若无人。蔡卞赶上来说了刘挚之事，章惇当即拉下脸来："竟有此事？这老杂毛敢抗旨不遵！"蔡卞耳语道："其中自有蹊跷。下官听说，近来刘挚多处联络，觊觎达致圣听，有所图谋……"章惇大怒："呸！妄图在本相眼皮底下浑水摸鱼，休想！"

次日，章惇便到福宁殿向哲宗进了一言："刘挚元祐期间附会司马光，毁讪先帝，同恶相济，贬谪黄州，实乃罪大罚轻。他却不思悔改，以称病为由，违抗圣命，图谋再举，实乃奸邪行径。"哲宗皱眉道："传朕的旨意，将他贬出京城，他就是病死也不要死在京城！"

哲宗又问吕惠卿是否还在京城。章惇不屑地说："他也在等候陛下垂恩留朝呢，又一个赖着不走的。"哲宗想吕惠卿与刘挚倒有分别，就问章惇是何主意。章惇决然地说："上无留意，自当远退，岂有赖着不走之理。"哲宗点头道："就依卿意，让他快走！"

吕惠卿和刘挚都是做戏的好手，接到"即日出京"的圣谕，其光景可谓穷形尽相，叫闻者齿冷。刘挚装出一脸病容，颤颤巍巍，几乎要咳出五脏来。吕惠卿则是一把眼泪一把鼻涕："圣上，圣上，臣舍不得圣上，离不开圣上。臣不如去死啊！"然而，就算真病得上气不接下气，哭出一缸的眼泪来，也只得灰溜溜地接旨谢恩，还没少挨宣旨官的白眼。

刘挚这回是真病了，无精打采地骑着马行走在汴京城外，垂头丧气，一步一回头，大有肝肠寸断之态，身后跟着一辆牛篷车。来到长亭中，爬下马来，望着漫天飘飞的柳絮，叹了口气，坐下来闭目养神。

哪知冤家路窄，却听见一句："这不是刘大人吗？在朝中广结党羽，怎么也落得和老夫一样！"刘挚睁眼一看，原来是吕惠卿，忙反唇相讥："原来是吕大人。彼此彼此，吕大人是始作俑者，我只是效法而已。"

这时，一个老人蹒跚着走上亭子，把一张条幅贴在柱子上。吕惠卿纳罕地问道："老人家，你这是？"老人指指自己的耳朵，示意自己是个聋子，指着远处向这里张望的一群人，道："几个举子给了我一些钱，让我把这个贴在这里。"刘挚还在那里自作多情地说："莫不是举子们在挽留我们？"吕惠卿此时倒清醒了，一脸鄙夷地说："做梦吧！"

二人一看，贴的是一副对联。上联是"惠卿哭殿未得圣意"，下联是"刘挚出京大快人心"，横批是"苍天有眼"。刘挚脑袋里"嗡"了一声，好像挨了一榔头，险些晕倒。吕惠卿略一错愕，转而凄然笑道："'笑骂由人笑骂，做官我自做官'，邓绾说得好！"

话说刘挚走三步退两步，来到黄州。苏轼当年九死一生，被贬为黄州团练副使，可谓一撸到底，到了这里，却能苦中作乐，甚至可以说过得颇为惬意顺心，但世间豁达如苏轼能有几人？刘挚这一路走来，已是满头白发，老态龙钟，露出下世的光景。

苏轼走后，陈慥、潘丙、善济等人细心看护他留下的一草一木，保存得完好无损。那块东坡也替他种着，前些年的收成都给了救儿会。那帮孩子都已长大，被其家人领走，溺死女婴的恶俗也从此根除。这几年打下的粮食拿去卖了钱，积攒起来为苏轼留着。听说他被贬到岭南，陈慥等三人在雪堂哭了三天三夜，黄州的百姓也哀叹涕下。张耒这次贬到黄州任通判，得知这些，感慨万端，激动不已。

这日刘挚拄着拐杖来到雪堂。苏轼所种的那几棵小柳树已长到碗口粗细，浓浓的绿荫遮映在堂前。刘挚长叹一声，问道："有人吗？"正巧，张耒与陈慥、潘丙、善济在堂内饮茶。陈慥走出来，不无讥讽地说："啊，是新任太守大人。这里可不是你来的地方。"潘丙也过来打趣："宰相大人，来此不知有何感受？"

刘挚大为不悦，问道："汝等是何人？"潘丙"嘿"了一声，道："我们是这里的主人！"刘挚恍然，问道："苏轼把这地方卖给汝等了？"潘丙冷冷地说："这不关你的事。"刘挚有些恼火地说："怎么不关老夫的事？我可是这里的太守！"陈慥一句话将他顶得死死的："你管黄州衙门去吧。"

刘挚自觉没趣，长叹一声道："我还以为这里荒芜不堪了。"善济双手合十道："阿弥陀佛，只有荒了的人心，哪有荒了的土地！"潘丙更是嗤之以鼻，冷眼道："放心吧，只要黄州子孙不死，这东坡上永远是绿的。"刘挚自讨没趣，步履蹒跚地离去，只见东坡地上桑树成林，金黄的麦子在风中摇动。

六十八　王朝云

　　与黄州时的处境相比，苏轼此时日子的艰苦有过之而无不及。詹范虽多方周济，终有照料不周之处。苏轼本来就怕会给詹范惹来麻烦，故而即使陷入饮食不继的困境，也不好意思开口求助。黄州时还有雪堂可以落脚栖身，住在这合江楼却总不得安生。这日，广南路安抚使来，也要下榻在合江楼，詹范心中暗恨不已，却只得再把苏轼"撵"出去。

　　詹范特地带了一小坛岭南桂酒，来到合江楼与苏轼对饮。詹范主动给苏轼斟上一杯，请他品尝。苏轼饮了一口，觉得美味异常，又饮了一大口，笑着对詹范赞道："老夫自来惠州，最爱这桂酒，此酒微甜而不上头，益气补神，飘飘欲仙，实在是人间仙露。"詹范给他满上，笑道："苏公喜欢就好，喜欢就好。"

　　苏轼又饮了一口，细细回味半晌，放下酒杯，一脸微笑地点点头，忽然对詹范说："詹太守，说吧。"詹范一愣，心知没逃过苏轼的法眼，十分过意不去地"咳"了几声，忐忑不安地将来意说了，又连连打恭赔罪。

　　苏轼摆手坦然笑道："你我已是朋友，不说这话。无所谓，再搬一次就是。"詹范这才放下心来："我怕苏公心有不快，如此我就安心了。等他们一走，苏公再搬回来。"苏轼举起杯，慨然道："不说这个了。来，饮酒。"

　　詹范走后，苏轼把朝云、苏过叫来，再次搬到嘉祐寺去住，路上与他们商议盖房子的事。苏轼觉得此生北徙无望，只怕要在惠州终老，须作长期打算；寄居在合江楼终非长久之计，搬来搬去麻烦不说，还让詹范为难；不如像在黄州时那样，自己盖房子，住得心里踏实，也好安心撰著诗文。朝云、苏过自无异议。

在嘉祐寺中安顿好，苏轼便去找翟秀才，问他哪里有能盖房的地可买。翟秀才建议他把房子盖在白鹤峰上。山下有片绝地，主人一家已死绝了，官府把地收了回去，但价钱再低也没人敢买。苏轼向来不信邪，便想买过来种成橘子园。

苏轼又去找詹范。詹范陪安抚使一行在合江楼饮酒，席间听说他们明日就离开惠州，嘴上假意挽留，心里十分高兴。宴罢，正要跑到寺中告诉苏轼，见苏轼过来说盖房子的事，长叹一声，心想这样也好，就说以极低的价钱卖给他，问他敢不敢要那块绝地。苏轼岂有不敢要的，二人当即说妥。

苏轼回来一说，朝云怕那块绝地对家里有妨碍，又说地里有太岁。苏轼不以为然地摆手道："我历来不怕什么鬼邪。有，他们也得让路。小小太岁，何足挂齿。照迷信说法，他才九品官，奈何不得我。"苏过、朝云都笑了起来。

一家人筹划已定，苏过就去雇人在白鹤峰上挖地基。翟秀才来帮忙，苏轼与他一起一边和泥巴，一边说笑。翟秀才揩揩汗，笑道："苏大人，房子一盖好，我们就成了邻居。子曰：'德不孤，必有邻。'大人在此，不会孤独。"

苏轼颔首道："俗话说得好，'远亲不如近邻'。定居有好邻，持家有贤内，出外有好友，此乃人生之幸也。"翟秀才感慨地说："这都是缘。人这一生，该办什么事，该走多少路，该识哪些人，似乎差一点都不行。大人到此，我这穷酸秀才一生无憾矣。"

苏轼笑道："我也无憾。老兄弟，以后须改口了，不要再大人大人的，那样太见外，叫老兄即可。"翟秀才到底不敢和他称兄道弟，想了想说："你是咱大宋的文坛宗主，永远是我们读书人的先生，就叫先生，如何？"苏轼笑了笑，摆了摆手。

这时，朝云来送饭，对苏轼耳语几句。原来，自从那日在东南郊外见了被贬之人的遗骨，朝云心中不忍，一直记挂着让他们入土为安。苏轼听了连连点头，便把此事跟翟秀才说了，道："我还有点钱，你能否替我雇几个人，挖一个坟，把这累累白骨合葬了。尸骨不全，也只好如此了。"翟秀才一口应下："先生仁及亡魂，实属积阴德之举。学生乃当地之人，更是责无旁贷。放心，三日内即可办好。"

果然，两日后墓已修好。苏轼刚搬回合江楼，就和翟秀才去祭拜。苏轼亲自上好水果供品，点了三炷香，执香三拜，将香插在坟土上。望着袅袅升起的轻烟，苏轼从袖中取出祭文，缓缓念道："有宋绍圣二年，官葬曝骨于是。是岂无主，仁人君子，斯其主矣。东坡居士铭其藏曰：人耶天耶，随念而徂，有未能然，宅此枯颅。后有君子，无废此心。陵谷变坏，复棺衾之。"念完，深鞠一躬。

翟秀才燃起冥币，叹道："原来这地方，每到夜晚，磷火不断，没人敢来。时下好了，这些孤魂野鬼可以安息了。先生做了一件积阴德的大好事。"苏轼心想自己就算终老此地，还有苏过为他殡葬，而这些人落得个曝尸野外，实在可怜，故而满怀同情地长叹道："谁无父母，谁无妻儿老小！但愿这里不再有曝尸枯骨。"

这日，苏轼在白鹤峰上，朝云过来说詹太守有事找他。苏轼便猜只怕又是搬家的事，也不以为意。赶到家中，见詹范一脸难色地坐在那里，心知猜得八九不离十。苏轼爽快地请他有事直说，詹范只得说："新任广东路提点刑狱要来惠州巡视，又要住合江楼。"苏轼不以为意地笑笑："不就是再搬次家吗，你别为难。"

詹范一脸苦笑地说："这搬来搬去，都三次了。也奇了怪了，自从苏公来后，这一贯养尊处优的各路要员们接二连三地来此。这次来的提刑我也没见过，听说姓程，叫程之才。"

苏轼听了大吃一惊："是谁？"詹范见苏轼脸色不对，忙道："是程之才。你们认识？"苏轼长叹一声，将四十年前的旧怨告诉了詹范。詹范"啊"了一声，惊得有些结巴起来："那章惇把程大人派来可就……可就大有文章了。"

苏轼心知，这是章惇等人的借刀杀人之计。树欲静而风不止，苏轼一心想终老此地，求个安宁，但章惇深知这位老朋友的影响深入人心、牢不可动，因此一直念念不忘。章惇此时位居宰相，一年前却是待罪的贬官，深知朝中人事瞬息即变，生怕苏轼哪天死灰复燃，于是想出这一妙计，用这致命一击使他一蹶不振，彻底打消重返朝廷的念头。

听了苏轼这番分析，詹范急得站起来踱来踱去，连连拍着额头："这如何是好呢？"想了半天，试探着问道："大人是否……"苏轼知道他的意思，摆手道："若在当势之时，先去登门和好，未尝不可。如今失意之人，焉能行此苟且之事。况且，当年错不在苏家。我若苟合，先父焉能安息九泉？"詹范默然无语，忧心忡忡。苏轼反劝道："听天由命。俗话说得好，死猪不怕开水烫。"

第二天，程之才住到合江楼，他早听说苏轼住在这里，便问詹范为何不见人。詹范惊慌地说："大人，苏子瞻已经搬走，您就不要……不要为难……"程之才痛苦地闭上眼，叹了口气："你误会了，我的意思是请他搬回来住。"詹范吃惊地望着他，只得说："我这就去告诉苏大人。"

苏轼听说此事，虽不知吉凶，却十分坦然，于是当下主动去合江楼见程之才。程之才的确并无恶意，而是真心悔过。他沉痛地说："过去，愚兄年轻气傲，不懂道理，以致酿成惨祸，至今追悔莫及。几次想主动找到你和子由，求得你二人原谅。若能尽释前嫌，两家幸莫大焉。"苏轼喟然而叹："尘封往事，还提它干什么！不管谁对谁错，都过去这么多年了。有结必有解，再计较这些还有什么意义？难得兄台有长者胸怀，我与子由还能说什么呢！"

程之才很是高兴："子瞻有如此胸怀，我就放心了。"他早知章惇推荐他来此提点刑狱，是想利用苏、程两家不和来迫害苏轼。但"姑表亲，姑表亲，打断骨头连着筋"，他与苏轼本是同根生，怎能做此亲痛仇快之事。本想拒绝来广东任职，但又一想，他来还能给苏轼遮风挡雨，不然章惇还会派别人来加害，这才走马上任。

苏轼深谢他的一番好意。程之才摇头叹道："千万不要这样说，愚兄是在补过。在这里需要些什么，尽管说。愚兄只想求你一件事。"苏轼忙道："兄台下令即是，何来'求'字一说？"程之才颔首道："能否给你的外曾祖写篇碑文呢？"苏轼道："谨遵兄命，分内之事。"

二人缓缓走在江边，一路说说笑笑。江畔青草依依，蓝天绿树倒映在悠悠碧水之中，一群白鹭飞过。

过了几日，詹范陪着程之才、苏轼游览白水山。白水山上长满了形态各异的巨大榕树和许多热带树种，整座山都是苍翠欲滴。知名的不知名的、看得见的看不见的、远处的近处的山鸟，争着鸣唱，宛若天籁。

望着那飞流直下的瀑布，苏轼欣喜不已，便问程之才对此有何感想。程之才道："心胸荡然。不知贤弟有何高见？"苏轼凝望着瀑布，缓缓地说："水落故能跌荡，人挫愈能奋强。水静则如处子，荡则如狂夫，入湖则为荡子，入江则为壮士。而瀑布者，乃天下唯一剪不断之布，亦是大寂寞之人的万丈白发。"程之才笑赞道："寻常之景，入贤弟之耳目则为大道，出贤弟之口则为妙诗奇文。与弟相处，得道不远。"

苏轼俯瞰合江，见江上没有桥，心想百姓来往甚是不便，便问詹范为何无桥。詹范道："苏公有所不知，建桥需很多钱，而州府税钱皆缴上衙。上不拨款，则桥自难建成。"苏轼若有所思地点了点头。

次日，苏轼便和詹范商议募钱修桥之事，并执意带头把原本就所剩不多的家底捐了出来，詹范只得收下。程之才听说了此事，回广州任所前捐了一千缗。但修桥要很多钱，这些还远远不够，苏轼整天为此犯愁。

因盖新房花费甚巨，修桥又几乎把家底掏空，这天剩下的一点钱用完，又没米了，晚饭只好糊弄过去，一家子饿着肚子。苏轼自我解嘲地说："人说一觉解千愁，依我看，一觉也可忘百饿。这没有东西吃，睡觉是最好的办法。"

朝云服侍他睡下，端灯走向桌边，拿起佛经轻声诵读起来。苏轼知她以此法忘饥，忍不住坐起来，满怀歉疚地说："自从你来我家，就没过一天好日子。黄州的苦日子过完了，这惠州的苦，又不知何时是个尽头。让我说什么好！"朝云过来扶住苏轼，看着他静静地笑道："先生，夫妻一体，何来此语？"

苏轼轻轻握住她的手，动情地看着她，忽而抖擞起精神："好！起来写我的《易传》，陪着你。"说罢，起身走到桌前，摊开纸，奋笔疾书起来。写了一会儿，抬起头来揉揉眼，自言自语道："《论语传》已完成，著写《易传》用时最多，如今六十四卦也已过半，就差《书传》了。"

朝云看着他笑笑不语，坐到对面读经。苏轼边写边问朝云："天女维摩，自入佛门，有何感受？"朝云道："只要心中存佛，入不入佛门，都是一样。哎，方才先生叫我什么？"苏轼眯着眼，剔掉笔尖的脱毛，笑道："天女维摩。你就是我苏家的天女维摩。"朝云忙问是何意思。苏轼解释道："维摩又称维摩诘，是佛之化身。唐代译成无垢，即一尘不染之意。唐代诗佛王维字摩诘，即从维摩诘而来。"

朝云放下佛经，凝视着苏轼："得先生这般爱称，朝云纵是死也知足了。"苏轼听了不由得一惊，心知不祥，忙正色道："不许胡说。"随即笑道："苏东坡被贬南荒，上天却赐了一个天女朝云。天不灭我，奈何奈何？！人们动辄哭天，不无道理！"朝云佯嗔道："看你！"

让他们高兴的是，没过多久，新居终于落成。新居屹立在白鹤峰上，十多间新房错落有致，竹牖青青，槿篱疏疏，柴门北向，与合江楼相映成趣。新栽的柑橘林和山上原有的荔枝树郁郁葱葱，掩映得新居幽雅超然。苏轼带着朝云、苏过兴致勃勃地来到新居，把房前屋后、屋里室外都细细看了一遍，满意地说："咱们又有自己的家了。此家筑成，我们就算是惠州人了。"

书斋里竹书架、床柜等都安排停当，苏轼给书斋起名为"思无邪斋"，取"《诗》三百，一言以蔽之，曰思无邪"之意。正堂起名为"德有邻堂"，取"德不孤，必有邻"之意。苏过笑道："他人起堂名皆是三字，唯独父亲要取四个字的。"苏轼道："名投志趣，不在乎字多字少。北归无日，为父权当自己是一个屡举不第的惠州秀才，又有何不可？随遇而安，则为大安。"

苏轼又命朝云把他那些字画收拾一下，明日要到街上去卖。他在黄州时即使家无隔宿之米，也坚守不为衣食卖字画的信条，但这回合江桥因为没有钱一直未曾动工，也只得破此例。

次日，听说苏轼要到府衙前的大街上卖画，早有人等在那里。人们纷纷议论："苏大人的字大宋第一，我父亲盼了许久，无论如何也要得到一幅。""苏大人的画也独具风格。""苏大人从不为衣食卖字画，这可都是为了修桥。""真是个大好官，偏被贬到这地方来。"

詹范和几位官员陪着苏轼走过来。苏轼摆出字画，片刻之间就被抢着买完。苏轼将交子和铜钱交给詹范，詹范数了数，共三千缗。苏轼沉思片刻，道："还有欠缺，再想办法。"

苏辙夫妇也听说了苏轼捐钱修桥的事。苏辙已被再贬为少府监分南京，在雷州居住。雷州离惠州不远，苏辙着实希望与哥哥离得更近些，以实现当年"同归林下，风雨对床"之愿。此时，苏辙一家正在往新租的家中搬运东西。史云提议，把皇宫赐给她的首饰、金币都捐到惠州，帮苏轼建桥。

苏辙赞道："夫人有此义举，善莫大焉。子曰，'道不远人。唯天下至诚，当能尽其性；能尽其性，则能尽人之性；能尽人之性，则能尽物之性；能尽物之性，则可以赞天地之化育；可以赞天地之化育，则可以与天地参矣'。"史云笑道："我可没想那么多道理。我只是想，宝器不宜多，应该像哥哥那样多为百姓做善事，以求苍天保佑夫君，保佑兄长和孩子们。"苏辙笑道："我与哥哥都贬到这南部海州来，离观音菩萨越来越近，但愿我等化个菩萨身。"

钱终于凑够，苏轼心中的一块石头总算落地。晚上，苏轼凭窗远眺，只见滔滔江水泛着月光，听着流水之声，一时陷入沉思。朝云进门问道："先生在想什么？是为建桥一事担忧吗？"

苏轼叹息道："晚年得一朝云，足矣。建桥一事，钱款筹措完成，已不用过忧。我被贬南荒，连累四学士流落天涯，已经许久没有他们的音讯，时时辗转思念。"朝云心中也充满忧愁，劝道："先生不必自疚，即使不为先生所累，当世的贤人学士又有谁不在四海飘零？"

苏轼摇摇头，叹了口气，道："朝云，再为我唱一曲《蝶恋花·花褪残红》吧。"朝云站起身来，清了清嗓子，却一个字也唱不出来。转而低头哭泣，泪如雨下。苏轼忙问怎么了。朝云泣道："我一想到'枝上柳绵吹又少，天涯何处无芳草'这两句，心中感念，就不能自已。"

苏轼强笑道："你啊，刚夸你两句，却忽然感伤起来，这可不是平日的你。"朝云拭泪笑道："先生可以悲秋，我就不能伤春吗？"苏轼柔声道："'笑渐不闻声渐悄，多情却被无情恼'都是我的错，当日涂抹这首婉词，如今惹得朝云落泪，此词该废。"

朝云忙道："不可，先生诸词之中，我最爱这一首。"苏轼凝视着朝云，眼中含泪："原来的你生性开朗，万事无忧，如今却多愁善感起来。除了他们四个，你也是为我所累！"朝云伸手替他拭去泪水，望着远方："此时不知四学士怎样了，也在想着先生吧。"

四学士的性情，苏轼最为了解。黄庭坚老成，晁补之心宽，张耒能耐寂寞，身处逆境，都能自遣；唯独秦观最是性情中人，苏轼最担心的就是他，生怕他经不起如此打击。

黄庭坚被贬在西南的戒州，住在一处破棚子里。这天夜里，电闪雷鸣，暴雨如注，棚子内四处漏水，躲也无处躲。他索性坐在竹椅上，望着忽明忽暗的夜雨夜空，闭目诵读当年写给苏轼的一首诗："青松出涧壑，十里闻风声。上有百尺盖，下有千岁苓。自性得久要，为人制颓龄。小草有远志，相依在平生。医和不并世，深根且固蒂。人言可医国，何用太早计。大小材则殊，气味固相似。"

晁补之和张耒被贬去监盐酒税，晁补之在处州，张耒在筠州。当地乡亲们知道他们是苏内翰的学生、无辜被贬的好官，都对他们格外尊敬，很为他们不平，主动来帮他们的忙，让他们倍感温暖。一有空，他们或是教当地的孩子们识字读书，或是学苏轼想尽办法做好事，以回报这些淳朴的老百姓。如此，日子倒也过得去，只是心中着实记挂远在岭南的苏轼，担心这位六十一岁的老人受不了那里的苦。

此时秦观被贬往郴州，他最是多愁易感之人，一腔愁闷无以排遣，只得日日在酒楼买醉。不多时日，已是面容憔悴。这天夜里，又来酒楼喝酒，一直喝到酒客散尽。他摇摇晃晃地端起酒杯，来到窗前，只见郴江泛着粼粼月光，显得那样冷清，想起远隔千里的家人、恩师与诸友，不由得潸然涕下。他望着江月，自言自语："先生啊先生，你时下还好吗？"

店家过来劝道："秦学士，您喝多了，要保重贵体。自您贬到这郴州来，几乎日日大醉，这样下去，如何得了？"秦观苦笑道："店家，多谢关照。你去忙吧。但求常醉，不省人间事。"店家无奈地下楼，口中嘟哝着："多好的一个人儿，怎的被贬到这鬼地方？人人都道当官好，不如林中一小鸟……"

此时江雾已起，直向酒楼扑来，秦观恍然一惊，愁绪使他诗兴大发。他悠悠念道："雾失楼台，月迷津渡，桃源望断无寻处。可堪孤馆闭春寒，杜鹃声里斜阳暮。驿寄梅花，鱼传尺素，砌成此恨无重数。郴江幸自绕郴山，为谁流下潇湘去？"念罢，凄然一笑，醉倒在窗边。

然而，他们不知道的是，苏轼正遭遇到晚年最大的打击。这天，苏轼又去建桥的工地，和翟秀才检查石料。翟秀才赞苏轼一心为民，德化一方。苏轼淡淡地说："这算不得什么。民乐吾乐，民忧吾忧。民便吾便，民累吾累。一人生命苟活于世者，小生命也；一人生命与天下百姓生命融为一体，才是大……"一语未了，一个小和尚飞跑过来，惊慌地说："苏大人，不好啦！你家夫人中了瘴气，昏死在路边，现正在嘉祐寺中救治。你快去吧！"苏轼登时慌了神，手中的石料也忘了丢下，不顾一切地拔脚就往嘉祐寺跑。

苏轼踉跄着冲进禅房，扑过去抱着朝云。朝云已是奄奄一息，见他进来，无力地一笑，喊了声"先生"含泪道，"朝云无福再陪你了，来世我还伺候你。"又看着苏过："你多保重，不要喝这里的生水。先生的书稿在箱子里，保管好。"

说完这句，朝云已是气若游丝。苏轼早已如心被剜去一般，哭得气噎肠断。朝云艰难地抬起手，想替他拭去眼泪。苏轼紧紧抓住她的手，贴在自己脸上，生怕手一松开她就会飞走。

苏轼痛哭道："云儿，你有什么话就说吧，我一定办到！"朝云忽然红光满面："先生，你叫我什么？再叫一遍！"苏轼附耳连声轻唤："云儿，云儿……"泪水一滴滴落在朝云脸上，朝云笑着断断续续地说："我死后，埋在丰湖边的小丘上。"苏轼痛苦地闭上眼，点头说不出话来。

朝云微笑着轻轻念道："色即是空。非色灭空，色性自空。是身为空，离我之所……"念罢，微笑渐凝，阖眼而逝。苏轼抱着朝云，悲痛欲绝，恸倒在地："云儿……云儿……你明知我已无所依伴，何以忍心离我而去？你一生辛勤，随我颠沛流离，无福安享，都是我害了你……"

苏过也是痛哭流涕，法空大师等人在一旁合十叹息，赶过来的翟秀才等人也伤心不已。法空劝道："苏内翰，朝云夫人已皈依我佛，躬修法会，该以佛家葬礼厚葬，接引亡魂，早升西方净土。"苏轼痛哭着点头。

法空念道："一切有为法，如梦幻泡影，如露亦如电，应做如是观……"众僧齐诵此偈。苏轼仿佛看见天空中佛光普照，片片莲花飘落，朝云在佛光中渐行渐远，终于消失在遥远的西天……

苏轼照朝云的遗嘱，把她葬到城西丰湖边的小丘上，那里离佛塔和寺庵不远，也是朝云生前常和苏轼去放生的地方。山上一片松林古木，旁边有瀑布倾泻而下。下葬那天，詹范、翟秀才等官员百姓都来参加葬礼。法空带着和尚，义冲带着尼姑，一起念经超度亡灵。

苏轼望着棺椁被缓缓下到墓穴，泪眼模糊，看到朝云的身影在人群中时隐时现。下葬完毕，苏轼亲手焚化自己写的挽联："不合时宜，唯有朝云能识我；独弹古调，每逢暮雨便思卿。"片片纸灰漫天飞舞，如墨色的蝴蝶一般。

苏轼失神地回到白鹤居中，朝云的笑声还在耳旁，她的温情还在心中，一草一木都有她的影子。苏轼焚香净手，绘制了朝云的画像，悬挂在中庭。连日来，他都茶饭不思。苏过心知劝也没用，只得静静地在一旁陪父亲坐着。

这天，天阴晴不定，不多时下起了雨。苏轼默默地注视着朝云的画像，捻笔在像下题了一首《西江月》："玉骨那愁瘴雾，冰姿自有仙风。海仙时遣探芳丛，倒挂绿毛幺凤。素面翻嫌粉涴，洗妆不褪唇红。高情已逐晓云空，不与梨花同梦。"

从此，苏轼的饮食起居都只由苏过一人照料。苏轼每日把自己沉浸在著书与修桥中，用忙碌来让自己忘却悲伤。这日，苏轼又跑到工地，一个童子跑来喊道："苏先生，你的一家人都来啦！"苏轼忙问道："在哪里呢？"童子一指："已到你的白鹤居。"这是几个月来唯一能让老人心里高兴的事。苏轼仰天而笑，孩子般地载歌载奔而去。民工们停下手中的活计，望着他的背影，笑着叹息不已。

苏轼一路小跑着回到白鹤居。苏迈、苏过正带着一大家子向屋内搬东西。苏迈的夫人范氏笑着拭泪，对苏过说："三弟你辛苦了。三妹不知为你和公公流了多少泪。这下好了，一家子团圆了。"苏过笑道："都团圆了，不知父亲该有多高兴。"说着，忙里偷闲，从妻子陈氏手里抱过四岁的儿子亲了一口："儿子是块宝，为父舍不了。记得前年夏天分手时，吾儿尚在怀中。"

苏轼满头大汗，还没进门就喊道："我的好孙孙们在哪儿呢？"苏迈等人都抢上来，喊道："父亲！""公公！""爷爷！"苏轼答应不暇，乐得合不拢嘴。苏迈等人跪在地上见礼，苏轼乐不可支地伸手扶起："都起来，都起来！"

苏迈的长子苏坚已二十岁，次子苏符十八岁，三子苏然十五岁。苏轼拍拍苏坚、苏符的肩膀，摸摸苏然的脑袋，又抱起顶小的孙子大亲了一口，眼中闪着泪光："爷爷做梦都想着你们！"

苏轼转过去对两位儿媳妇笑着说："孩子们，我谢谢你们，颠沛流离，无怨无悔，继承了苏家门风，还给我生养了这么多好孙子。"范氏、陈氏笑笑，陈氏从苏轼手中抱过儿子："来，让爷爷歇会儿。"

苏坚拉过妻子王碧来向爷爷行礼。王碧就是苏辙之婿王适之女，王适已不幸早逝，临终还教导女儿恪守孝道。苏轼见了她，不由得悲喜交集："你父亲走得太早了。孩子，不要难过，有爷爷在，你受不了委屈。"

苏轼见苏迈等人的表情有些异常，忙问道："今天乃大喜之日，如何哭丧着脸呢？"苏迈含泪道："未料想朝云姨娘已不在人世。"众人低头黯然不语。苏轼神色也黯淡下来，摆手道："先不说了。过两天，你们再到坟上祭奠。"

苏轼好不容易一大家子团聚，正享受天伦之乐，稍从失去朝云的伤痛中摆脱出来，然而，章惇等人又将魔爪伸向这位老人，可谓"福无双至，祸不单行"。说起来，又是以诗论罪，用的还是当年李定等人的伎俩。只不过现在章惇大权在握，审都不用审就"结案"了。

这日，蔡京把抄录来的苏轼在惠州写的几首诗交给章惇，并告诉他苏轼还盖了房子。章惇接过来，见有"报道先生春睡美，道人轻打五更钟"和"日啖荔枝三百颗，不妨长作岭南人"等句，阴着脸冷笑道："苏轼过得蛮舒服的嘛。"

蔡京谄笑道:"倒是越贬越舒服。看来,他是越往南方越快乐,索性就遂了他的心愿,再让他往南一些。他的字叫子瞻,就贬他到海南岛儋州好了。"这回章惇倒有些犹豫:"海南是域外蛮荒未化之地,还未听说有谁被贬到那里。"

蔡京一脸奸猾地说:"宰相不是说'百足之虫,死而不僵',生恐他留有退路吗?这茫茫大海,正好无路可走,无论如何都不能生还中土。去那蛮荒海岛,与死又有何异?听说他还能求雨,最好在海上就被龙王这位老朋友请去。"章惇意味深长地冷笑道:"也罢,也罢。海岛宁静,就让他好好颐养天年吧!"

蔡京最是个以害人为乐的,见此还不称心,道:"惠州太守詹范经常为苏轼提拱酒食,对他倍加照顾,二人引为同道。广州太守王古与苏轼写诗酬答,苏轼还鼓励他建立什么治病的安济坊。程之才不但没有挟制苏轼,二人反而和好了,还替他办了不少事。"章惇怒道:"大胆,无视朝廷,全都罢官!"

蔡京脑子最灵活,眼珠子一转就有了主意:"对,一个都不赦。可给王古定个妄赈饥民的罪过。"章惇点头道:"你可授意御史黄庆基弹劾他们,而后我再奏明圣上。顺便将'苏门四学士',还有其他元祐党人,一并再贬!"

不多时日,宣旨官由詹范陪同着来到白鹤居,宣道:"责授苏轼为琼州别驾,昌化军安置,即日起程。"苏轼平静地接旨。他的儿媳等人忍不住低声哭泣,苏迈愤怒地说:"什么……这……那可是有来无回之地!"苏轼忙喝住他。

宣旨官走后,苏过恨恨地说:"章惇他们实在是欺人太甚!这新屋刚刚建好,花了我们多少心血,还没住几日,却又要将我们赶走!那海南地属海外,罪再大也没被贬到那里去的,他们这是成心置我们于死地!我还年轻,不碍事,父亲已这么大年纪了,可怎么办……"说到这里,难过得流下泪来。

苏轼淡淡地说:"这本是意料中事。"转头对詹范说,"詹太守,只怕于你也有不利!"詹范黯然地说:"我已不是这里的太守了……"苏轼十分歉疾。詹范叹息道："无辜被遣，我心坦然。能结识苏公，不枉此生了。"

晚上，苏轼一家子忙着打点行装，苏过与苏迈兄弟俩争着要陪父亲去海南。苏过道："大哥，你不能去。你是县丞，这一大家人吃饭还靠你！"苏迈道："有兄长在此，怎能叫你去投荒海南？"苏过道："小弟习惯了，做饭、服侍父亲，都得心应手。你还是安心留在这里，一家子都拜托你了。"

苏轼走过来说："不要争了。迈儿留下，这里的一切就交给你了，过儿陪我到海南。"苏迈哭着跪到父亲面前，一家子跟着哭跪在地。苏轼平心静气地笑道："孩子们，都起来。把眼泪留着，等我死了再哭也不迟。记住，我苏家在此，要做惠州良民。"

绍圣四年（公元1097年），苏轼被贬海南儋州。苏轼打算从雷州码头出海，正好去看苏辙一家。苏迈等人一直送到雷州。苏辙告诉他们：吕大防责授舒州团练副使，循州安置，死于途中；刘挚责授鼎州团练副使，循州安置；梁焘责授雷州别驾，化州安置；范纯仁责授武安军节度副使，永州安置；贺州安置范祖禹，移送宾州；英州安置刘安世，移送高州。秦观由郴州编管移送横州，晁补之由处州酒税移为信州酒税。朝廷设立了诉理局，专行迫害之事。

苏轼兄弟二人相见，有说不完的话，不知不觉，走到码头。落日熔金，水天茫茫。波浪滚滚，涛声震耳，几只白鸟戛然飞过。苏辙看着哥哥被海风吹乱的霜鬓，哀叹道："全国坐党籍者达八百三十人，数哥哥被贬得最远。"苏轼望着夕阳，心平气和地说："此乃愚兄的荣耀。他们有必要把我这个秤砣看得这么重吗？贬吧，能怎样？世有万劫不复之物，即有万劫不灭之人。"

次日，苏轼起程。苏轼与苏过伫立在岸边，不远处两个艄公正在装船。苏轼凝望着汹涌的海面，喃喃自语："公莫渡河，公莫渡河。公若渡河，堕河而死，当奈公何？"

苏过一惊："父亲何以竟出此语？"苏轼微笑道："为父垂老投荒，无复生还之望。今到海南，死即葬于海外，生不契棺，死不扶柩。记住，这是我东坡的家风。"苏过含泪应下。

苏轼与苏过乘船扬帆而去。苏辙、苏迈等人久久地摇手挥泪相送。渐渐地，苏轼的船已成了沧海中的一个黑点。波涛翻滚的海面，一如苏辙此时的心情。他对着那个黑点大喊："哥哥！"苏轼立在船头，似乎听见了，激动地挥挥手。史云泣道："哥哥此去，不知何时能再回来？"苏辙已是老泪纵横："恐怕已不能回来了。哥哥，这就是你我的诀别吗？"众人潸然泪下。

茫茫大海，翻滚着怒涛，一叶孤舟飘摇其上。苏轼、苏过站在船头，凝视着前方，默默无言。苏轼向来能做到范文正公所说的"不以物喜，不以己悲"，饶是如此，以六十二岁的高龄被贬谪到海南蛮荒之地，心中也不免凄然。环望大海，只见海天无垠，人是何等微不足道，不过太仓一粟。既如此，人世的悲欢便如庄子所说的蜗角触蛮，又有什么值得放在心上的。想到这儿里，苏轼心中豁然开朗，只觉此身化入天风海浪之中，"乘天地之正，而御六气之辨，以游无穷"。

一阵大浪打来，浪花打上了船头的书箱，父子俩赶紧用雨布把书箱遮好。苏过劝父亲到舱中去，苏轼点点头。苏轼回到舱中，拿出纸笔来撰写《易传》，对苏过说："过儿，时不我待！但愿天假以年，能让我得毕此书！"船体忽然一阵剧烈摇动，苏轼勉强撑住不倒。

苏过含泪问道："父亲，船摇得厉害，能坐得住吗？"苏轼静静地说："不是水动，不是船动，乃是心动。心若不动，万物皆静。你尚年轻，心性好动，到船头上看看大海吧！"苏过道："我们一生都在这海岛上了，还愁看不到大海吗？"苏轼淡淡一笑，赞许地点点头，继续著书。

苏过走出船舱，只见浊浪滔天。一个大浪打来，水漫到船上，几乎将船掀翻。两个艄公手忙脚乱，惊叫起来。苏过踉踉跄跄地跑进船舱，惊慌地说："父亲，起浪了，起浪了！"苏轼平静地说："我岂不知！"

苏过道："公若渡河，堕河而死！我们已身在险境！"苏轼稳坐如磐："过儿，遇事，要从最坏处想；遇坏事，却要从最好处想。这《易传》未成，《书传》尚未开工，为父岂会堕海而死！哈哈，放心吧。坐下。"

苏过"啊"了一声。苏轼平静却不容置疑地说："坐下。"苏过只得勉强坐下。苏轼道："慌也是这样，不慌也是这样。与其慌，不如不慌。"苏过擦擦头上的汗水，结结巴巴地说："父亲果然能做……做到'卒然临之而……不惊，无故……加之而……不怒！'"

苏轼一边随船俯仰，一边念，一边写："言为心声，有言必发；言出必践，践之必诚。此为君子。"写罢，将字递给苏过："送给你了。"苏过见字迹不乱，叹道："父亲真乃神人也。"苏轼笑道："什么神人，这点小风小浪算什么，宦海沉浮，才是真正的惊涛骇浪！

苏过忽然觉得浪小了，高兴地说："父亲，浪小了，浪小了。"苏轼道："是吗？不觉得！"苏过奇怪地问道："怎么不觉得？"苏轼意味深长地说："不觉其大，故不觉其小。"苏过脸一红："是，谨记父亲教诲。"苏过走出船舱，苏轼看着他的背影笑了笑。

苏过走上船头，见两个艄公满头大汗。艄公问道："公子，大人怎么样？"苏过道："正在写字。"两艄公不约而同地叫出了声，向船舱探头一看，见苏轼果然正在写字，十分惊异，赞道："我们见惯了这海上的风浪，尚且惊恐不已，苏大人真乃仙人！这海峡历来浪大，不知打翻了多少船只。这次不死，实在是托苏大人的福。"

六十九　天涯行医

小舟出没于滚滚风涛，险象环生，苏轼磐石般稳稳地"镇"于其上，终于平安登岸。这里就是真正的海角天涯。

苏轼放眼一看，只见蓝天、绿树、黄沙、碧浪，恍如身处仙境。他对苏过笑赞道："并不如传说中那么凶险。不知南海观音仙居何处？也许是天意为之，要让为父在此颐养天年也。"苏过看到的却是一派荒凉败落，不由得犯愁："不管什么事，父亲都能一笑了之。这等蛮荒之地，岂能颐养天年？！"

艄公过来告诉苏轼，前面那几间草棚是上岛的人临时住宿之处，从这里到儋州衙门还有一段路程，又说："怎么也不见儋州衙门的人来接您？真不像话。大人要自己想办法了。"苏轼谢过艄公，与苏过背上沉重的行李和装书的柳条箱，艰难地向草棚走去。

路上，他们见一个牛贩子赶着几头牛从一艘大船上来，牛不肯前行，"哞哞"直叫。苏轼心生疑惑，紧走几步，过去问道："这位老弟，请问这些牛是你的吗？"牛贩子爱理不理地说："我是专往儋州贩牛的。这位先生，我急着赚钱，没工夫与你啰唆。"话音一落，"叭"地抽了牛一鞭子，驱牛而去。苏轼一惊。

忽然又见一群人狂奔而过，边跑边喊："不好了，阿勇被黎寨的人捉了，快去救人呀！"又有好些人从四处聚过来跟着一起跑："走！救人去！我们汉人不能被欺负！""走，去做个帮手！"苏过看看苏轼："看来此地还不只蛮荒。"苏轼平静地捻须道："走，咱父子二人也去看看。"

苏轼父子随着人群来到深山中黎寨外的广场。汉、黎双方剑拔弩张，一场刀光剑影的厮杀一触即发。黎寨大门两侧的竹楼上，站满了赤膊的黎族汉子，几十人都引箭待发。他们的土司葛贡是一位五十开外的威猛大汉，带领上百名壮丁威风凛凛地立在寨门内。阿勇是李老汉的二儿子，他的哥哥阿福是儋州府衙的差役。阿福陪着老父，带着百余名汉人，正要攻入寨内救阿勇出来。

苏轼父子在远处观望着，心都揪了起来。儋州太守张中率一众官员匆忙赶到，大喝一声："住手！"又喝命阿福领着人撤到一边，见他一脸不情愿，怒道："连本官的话都不作数了！"阿福只得挥手示意众人退下，撤到一边的山坡上。

李老汉告诉张中，阿勇素来老实，并没招惹这些黎人，上山打猎时平白无故被捉去，关在山寨中，生死未卜，并哭着央求太守为民做主。众汉人纷纷跪下，求太守为民做主。张中道："本官自会公事公断。你等只须听令，不得违犯。"

张中上前一步，向黎寨喊话："土司葛贡，你为何无故抓人？"葛贡悍然道："当官的，这阿勇要拐走我的女儿，族规不容，我抓他有何不对？"李老汉颤声反驳道："大人，这土司胡说！是他女儿阿珠诱拐我儿子，他却恶人先告状！"

张中瞪了一眼李老汉，沉吟片刻，继续喊话："这儿女相爱之事，岂能说是诱拐。依本官看，你还是先将人放了，由本官做主，你们两家再做商议如何？"不料葛贡不领情，反而蛮横地说："汉人最是言而无信，还联手官府来欺负我族！我绝不放人！"

听了这话，阿福等人一阵鼓噪。张中回身制止众人，转向葛贡劝道："本官劝你少安毋躁，兹念大体，相安相得。你好好想想本官的话。本官开恩，宽限你五日，五日后放人与否你自做决断！"葛贡留下一句话，拂袖而去："当官的听着，五日后不仅不放人，还是阿勇处死之期。"黎族壮丁齐声呼喊。

阿福等人再也按捺不住："岂有此理！大人，他竟要取阿勇性命！让他现在就放人，不然就攻进去！"张中大怒："不得无理！忘了本官方才说的话吗？先这样，五日后再做定夺。听本官口令，都散了。"众人见张中发怒，只得噤声不语。

李老汉哭道："大人，五日后阿勇就没命了，你救救他吧！"张中不堪烦闷地挥手道："罢了，罢了，本官自会替你做主。"李老汉等人满脸不甘地散去。张中抬头凝望着黎寨，一时无计可施，只得带着众官员和衙役回去。

苏轼赶忙上前与张中等人见礼。张中一惊，瞪大眼打量着苏轼："你，你是苏东坡，苏公？"众官一时轰动了，争相上前观看苏轼。张中高兴地施礼道："儋州太守张中迎接苏公。若非生此变故，我等早该亲迎苏公，还望苏公海涵。"

苏轼连连谦谢，又命苏过来见礼。张中赞道："苏公子青年才俊，颇有乃父之风。苏公名满天下，文冠大宋，莅临我海南蛮荒，实乃我等之幸。闻知苏公要来，我在城里已备好房间。"苏轼忙道："老夫在惠州就连累了詹大人，在儋州就不能连累各位了。按官家规定，我不能住官舍，在城外赁屋而居就可以。"

张中迟疑片刻，转身对属官说："要不就让苏大人住在城外的驿馆中，那里方便些。"苏轼道了谢，把公文交给张中，又道："那老夫也照样交租钱。我这就算见过太守了，改日再到州衙拜见，你看可不可以？"

张中指着地上的肩舆，请他乘坐着随他一同进城。所谓肩舆，就是用两根竹竿做成的简易轿子，类似滑杆。苏轼忙道谢并婉拒。张中等人劝道："苏公多虑也。大人尽管坐，不会有事。""这儋州海岛，蛮荒穷僻，百无一好，就有一好——人好！""天高皇帝远，没人知道，不要紧。"苏轼只得恭敬不如从命："老夫受之有愧，却之不恭。但老夫毕竟是贬官，不能与张大人同行，张大人须答应。"张中喜道："好，本官答应。"众官都欢呼起来。

青山连绵，云遮雾绕。阿福和另一名衙役老三抬着苏轼，走上窄窄的山路，苏过跟在一旁。阿福心里惦记着阿勇的事，一路气鼓鼓的。肩舆晃晃悠悠的，苏轼不知不觉睡着了，却被一阵轻雨淋醒。老三告诉他："大人莫惊。这不是大雨，是阵雨，其实就是雾雨。"

苏轼怕他们累着，要下来走走。老三忙道："不累，不累。苏大人，小的在这衙门里供职，听说您是文曲星下凡，您就作首诗吧。"苏轼笑道："好。我只有下来，一边走着，才能吟出诗来。"

苏轼小心翼翼地走着，苏过上来搀扶。苏轼道："刚才梦到坐船过海的情形，正使我有了首好诗。"说罢，缓缓念道："四州环一岛，百洞蟠其中。我行西北隅，如度月半弓。登高望中原，但见积水空。此生当安归，四顾真途穷。眇观大瀛海，坐咏谈天翁。茫茫太仓中，一米谁雌雄？幽怀忽破散，咏啸来天风。千山动鳞甲，万谷酤笙钟。安知非群仙，钧天宴未终。喜我归有期，举酒属青童。急雨岂无意？催诗走群龙。梦云忽变色，笑电亦改容。应怪东坡老，颜衰语徒工。久矣此妙声，不闻蓬莱宫。"

苏过喝彩道："好诗！"老三憨笑道："我虽不全懂，但也知大人写的就是好诗。"苏轼摆手笑笑，又留神看着阿福，只见他一脸凝重，一声不吭，心不在焉的样子。

苏轼父子住到驿馆中。儋州地方穷僻，说是驿馆，其实就是草房。谁知天公不作美，当夜雷电交加，大雨倾盆。父子俩百般搬弄床铺，苦于屋子到处漏雨，只得作罢，蹲缩在床头一角，堪比黄庭坚在戒州破棚子中的处境。铜面盆被滴水敲打得"当当"直响，苏轼闭上眼细听，一脸陶醉："此乃自然之乐，百听不厌。"

苏过见父亲如此超然物外，敬若神明，问道："父亲，你有恨吗？"苏轼道："天下只有可笑之事，没有可恨之事。"说罢，嘿嘿一笑。

苏过大为好奇，问父亲为何发笑。苏轼道："盖自笑矣。上岛时喜水不沾鞋，故路上挨雨淋，又图屋不漏雨，然终不脱雨淋之苦。由是可见，挥之不去者，非独蚊蝇。若在凤翔密州，常有此雨，百姓何苦之有哉？"

苏过叹道："足见天有不公，若将南国之雨多洒于北国，焉有'天旱'一说。"苏轼道："天且如此，何恨人间富贫不均乎？何恨人间不公乎？"

暴雨仍是猛浇，一点儿停的意思都没有。半夜了，苏过冻得连打喷嚏。苏轼道："过儿，你可千万莫病，明日还要与为父去村中探访。"

次日，苏轼父子记挂着阿勇之事，一早便去打听李老汉家住何处。谁知自从李老汉等人从黎寨回来，村里家家户户都有下痢不止的，水都不敢喝，好些都病倒了。李老汉病快快地躺在床上，记挂着阿勇的安危，流泪道："我这条老命死了不可惜，能换得他平安无事，我也就够了。"阿福无奈地叹气。

本地风俗，生了病，不吃药，而是杀牛祭神。而所杀的牛都是牛贩子从大陆运来的，当地人用本处的特产陈水香来换，陈水香则是大陆上供佛的上等品。此时牛贩子已来到村中，但李老汉家中用度过多，已没了陈水香。阿福急得坐卧不宁，只得盘算着去谁家借。

苏轼父子找到他家，敲了敲门。阿福的儿子阿仔去开门。见了苏轼父子，阿福一脸吃惊。苏轼坐到床头替李老汉把脉，李老汉一脸莫名其妙，不知这位不速之客葫芦里卖的什么药。七八岁的阿仔在一旁好奇地打量着苏轼。

苏轼让李老汉张开嘴。李老汉瞧了一眼阿福，见阿福点头，不情愿地张开嘴。苏轼看了看舌苔，又问了阿福几句，心中有了数，道："老兄，你是湿热蕴积，气血两伤，留连肠胃，啖冷水而至赤白痢杂下，又急火攻心，益发沉重，当须用药医治。"

李老汉一脸惊诧："用药？老汉我活了这大把年纪，没见过药也没吃过药。只要杀牛祭神，我这病自然就会好的。"这回轮到苏轼一脸诧异了："杀牛？祭神？"苏轼这才想起刚到岛上时见到的那个牛贩子。

不多时，牛贩子赶着十几头牛来到村中，村里人纷纷挑着陈水香来换牛。苏轼父子也跟去看，见村民好多面黄肌瘦，捂着肚子，口中呻吟不止，委靡不振。苏轼便知痢疾已在村中横行多日了。

这牛贩子果然就是苏轼上岛时所见。不多时，他身边就只剩下一头牛。见他正清点着陈水香的担数，苏轼愤然道："杀牛祭神岂能治病？怎能赚此昧良心之钱。原来大陆人在佛前烧的不是香，烧的都是牛肉，这样能祈到什么福？"

村民换到牛，忙去请巫师来作法。巫师登上祭坛，村民们都虔诚地跪下，伏拜在地。李老汉颤巍巍地跪着，身上不断冒着虚汗，阿仔也学着大人的样子跪在他身旁。巫师装神弄鬼地舞了一通剑，煞有介事地念起咒语："天无忌，地无忌，年无忌，月无忌，日无忌，时无忌，道士百无禁忌，吾奉太上老君急急如律令！"阿福和几个青壮年脱去上衣，在一旁磨刀。十几头牛跪在地上，眼中流下泪来。

巫师大喝一声："杀牛，祭神！"苏轼忽然冲上去拦住巫师，怒喝道："慢着！你难道不知，杀牛敬神，愚昧之至，既害了牛，又误了病人；况且这些大牲畜可以耕地，就这样白白杀了，更是有伤造化！"巫师斜乜了他一眼："你是何人？敢在这里说这等大不敬神明的话！若触怒神明，降罪下来，你如何承担得起，还不快走开？！"

苏轼转身劝道："众乡亲，你们不可受此人蒙蔽，你们患的是痢疾，须用药医治，若再耽误，则有性命之虞！"村民们起身怒道："走开！走开！"阿福劝道："苏大人，您还是暂避一下。"

一个持刀的村民凶神恶煞般地走到苏轼跟前："走开，你若坏了我儿性命，我就与你拼了！"苏过拦在苏轼身前，毫无惧色。阿福急忙上前打圆场："众乡亲，这位是刚来的苏大人。苏大人是好人，大家不要误会。"

巫师生怕苏轼搅了他的生意，忙道："冒犯神明，兴妖作孽，他怎么算是好人？"众村民们大喊："阿福，让他走开！让他走！"

苏轼站在那里稳如泰山，劝道："众乡亲，你们只有听从老夫的，才可逃过此劫！若寄望此人，只会两手空空，到头还赔了性命！"谁知村民们乱嚷着："不许胡说！走开！再不走开神灵该发怒降罪了！"

阿福劝道："苏大人，您就别让小的难做了，还是回避一下吧。我们世世代代都以杀牛来祭神治病，你说这话，大伙岂能容你？"李老汉已虚弱得一句话也说不出来，挣扎着向苏轼磕头。阿仔也学着爷爷跪下磕头。苏轼无奈地暂避一旁，闭上眼不忍看下去。

阿福等人大喊一声，挥刀砍向牛头。鲜血喷洒，牛停止了叫唤，十几颗牛头滚落在地。众人磕头，砰砰作响。李老汉闭眼念念有词，忽然感到一阵晕眩，昏倒在地。阿福和阿仔忙抱住他，村民们都围上前去。

苏轼心知他不会接受医治，只得叹气走开。见牛贩子身边还有一头牛，便让苏过买下，以免它也惨遭屠戮。苏过从衣内掏出钱来递给牛贩子，愤慨地说："这昧良心钱，你也肯赚！"牛贩子一脸不以为然，接过钱悠然而去。

苏轼父子牵着牛，走过田垄，见农人正在耕种，有的用镢头挖地，有的死命地拉着犁往前走，汗流浃背。苏过气愤地说："放着耕牛不用，偏要驱驰人力，吃力不讨好。什么杀牛敬神，驱鬼治病，花那么多钱，病也治不好，最后落个人财两空。"苏轼摇头叹气，坚定地说："此一陋俗，抱愚守迷，害人害牛，一定要改！"身后的老牛似乎听懂了他的话，"哞"了一声。

苏轼父子回到驿馆，把牛系在屋外。夜间，苏轼在油灯下著书，苏过在一侧作画。忽然，大风骤起，油灯几乎被吹灭，苏过忙双手护住。呼啸的海风越吹越烈，整个大地似乎在颤抖，房屋四处簌簌落土。苏过想出去看看，刚一推门，门就"咣当"一声被大风吹回，灯也被吹灭。苏过惊道："好大的风！"苏轼道："台风来了！"

又一阵大风涌来，只听得"忽"的一声，他们住的草房一下子被掀翻刮走。父子俩身在狂风中，站立不稳。苏轼慌忙大喊："过儿，书稿——"一边喊一边已趴在地上，往怀中划拉着书稿。苏过猫着腰，东奔西跑，抢救书稿。

然而，老天似乎成心跟他们作对，一时间雷鸣挟着闪电、暴雨、飙风一齐袭来。苏过见一只柳条箱被吹走，立即扑上去以身体压住。哪知一根碗口粗的木头被刮倒，向他砸来。苏轼一声"快趴下"还来不及喊出，木头已砸在苏过身上。苏轼起身扑了过去，见苏过已昏迷不醒，忙撕下衣服替他包扎受伤的头部，紧紧地把他抱在怀里。

不多时，雨过天晴，月出星朗。草房已被吹得无影无踪，地上散乱着许多木石家什，牛也不见了。苏轼坐于柳条箱上，担忧地看着苏过，含泪念道："过儿，你可要支撑住。"就这样过了后半夜。

次日一早，张中就带着阿福等衙役匆匆跑来。见苏轼无恙，苏过受伤不醒，张中焦急地说："苏公，我等来晚了。贵公子不会有大碍吧？"苏轼叹道："只好听天由命。"

张中见苏轼住所被毁，请他暂且住到州衙附近，也好及时照应。苏轼忙道："老夫身为罪官，确实不能寄宿官舍，以免大人落人口实。"张中着急地说："这等时候，哪还顾得上这些规矩！"苏轼倔强地摇头道："张大人，老夫言出必践，不作更改。"

张中踌躇半晌，吩咐道："阿福，你先接苏公去你家中暂住几日，本官补给你粮米，好生接待苏公。其余人等，马上为苏公重盖房屋，快马加鞭，立即完工！"苏轼心想如此也好，便向张中道谢。张中摆摆手，一脸焦急地看着苏过。这时老牛"哞哞"地叫着，不知从哪里摇着尾巴走了过来，盯着苏轼看。苏轼笑了笑，拍拍它的背。

众衙役将苏过抬到阿福家，安放在床上。苏轼把牛牵过来，系到门外。阿福试图给昏迷在床的李老汉喂水，见他皲裂的嘴唇一动不动，只得放下碗叹气。苏轼匆匆背上筐子出去采药，阿仔好奇地跟着他。

苏轼来到山林，发现山上竟有很多好药。阿仔看着他，问道："苏爷爷，你这是在做什么？"苏轼告诉他："为你苏过叔叔采药治病。"阿仔小脸上满是诧异："要治病就该买牛来杀，为什么要在这里拔草？"苏轼笑道："你总有一日会明白，牛不该杀，而该用草来喂活；人不该死，可用药草来救活。"

阿仔摇摇头，一脸茫然，忍不住问道："苏爷爷，你又不是本地人，你来这里做什么？"苏轼故作神秘地说："我是天上的文曲星，前日晚上落到你们这岛上，玉皇大帝派我来替你阿公治病。"阿仔笑道："我不信，玉皇大帝派的人连打猎都不会，只会拔草。拔草我也会，不算本事。"

苏轼笑道："竟是这样，那你就帮爷爷拔草，如何？"阿仔道："这有何难，我帮你拔就是。"苏轼发现了草丛中的鸦胆子和白头翁，边弯腰俯身采摘，边高兴地告诉阿仔："你瞧，这是鸦胆子，这是白头翁，可用来治你阿公和全村人的痢病。"阿仔专心地弯身采药，却没听见。苏轼看着他，颔首微笑。

不料此时阿福为了给父亲治病，趁苏轼不在，盘算着偷他的牛。阿福左顾右盼，小心地解下拴牛绳，要将牛牵走，但老牛只顾低头吃草。阿福连恐带吓，使劲儿拽牛绳，牛仍是纹丝不动。阿福怒上心头，要抬脚踢牛，正巧见背着药草筐的苏轼与阿仔回来。苏轼佯咳了一声，阿福急忙装作若无其事的样子，尴尬地对苏轼一笑，牵着阿仔的手，悻悻地走进屋去。苏轼走到老牛身旁，拍拍牛背，老牛"哞"地叫了一声。

此时天色已晚，苏过仍是昏迷不醒。苏轼熬了药，端着碗进屋来，将苏过的嘴轻轻掰开，用勺子把药慢慢地喂进去，喂完药，为他诊脉。阿福瞪大眼看着，阿仔好奇地张大了嘴，眨巴着眼。二人都觉得很新鲜，又有些害怕。

第二天早上，李老汉和苏过仍然昏睡。苏轼端着一碗药进屋，阿仔端着一碗药跟着。苏轼将药给苏过喂下，阿仔则将药碗放在李老汉床前。阿福瞪大眼看着那碗药。

苏轼苦口婆心地劝阿福："你父亲缠绵病榻，昏迷不醒，乃是痢疾发病急剧，高热神昏，又逢你弟弟阿勇之事，急火攻心而成。这是老夫煎下的药，所谓治本清源，对症下药，专治你父亲的热毒痢疾，你让他喝下。"阿福为难地说："不是小的不遵命行事。我等长这么大，从来没喝过什么药。只是杀牛祭神治病，只怕喝了这药就是冒犯神明，小的岂敢让我阿爹喝它。"

苏轼摆手笑道："人都说我是天上文曲星下凡，我亲自煎的药，怎会是冒犯神明呢？"阿福支支吾吾地说："大人，不敢，不敢。小的在衙门里任职，对大人早有耳闻，知道你原是朝廷大官。可是大人若真想救我爹，就将门外那头牛借给我。小的家中已经耗空殆尽，实在无钱换牛。"

苏轼问道："你们前日已将牛杀掉，你父亲病不见好，反而加重，可见杀牛无用，你为何还不明白？"谁知阿福答道："只杀了一头牛，神仙没有理会。"苏轼耐着性子劝道："即使你宰杀百牛，于你父亲的痢疾又有何益？服下这碗药，病自然就会转好。"阿福壮着胆子说："别的小事都听你的，但这一件实在难以从命。阿仔，将这碗药端出去。"阿仔看看阿福，又看看苏轼，不知如何是好。

这时，床上的苏过苏醒过来，慢慢睁开眼："水……水……"苏轼惊喜地过去为他搭脉，高兴地说："脉象渐趋和缓，不浮不沉，你已复原了。"苏过挣扎着坐起，环视四周，觉得还有些晕眩，问这是在哪里。苏轼告诉他在阿福家中，苏过转向阿福道谢。阿福惊异地看着他，又看看药碗，愣在那里。

第二天，苏轼和阿仔又各端着一碗汤药进了屋内。苏过已大好了，接过药碗，当着阿福，有意痛快地一口气喝下。苏轼为他诊了诊脉，捻须微笑点头。苏轼将另一碗药放在李老汉床前，阿福看看药碗，又瞟一眼苏轼，欲言又止。

苏轼见机道："你瞧，犬子苏过喝下你说的冒犯神明之物，并无异状，病却好了。你还不信老夫？"见阿福已有所触动，但仍不吭声，苏轼趁热打铁，"再耽误下去，你父亲就有性命之虞。若真如此，你便成了不孝之子！"阿福抱头蹲到地上："你别说了，这药我们不敢吃。"

苏过嘟哝了一句："真是冥顽不灵！"苏轼眼珠一转，计上心来："要不这样，你说说看，你想要门外那头牛吗？"阿福登时来了精神，倏尔起身，盯着苏轼道："您开开恩，这头牛就算借给小的。等小的手头有钱，加倍还给您。"

苏轼道："老夫可以将牛借给你，但是你须答应老夫一件事。"阿福忙不迭地一口应下。苏轼见他如此不开窍，无奈地摇头苦笑："你只要答应老夫，将这碗药喂你爹喝下，他的病若不好，老夫就将这牛交你处置。"

阿福仍在迟疑，苏过焦急地说："阿福哥，你还迟疑什么？这又不是毒药，我父亲怎会存心害你们？"阿福踌躇一阵儿，终于鼓足勇气说："好，为了这牛，我喂！"说罢，哆哆嗦嗦地捧起药碗，与阿仔掰开李老汉的嘴，艰难地喂他服下。苏轼在一旁看着捻须微笑。

谁知几个老汉、老妇听说苏轼要用一种"又黑又臭"、"一看就不吉利"的唤作"汤药"的东西给李老汉治病，都吓得议论纷纷。他们生怕阿福因不敢得罪那位做过大官的苏大人而做出冒犯神灵的事，神灵一怒之下让村中更多的人生病，就约齐了来到李老汉家求苏轼不要胡来。到门口时，正好看见阿福在喂药，都吓得倒吸一大口凉气，惊叫起来。见苏过已能下床走动，又一片惊呼声。

次日一早，苏过已能精神抖擞地走到门外。阿仔正在拔草喂牛，口中小声念道："牛儿啊，牛儿，你就要归我阿爹了，阿爹他要杀你，唉，你就多吃些草吧。"苏过站在一旁，哭笑不得地听着。阿仔见了他，问道："叔叔，怎么不见苏爷爷呢？这么早，他到哪里去了？"苏过微笑不答。

这时，躺在床上的李老汉缓缓地睁开双眼，嘴巴嗫嚅着，虚弱却清楚地说："阿福，给我碗水喝！"阿福惊喜万分，忙起身去倒水。阿仔听见了，忙跑进屋来高兴地说："阿公，你喝了苏爷爷用草熬的汤，病就好了。"李老汉惶惑地看着阿福，阿福低头不语。

此时苏轼一个人拄着拐杖来到黎寨门外，远远地望着。黎寨已乱成一团，到处弥漫着呻吟声。只见众多黎族壮丁神色焦急，提着裤子向山中树林处疾跑，还有一些瘫坐在地上，力困筋乏，面色苍白，捂着肚子不时呕吐。

苏轼又见牛贩子赶着数十头牛往这边走来。原来，寨中又病倒了十几个，连日来已殃及百十号人。葛贡心急如焚：一旦杀了阿勇，汉人必来攻打寨子。寨中人病马乏，根本抵挡不住。于是他下令把牛贩子找来，把牛全买下，杀牛祭天敬神，消灾免祸。

苏轼扬手招呼："前面的，停下来，老夫有话同你说！"苏轼表明身份，与他商议，要扮作他的同伴一同入内，悄声说："等一会儿老夫如何说话行事，你只须听从静观就是。"牛贩子诚惶诚恐地说："是。小的原来有眼不识泰山，早知道是大人您，怎敢造次！"苏轼道："你对老夫造次倒无妨，今后若能不造孽于这些牛，就阿弥陀佛了。"

二人赶着牛，由黎人阿黑带路，走入寨内。走到一座竹楼前，苏轼隐约听见有女子喊着"放我出去，阿爹，放我出去"，心知楼里关的就是葛贡的女儿阿珠。阿珠先时使劲儿砸门，踢门，将屋内东西都摔了，喊着不放她出去就寻死，此时已被葛贡下令绑了起来，动弹不了。阿黑见苏轼停下脚步细听，催道："你这人，快些走，愣在这里做什么？"苏轼忙正了正草笠，驱牛上前。

一时苏轼和牛贩子赶着牛来到祭坛。祭坛周围浓烟弥漫，黎人们举着火把、敲着锣鼓，有几个人大跳祭舞，十几个赤膊的在磨刀。葛贡举杯向天，将酒洒在地上，口中念念有词。那些患病的壮丁虽委靡不振，仍强撑着下跪向天祷告。苏轼在一旁暗暗观察，杀牛时不忍地扭过脸去。

祭天完毕，葛贡回到竹楼，喘着气，坐在椅上擦汗休息。阿黑领着牛贩子和苏轼进屋，禀道："首领，这两个牛贩子前来索要买牛钱，他们非要来见首领。"葛贡问道："你二人见本首领何事？"

牛贩子擦着汗，不敢作声，退到一边。苏轼迈步而前，掀开草笠，道："葛贡首领，朝廷罪人苏轼这厢有礼了。"葛贡诧异地问道："你不是牛贩子？"牛贩子战战兢兢地说："首领，他的确不是牛贩子，他是大名鼎鼎的苏东坡大人。"

葛贡听了"大人"二字，威严地扫了牛贩子一眼，颇有敌意地问道："大人？原来你是个当官儿的。为何这身打扮？你来此有事吗？"苏轼道："老夫是朝廷罪人，贬谪于儋州，故首领未曾见过我。老夫登门拜访，有一要事相告。"

葛贡不耐烦地挥手道："你不必说了，任什么说客前来，阿勇坏我族规，五日内必杀无疑，你们准备收尸吧。若你们汉人来攻寨我也不怕，本首领等着你们。"牛贩子听了这恶狠狠的话，吓得瑟瑟发抖。

苏轼微笑道："你误会了老夫。老夫来此，另有原因。连日来汉人村中痢疾横行，老夫料想黎寨也难逃此劫，故前来探查，果不出老夫所料。"葛贡起身怒道："原来这灾祸又是你们汉人带来的！自今日起，本黎寨就与汉人断绝往来，停止互市，看你们还怎么害人！"

苏轼仍好声好气地说："汉黎两族往来互市虽有此一害，却有百利。况且此病并非无法医治，老夫正是来授医治之法。寨中族人服下汤药，此痢疾即可遏止痊愈。"说罢，从衣内掏出两个药包呈给葛贡。葛贡将药包掷于地上，喝道："谁要你的什么药包，这是亵渎山寨神灵之物！我已杀了这么多牛，神灵在上，自会降福。你二人领了卖牛钱，马上给我出寨！"

苏轼忙道："这痢疾凶猛，若耽误医治，恐出人命。"牛贩子惶恐地说："首领，这位苏轼苏东坡大人，中原百姓都说他是天上文曲星下凡，是天下最有学问的人。苏大人若说能医治，想来不会错。"

葛贡把眼一瞪："什么苏东坡、苏西坡，我没听过！惹恼了我，将你二人擒下，与那阿勇一同喂刀！"牛贩子吓得欲夺门而逃，苏轼苦笑着摇摇头，只得出了黎寨。

苏轼无奈地回到村中。令他高兴的是，李老汉已经醒了。苏轼忙过去诊脉，李老汉将信将疑地看着他。苏轼道："热毒渐去，再服几帖药，就当好了。"阿仔端来一碗汤药，放在李老汉面前。李老汉大惊失色："孙儿，这是什么东西？这，这……给我端出去！"

苏轼呵呵一笑，说道："老兄，正是这药解了你的热毒神昏，你继续服它，自当痊愈。"李老汉忙不迭地摆手道："不可，不可，触犯神灵，我不喝。"苏过道："老伯，不喝此药，你怎会醒来？"

李老汉见阿福低头默认，气得骂道："不孝子，你趁我熟睡，喂这不敬神明的东西给我，你，你是要我的老命！你说，你为何肯让阿爹喝这污秽东西？你不知道阿爹宁死也不喝这东西？"苏轼道："你岂能责怪阿福。不用此药，你只怕早已一命归西。"

李老汉一口咬定是因为前日杀了牛，神灵才饶他一命。苏轼解释道："你且问问阿福，村人之中有多半染了痢疾，却为何只有你一人开始转好？不是药效又是什么？"李老汉两眼直盯着阿福。阿福怯生生地点头道："若能救了阿爹的命，孩儿愿意试一试。苏大人还说若服药治不好阿爹的病，愿以门外那头牛做押。孩儿想苏大人一定不会害我们，就答应了。"

李老汉两眼一亮，大声道："以牛做押？苏大人，你的话不假？"苏轼趁机说："君子言出必行。老夫再与你打个赌，今夜服下此药，明日你肠胃可不下痢！若非如此，老夫将牛给你就是！"李老汉忙惊喜地问道："此话当真？"苏轼胸有成竹地点点头。

李老汉命阿福拿药来，哆嗦着接过药碗，攒了半天劲儿，终于闭上眼喝了一小口，觉得苦不堪言，皱着脸艰难地咽下。阿福劝道："阿爹，痛快些，横竖一口喝下就是。"李老汉苦着脸说："莫催，你可知这比毒药都难喝。"说罢，痛苦地闭眼仰头一饮而尽，忍住满嘴的苦味，欣慰地说："为了牛，倒也值得！"阿福长舒了一口气。苏轼微笑不语。

次日，李老汉气色渐佳，却心神不宁地坐在床头，似有什么话难以启齿。苏轼替他把完脉，点点头，有意揶揄他："老兄，你自己说说看，今日你的病比昨日好些了吗？"

李老汉结结巴巴地说："我觉得，没好，又似好了些，但终究是没全好。苏大人，你说呢？"苏轼反问道："你可下痢了？"李老汉从来没有答过这么难答的话，摇摇头，叹口气，擦着汗无奈地说："苏大人，老汉也不知该怎么说。"

苏轼笑笑，从屋内走出来，走到牛跟前拍拍牛背，又命苏过把新煎的药给李老汉端去，道："再服三四帖，他老人家就可痊愈了。"阿福惊喜地问道："您是说，我爹的病要好了？"苏轼一脸自得地笑道："当官医天下，为民臣百姓，老夫出手，自然药到病除。"

阿福却一头雾水，只觉得不可思议："大人的话小的听不懂。小的想不明白，真的不用杀牛祭神，阿爹的病就能好？"苏过反问道："你是说，以前只要杀牛，人的病就会好？"阿福琢磨了半天，越发觉得不可思议，只得纳罕地说："这倒也不是。但不杀牛，病怎么会好？"

苏轼笑道："此事你不必问老夫，须问你自己的所见所闻。你爹的病既已好转，此牛仍归老夫。你答应老夫说服村民之事，当要践约照办。"阿福困惑地摸摸后脑勺，又重重地点点头。

李老汉病好了的消息很快就成了特大新闻，村里早已传得无人不知。大伙儿议论道："听说了吗？李老汉的病居然转好了。""因为喝了那汤药？""反正阿福说他家没再杀牛。""那又黑又臭的汤药真能治病？""听说这苏大人是天上的文曲星下凡，名望很大，无所不能，大陆百姓无不敬重。""这么说，他也是神明？""你不是还要打苏大人的吗？""莫非我们错怪苏大人了？"

村民阿成的孩子得了热病，又下痢，奄奄一息，一家人坐在床边干哭。苏轼让阿福领他去，进门见了孩子的脸色，二话不说就诊脉。阿成起身要拦，阿福劝道："阿哥，苏大人没杀一头牛，却救了我爹的命，你们为何不信他一回？"阿成一脸疑惑地说："可他连神明都不敬。"阿福道："大陆来的人都说苏大人是文曲星下凡，敬他就是敬神明！"阿成一愣，心想孩子已这样，杀了两头牛都没顶事，不如让他试试。孩子服了苏轼配的药，次日竟有好转。此事也很快传开。

终于，村民们信了喝药就能治病的说法，蜂拥而来，给苏轼跪下："苏神仙，我儿子也病了，快救救他吧！""是啊，快救救我们吧！"来到海南，苏轼第一次这么高兴："快，快起来！乡亲们，你们能来找老夫治病，老夫求之不得！"

李老汉家门前，男女老少几十号人排着队，等待苏轼诊病。阿福又四处游说，不断领着患病的人前来。屋里桌上药包堆积成小山，苏轼给病人望、闻、问、切，苏过分发药包。阿仔在一旁帮忙，煞有介事地高喊："下一个进来，拿药！"村里患病的着实不少，一时间药包所剩无几。苏轼忙拿过一些草药，对苏过和阿福说："快，就照着这些草药，到山里去采，越多越好。"二人领命而去。

这时，阿成抱着孩子过来，满脸喜悦地说："苏大人真乃神明，托苏大人的福，喝了药，孩子退热了，也不下痢了。"村民们都啧啧称赞。苏轼看了孩子的舌苔，点头道："还须服药，不可怠慢。"阿成毕恭毕敬地说："大人说什么，就是什么，小人一百个听从。"

七十　天下一家

喝了汤药，村里人的病很快就有了好转，大伙儿当真以为苏轼是神仙下凡，从此也信了"吃药治病"的说法。此时黎寨中却是乱得天翻地覆，患痢疾的人生命垂危，小姐阿珠又闹着要寻死。

葛贡来到阿珠的竹楼，气冲冲地推门而入，只见屋内一片狼藉，东西被摔得稀巴烂，阿珠蓬头散发，绝望地坐在地上。葛贡怒目瞪着阿珠，扬起手中的竹条要抽过去。阿珠目光呆滞，视若无睹，闪也不闪。葛贡哪里下得去手，竹条停在半空中只得颓然落下。

葛贡气得大吼："你再闹下去，不要怪阿爹不认你这个女儿！"阿珠面无表情，低声说："阿爹，我要跟阿勇好。你要不答应，我也不闹了，我死。"说罢，凄然一笑。

葛贡强压着怒火，耐着性子好言相劝："你怎么还不明白，那阿勇是来诱拐你的。他是汉人，你是黎人，你怎能相信他？"阿珠两眼直逼着父亲，倔强地说："我只知道跟他好，别的都不管，他要拐我，我也认了。阿爹，他要诱拐我，你却要杀我。"

葛贡见女儿如此冥顽不灵，肺都快气炸了："你这蠢女子，比椰子脑壳还要蠢三分！你就不能让阿爹省省心，现在寨子里十个人有六个人生病，说是什么痢疾！这是谁带进来的？是他们汉人！"阿珠不为所动："这跟阿勇又有什么干系？我只是要跟他好，不求别的，你放了我们吧！"

葛贡见阿珠如此死心眼儿，暴跳如雷，大吼道："你是被什么邪鬼迷了心窍？你中了邪呀？我只告诉你，阿勇当日敢坏我族规，拐我女儿，他今日就必有一死！"阿珠沉静而坚决地说："那阿爹就等着替我们俩收尸吧！"说罢，闭上眼，扭头不顾。

葛贡正欲咆哮，有人慌忙来报："首领，阿西、阿水还有阿猛，他们……他们……病死了！"葛贡大惊失色，三步并作两步地走出去。阿珠却无动于衷，一脸漠然。

葛贡垂头丧气地看着阿黑、阿六掩埋尸体。阿黑边挖坑边问道："首领，是不是牛杀得不够数？"葛贡叹气道："牛贩子的牛都被我们买来了，哪儿还有牛？"阿六停下来小心翼翼地说："听说有个姓苏的老头在汉人村中给人看病，发什么……什么……药包，那些患病的汉人都好了起来。"葛贡一脸惊异："当真？"

阿六道："当真！汉人没再杀牛，那姓苏的老头不让杀牛，只给药包，小的亲眼看见汉人喝下浓黑浓黑的汤药，病就见好了，实在是出鬼了！"葛贡惊问道："姓苏的老头？就是前日来的那自称什么苏东坡的朝廷罪人？此人前日倒也给了本首领两个药包，只是被我扔了。"

阿黑看着葛贡，鼓起勇气说："首领，我们与其坐在这寨中等死，不如将那姓苏的老头绑来，试试他的药包如何？"葛贡听了有些心动，但还是拿不定主意。这时有人来报："寨门外有一个苏东坡求见。"葛贡忙大步走回竹楼。

苏轼将一堆药包呈给葛贡，道："这些药只管煎了让族人服下。村中汉人因服老夫之药，已有人康复。"葛贡不置可否，也不看他，也不接药。苏轼劝道："黎寨众人性命事大，其余眼下皆是琐细小事。"

葛贡挥手道："本首领不知你这么做究竟为何。不过有言在先，你这些药包就是治好了我的人，阿勇我也不会放，仍要处死他。"苏轼见他有些松动，起身笑道："葛贡首领的意思是，同意我给你的族人治病了？"见葛贡转过脸来疑惑地看着他，苏轼一笑，飘然而去。葛贡愣在椅子上，半晌没回过神来。

汤药煎好了，黎寨患痢疾的那些人起先都战战兢兢不敢喝，但最终下定决心拼一把，觉得就算喝死了也总比坐着等死强。于是一个个从地上爬起来，佝偻着身子，端起药来喝掉。

苏轼回到村中，见李老汉正毫不犹豫地端起药一饮而尽。苏轼坐到一旁给他把脉，高兴地说："老兄，你又好了几分，看来你的身子底子甚厚，有一副铜筋铁骨。"阿福也喜笑颜开："阿爹，你气色已好了很多，说话也有气力了。"

李老汉一脸疑惑地看看苏轼，又看看阿福，惊异地问道："孩儿，牛确实没杀？"阿仔拍手笑道："阿公，牛正在屋外吃草呢。"李老汉仔细打量着苏轼，犹豫了半晌，小心问道："苏大人，老汉有一句话想问你，你果真是文曲星下凡？"

苏轼捻着银须，故作神秘地说："老夫若不是文曲星下凡，岂能一头牛都不杀，就治好了你的病？"阿仔也在一旁不容置疑地说："苏爷爷说他是玉皇大帝派来的人。他在山上胡乱拔了些草，就治好了阿公的病。"

李老汉激动地起身下跪："老汉有眼不识真神，还请苏大人恕罪。"苏轼忙将他扶起："老兄，同你开个玩笑。我哪里是什么真神，只是懂些医术药理，配以这海南岛上的灵草妙药，医治你的病又有何难？"

李老汉跪地不起："苏大人此时就是我眼中的真神。苏大人好事做到底，老夫尚有一事相求，请苏大人施恩！"苏轼已猜到要说救阿勇的事，故意卖了个关子："我救了老兄你一命，你不体谅我，怎么还变本加厉？"阿福心实，信以为真，忙道："爹，咱们不能再劳烦苏大人了。"

李老汉老泪纵横地央求道："老汉如今相信，只有苏大人能救我儿阿勇。苏大人，老汉求求你了！"

苏轼扶起李老汉，似有几分把握地说："老夫当然要救。可此事非你一家之事，你明白吗？"李老汉不明所以地看着他，但听说"当然要救"，心里一下子有了希望，狠狠地点了点头。

此时，阿勇正被捆绑得严严实实，关在黎寨囚室里。葛贡带着阿黑、阿六开门进来。葛贡坐下来直瞪着他，阿勇抬头面无表情地看着他。阿六喝道："见了首领，你敢不下跪？"阿勇不答话，也不动身。

阿六要上前踹他。葛贡摆手制止，冷冷地说："阿勇，明日就是与你们汉人约定的五日期限，也是本首领砍你脑壳之日。就是千军万马来攻寨，本首领也要你死。你晓得本首领为何要杀你吗？"阿勇仍是一言不发。

葛贡疾言厉色地斥道："你！一个汉人后生，胆敢诱拐本首领的女儿？"阿勇忽然开口了："葛贡首领，你要杀就杀，阿勇早已说过了。但我不是诱拐阿珠，我们两个是真心相好。难道因为我是汉人，阿珠是黎人，就不算相好，而是诱拐了吗？"

阿黑骂道："你瞌睡鸟子等飞虫，野鸡求孔雀。妄想！不是你诱拐阿珠姑娘，她会迷了本心，违犯族规，要跟你逃出山寨？"阿勇静静地说："我与阿珠没有逃，我们没有错。就是我们犯了族规，我们也没错。"

葛贡冷笑道："你可真会说话。你们汉人最爱花言巧语，哄骗我们黎人老实可欺。如今你这个白脸后生哄骗到我女儿头上。可怜我家阿珠实心眼儿，被你言语迷走了魂魄，不吃不喝，成日喊着寻死。本首领不杀你不解心头之恨！"阿勇听说阿珠要寻死，登时急得跪下来："阿勇求葛贡首领一事，我可以死，但千万莫让阿珠死！如今惹下这么大的事，全是我一个人的错！首领给阿勇开个恩，让我再见阿珠一面，我要劝阿珠好好活着，来世我再来找她！"

阿六、阿黑怒道："快要死的人了，还要在这里说乖巧的骗人话！真是蜜罐子嘴，秤钩子心。首领，这汉人实在阴险！""首领，他就是用这样的话才将阿珠小姐迷惑的！"阿勇绝望地说："我没有骗你们，你们为何就不信我？"

葛贡转身欲走，在门口停住，回头道："阿勇，你的话实在太多，好在明日你想说也不能说了！"阿勇一愣，瘫坐在地，心如死灰："我既没有错，你要杀就杀吧。我不再说话了。"

第二天，烈日高照，一丝风都没有，黎寨外的广场上静得出奇。阿福带着一百来号汉人持刀拿棍守在寨外，不时地瞭望寨内的动向，片刻不得安心。黎寨大门内站满了搭箭举刀的赤膊壮丁，严阵以待。苏轼与苏过站在人群之中，紧张地看着。

虽然患病的黎人服了苏轼的药都有好转，但这丝毫没有动摇葛贡杀阿勇的决心。寨内刑场上，众壮丁围出一大片空地，葛贡高坐正北，刽子手扛大刀立在西侧。场内一派肃杀之气，黎族百姓在外圈围观。阿黑、阿六气势汹汹地押着五花大绑的阿勇进入刑场，按着他跪在葛贡面前。壮丁们一齐发出一声长吼，其声震天。阿珠听见这杀人的信号，以身撞门，哭喊着："放我出去，放我出去！"

阿福等人听见这吼声，也神色大变，纷纷握紧刀枪。阿福向寨内大喊："葛贡，你若再不放人！我等就要攻寨了！"众人举起刀枪齐声高呼："攻寨！攻寨！"但寨内毫无回应。阿福愤怒地回头对众人鼓噪："我们已等了半个时辰，那葛贡偏不理我们。依我看，若再延迟，阿勇就要被他们砍头了！"一时群情激愤："攻寨！现在就攻寨！"苏轼皱着眉，捻须思忖。

寨内刑场上，刽子手横眉怒目，杀气腾腾，双手紧握着刀柄。阿勇跪坐在地，绝望地闭上双眼。两个鼓手一阵击鼓，黎管长鸣。葛贡威严地起身，示意众人息声，大声宣布："这个汉人胆敢坏我族规，诱拐黎族女子，该当死罪，立即处死！"竹楼内阿珠绝望地瘫坐在地，哭得声嘶力竭，以头抢地，磕出血来。

阿福高喊道："走，随我攻进寨中！"众人挥刀响应。这时苏轼突然挺身站到人群之外，大喝一声："都站住！阿福，领众人撤到一边，谁也不可妄动。老夫要只身进这黎寨中去。"阿福等人愣在那里，疑惑地看着他。苏过忙要劝阻，苏轼微笑道："你们放心，老夫又不是没去过。"

刑场上，阿勇一脸听之任之的表情，绝望地闭上双眼。刽子手高高地扬起屠刀，众人屏息凝气。屠刀挥起，在空中划过一个半弧，正要落下。突然传来一声高喊："慢！"苏轼牵着身上挂满药包的牛出现了。

刽子手惊得手一抖，大刀定在半空。葛贡站起来直瞪着苏轼。两旁的壮汉持刀而立，但苏轼信步而来，如入无人之境。黎族百姓好奇而敬畏地注视着他。阿勇睁开双眼，眼神中满是诧异。

苏轼向葛贡深施一礼。葛贡不冷不热地问道："苏大人此时来山寨，有何用意？"苏轼不卑不亢地答道："老夫登门拜访，自然有事相求，老夫想以此牛来换一个人。"

葛贡问道："换谁？"苏轼静静地说："阿勇。"众黎民登时哗然。葛贡脸含愠色："苏大人真会说笑，用牛换人，这桩生意划不来，本首领不做。本首领知道山寨外正围着一群汉人，喊叫着要攻寨。你去告诉他们，待本首领砍了阿勇的脑壳，自会去照应他们。"

苏轼呵呵一笑："这头牛价值千金，首领若不换日后是要后悔的。"葛贡冷冷地说："苏大人，你曾送来汤药，救我族人性命不假，本首领不会忘恩。但一是一，二是二，坏我族规者当死。"苏轼道："葛贡首领，你不能杀阿勇！"葛贡怒道："苏东坡，你还不能对本首领指手画脚！"一干黎人怒道："你好大胆子！别忘了你身在何处，区区一个汉人贬官竟敢差遣堂堂首领！"

苏轼笑道："莫怒。看，这牛身上背的药包，足够寨中族人医治痢疾之用。如今他们只是初见药效，还须继续服药以固本归原。一头牛加上这些救命药包，难道还不能换来阿勇一条性命？"众黎人面面相觑，心中不由得有些动摇。葛贡却仰头看天，决然道："就算寨中族人都病死，也不能因此坏了族规。本首领不换。苏大人，请便。"听了这话，众黎人一惊。

苏轼劝道："以此牛换阿勇性命，可谓以四两拨千斤，儋州汉黎两族或可以此为机冰释前嫌，否则旧仇未了，又添新恨，纷争不止，两族永不安宁。"葛贡瞪目道："不安又如何？黎汉两族本就水火不容，本寨中多少族人死在你们手中，现在以一个阿勇抵命又有什么要紧！"说罢，喝命刽子手："砍！"

刽子手将刀架在阿勇的脖子上，又欲扬刀。苏轼忙道："且慢！汉族、黎族本是兄弟，皆是华夏子孙，怎可说是水火不容！同室操戈，于心何忍！"葛贡一阵狂笑，示意刽子手停手："兄弟？好个兄弟！那苏大人说来听听，你我兄弟如今成了仇家，又是如何反目的？"

苏轼道："兄弟间不免也有吵闹，但毕竟是一家人。一家人能有什么解不开的仇恨？汉黎不和，错在官府。过去官府政令更张，造成混乱，加之确有一些官员歧视他族，以致纠葛愈演愈烈。"葛贡心中颇以为然，却仍冷冷地说："苏大人的话，是官样文章。本首领听汉人当官的讲得多了，并没什么新鲜！"

苏轼慷慨道："不管是何族，都是这海南岛上的主人。各族和睦相处，才能安居乐业、生养不息。首领若高瞻远瞩，将阿勇放归，兴许就能放出个海阔天空来！以此为机，两族修好，则海南岛必成为名副其实的洞天福地！"众黎人又一阵喧哗，有不少点头赞许的。葛贡心有所动，但嘴上仍执拗地说："可笑！你这话该说给你们汉人自己听！"

苏轼笑笑道："首领非要如此，老夫也不强求。不过以此牛换阿勇，首领不仅不吃亏，还赚了个大便宜。要知其中详细，请给一个薄面，与老夫同到寨中田地去，老夫自会证明。"众黎人面面相觑。葛贡冷笑道："倒要看看你玩儿什么花样。"

葛贡与苏轼来到黎寨田地，刑场上的人都尾随而去，阿勇也被捆着押在一边。苏轼挽起裤腿，扎起衣摆，从牛身上卸下犁头，给牛套上犁。众人簇拥着葛贡，一脸疑惑地观望。苏轼一拍牛背，老牛"哞"了一声，卖力地走起来。黎人都看傻了眼，他们从没想到牛能犁地，更没想到是如此快而省力，不禁惊叹地叫出声来。葛贡也不觉流露出惊异的神色。

苏轼如农人一般喜悦地耕着地，回头对葛贡说："你可看见，这牛在大陆本就会耕地，用牛耕地快而省力，能抵得上几个族人的气力。现在你换是不换？"葛贡倔强地说"不换"，但底气已明显不足。

苏轼笑道："药可治病救命，牛可耕田做活，皆有大用。葛贡首领杀了阿勇，却无实用。若老夫是葛贡首领，就挑这实实在在的。"葛贡不答。众黎民恳求道："首领，就跟苏大人换了吧！苏大人的药灵验得很，要是没了他的药，我们都活不成了！""首领，苏大人的牛会耕地，跟他换了吧！""首领，苏大人是个好人，他跟别的汉人不一样！"

葛贡大怒："大胆！你们难道都忘了族规吗？"众黎人吓得噤若寒蝉。苏轼劝道："族规是死的，人却是活的。人要吃饭耕田，吃药救命；族规却不食烟火，终落得个不近人情，不得人心。阿勇与阿珠之事，老夫也了解了一二。阿珠是你的亲生女儿，她与阿勇心心相印，依老夫看，首领何不成全他二人？"

葛贡冷笑道："笑话！自古以来，汉黎不通婚，岂可违背？"一句话听得阿勇垂头黯伤。苏轼朗声说："汉代昭君出塞远嫁匈奴，唐代文成公主吐蕃和亲，都是千古美谈，为何汉黎就不能通婚？首领若视天下如一家，以阿珠、阿勇为始，开黎汉婚禁，可使两族从此诚意修好，消灾延福，功莫大焉！"

众黎民听了这话，都觉有理，齐刷刷地跪下为苏轼说话，求葛贡以人换牛，成全二人。葛贡心知苏轼所说是理，但碍于族规，犹豫不决，心中反复掂量，踱来踱去。

此时寨外广场上阿福等人早就急坏了，如热锅上的蚂蚁。阿福焦急地说："苏公子，怎么里面一点动静都没有？依我看，现在就攻进去吧，怕来不及了。"苏过心中也是焦急万分，来回踱步，不断望向悄无动静的黎寨，强作镇定，摇头道："等一会儿，再等一会儿。"

阿福却再也按捺不住："不能再等了，我们这就冲进去！兄弟们，来，随我攻寨！"众人持刀拿棍，正要冲进去，却见太守张中率一众官员疾行而至。张中喝道："你们这是要做甚？敢擅自鲁莽行事，本官就将你们全都囚入牢中！"

阿福焦躁地说："张大人，苏大人方才只身进寨，到现在还没出来。我们怕他会遇到什么不测！"张中大惊失色："什么？怎么能让苏大人只身进寨，你们……糊涂！苏公子，万一苏大人出了事，本官如何担待得起？"苏过无奈地说："张大人，家父非要进去，我们都劝止不了。"张中急得连连跺脚，不知该如何是好。

突然，阿福见两个人一前一后地从寨门走出，兴奋地大叫起来："张大人，苏公子，你们快看！"众人循声望去，见正是苏轼和阿勇。众人起先还不相信自己的眼睛，使劲地揉揉眼，等看清楚，立时欢呼雀跃起来，飞跑着向二人迎去。

消息很快传到村里，村里人都跑出来，兴高采烈地夹道欢迎。李老汉万分激动地从人群中冲出，跪到苏轼跟前："苏大人，你果真是文曲星下凡。你对老汉一家、对全村，实在是恩重如山，我们粉身碎骨都难报答呀！"阿勇也忙跪下："苏大人救命之恩，小的无以为报！"众村民都跟着跪下谢恩。苏轼忙将李老汉拉起，笑道："大家都起来，不必客气。老夫还要教你们用牛耕地呢！"

全村庆贺了一晚，欢声沸腾。苏轼酒量本不行，一时高兴，喝得酩酊大醉。次日，苏轼让苏过教村民用牛耕地。全村的人都跑来围观，老人们也拄着拐来看。苏过驱使耕牛在田中犁地，众村民见了，觉得不可思议，赞不绝口。

这日，苏轼、李老汉和阿仔坐在田埂上悠闲地休憩。李老汉高兴地说："如今村人都知道苏大人是文曲星下凡。听说是您的意思，都来学习耕田，杀牛的也少多了。"苏轼仰天而笑："老兄，你真以为老夫是文曲星吗？"李老汉对此深信不疑，一本正经地说："那还有假？大人下到凡间，能挑中我们儋州，是我等三生有幸了。"

苏轼笑道："老夫如今是骑虎难下，只有将错就错了。不过老夫倒有一桩正事拜托你，老兄回头给我找几个读书人来，跟我学着看病用药。免得老夫仙去之后，你们这里又无人看病，牛儿们又要任人宰割了。"李老汉忙道："苏大人好不容易到我们儋州，什么仙去不仙去的。不过找读书人可就难了，我们这里方圆几十里也找不到一个识字的人。"苏轼一惊："哦？"随即捋须笑道："也就是说，老夫又要受累在此地开学堂了。"

李老汉惊问："开学堂？"苏轼点点头，摸着阿仔的脑袋问他："你来不来学堂？"阿仔噘着嘴道："我问的事情苏爷爷要能回答了我，我就去你的学堂。"李老汉见阿仔如此冒犯"神灵"，忙搡了他一把，瞪眼骂他不懂事。苏轼忙阻止道："童言无忌，容易问出大学问。"又问阿仔："此话当真？"阿仔有模有样地仰头答道："大丈夫岂能戏言。"苏轼颔首笑道："好，你问吧。"

阿仔问道："海有多深？"苏轼开怀大笑。阿仔纳罕地问："苏爷爷为何发笑？"苏轼道："问得好，千条江河归大海，万涓细流不复回，每一滴水汇集成海。若知大海有多深，这很简单：自从盘古开天地，知道天上下了多少雨加上所有不息的江河之水，自然就知道海有多深了。"

阿仔歪着脑袋，作难地说："那怎么算呢？"苏轼一脸得意地看着他："你算不出这些，我又怎么知道海有多深呢？"阿仔不好意思地搔着头皮，调皮地笑了笑。李老汉在他屁股上拍了一巴掌："还不跪下！"阿仔忙跪在地上磕头："先生在上，请受阿仔一拜。"

苏轼把阿仔扶起来，意味深长地说："你只要多读书，学问就会像这无穷的雨水和江河水一样，汇成一片大海。"阿仔心想苏爷爷说的准没错，似懂非懂地点点头。

第二天，阿福、阿勇"当当当"地敲着锣，沿村叫喊："各家各户听好了，苏神仙要开办学堂，各家的子女都可送来念书，日后考秀才、中进士了！"不多时，全村都知道了。有的村民指望孩子考个功名，有的觉得识几个字也好，有的认为让苏神仙教准没错，都愿意把孩子送来。

学堂设在村里的破庙中，学堂里头一天就来了二三十个学生。张中听说此事，大为欣喜，派阿福送来一书箱的书。苏轼见底下的学生有的已是大小伙子，有的还是髫龀之年。阿仔坐在他叔叔阿勇的旁边，实在有些滑稽。

苏轼念道："学而时习之，不亦说乎？有朋自远方来，不亦乐乎？人不知而不愠，不亦君子乎？"学生们摇头晃脑的，一句一句地跟读，书声朗朗。众乡亲趴在窗边，好奇地伸头朝里看，看着学生们的样子都悄悄地笑了，又怕影响学生们，一时都回去干活了。

这时葛贡带着十几个黎族孩子，向村中走来。好些村民正在御牛耕田，见到他们，惊得目瞪口呆。葛贡却旁若无人地一径走过。众村民张着大嘴，眼看着他们走到寺庙里去。

葛贡带着黎族孩子出现在学堂，众学生惊得停止了读书。苏轼起身施礼，葛贡还礼道："苏大人，我是不请自来，不知我这些孩子可否来你的学堂？"苏轼高兴地说："善哉，善哉。首领虚怀若谷，让老夫感佩。"

苏轼忙让孩子们入座。孩子们各自就座，与汉族孩子离得远远的。苏轼道："师道尊严，你们既来学堂，当听为师教导。来，各位黎族学生，都挨着汉族学生坐下。一个汉族学生，一个黎族学生，穿插而坐。"黎族学生以询问的目光看着葛贡。葛贡道："苏大人已是你们的老师，学生当然要听老师的。"

见孩子们落座，葛贡向苏轼告辞。苏轼问道："为何不见贵千金阿珠？"阿勇偷偷地瞟了葛贡一眼。葛贡故意对他视而不见，向苏轼告辞而去。苏轼目送葛贡，笑了笑，继续念道："学而时习之，不亦说乎？有朋自远方来，不亦乐乎？人不知而不愠，不亦君子乎？"汉黎两族的学生齐声跟读。

次日，苏轼起了个大早。经过海滩时，便在一块礁石上坐下，望着被朝霞映红的大海，听着阵阵潮声，自言自语地说："日出日落，生生不息。沧海横流，人似一粟。洋洋大观，何烦何忧？"

一群赶海的女子腰挎竹篓说笑而来，见了苏轼，忙上前打招呼："苏先生，起得这么早？""您天天早晨观海，想家了吧？"苏轼笑道："这里就是我的家。"一女子道："这里可是天涯海角呀。"苏轼看看远方："能在天边生活的人，才最应该知足。"又一女子问道："苏先生，你那么大学问，教教我们行吗？"苏轼开玩笑地说："我倒想教，可你们的男人肯吗？"众女子笑了起来。

苏轼起早是要往黎寨去，想收阿珠为女学生。说明来意后，葛贡为难地说："如今在我心中，苏大人视天下如一家，是天下最有学问的人。苏大人有意收小女做学生，我何乐而不为？只是一个黎族女子怎可以在汉人学堂之中抛头露面，实在不合规矩。"

苏轼苦笑道："这世上哪里来这许多规矩？"葛贡道："你们汉人不也常说，'没有规矩，就不成方圆'吗。"苏轼见一时劝不动他，笑道："首领近来常读汉人之书，现在也颇有几分视天下如一家了。"葛贡又以一句汉人成语作答："近朱者赤，近墨者黑。"苏轼大笑，只得说："好，好。此事再议、再议。"

回到学堂里，苏轼带着学生们念道："君子食无求饱，居无求安，敏于事而慎于言，就有道而正焉，可谓好学也已。"谁知阿珠忽然出现在屋外，学生们都大吃一惊，书也忘了念，都看着她。

阿勇更是瞪大眼看着她。二人四目相对，登时似火如电，情意缠绵。苏轼佯咳了一声。二人脸一红，稍微有些收敛，俄而故态复萌。苏轼心知她是偷跑出来的，微笑着说："原来是阿珠小姐，请就座吧。"阿珠大大方方地坐在阿勇身后，学生们掩嘴而笑，窃窃私语。

不多时，阿黑、阿六满头大汗地飞跑过来，见到阿珠，就要往内闯。苏轼拦住他们："且慢，二位是来听老夫讲学的吗？"阿黑道："苏大人，在下是奉葛贡首领之命，来捉……不是，请阿珠小姐回寨的。"苏轼道："阿珠小姐已是老夫的学生。去回禀你家首领，她在此学习听讲，一切由老夫教训，尽管放心。"

阿六张口结舌地说："可是，苏大人……"苏轼道："子曰，'既来之，则安之'。二位若无事可做，也落座听讲吧。"二人面面相觑，只好灰头土脸地坐下，为的是监视阿珠，免得她做出什么出格的事来。

苏轼继续教学生们念书。阿珠漫不经心地跟着念，不时瞟瞟阿勇，一个人偷笑。苏轼看在眼里，笑笑不语。阿黑、阿六眼巴巴地瞧着，却无可奈何，如坐针毡一般。

苏轼在海南被敬若神明，但章惇等人仍视他为眼中钉。章惇本想让他到海南这蛮荒之地"颐养天年"，谁知他真的颐养起天年来，不由得又气又恨。于是召来蔡氏兄弟计议：苏轼在海南儋州，苏辙马上又要从雷州贬往循州，秦观也要贬到雷州，派吕惠卿的弟弟吕升卿到广西南路督察，就近整治苏轼等人。

曾布天良未泯，向哲宗进言："苏轼兄弟本是吕氏兄弟的仇家。若吕升卿担当此路督察，苏氏兄弟焉有生存之理？若把苏轼迫害致死，陛下就会失信于民。再者，他可是陛下的老师。"哲宗一惊，改派董必前去。

蔡京得知此事，气急败坏地去见章惇。章惇正背着手，悠闲地布置房屋，指挥家丁裱画、插花、搬箱倒柜。蔡京掏出一封信，递给他："董必与苏轼兄弟并无嫌隙，去广西南路有什么用？请大人将此信交给董必，他明日就要起程去岭南了。"章惇瞥了一眼，应了一声，一面仍威严地命令家丁："这画再向右挪几分。"

这封信就是让董必"好好照顾"苏轼、苏辙、秦观三人。董必果然不辱使命，十分上心，一到任就先派手下的董福和马勇去找苏辙的麻烦。一到苏辙租住的房子，两个狗腿子凶神恶煞地往门口一站，把门敲得山响。

一进门，马勇便嚣张地责问道："我二人奉董必大人之命，前来问罪于你。你身为朝廷罪人，流放到此，不思悔改，还为害地方，却是为何？"苏辙惊讶地问道："此话怎讲？"董福一副小人得志的嘴脸，冷眼看着他道："你说说看，你为何要强占民房？"苏辙反问道："谁说老夫强占民房了？你们说话有何凭证？"马勇粗声横气地说："要什么凭证？此事都传到京城之中了。"

苏辙懒得与这种人理论，叫史云将房子租约拿来，递到二人手中，扭过脸去，一言不发。二人无言以对，只得喝道："苏辙！我等奉董必大人之命，告知于你，你已被贬往循州，立即收拾妥当，即刻起程前往。"说罢，趾高气扬地离去。

苏辙和史云怒目而视。突然又是一阵敲门声。苏辙气冲冲地去开门："大胆！你们也不要逼人太甚！"见竟是秦观，登时大喜。此时秦观也已是知天命之年，两位老人暮年相见，老泪纵横地抱在一起。

秦观被贬到雷州，苏辙却从雷州贬到循州，即使数遭贬谪，也不能贬到一处。两位老人相聚只有短短几日，分外伤感，对苏轼更是日夜牵肠挂肚，生怕董必加害于他，却不知计将安出，只有相对垂泪。

雷州与儋州只一海之隔，却不能过海探望。在来雷州的路上，秦观怆然叹道："人身无自由，强似牢中囚。隔海空相望，望中一海愁。"一旁的差人劝道："您也不必太悲伤。还是您的词说得好，'两情若是长久时，又岂在朝朝暮暮'。眼下您正走'背'字，他日定有时来运转的时候。"

得知秦观先后已被贬五次，两位公差叹道："也不知怎么了，有学问的人都被贬得这么惨。可见这当官也是无常鬼，不是件好事。""一朝天子一朝臣，都成了党。这么折腾下来，可就动了根本、伤了元气。"

秦观问道："两位对熙丰党人和元祐党人有何看法？"一名公差想了一会儿，道："王安石变法是好的，但没变好，用的尽是小人；司马光也是个君子，把新法都废了却也不对。比起来，还是苏东坡大人最务实。"秦观停住脚，慢慢转过身来，深深地向二位差人鞠了一躬。

董必因亲信彭子民的劝阻，没有亲自到海南"督察"苏轼，而是又把这一重任交给董福和马勇。二人手持腰刀，气势汹汹地往苏轼住的驿馆赶来。此时驿馆已被重新修好，苏轼父子搬回来住。李老汉等人十分不舍，百般挽留他们住在村里。苏轼不想麻烦他们，坚持搬了回来。幸好如此，不然董福二人又要借此小题大做。

这天，苏轼在著书，苏过在作画。苏过道："父亲，在竹、兰、石中，我以为当属石头最为难画，总不得要领。"苏轼放下笔，走过来看了看他的画，道："石头乃死物，要把石头画活，分硬、柔两种格调。硬要顽强挺拔，柔要曲畅有灵，笔笔显示造化之工，明暗相映，能看出一日之内是何时辰所画。这样，它就不单单是一块石头了。"苏过恍然大悟地点点头。

董福、马勇二人破门而入。董福半眯着眼，斜视苏轼，装腔作势地问道："你就是苏轼吗？"苏轼站起身来打量着二人，平静地说："本人正是。二位官差有何见教？"董福鼻子里"哧"了一声："我二人受董必董大人指派，前来督察你。"苏轼坦荡地双臂一摊："好哇，查吧。"

董福四下看了看，蛮横地说："这是官府的房子，你父子二人没资格住在这里，立即搬走。"苏轼问道："那我们搬到哪里去呢？"董福冷笑道："这我就管不着啦！"苏过没好气地说："那你管什么呢？"马勇瞪了他一眼："就管不让你住在这里。"

苏过怒道："狗党狐朋，倚仗人势！"马勇拔出刀来，吼道："你再说一遍！"苏轼过来挡在苏过身前："他不懂事，请官差高抬贵手吧。"董福喝道："马上搬走！"苏轼无奈地说："好好好，搬走搬走。但老夫还要问一句，搬到哪里呢？"董福横声道："自己找地方去！"

这时，几十号村民听到消息，一个个的拿着鱼叉、锄头、镰刀，冲进屋来，围得水泄不通，对董福二人怒目而视，恨不得把他们活吃了一般。二人见了这架势，吓得一连倒退几步，面如土色。董福色厉内荏地喝道："大胆刁民，你你你……你们要做什么？"

阿勇、阿成等人怒道："做什么？告诉你二人，在这岛上，没人能欺负苏大人和苏公子！""凭什么不许苏大人住！敢欺负苏神仙，把你们扔到海里

269

喂鲨鱼!"李老汉上前高声道:"小子,苏大人可是神明下凡,他如今还是我们学堂的先生。你们要害他,先问这里的人答不答应!"

董福、马勇二人躲到苏轼身后,指着村民们斥道:"反了,简直反了!"苏轼见势不妙,忙向众人作揖道:"诸位父老乡亲,不可为老夫以身试法。我父子二人搬走就是了,多谢多谢。"

李老汉扬手号召:"先住我家去。乡亲们,咱们就在桄榔林给苏神仙盖新房子!"众人齐声响应:"对,给苏大人盖新房,看他们还撵不撵!""走! 帮苏大人搬东西!"说罢,一齐涌上,七手八脚地帮苏轼收拾东西。董福、马勇二人惊得目瞪口呆。

椰子林的南边,是一块平坦的绿地。由此向南望去,远处是湛蓝如洗的大海。苏轼的新房就盖在这里。远近乡亲们云集而来主动帮忙,缺什么都从自己家拿,连老汉、老妇也来出力,以报答苏轼的恩德。有的扛木头,有的用背篓背瓦,有的和泥,工地上一片欢腾。乡亲们都不让苏轼操一点心,请他只管去学堂里教书。葛贡也派了不少壮丁来帮忙,只是不和汉人说话,各干各的。

董福、马勇二人见形势不对,只得夹着尾巴灰溜溜地回去。二人乘着肩舆,经过椰子林时,不料两边忽然飞来无数个大个的椰子,躲闪不及,被砸得头晕眼花、七荤八素,狼狈地跌下肩舆,摔得鼻青脸肿。

董福惊呼:"是谁? 住手! 大胆蛮民,竟敢袭击朝廷命官!"见椰林中几个人影一闪而去,喝道:"别跑,给本官站住!"马勇害怕地说:"算了。这里偏僻蛮荒,人又彪悍凶狠,还是尽早离开为好。"董福看看四周,也害怕起来。二人慌乱地爬上肩舆,不断催促脚夫快走窜逃而去。

七十一　域外渊明

　　苏轼的新家——桄榔庵，花了几日功夫就建成了。清晨，椰树叶子滴下晶莹的露珠，鸟儿在枝头欢快地鸣唱。阿勇背着弓骑着马，来到桄榔庵的柴门前，将一大块鹿肘肉挂在柴门上，打了一声响亮的呼哨，策马而去。岛上无墨，苏轼的墨已用完，父子俩起了个早，要到山林中采松油，回来试着制墨。苏轼正在穿衣，听到呼哨声，跑到门外一看，拈须笑道："是阿勇送的。"

　　父子俩采了不少松油回来，研习几次，渐知门道。苏过说："这松油制墨很有讲究，加多了发涩，加少了发散。"苏轼颔首道："这就叫度，任何事情都有个度。过犹不及，就叫失度。事不宜迟，今夜就烧松油，制黑烟灰。若成墨，就管此墨叫'苏墨'。"

　　谁知，当晚却险些因此酿成火灾。夜中父子俩呼呼大睡时，厨房灶内的火慢慢引燃出灶，引着了灶旁的一堆干柴，不多时火便烧了起来。苏轼被腾腾的浓烟熏醒，忙坐起身，惊喊道："过儿！过儿！"苏过也已惊醒，跑过来拉着父亲，披起衣服，逃到门外，这才发现是厨房起火。

　　苏过即刻转身冲进厨房，抓起水瓢，从水缸中舀水灭火。好在干柴不多，火势不大，一会儿就被扑灭了。苏轼蹲下检查火灶，才知是墨灶余火引出所致，从灶中焦黑的残物中拨得几块黑烟灰，无奈地摇摇头，苦笑道："墨没制成，今夜差点制成一道绝世名菜。"苏过忙问什么菜，苏轼道："东坡里脊肉。"父子俩相视大笑。

　　苏轼在此地甚是快活，不论走到何处都大受欢迎。他爱串门儿，喜欢交朋友，一来二去，和村子里家家户户都混得很熟。乡亲们从不把这位好心、有本事、没架子的"苏神仙"当作外乡人，和他处得如亲人一般。苏轼自己也说"我本海南民，寄生西蜀州"，自诩为"海南秀才"、"域外陶渊明"。

苏轼喜欢在田间瓜地漫步，腰里别着一把酒葫芦，嘴里愉快地哼着自己的诗词，这回哼的是《哨遍·归去来兮》："……策杖看孤云暮鸿飞。云出无心，鸟倦知还，本非有意。噫！归去来兮，我今忘我兼忘世。亲戚无浪语，琴书中有真味，步翠麓崎岖，泛溪窈窕，涓涓暗谷流春水……"

一位老妪正在瓜田里拔草，朝他喊道："苏大人，上哪儿去？"苏轼指了指前方，道："到黎子明家喝酒去。"一旁的老汉顺手摘下一个顶大个的西瓜，让他带去解酒。苏轼接过西瓜拍了拍，忙谢道："好东西，多谢了。这季节，北方是吃不到西瓜的。"说罢，把西瓜举着放在头顶，双手扶着，接着走路。

老妪笑道："苏大人，过去在朝当大官儿，现在想来，真是一场春梦！"苏轼摇头笑道："说得好，说得好。以后我就喊你'春梦婆'吧。"说完，用手扶稳险些掉下来的西瓜，又哼着向前走："观草木欣荣，幽人自感，吾生行且休矣……"望着他渐行渐远的身影，村民们笑个不停。

喝完酒，已是暮色苍茫，苏轼带着几分醉意，拄着拐杖，摇摇晃晃地往回走。乡亲们太热情，苏轼喝得着实有些多，连家在哪里都记不得了，口中还念道："但寻牛屎觅归路，家在牛栏西复西。"

不想转眼间浓云滚滚，电闪雷鸣，豆大的雨点子落下来。一个村妇在家门口见了他，忙喊他快来避雨。苏轼来至门内，问她稻子长势如何，村妇答道："托大人的福，长得大好，今年准丰收！"苏轼乐得连连道好，又问能不能借她家的斗笠和木屐。村妇忙回身取过来递给他，还嗔他说话太客气。

苏轼道了谢，戴上斗笠，脱下单鞋，穿上木屐，转身走向雨中。穿着木屐走路不便，样子显得有些别扭，他自己却浑然未觉。一路走过，村民们大笑不已，孩子们调皮地吹着葱叶跟在他身后看热闹，一只花狗也摇着尾巴跟着他走。

苏轼回到家中，丢下拐杖，自笑不停。苏过正准备做完饭去接他，见他回来，忙走过去问父亲为何发笑。苏轼道："盖自笑也；亦笑韩退之钓鱼无得，便欲远去，不知走海者未必得大鱼也。所行处无非风雨，避之何为？前番在惠州，为父自称'惠州秀才'；此番投荒海南，便是'海南秀才'。悟得此理，何处不是故乡，何处不是乐土？！"

过了几日，苏轼同几个年轻人出去夜游，四更时才踏着月光回来。苏过忙迎上来，告诉他苏辙来信了。苏轼接过信，惺忪着醉眼，在灯下读了起来。读了几行，酒意全消，一脸凝重地放下信，半晌无语，落下泪来。信上说，哲宗驾崩，章惇被贬越州。

海南与大陆消息不通，张中又因故久未来访，因此苏轼迟至此时才知道这等大事。哲宗对苏轼一贬再贬，只因少年心性，听信谗言，意气用事。苏轼对他并无怨言，想起数年师生情分，又念他英年早逝，较神宗之死更为可伤，久久不能释怀。章惇被贬，苏轼也全无幸灾乐祸之心，反倒大有同病相怜之感。更不知朝政又将发生怎样的变化，或许又将再起风波。

元符三年正月（公元1100年），哲宗嬉乐时喷血气绝而亡，年仅二十四岁。上年九月，刘妃为哲宗生了一个皇子。哲宗龙颜大悦，废孟皇后，立刘妃为后。谁知未到年底，小皇子夭亡。向太后在福宁殿召见众大臣，泣道："国家不幸，大行皇帝无嗣，事须早定。老身无子，诸王皆神宗庶子。"

章惇第一个站出来："以长，则申王当立。"大臣们都知申王是个盲人，不知宰相哪根筋搭错了，禁不住偷笑起来。向太后道："申王病，不可立；先帝尝言，'端王有福寿，且仁孝，当立'。"

章惇道："端王轻佻，不可以君天下。"言未毕，曾布叱道："章惇听太后懿旨！"向太后下令接端王赵佶入宫继帝位。曾布道："国家危难之日，臣请太皇太后权同处理军国事。"大臣们纷纷伏地："太后英明。""请太后垂帘听政。"

见大臣们众口一词，章惇声泪俱下："不可！端王性好游乐，偏嗜书画小道，宠信邪癖小人，若立为君，大宋危矣！"曾布斥道："章惇大胆，立嗣乃皇家之事，安得妄言？"见风使舵的蔡卞忙反戈一击："章惇以势挟持太后，私立皇嗣，其心可诛。"向太后脸色一寒，命章惇为山陵使，办理先帝丧事。章惇悲怒交加，痛哭流涕而出："曾布竖子，蔡卞小儿，大宋断送在你们的手里了！"

果如章惇所说，年轻的新君赵佶在皇家仪仗的簇拥下入宫，掀开轿帘饶有兴致地观望着宫殿，拍拍轿旁的宦官，头一句话就是："朕要看南唐周文矩的真迹《重屏会棋图》，宫中可有？"一听说没有，急忙下令派人去找。

章惇合该倒霉，哲宗下葬那天，几百人牵运灵柩前往永泰陵，突然电闪雷鸣，风雨大作，民夫们四散而逃，灵柩被丢弃在野地。徽宗得知此事，龙颜大怒："你好大胆！竟然弃先帝灵柩于野外，听任风吹雨打，你忠在哪里？！你的宰相不要做了，到越州去吧！"章惇跪在地上，冷汗直流，面色苍白。

这时，蔡京千辛万苦找到徽宗要的《重屏会棋图》，兴冲冲地拿进来。徽宗正在气头上，怒道："国丧期间，朕看什么画？！你平日就和章惇裹缠在一起，章惇出京，你也不要留了，到杭州提举洞霄宫去吧！"蔡京如遭五雷轰顶，错愕片刻，忙跪下谢恩。

章惇失魂落魄，摇摇晃晃地走出殿来，突然仰天流泪大笑起来。见他这副形态，蔡京一脸鄙夷，暗道：瞧你那样子，鹿死谁手还不一定呢！

回到家中，章惇无神地坐在椅子上，如泥塑木雕一般。家丁们正在收拾东西，屋内一片狼藉。忽听见屋外传来一阵痛哭声，章惇不耐烦地叫道："管家，管家！是谁在哭？"管家回道："是公子、小姐为老爷鸣冤而哭。"章惇怒道："他们哪里是哭我，他们是哭他们自己！以前我如何对别人家的儿女，而今也会加在他们身上，岂有不哭之理！"说罢，痛苦地闭上眼睛。

章惇一家从汴河码头坐船前往越州。章惇在船头站了半日，竟不见一人相送，心中感到万分凄凉，转而怒视岸上，举杖仰天怒吼："一群竖子！小人！匹夫！本相离任，你们竟一个都不来送别！苍天，本相从此与尔等不共戴天！"此时，他仍自称"本相"，不改宰相的脾气。汴河中，这一叶孤独的小舟渐行渐远，从此离开了汴京。

黄昏时，章惇呆立在船头，一手牵着幼小的孙儿，拄杖望着落日，愁眉不展。半晌，强笑道："孙儿，继续背诵《论语》。"孙儿迎着余晖，大声背诵："'君子食无求饱，居无求安，敏于事而慎于言，就有道而正焉，可谓好学也已'。"

章惇见旁边一渔翁正在撒网，问道："这位渔翁，可有鱼吗？"谁知渔翁笑道："没了，天下的好鱼都被章惇打尽了，只剩下些乌龟王八。"孙儿一愣，盯着章惇看。章惇举杖欲打渔翁，怒道："你再敢胡说，吃老夫一顿打！"渔翁急忙收网而去，悻悻地说："疯人！"

到了越州，章惇要出去散散心，牵着孙儿，与管家一同买米。三人来到粮店前，店老板见是章惇，低下头不搭理，只顾拨弄算盘珠子。管家连喊三声："店家，我买三石米。"店老板装作没听见。

章惇怒道："你这人耳聋了吗？"店老板抬头看看他，阴阳怪气地说："章大人，对不住，本店没米了。"章惇指着满屋的米袋，问道："你倒还认得老夫！这是何物？难道老夫老眼昏花看错了吗？"

店老板冷冷地说："章大人，这米不卖。"章惇质问道："为何不卖？"店老板头也不抬："不卖就是不卖，没有缘由。"章惇大怒："你是何意，要故意为难老夫？今日你卖也要卖，不卖也要卖！"

店老板起身拿木板封住店门："对不住，章大人，本店今日歇业了。"章惇怒不可遏，拿手杖猛砸店门："大胆刁民，狗眼看人低！给老夫脸色看，还轮不到你这业鬼畜生！"

路人都上前围观起哄。孙儿吓得号啕大哭，管家急忙拉住章惇，说道："老爷，算了，跟这种狗骨头计较什么，换家店就是！"章惇不住地咆哮："气煞老夫也！"

店老板从门内对着章惇的背影，轻蔑地说："要是苏东坡大人来买米，不给钱也卖他！"谁知章惇偏听见了，飞起手杖砸在店门上。

次日，章惇到茶肆看两个老者下棋，见一人落子不对，着急地说："不行，不行！你会不会下棋？此时黑棋当冲，白棋拐。黑棋此处破眼，白棋打，黑棋打劫杀子。"老者不耐烦地说："是我下还是你下？啰唆了这半天，也不嫌烦。"

章惇嘲讽地说道："下棋讲的是'气势'二字。瞧你这棋下得这般瑟瑟缩缩，以棋观人，做人也定是小家子气。"老者不悦地说："你看棋就看棋，为何说到我身上来？真是不可理喻。干脆我二人不下了，你一人来下就是，也落个清静。"

章惇不屑地说："老夫何等身份，纡尊降贵指教棋道，你二人却不虚心听教，可谓不识好歹。"老者反唇相讥："章大人，别忘了这里不是汴京，不是朝堂，更不是宰相府。这是越州的穷街陋巷，章大人何等身份，怎么到了这里呢？"章惇自知理亏，阴着脸不语。另一名老者凑趣道："若在海南，苏东坡大人来教授棋道，我二人自当洗耳恭听，虚己而问。听说正是章大人当初执意要将苏东坡大人贬到那里，失敬，失敬。"

章惇大怒："岂有此理，你二人敢编派老夫！"章惇气得以手杖挑翻棋盘，棋子落得满地都是。两位老者离席而去，愤愤地说："疯人，真是疯人！"章惇指着二人背影，怒狮一般地吼道："滚！竖子小人，你们就不怕老夫有朝一日官复原职，来取你们的项上首级！"

回到贬所，章惇一脸颓然地坐在院内，孙儿在一旁的石案上抄写唐诗。一阵风吹过，将纸吹到屋檐上。章惇忽然大发雄心："孙儿，你等着，爷爷给你取下来。"说罢，丢掉手杖，搬来扶梯架好，吃力地攀梯而上。孙儿见他手脚颤抖，吓得忙说："爷爷，不要上去。我不要了，重写一张就是。"

章惇全然不顾，笑道："孙儿，你是担心爷爷。告诉你，爷爷年轻时徒手攀越万丈悬崖，苏轼都不敢，爷爷却不惧。区区攀梯小事，不在话下。"正说着，不料两手一滑，摔落在地，惨叫一声，疼得几乎晕过去，忙喊孙儿快去叫人来。

章惇无奈地躺在地上，抬起头，见太阳渐渐落下，风吹着树叶微微摆动，一只鸟儿从上空飘然飞过。他觉得自己从未像此时这样衰老，不由得长长地哀叹了一声。米店老板、下棋老者的话，让他想起远在海南的苏轼——这位与他有着四十年恩怨的故人。

此时，苏轼正倚着一棵椰子树而坐，在夕阳下看书。阿仔抱着一只小花狗走来："我家的狗生了三只小狗。这只最好，请先生收下。养大后好给先生看家护院。"苏轼放下书，起身抱过小狗："好，多谢阿仔。我也没什么可看可护的，难得你给我找了一个新朋友。"

阿仔惊奇地问道："先生，你也把狗当朋友？"苏轼摸着他的脑袋笑道："有何不可？它比人好多了。阿仔，你帮老夫增添了李斯未乐之乐！"阿仔听得一头雾水："什么是'李斯'？什么是'未乐之乐'？"

苏轼让他坐到身旁，告诉他：秦朝有个宰相叫李斯，他也喜欢狗，希望自己老来退休在家，牵着自己的黄犬游乐于东门之下。但他有私心，始皇帝驾崩以后，他听信赵高的谗言，合谋杀害了太子，拥戴胡亥登上了帝位。可好景不长，李斯也被赵高所害。临刑前，他哭着对儿子说，再也不能领黄犬以尽东门之乐了。

阿仔歪着脑袋道："他活该有这下场！先生，您有私心吗？"苏轼道："有，希望自己多活两年。"阿仔想了想说："这不叫私心。"苏轼笑问道："那叫什么？"阿仔想了半天，一脸难色："我说不出来。"

落日掉进椰林中，染红西边的天空。苏轼悠悠地说："人者，恶死而乐生者也。但在老夫今日看来，一切都该听命自然。若一味向天要寿，岂不也是贪吗？何处黄土不埋人？老夫若在此处天涯终了，有这云天碧海、绿树椰影常伴，也是求不来的好福气。"阿仔听了一愣，似懂非懂，两只大眼眨巴着。

夜间，苏轼仍在油灯下著书不辍。灯光越来越暗，苏轼扫兴地站起来叹道："又没油了。"苏过忙端着一个盛油的黑瓷碗过来，小心翼翼地将油倒入，告诉他太守张中又送了一碗豆油。

油灯又亮了起来，苏轼大喜："好极了。为父自来海南，《易传》、《论语传》已完，《尚书传》已过大半。完成了这部书，就心无挂碍了。"苏过不解地问父亲为何要著《易传》。

苏轼搁下笔，起身道："这是你祖父的遗愿。再说，《易经》乃众经之首，是我华夏文化大本大源之结晶。过去注释甚多，莫衷一是。为父要根据自己所解，以为世人破读《易经》之用。真该感谢章惇，给了我这样一个安心著书的机会。作为读书人，还有比这更福贵的吗？"

苏过道："这倒也是。"又问："那夫子说的'学而优则仕'又当何讲呢?"苏轼一笑:"学而优未必仕,未必能仕,若世间皆能按圣人的教诲去做,早就步入大同了。夫子当年也没能做到,周游列国,如丧家之犬;困于蔡,而著《春秋》。足见真学问往往不在于仕,而在于不仕;不在于达,而在于困。"

苏过点头道:"孩儿明白了。依您的意思,章大人如今也可以做做真学问了。"苏轼摇头道:"子厚此后若似为父一般,能为无事饮,可作不夜归,当能息心静气,闭户著书了。"

苏轼能为无事饮,可作不夜归,却不能点无油灯,更不能为无米炊。惠州曾因家财几乎捐尽而没钱买米,这里却是因过海运粮不便而绝粮。这日,苏辙带着儿子立在雷州海边,看着大风大浪,不见一只船,叹道:"这大风刮了近一月,你伯父恐怕要断粮了,这可怎么办?"

苏轼家中存粮已不多,运粮船却还未到来。苏轼心知村民家中也所剩无几,不便开口去借,叹气道:"只有先省着点吃了。"这时阿珠急匆匆地跑来,告诉他黎寨又有不少人病倒,只怕又是痢疾。苏轼一听,忙与苏过忍着饥饿去山中采药。

苏轼将种种草药的叶或根采来,放在嘴里尝尝,突然失足掉进一个草木遮掩的深洞里。苏过大惊,忙跑过来。苏轼忍痛道:"不……不要紧!下面都是枯叶,没……没有摔伤!"苏过把绳子放下去,苏轼攥在手里,试了几下,苏过拉不动,苏轼也爬不上来。苏过只好赶紧去村里找人来帮忙。

苏轼无奈地等在洞里,却见脚边有一只金龟,头向阳光,张开嘴,正静静地吞咽洞顶射来的阳光。苏轼心头一震,若有所思地点头。这时,苏过带着阿勇等一群人跑来,将绳子放到洞底,让苏轼绑在腰里。苏轼被拉上来,回头向金龟作揖:"多谢了,金龟先生!"

次日,苏轼一大早起来,坐在院子里,迎着阳光,有节律地吐纳着。苏过在一旁静静地看着,等父亲睁开眼睛,忙问这是做什么。苏轼道:"昔闻古人有'龟息之法',练之可以辟谷,可以长寿,我尚不相信。前日掉到洞中,见有金龟,在洞底吞吐晨阳,方始有悟。此乃天缘!为父的早饭,不用吃了!呵呵,这粮食再迟些时日,也没关系!"苏过心疼地看着父亲,眼中满是泪花,说不出话来。

由于用药及时,黎寨中患痢疾的人很快就被治愈。儋州多热病痢疾,苏轼这日与葛贡到山间察看水源，想查出病因来。阿珠和几个黎人跟着葛贡，阿勇跟在苏轼身后。葛贡视阿勇如无物，众黎人也对他冷眼相待。

苏轼问葛贡："族人平日都喝什么水？"葛贡指着水沟，说喝的就是这样的水，又清又甜，说罢捧起就喝。苏轼惊问道："首领常喝生水？"葛贡答道："是啊。族人都喝生水。"苏轼若有所思，带着众人沿着小溪上溯，见前方草木将小溪遮蔽，忙叫阿勇取一罐草木下的水来。

苏轼接过阿勇递来的水罐，闻了闻，当下心中了然，回头对众人说："找到病因了。此地水质虽好，但溪水被草木遮蔽，水流不见阳光，易受腐败草木的污染。人若饮之，易生肠胃之疾；若是生饮，那就更易生病。"众人恍然大悟："是啊，是啊！"葛贡忙问该如何应对。

苏轼不假思索地答道："打井！"众人都惊讶地看着他。阿勇问道："什么是井？"葛贡瞪了他一眼，阿勇急忙低头噤声。阿珠趁葛贡不注意，偷偷挪到阿勇身边，拽了一下他的衣角，二人相视吐舌而笑。

苏轼解释道："就是在地下挖一个又深又大的洞，一直挖出水来，我们就吃那里边的水。中原地区，都是如此。"见众人面面相觑，又捻须笑道，"此乃小事一桩。待老夫打一口井出来，你们就明白了。"

回到桄榔庵，苏轼便召集村民来帮忙挖井，葛贡也派人回去叫了更多的人来帮忙。众人热火朝天地挖了半日，终于见到水了。阿勇提上一桶水来，众人都请苏轼喝第一口。苏轼喝了一口，赞道："好水！"众人欢呼："井成了，井成了！"

葛贡笑道："我提议此井叫作'苏公井'，如何？"众人欢呼道："好，好，就叫'苏公井'！"苏轼摇头道："非也，非也。"又看看葛贡、李老汉二人，捋须道，"我看应该叫作'亲家井'。"众人先是一愣，随即明白，哈哈大笑。葛贡、李老汉二人也尴尬地笑了笑。阿珠和阿勇遥遥相望，柔情脉脉，抿嘴而笑。

第二天一早，苏轼便带着阿勇去黎寨挖井。阿勇领着几位黎族壮丁在打井，苏轼与葛贡在一旁观看。阿珠远远地站在一边，两眼盯着阿勇，又不时忌惮地瞟瞟葛贡，不敢上前来。

苏轼看在眼里，悠悠地说："阿珠小姐在学堂中聪慧敏求，日后可知书达礼。"葛贡苦笑道:"要不是苏大人执意留她,我怎会让她出寨上学?我这女儿性如烈火,最是管束不住,此前那件事也还没了结……"

苏轼趁机道:"老夫向首领再进一言,阿勇与阿珠的确是真心相好,首领该成全他二人。"葛贡忙正色道:"阿珠虽在汉人的学堂上学,将来还是要同黎人成婚的。说实话,若不是看在苏大人的面子上,阿珠是连学堂都不能去的。"

苏轼微笑道:"也罢,也罢。阿勇这孩子天资甚高,读书也很用心。老夫打算让他过几日赴广州赶考,不知他能否考中。"葛贡瞟了一眼正在卖力挖井的阿勇,又正视前方,不置可否。

阿勇提上来一桶水,走过来说:"大人、首领,出水了。"苏轼和葛贡忙上前,众人围拢过来。苏轼道:"葛贡首领,你喝一口吧!"阿勇热情地将水桶递过去,葛贡迟疑了一下,接过水桶,喝了一口,赞道:"好!"众人齐声欢呼起来。

苏轼高举水桶,高声道:"大家听好,以后要饮井水,喝煮开的水,便能杜绝热毒痢疾之患。"众黎人欢呼着:"苏大人说什么,就是什么!"

阿勇高兴地笑了,拿袖子揩揩脸上的汗,向远处的阿珠瞟去。阿珠也正向这边瞟来,二人目光一接,做了一个只有他们知道含义的手势。

几日后,阿勇坐船到广州赶考。苏轼父子与李老汉一家一同到海边送行。阿勇站在船上,向众人挥手告别。苏轼挥手道:"此去平安。记住,海南岛上还没有一个秀才呢!"

船渐行渐远,阿勇遥望海岸,不见阿珠身影,心头不禁怅然若失。忽然耳边传来一阵用竹叶吹出的呼哨声,阿勇举头一望,见阿珠站在岸边的椰林内向自己挥手告别。阿勇向她扬手作别,满脸喜悦。

阿珠脸上挂满泪珠,用竹叶吹出黎族小调,不断挥着手。苏轼微笑着对苏过说:"记起旧作《水龙吟》一阕,'萦损柔肠,困酣娇眼,欲开还闭。梦随风万里,寻郎去处,却还被莺呼起'。"

远在几千里外的京师,朝政悄然地发生着变化。徽宗起先还励精图治,过了几个月,酷爱玩乐的本性渐渐显露出来。这天,徽宗在临摹作画,不时地抬头看着身边一群宦官、宫女踢蹴鞠。见宦官、宫女总接不住球,反倒狼狈不堪，登时觉得兴致盎然，搁下笔来，沉思片刻，微笑道："对了，去传高俅来！"

高俅匆匆过来，徽宗笑道："偌大宫中竟无人有你的蹴鞠技艺，朕都想念你的鸳鸯拐了。"高俅诚惶诚恐地说："承蒙陛下恩典，微臣献丑了。"徽宗对众宦官下令："将朕的画台前挪三尺，朕要看个真切。"

众宦官依命将画台前挪三尺，铺好画纸。徽宗欣然就座，提笔运神。高俅施展出浑身解数，球就像黏在脚上一般，让人着实赏心悦目，直看得人眼花缭乱，博得一片叫好声。

徽宗见此，淡笔轻勾，一幅《蹴鞠图》一挥而就，登时满纸生辉。众宦官、宫女啧啧赞道："陛下丹青妙笔，举世无双。"徽宗更觉得意，起身笑着对高俅说："朕也要与你踢几个回合。"

君臣二人各施神技，一时喝彩声迭起。踢了许久，徽宗累了，摆手叫停，气喘吁吁地说："够了，够了，朕踢不动了。问天下蹴鞠者，朕谁与同？唯高俅尔。"高俅谄媚地施礼道："陛下百艺皆精，英才盖世，非真龙天子不能也。"

徽宗入座，拿起丝绸汗巾擦汗，悠悠地啜饮香茗，环视一周，沉醉在繁华美好的宫苑景致中。徽宗用杯盖轻轻地磕着杯口，心中闪过一丝阴影，脸色微沉，低声细问道："章惇现在越州过得如何？"高俅眼珠一转，说："微臣听说他不肯放下宰相架子，脾气仍是很大，还说来日等他官复原职以后当如何如何。"

徽宗眉头一皱，转瞬又微笑道："原来章大人身处江湖之远，还心系庙堂之高呀！"高俅恨恨地道："章惇历来妄自尊大，目无圣上，且毫无悔改之意。微臣以为此等倚老卖老之人该再贬之。"

徽宗似未听见一般，只是微笑，拿起刚才所画的《蹴鞠图》端详半日，问高俅："你以为朕这幅画如何？"高俅躬身细看一番，谄笑道："惜墨如金，意在笔先。"徽宗满意地点头："你比他们都懂画。那依你之见，章惇该贬往何地？"高俅道："越远越好，岭南蛮荒可矣。"徽宗仍在看画，似心不在焉地说："那好，就让他到雷州去吧。"

高俅见徽宗优哉游哉地品茶，轻声道："微臣以为，凡是章惇贬过的老臣，都该让他们回京，可杀章惇嚣浮之气，更显陛下龙威！"宋徽宗缓缓地放下茶盏，思量道："朕记得一干老臣中，唯苏轼被贬得最远。他书画俱佳，让他回京如何？"

高俅忙道："微臣以为不可，苏轼有朋党之嫌。"宋徽宗颔首道："那就先让苏轼安置廉州吧。苏辙、秦观等人也作如此安置。传朕的旨意下去。"说罢，又拿起画细看起来。

不日，章惇接到诏书，心中愤恨，只得带着一家子再起程赶往雷州。一路颠簸，再加上心烦意乱，颇显潦倒，人瘦了许多。到雷州下车后，章惇去找房子租住，牵着孙儿慢慢走在前面，管家跟随其后。

章惇走到一家门前敲门，开门的男子问他找谁。章惇仍是一脸傲气："有房子出租吗？"男子问道："请问从哪里来，贵姓大名？"章惇傲然道："从汴京来，老夫名唤章惇。"男子没好气地丢下一句"没房"，"咣当"一声把门关上。章惇一愣，抢上前一步。管家见状，忙上来劝止。

章惇只得忍气吞声，继续前行，来到另一户前敲门。户主老头一见章惇，忙将门关上。章惇正欲发作，管家忙又摆手劝止。

又来到一户门前，章惇正欲敲门，转念一想，叹了口气，抬抬手杖示意管家敲门，自己尴尬地避到一旁。管家敲开门，问道："这位大嫂，有房出租吗？"开门的妇人道："有哇。你们是哪里人士，贵姓大名？"管家赔笑着说："我们是京城人，我家老爷是前朝宰相章大人。"

妇人冷冷地说："哟，原来是宰相大人！他也有今日？三年前苏辙大人被贬到这里，他不让人家住官舍，苏大人无奈租了民房。嘿，他派那董必来，硬说人家强占民房，再贬循州。我们太守是多好的一个人，被定了个'厚待罪臣'的名。今日我若把这房子租给他，再落个'厚待罪臣'之名，谁来保我这小民呢？再说，我就是租给他，雷州人也不答应。我还得在这里祖祖辈辈地住下去呢！雷州人都齐了心，他休想租到房子！"言毕，"啪"的一声关上门。

管家啐道："狗眼看人低！"章惇闪出身来，怒吼一声，欲举杖砸门，被管家一把拉住。他的家眷纷纷从车上下来劝阻，孙儿又吓得号啕大哭。章惇举杖对天长啸："你们不租房给老夫，老夫不求你们，老夫自己盖房住！孙儿不许哭，我章家人都是顶天立地的汉子！"一时气不顺，晕倒在地。众家眷和管家急忙上前扶起。举街家家闭户，一片寂静。

次日起，章惇一家自己动手，搭建住所。孙儿也试着搬运木料，倒是乐在其中，并不懂得大人们的辛酸苦恼。章惇拄杖立在一旁观看，仍是一脸不服输的乖戾之气。过往的路人驻足观看，议论纷纷。

章惇像是自言自语，又像是说给路人听："云里千条路，云外路千条。有人不租屋给老夫住，以为老夫就要露宿街头，成了老叫花子。但老夫是何等人物，自己盖屋自己住，求人不如求己，倒要让你们好瞧！"

众路人见他沦落至此还这么嚣张跋扈，纷纷摇头苦笑，一下子全走开了。章惇顿觉索然无味，恢复一脸苍老的样貌，又剧烈地咳嗽一阵，难受得直弯下腰去。管家忙上前扶他进车歇着。章惇逞强地摆手，又是一阵咳嗽。

新房终于盖成，门上贴着通红崭新的对联，上面写着"祥云浮紫阁，喜气溢朱门"，顶上横批是"乔迁之喜"。一家子站在门外，准备入住。见人人面色凝重，并无丝毫喜色，章惇怒道："你们为何个个都拉着脸？新居好不容易建成，大喜的日子，就不能高兴一些吗？"

管家小声劝道："老爷，高兴是高兴，只是这时候不比寻常，却也不宜声张。"章惇两眼死死地瞪着他："为何不能声张？本相偏要大张旗鼓，叫他们看看，本相不用租他们的房屋也能安土重居！"

管家忙劝道："老爷，轻声一些，隔墙有耳，窗前有人，莫让人听见。"章惇怒道："听见就听见，怕什么？难道本相还怕这些刁民竖子不成？"管家为难地说："若让人听见报了官，只怕又让朝廷那帮小人抓了把柄。"

章惇怒道："老夫何惧之有？去，去将爆竹拿来，老夫要庆贺！"管家见章惇瞪着他，只好取来一串爆竹。章惇接过爆竹，亲手点燃。"噼里啪啦"一阵爆响，路人都驻足观看，或面无表情，或脸露不屑，无一人叫好。章惇对此似浑然不觉。爆竹燃尽，化作一阵灰烟。章惇一脸孤傲地带领家人走进屋内，关上大门。

七十二　巨星陨落

章惇盖新房，没有一个老百姓来帮忙。第二天出门时，看到门口、屋顶上被铺天盖地的烂菜、臭鸡蛋和烂荔枝等弄得乌七八糟、惨不忍睹，登时险些背过气去。这和苏轼造桄榔庵的情景比起来，可谓天壤之别。

苏轼住在儋州，最爱做的就是和陶渊明的诗，每一首都和遍了，有的诗还一和再和，乐此不疲。他早年也爱陶诗，但越到老年，被贬得越远，才越有深刻体会，越能悟得其中滋味。

这日，苏轼又写了一首："新浴觉身轻，新沐感发稀。风乎悬瀑下，却行咏而归。仰观江摇山，俯见月在衣。步从父老语，有约吾敢违。"苏过拿起来念罢，品味许久，赞不绝口："父亲有的诗写得比陶渊明的原诗都要好。这些诗正可谓'外枯中膏，似淡实腴'、'绚烂至极，归于平淡'。"

苏轼正看着窗外，笑道："好，过儿也会评诗了。为父残生就蜗居在这海南桃源仙岛上，做个域外陶渊明。如今正是'回首向来萧瑟处，归去，也无风雨也无晴'。"苏过也向窗外远处望去，不禁一脸神往。

忽然听见一阵喧哗，苏轼转头望去，只见阿勇与李老汉、阿福、阿仔还有好多村民带着酒食，一路欢呼着奔跑而来。阿勇脚还没进门，就欢天喜地喊着："先生，我回来了！"苏轼心中早已猜到几分，忙满脸微笑地起身迎出去。

李老汉热泪盈眶，激动地说："苏大人，阿勇在广州中了秀才！托苏大人的福，他可是我们儋州的第一个秀才！您不仅救了阿勇的命，还让他考上了秀才，这可让我怎么谢先生啊？"阿勇也文绉绉地说："若不是得益于先生言传身教，阿勇怎能有今日？"苏轼笑道："谢什么，利人莫大于教，老夫也高兴。老夫早已料到阿勇会有今日。"

阿福拍拍手中的大酒坛子："苏大人，村人都邀你一同去饮酒庆贺！"村民们齐声附和。苏轼越发高兴，豪气干云地说："是该庆祝。这里太拥挤了，咱们到学堂去，一醉方休！"众人簇拥着苏轼，欢呼着往学堂去了。

村里出了儋州第一个秀才，全村人都万分高兴。学堂里早已满座，有的干脆就随意地坐在地上。阿黑、阿六奉葛贡之命给苏轼送来两坛黎家米酒，也被拉着不许走。众人喜笑颜开，载歌载舞，飞觥献斝，月上枝头时还兴致不减。众人都有了几分醉意。

村民们争着向苏轼敬酒，每人都有一套劝酒词，感谢他治病救命之恩，感谢他教会他们用药治病、用牛耕田、挖井取水、认字读书，感谢他让这里改掉种种陋习、成为文明开化之地。苏过见父亲已醉眼蒙眬，附耳劝他少喝些，小心醉了。但苏轼酒兴正浓，来者不拒，端起碗来潇洒地仰脖一干而尽。

李老汉一家更是敬了又敬。阿勇敬酒时说："先生来这儿之前，各族不睦，纷争不断。先生一来，则气象承平，化干戈为玉帛，各族受益获利。阿勇对先生万分敬仰，感恩不尽！"众人哄笑道："阿勇中了秀才就是不一样，说的话都让人听不懂了！"阿勇又请苏轼给学堂起个名字。苏轼道："今日是学堂出第一个秀才的日子，大家饮酒庆贺，载歌载舞，就叫它'载酒堂'如何？"众人齐声喝彩。

阿仔也调皮地捧着一小碗酒来到苏轼面前："苏爷爷，我也敬你一碗酒。你是上天派给我们的神仙，阿仔跟先生读书识字，就是神仙的学生了！"众人都大笑起来。苏轼笑逐颜开。摸着他的脑袋说："好，你我师徒二人饮尽这碗神仙快活酒！"阿仔抿了一小口，辣得直叫唤，众人笑得更欢。

李老汉第三次端着酒过来，恳切地说："苏大人，你能答应我们，以后就在我们儋州住下，再也不走了吗？"苏轼高兴地说："小舟从此逝，江海寄余生，老夫也正是这么想的！"众人大声欢呼起来，学堂里一片沸腾。

正在此时，张中跨进门来，见学堂里这么热闹，笑道："苏大人，你好雅兴！难怪四处寻你不着，竟躲在这里畅饮。待本官也来凑个热闹！"苏轼拊掌大笑道："原来张大人也跟老夫一样，贪恋这壶中日月、醉里乾坤。来，快来，你我二人共饮一杯！"

张中喜形于色，高兴地说："且慢饮酒。本官特来告知苏大人，大人遇赦于朝廷。朝廷已下书将大人调往廉州，大人即日就可渡海往廉州去也。此乃可喜可贺之事，本官特向大人道喜来了！本官想来，天下人此时都在为苏大人高兴呢。"听了这贺喜之词，众人登时酒意全消，停止了说笑，怅然地各自坐下，学堂内霎时变为一片死一般的寂静。

张中奇怪地瞧瞧众人，又见苏轼苦着脸，惊异地问道："奇怪，难道苏大人听了这消息不高兴？"苏轼摇头叹气，哭笑不得地说："张大人，你可知道，老夫好不容易找到一处桃源仙岛落脚，如今却又要漂泊无定了。"

回家的路上，苏轼心中百感交集，带着醉意来到海边，行走在沙滩巨石之间。苏过在一旁默默地搀着他。月光如水，照亮了岸边。海潮汹涌，波光粼粼，涛声阵阵，海浪拍打着巨石。巨石边系着一只独木舟，随着潮水的起落漂荡不已。

苏轼醉态可掬，抬头望望明月，仿佛回到孩童时一般，躺倒在巨石旁，唤苏过一同躺下。苏过劝道："父亲，我们回家吧，岂能睡在这里？"苏轼享受地闭上眼："幕天席地，有什么不能躺的？！"

父子俩并排躺着，望着天上那轮皎洁的明月。潮涨而来，海水漫过他们的鞋与袍。苏过坐起来劝道："不行，父亲，你的鞋都被海水浸湿了，小心感染风寒，我们还是回家吧。"苏轼摇头笑道："既来之，则安之。为父以此地为家，有何不可？"苏过无奈地苦笑着躺下。

又一阵潮水涌来，漫过了苏轼的衣襟。苏轼只顾仰望明月，又看着岸边那摇摆不定的独木舟："树欲静而风不止。为父原已心如止水，愿在此岛终老葬身。但命者，天之命也，非人为也。如今又要离开了。你看，为父像不像那边的独木小舟，随潮涨潮落，漂泊无定？"苏过也盯着那独木舟，若有所悟，长长地叹了口气。

苏轼回想起自己大半生的漂泊遭际，闭上眼，近乎贪婪地呼吸着这天涯海角的咸涩微风，悠悠念道："心似已灰之木，身如不系之舟。问我平生功业，黄州、惠州、儋州。"苏过疑惑地看着他："这三处可都是您的贬谪之地，为何说是'功业'？"苏轼笑道："诗人例穷苦，天意遣奔逃。穷苦之日，贬谪之地，才是诗人真正建功立业之时、之处！"

苏轼摇摇晃晃地站起身，走到独木舟前，解开绳绊。独木舟趁着落潮漂走，在海水中起起伏伏。苏轼望着越去越远，渐渐消逝的小舟，喃喃道："心似已灰之木，身如不系之舟……"苏过也望着海面，不觉泪流满面。苏轼叹道："要说没有牵挂，也不尽然。世人有'苏门四学士'、'六君子'之称，我给他们带来的可都是灾祸！少游他们，不知怎样了。"

近日秦观已遇赦放还，行至滕州。这天，带着书童秦香出游散心。苍翠的山间，一座古寺卧在云中，寺前的竹林间有一座华光亭。秦观有些累了，坐在亭中摇扇纳凉，失神地望着南方："先生不知何时才能归来？"

许久，他长长地叹了口气，对秦香说："昨夜，我偶得一梦。梦见乘云游天，见一仙人，仙人吟出一首好词，此时我还记忆犹新：西城杨柳弄春柔。动离忧，泪难收。犹记多情曾为系归舟。碧野朱桥当日事，人不见，水空流。韶华不为少年留。恨悠悠。几时休？飞絮落花时候一登楼。便作春江都是泪，流不尽，许多愁。"秦香赞道："真是好词！"

秦观有些口渴，命秦香到寺中取碗水来，自己来到亭外竹林，看看竹、石、风景，颇为满意，找了一处奇石，细心地拂去尘土，依石而坐。秦香很快取来一碗清水，却不见秦观，忙四处喊道："先生——"秦观应了一声："在这里。"

秦香忙把水端过来。秦观笑了笑，伸手去接碗，却停在半空，定格似的再也不能动。一代词人，就此神态安然地与世长辞。

秦香惊得连手中的碗都跌碎在地，抓住他的手臂使劲儿摇晃，不断喊着："先生！先生——"见再也摇不醒他，即刻抱着他的尸身号啕大哭："先生啊，你怎么连碗水都没喝上！先生……"

此时，天地间似乎响起一阵缥缈的歌声，轻轻托起秦观，送往愁海情天："飘零疏酒盏，离别宽衣带。携手处，今谁在？日边清梦断，镜里朱颜改。春去也，飞红万点愁如海。呀，飞红万点愁如海……"

不久，苏轼得到噩耗，几天吃不下饭，恸哭道："少游不幸逝于道路，世岂复有斯人乎?!"双手颤抖着在扇子上写下秦观的"郴江幸自绕郴山,为谁流下潇湘去"两句词,并缀以悼词:"少游已矣,虽千万人何赎!高山流水之悲,千载而下,令人腹痛。"

那晚得知苏轼要离开海南,阿勇连夜去找阿珠,在寨外学了一声特异的鸟叫。听到暗号,阿珠忙溜出来,到寨外树林中与他相会。月色溶溶,树影如水,二人背靠背坐在树下,有说不完的话。阿勇见月亮又移到西边一棵树的梢头,劝道:"你该回去了,你阿爹若知道,又要发火骂人了。"

阿珠故意怄他:"也许不干我阿爹的事,是你去广州见了世面,就不想再见到我了。"阿勇急了,转过身去赌咒:"你说哪里话?我对你的心,要是会变,就让我出海以后掉进海里喂鱼!"阿珠一听也急了:"我随便说一说,你就认真了,你说这不吉利的话做什么?"

阿勇黯然道:"先生这一走,只怕再难见到他了!"阿珠坐起身来着急地说:"趁先生还没走,你去求先生找我阿爹,让我阿爹应了我二人的婚事。这岛内,只有先生的话我阿爹才肯听的!"阿勇固然知道这月老只有苏轼能做得,心里一万个想去求他,但实在不忍给老人再添麻烦,无奈地说:"先生已经救过我的命,还教导我们读书识礼,我不想再劳烦他了。况且他那么大年纪,离岛还有很多事要忙。"

不等他说完,阿珠盯着他问道:"那你我二人之事呢?"阿勇咬着嘴唇,低头哀叹道:"只有交由天定了。"阿珠登时生起气来:"我俩的事交给天定,你就好撒手不管了!你出去一趟,就认不得我阿珠是谁了?"说罢,负气起身跑回去。阿勇忙起身追了过去,又不敢高声喊她停下。

次日,阿勇终于鼓足勇气来到桄榔庵,但支吾了半天也没好意思开口。苏轼早已心知肚明,笑道:"你不说我也知道,此事不办成,老夫就不走。你去拿一只腊猪腿,跟我去黎寨。"阿勇大喜,又担心地问道:"先生,这样恐怕不行吧?"苏轼自信满满地说:"老夫说行就行,你只须言听计从。"

苏轼和阿勇来到黎寨。黎人们瞟着阿勇肩上的腊猪腿,看得他心里很是发慌。苏轼见他的那头老牛在温顺而安详地犁田,跟阿勇说:"与老伙计打个招呼去。"说罢，扎起衣袍，下到田中，拍拍老牛的牛背，摘下一把草喂它。老牛"哞"了一声，甩着尾巴。苏轼不舍地说："老伙计，老夫就要走了，你可要好好帮人家耕田。来世若投胎做人，千万不要做官，做个小百姓就好。"牛抬头看着他，又"哞"了一声，尾巴甩得更欢。众人都笑了起来。

苏轼来到葛贡的竹楼。葛贡叹道："苏大人这一走，我们的日子过得就像那饭菜里不添盐——没滋没味。苏大人的大恩大德，本寨族人永世不忘！"苏轼道："首领言重了，这些区区小事都是老夫分内该管之事。只是还有一桩分内之事，老夫却一直没管好。"说罢，苏轼向一旁的阿勇使了个眼色。

阿勇看看苏轼，横下心来，将腊猪腿奉上，向葛贡跪倒："恳请首领将女儿阿珠许配给阿勇。阿勇会待阿珠一生一世，不分族群，不分门户，只待她好！请首领答应了我们两个！"葛贡一惊，却不言语。苏轼劝道："老夫临走之前，只有这块心病未去。阿勇在此地后生中超群出众，人品好，如今又中了秀才。他与阿珠的确是真心相好，首领若成全他二人好事，则汉黎两族和睦有望，可累世通好。这可是功在子孙的大事！"

葛贡迟疑地说："可是汉黎不通婚，是自古以来的规矩。"苏轼故作神秘地笑道："不错，不过规矩也不是不可以变通的。在老夫看来，此事可做到既不违犯族规，又能成全阿勇、阿珠二人。"

原来葛贡对阿勇也很有好感，只是族规难违，听了这话，眼前一亮，满怀期待地看着苏轼。苏轼道："若老夫与首领结为兄弟，咱们同是一家人，由老夫出面证婚，则阿勇与阿珠结为夫妻，有何不可？"葛贡心中大为动摇，但仍有些拿不定主意，起身不住地徘徊。

阿珠忽然冲了进来，跪在葛贡面前哭道："阿爹，你就成全了我们吧。阿勇虽是汉人，但他待我好！他和我，从不分黎人或是汉人，两个好作一个人。阿爹，你就成全了我们吧！"

见葛贡已被阿珠的言语打动，苏轼趁机戏谑地说："天下之大，愿与老夫结为兄弟者何止万千，恐怕也只有你一人会作迟疑吧，呵呵！"葛贡终于下定决心，痛快地说："好！苏大人，本首领答应你，咱们歃血为盟！"

苏轼带着李老汉一家，又召集几十名汉人，来到黎寨外的广场上。广场上早已布置好祭坛，旁边站着黎族百姓。两族的百姓喜气洋洋，乌压压地跪了一地。苏轼、葛贡各站在祭坛的一侧。阿黑把鸡血先滴在碗中，再滴入酒坛中。阿六抱起酒坛，将酒倒入两个黑瓷碗中。

　　苏轼与葛贡用鸡血抹红嘴唇，端起酒碗，单腿跪地，对天发誓："苍天在上，苏轼愿与黎族土司葛贡结为兄弟，同生死、共患难，若有违誓，天诛地灭！""苍天在上，葛贡愿与内翰大人苏轼结为兄弟，愿与汉族兄弟永世修好，同生死、共患难，若有违誓，天诛地灭！"

　　广场上两族百姓齐呼："若有违誓，天诛地灭！"几声锣响后，喇叭齐鸣，铜鼓"咚咚咚"响起。苏轼与葛贡将酒一饮而尽，然后将碗摔碎在地。全场站起，一片欢腾。

　　夜里，广场上燃起熊熊篝火，两族百姓围着篝火载歌载舞。苏轼与葛贡、李老汉等人开怀畅饮。阿勇、阿珠端酒过来，一齐跪敬苏轼、葛贡、李老汉，三位老人碰碗畅饮。苏轼向葛贡敬酒："葛贡兄弟，这一恭贺你喜得贤婿，其二恭贺汉黎通好，葛贡兄弟为子孙后代造福积德！"

　　葛贡豪爽地笑道："苏兄告诉我，要视天下如一家。若不是苏兄这句话，我又怎么能做到？"苏轼高兴地大笑："视天下如一家！来，葛贡兄弟，为天下如一家，干！"苏轼等人有意不提离别之事，把不尽的伤感深藏在心底，只是纵情饮酒。广场上充满欢声笑语，彻夜不休。

　　苏轼临行前，最后一次把学生们召集到学堂。学生们端坐听教，村民们在学堂外静静旁听。苏轼伫立在讲堂中央，肃然道："诸位学生，为师即日就要起程渡海离开儋州，这是为师为你们讲授的最后一堂课。"众人都黯然垂首，有的伤心落泪……

　　苏轼正色道："为师可走，但学问不能止。你等非为为师而学，而是为学而学，因此为师走与不走，你等仍须静心向学。为何要学？玉不琢，不成器；人不学，不知道。虽是为师引你等入门，但应师其意而不师其辞，也不能拘泥于为师所讲，当融会贯通。学者为何？学在于行之。所谓不闻不若闻之，闻之不若见之，见之不若知之，知之不若行之。老夫的老师叫欧阳修，他说'君子之学也，岂可一旦而息乎'，这话也是讲给你们听的。"学生们纷纷点头。

苏轼问阿仔:"你年龄最小,听懂为师的话了吗?"阿仔起身答道:"先生,学生听懂了。"苏轼捻须微笑,让他背一段《礼记·学记》。阿仔流利地背道:"玉不琢,不成器;人不学,不知道。是故古之王者,建国君民,教学为先……"苏轼频频点头赞许。

苏轼北归后,他在海南的学生姜唐左举乡贡,而另一名学生符确则成为海南历史上的第一个进士。从此,儋州文教大兴,后有多人中进士。

苏轼走的那天,太守张中和众官员,汉黎两族百姓都来送行。张中贺喜道:"章惇已贬,此次内迁,朝廷必有深意,元祐党人可东山再起了。"苏轼故意说:"苏某有党吗?"张中忙道:"张某失言了。"苏轼摇头道:"不是大人失言,是人们都这么看。但以老夫看,如今的朝廷,万事俱不可为了!"张中"啊"了一声,苏轼叹了口气,不再言及此事。

李老汉泣道:"先生,我们怕是再也见不着您了。"苏轼紧紧握着他的手,殷殷嘱咐道:"老兄,吃井水,喝开水,有病吃药,用牛耕地,这些事仍有儋人不习惯为之,还得靠你们!千万,千万!"李老汉跪倒在地:"苏大人放心,我们一定照大人的意思办。"苏轼忙将他扶起。

葛贡上前恳切地说:"苏大人,要不是你,我们黎汉两族还不知要仇杀到哪天。"苏轼谦道:"我们是兄弟,兄弟之间不用说这个。"

苏轼看着众人,强笑道:"诸位,回去吧。我苏某是真舍不得走,可是不得不走啊!"阿福与老三抬来肩舆,含泪道:"苏大人,上来吧。"苏轼父子向众人依依道别,坐上肩舆,不断回身向众人挥手。众人望着苏轼远去的身影,一齐跪拜,忍不住哭出声来。

苏轼父子来到儋州码头,天上突然下起了雨。夜里,雨过天晴,风平浪静,星朗月明,海天一色。似乎老天有意用雨丝留苏轼在此颐养天年,但终于明白留他不住,只好放晴,让他一路走好。

苏轼站在海边,望望夜空,向陆地方向深情眺望,吟道:"参横斗转欲三更,苦雨终风也解晴。云散月明谁点缀,天容海色本澄清。空余鲁叟乘桴意,粗识轩猿奏乐声。九死南荒吾不恨,兹游奇绝冠平生。"

苏轼父子漫步在沙滩巨石之间，这是他们最后一次在这里漫步。苏轼来到一块巨石旁，从苏过手中接过巨笔，饱蘸自制的浓墨，在巨石上写下了"天涯"两个遒劲有力的大字。

父子俩坐在"天涯"二字前，望着茫茫海面。

苏轼问苏过："人生之大道是什么？"

苏过道："孩儿不知，请父亲明示。"

"忠君爱民！"

苏过沉吟片刻，问道："那是先君后民呢，还是先民后君呢？"

苏轼深情地看着他："问得好哇！我问你，民有错吗？"

苏过道："民无错。"

"君有错吗？"

"君有错。"

"既然民无错而君有错，那你说是该君在先呢，还是民在先呢？"

"孩儿不敢说。"

"说吧。"

"既然如此，忠君实是忠民、忠道。对一家一姓一人之君，不可愚忠，更不可死忠。故民在先！"

"对了。这就是忠君爱民的真义！记住了吗？"

苏辙听说哥哥北归，欢喜万分，忙去信邀他举家来颖昌一同居住终老。但苏轼回信说："苏辙家里人本来就多，也不富裕，自己一家三十余口再去，怕加重他的负担；再者政局不稳，不知几时又有变故，不愿住在京畿附近，苏迈等人俱在常州，都盼着他回去。兄弟二人不能相见，是天命使然，又能如何？"苏辙读罢此信，泪水潸然。

苏轼垂老投荒，前后七年，得以生还的喜讯一时传为奇迹，轰动天下。他早就以政绩和文章扬名四海，成为天下士绅、百姓心目中独一无二的神一般的人物，所到之处，人们争相一睹他的风采。

没几日，苏轼父子乘船过海行至雷州码头，落帆靠岸。雷州城可谓万人空巷，码头上早就人头攒动，等待着苏轼的到来。见苏轼信步走上岸来，纷纷喜道:"苏大人来了,苏大人来了。"一时后面的人都呼啦啦地往前拥,前头的人险些被挤倒。

雷州太守魏知几早在码头等候多时,忙迎上来请苏轼到城中准备好的馆驿中安歇。苏轼怕自己是戴罪之身连累他步了詹范的后尘,忙道谢婉拒,又请他帮忙租一条船。魏知几一口应下:"好,好。哪里用租,马上去办。"

此时章惇正百无聊赖地坐在家门外,闭着眼晒太阳,孙儿在一旁玩耍。一只大绿头苍蝇"嗡嗡"地在面前盘旋,挥之不去,章惇很是烦闷。突然,他听见两个路人谈话:"听说苏东坡大人已北归内迁了。""那可好。真想见识见识这位神仙的真颜。"

章惇一惊,睁开眼,凝神仔细听二人谈话:

"苏大人如今名满天下,声誉日盛,想去欢迎招待的人何止你我。"

"是啊,是啊。听说苏大人在海南又写了无数诗文,文采卓然,举世无双,真想拜读。"

"我前日刚听到苏东坡大人的一则笑话。"

"快讲来听听。"

"苏大人在海南之时,内地上都传他已死。他这次回来,有人设宴款待他,问及此事。你猜苏大人如何说?"

"苏大人如何说?"

"苏大人说,不错,我是死了,并且还到了阴曹地府,但在阴间路上遇见了章惇,于是又决心还阳了。"

二人相视大笑。章惇气得满脸紫胀,呼呼直喘,用尽全身的力气,将手杖扔出老远。孙儿一脸惊异地看着他。一条野狗跑过来,嗅嗅手杖,又无趣地跑开。回到院中,章惇徘徊于树下,口中呓语,好似疯了一般。

这时,管家走来呈上公子章援的家书,告诉他里面附有苏轼的一封信。章惇接过信,满腹狐疑。此前,章援给苏轼写信,大意说:"身为您的门生,不敢来拜访,家父的缘故使我再三踌躇。先生今后若有辅佐君王之时,一言之微足以决定别人的命运。"苏轼心知章援是怕自己一旦得势后以同样的方式报复章惇，当即回信陈明心迹。

"我与丞相定交四十余年，虽中间出处稍异，交情固无所增损也。闻其高年寄迹海隅，此怀可知。但以往者更说何益？唯论其未然者而已。"章惇读罢，心中五味陈杂，激动得浑身颤抖，失神地嗫嚅着："但以往者更说何益？唯论其未然者而已。"忽然将信扔下，仰天长吼一声，双腿一软，跪倒在地，号啕大哭："子瞻，子瞻啊……"

快到常州时，苏轼又犯了热毒。此病在惠州时就已染上，时好时坏，此时下痢不止，浑身流冷汗，身体十分虚弱，一脸病容。几天来，服了从海南带回来的治痢疾的药，也没见好，但他仍挣扎着伏案疾书。写得有些累了，苏轼走上船头，却见两岸有上千的士绅、百姓，一路随着他的船走。岸边的人见他出来，登时激动地招手喊着："苏大人，苏内翰——"

苏轼也激动地向岸上摆手，又问船夫："老弟，他们怎么知道我走这里？"船夫道："大人，你从海外归来，消息如风，不到一月，就传遍了江南。至于走这条水路，他们早就算好了。要是上了岸，定被苦苦留住，那就别想走了。"苏轼恍然道："可惜，老夫不能停留啊！"他深感百姓的深情厚谊，忙向岸上连连挥手："多谢诸位了，多谢诸位了。"

苏轼已病了十多天，总不见好，仍著书不辍。苏过忧心如焚，劝他上岸找郎中医治。苏轼摆手叹道："你哥哥还等着我们回去呢。再说，该用的方子都用了，就是到岸上，又能怎样？为父在儋州治的热毒痢疾，正是下此红白之痢，有腥臭气味，时常复发，可延续数年，使人消瘦。儋人得了此病，我用止痢之药，外加鸦胆子、白头翁等，便即见好。为父犯了此病，也是如此治法，但此番总不见效，人说医不自医，想是为父年纪也大了。再有半月，就到常州了，到了常州，总有办法。"

此时，苏迈、苏迨带着儿子坐着船，前来迎接苏轼。苏轼的三个孙子迫不及待地要见到爷爷，一起奋力地帮着船夫划船。两日后，两艘船终于到了一起。苏轼躺在船舱里，苍白的脸上露出微笑。儿孙们见到阔别七载的老人，又见他身体已十分虚弱，不由得悲喜交集。

几天后，苏轼写完《书传》的最后一行字，搁笔长叹道："三传终于著完。平生万事足，所欠唯一死。"身旁《易传》、《书传》、《论语传》堆稿如山，儿孙们围坐着帮他拾掇文稿，听他说出这句话，不觉流下泪来。

　　苏轼拿起高太后所赐的笔洗，端详良久，叹道："太皇太后，您要是再长寿些该有多好！"苏过却接口道："就是太皇太后再长寿，终不能代替哲宗皇帝。再说，废除新政，贬谪熙丰党人，也未必能长久。"苏轼一怔，又点头叹道："你们真是长大了。你说的这些，为父也说不清楚了。有些事，越是到老，就越是不敢乱说了。"

　　苏轼陷入沉思，许久说道："扶我出去看看吧！"苏轼由儿子们扶着，挣扎着出来。士绅、百姓知是苏轼的船只，早已站满了河岸，见他出来，齐声欢呼："苏大人——""苏内翰——"好些读书人跪在岸边，有的老太太跪着双手合十，虔诚地念道："菩萨保佑，菩萨保佑好人、保佑好人！"

　　苏轼不断地向两岸的人挥手，叹道："如此盛情，折煞老夫！"这时，吴复古和苏轼另一位老朋友维琳长老出现在人群中，向苏轼喊道："子瞻，子瞻！"苏轼见到他们，脸上露出微笑，吃力地抬了抬手。突然，苏轼身子一软，险些倒下。两岸的百姓见了，齐声喊道："苏大人，保重——"

　　苏轼疲倦地躺在舱内，吴复古为他诊脉。此时，这方外之人也不由得面露忧色，歉然道："子瞻，贫道来晚了。"苏轼吃力地笑道："道长，我有时独自一人总在想，若此生我是道长，像道长一般乘兴而行，兴尽而返，也许会快乐许多。"

　　吴复古安慰道："子瞻或有不快乐事，但世间百姓得一子瞻，则快乐终日。"苏轼摇头道："道长谬夸子瞻也。子瞻与道长此生有一同者，也有不同者。同者，我与道长此生足迹都踏遍中国，纵横东西。不同者，是我乃受人之命被迫驱使，而道长则完全听由己意，不受命于他人。"吴复古难过地叹了口气。

　　苏轼叹道："我也许可以如道长一般度过此生，却于仁宗嘉祐元年学而优则仕。此生我也许是个好人，却偏偏不是个好官。王安石变法，我本可适时求进，使徐行徐立之策得以施行，却自命清高，有意疏远他，被小人窃取了高位；元祐更化，我更可化解党争，领袖朝政，却数次请求外放，以示孤芳自赏；我所到之处，往往政绩斐然，但只救一州一府之民，置一国之民于何处？如今，我仿佛受万人敬仰，难道就无欺世盗誉之嫌？"

吴复古劝道："此时你该忘记这些事，人不忘其所忘而忘其所不忘，才是真正的忘。"苏轼摇摇头，用微弱的声音答道："你听，百姓就在船外岸边，我又怎能忘？"

苏轼闭上双眼，气息越来越微弱，已进入弥留之际。苏迈等人在一旁低声哭泣，吴复古低头叹息。维琳凑近苏轼耳边，大声道："子瞻，勿忘西天，要想来生。"

苏轼已是气若游丝："西天或有，然勉力存想，又有何用？"

维琳颔首问道："眼前是何景象？"

苏轼明白，维琳这是想指引超度他。苏轼的脸上飘过了一丝不易觉察的笑容，安详地说道："深林明月，水流花开……"

说罢，溘然长逝——

岸上的百姓仍在齐声呼喊："苏大人——""苏内翰——"呼声响彻天穹，天地就是道场！

建中靖国元年（公元 1101 年）七月二十八日，苏东坡病逝于前往常州的船上，享年六十六岁。

二十六年后，北宋灭亡。

南宋孝宗谥苏轼为文忠公。

苏轼死后，"吴越之民相与哭于市，其君子相吊于家。讣闻四方，无贤愚皆咨嗟出涕。太学之士数百人，相率饭僧慧林佛舍"。

"吾善养吾浩然之气……不依形而立，不恃力而行，不待生而存，不随死而忘者矣。故在天为星辰，在地为河岳，幽则为鬼神，而明则复为人。"这是东坡先生所写的《潮州韩文公庙碑》中的一段，千年之下，犹可自况！

后　记

关于这个后记，要写的很多，还是择要而言吧。

第一、写作原则。多年来研究苏轼，一朝介入《苏东坡》电视剧本的写作，还是想将"东坡精神"写出来。那么，什么是"东坡精神"呢？2006年11月在苏东坡的家乡眉山市文化系统举办的专题讲座上就被问及这一问题。我以为，从社会文化层面上讲，"东坡精神"就是不唯上，不唯权，不唯书，不唯古；只唯民、唯实、唯善、唯美的"文、士、道"精神。从哲学文化层面讲，"东坡精神"主要表现在以情为本，融汇三教，用自己的生命实践展示了传统士大夫人格的最高境界——天地境界，并以此构建了与"天理本体论"相对的"情本论"文化。

我们知道，在当下的"愚乐至死"的潮流中，文学作品是最忌表现"理念"的；然而，苏东坡不是唐伯虎，不是一般意义上的风流才子，他不仅是伟大的文学家、文化伟人，还是惠民无数的政治实践家。综合起来说，他应该是中国优秀传统文化的最重要代表人物之一。对这样的人物，是"至死"也不能"愚乐"的，这是我们不可改变的信条。

第二、三条线索的设计。要想传达"理念"，就必须先让观众爱看，否则一切都是空谈。写作剧本《苏东坡》的特殊性不在于找不到资料，而是资料太多，对于苏东坡的研究者来说，困难在于如何取舍资料，将其戏剧化。于是我们为该剧设计了三条线索：

一、政治——功业线。剧本开篇就将苏轼置于文风——政治改革的风口浪尖上。通过在进士考试中以刘几为代表的"太学体"和以苏轼为代表的"欧阳体"之间的斗争，展示了苏轼所代表的文风改革与政治改革进步的一面，苏轼的一生就是在这一重大历史背景上展开的。

二、爱情——家庭线。主要是二妻一妾一知己的定位。

淑女王弗：苏轼的结发之妻，在苏轼晋京考试前即已与之结婚。王弗秀外慧中，性情温婉，是传统典型的淑女形象。

"俗女"王闰之：苏轼的继室，王弗的堂妹，对苏轼及王弗之子苏迈恪尽职守，但有猜忌之心，在艰难时亦有抱怨之词，曾多次与苏轼发生争吵。王闰之在苏轼和小莲之间十分难处，又兼经历了"乌台诗案"和黄州的困难时期，虽境界不是很高，但令人同情。

仙佛之女王朝云：杭州灾荒时从街上领回的丫头，聪慧貌美，在苏轼家为女仆，曾督教苏轼之子——苏过读书。王朝云任劳任怨，在黄州最艰难的时候也从未动摇过。朝云好佛，性高洁，如出水芙蓉，是苏轼后半生的精神伴侣。

红颜知己小莲："犯官"杨云青之女。小莲十分聪慧、干练，因出身边将之家，又遭遇变故，故而深谙世事。在凤翔时，小莲母女被苏轼救出牢狱，因无家可归，暂寓苏轼家中，故小莲与苏轼渐生知己之爱。但终未能与苏轼结婚，最后熬死在密州。

三、僧道——文化线。

巢谷是苏轼的亲密伙伴，一生游走于道士与武士之间。参寥人格高尚，一生勤勉，是一位悲苦高僧。佛印与苏轼交好，好与苏轼比言语机智，斗佛禅机锋。吴复古是得道的世外高人，洞察世事，文武全才，百岁犹健。吴复古一直极为欣赏苏轼，经常在关键时刻帮助、指点苏轼，希望苏轼能担起中兴大宋的重担。吴复古是隐逸文化的象征，与苏轼形成了鲜明的对照和互补，象征着隐性文化和显性文化的关系。他与苏轼的关系，隐含着中国文化的基本特点和规律。

第三、透露一点本剧制作的艰辛。剧本写好后，首先遇到的问题是找不到合适的导演。有的导演很忙，很难有时间研读剧本；有的认为苏轼是个文学家，只写文学就够了；有的认为凡是天才都有怪癖，只有将苏轼写成怪癖之才才有卖点。由于剧本的特殊性，从那时开始就与制片人一起找导演，为此还专门飞到大连等地。找了多少导演，有点说不清了，最后赖王文杰导演慧眼，拨冗拍摄。至于遴选演员，也非常困难，其中细节，不便透露。要特别提到的是，在拍摄后期，由于预期的资金未能及时到位，差点前功尽弃，还是有赖导演王文杰，垫资具保，终使拍摄完成。至于为该剧播出所遭受的磨难，实不足为外人道也。

第四、关于剧本的"虚实"与改编。剧本以及由此改编的小说不是传记，至于其中的"虚实"成分，主要史实大致可以定为"七实三虚"。有的人物虚构，有的事件"错置"，主要是出于艺术创作的需要，希望观众、读者谅解。关于小说，由于是在剧本的基础上改编的，"去剧本化"的工作做得还不够，阅读起来可能和一般的小说不太一样，也希望读者谅解。

第五、其他要说明的情况和要感谢的人。该小说是本人在取得了有关合法授权后根据同名剧本改编并与出版社签订出版合同的。原剧本的作者是冷成金、高东峰、冷鑫。高东峰先生为剧本的写作提供了基础，冷鑫在剧本人物设计上出力很多，特此说明。改编过程中，董宇宇、宋鸽、程磊、包树望、林喆、王子墨等同学在文字的增删校对等方面出力很多，特此说明并表示感谢。

我的硕士研究生导师、苏学专家朱靖华教授给予了很多的关心和指导。朱老师已追坡仙而去，学生的怀念之情不敢随日月之逝而有稍减。

国家广电总局电视剧司长李京盛先生对该剧给予了长期的关怀，提出了不少建设性的意见，在这里应予以说明和致谢！

2004年，因中国人民大学副校长杨慧林教授的推荐，我介入到"苏"剧中，在此对杨慧林教授表示深切的谢意！

王文杰导演对剧本做了一些改进，特此说明并表示真诚的谢意！

2008年3月，在广电总局组织的审片会上，宋史专家罗炳良教授在审片后提出了许多问题，并列表说明，使我受益良多，在此说明并感谢！

作为一个苏轼研究者，还要感谢制片人孙跃宏先生。在孙先生的推动下，将"东坡精神"用大众传媒的方式表现出来，这无疑是一件有着非凡意义的事。

还应特别感谢人民文学出版社古典室主任周绚隆编审，他的热情支持与鼓励是改编小说的重要动力。

最后，我要说的是，如果剧本及小说受到批评和指责，本人一概受之；如果还有些许的赞扬，真的要归功上面提及的那些人！

冷成金

于中国人民大学